वास्तु शास्त्रानुसार भवन निर्माण

लेखक
डी. मुरलीधर राव

अनुवादक
सुरेन्द्रनाथ सक्सेना

पुस्तक महल®

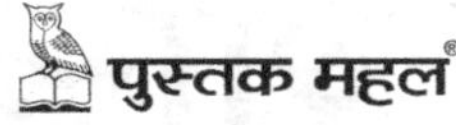

प्रशासनिक कार्यालय एवं विक्रय केन्द्र

J-3/16, दरियागंज, नई दिल्ली-110002

☎ 011-23276539, 23272783, 23272784, 23260518

E-mail: info@pustakmahal.com

Website: www.pustakmahal.com

शाखा

बंगलुरु ☎ 080-22234025, 40912845

E-mail: pustakmahalblr@gmail.com

ISBN 978-81-223-0445-9

संस्करण 2026

मुद्रक: शर्मा प्रिंटर्स, दिल्ली

समर्पण

मेरे प्रिय माता-पिता को
जो शिक्षा के उद्देश्य के लिए
निःस्वार्थ भाव से
जीवन-भर निरंतर सेवा करते रहे!

आभार

इस प्रकार की पुस्तक को प्रकाशित करने का प्रस्ताव जब अपनी प्रारंभिक अवस्था में था, तब आर.वी. कॉलेज ऑफ इंजीनियरिंग, मैसूर रोड, बंगलौर के वास्तुकला विभाग के अध्यक्ष डा० के.एस. अनन्तकृष्णा थे जिन्होंने मुझे महत्त्वपूर्ण सामग्री तथा नैतिक शक्ति प्रदानकर प्रोत्साहित किया, मैं इसके लिए संपूर्ण हृदय से उनको धन्यवाद देता हूं।

पहले यह पुस्तक अंग्रेजी में 'दि हिडन ट्रेज़र ऑफ वास्तुशिल्प शास्त्र एंड इंडियन ट्रेडिशंस' (The Hidden Treasure of Vastushilpa Shastra and Indian Traditions) नाम से प्रकाशित हुई। पाठकों द्वारा इसका हार्दिक स्वागत किया गया।

मुझसे वास्तुशिल्प में सलाह लेने वाले अधिकांश लोग मूल रूप से हिंदी भाषी हैं और विषय भी वास्तव में संस्कृत तथा हिंदी से संबंधित हैं; अत: हिंदी के बहुत बड़े पाठक वर्ग द्वारा इस पुस्तक को हिंदी में प्रकाशित करने की मांग की गई। फलस्वरूप हिंदी के अग्रणी प्रकाशक 'पुस्तक महल' के माध्यम द्वारा अब यह पुस्तक हिंदी के सुधी पाठकों की सेवा में प्रस्तुत कर रहा हूं।

मातृदेवो भव, पितृदेवो भव, गुरुदेवो भव।

अर्थात्, अपनी माता को परमात्मा की तरह समझो, पिता को परमात्मा की तरह समझो, अपने गुरु को परमात्मा जानो।

मैं कर्नाटक राज्य उडुपी स्थित पेजावर मठ के परमपूज्य श्री श्री विश्वेशतीर्थ स्वामीजी के अतिरिक्त और किसको परमात्मा समझ सकता हूं , जिन्होंने मेरे इस प्रयास को अपना आशीर्वाद दिया! मैं उनको विनम्रतापूर्वक सादर प्रणाम करता हूं।

बंगलोर में पूर्ण प्रज्ञानगर स्थित 'पूर्ण प्रज्ञाविद्यापीठ' के संस्कृत विद्वान् और पुरोहित श्री सुब्रमण्यम भट्ट ने मुझे शास्त्रों तथा संस्कृत-श्लोकों से संबंधित सामग्री में जो सहायता दी है, उसके लिए उनको मेरा विशेष धन्यवाद!

मेरे अपने स्टाफ सदस्यों, शुभेच्छुकों और परिवार के निकटवर्ती सदस्यों ने मुझे इस महत्त्वपूर्ण कार्य को संतोषजनक रूप से पूर्ण करने में जो सहयोग और हिम्मत दी, उसके लिए मैं उन सबको भी धन्यवाद देता हूं।

डी. मुरलीधर राव
चित्रकूट, 182, व्हीलर रोड एक्सटेंशन, सेंट मेरी टाउन,
बंगलोर-560 004 कर्नाटक राज्य, (भारत)
दूरभाष : 5462436 एवं 369714

बंगलोर
दिनांक : 27-1-95

भूमिका

भगवान श्री कृष्ण गीतोपदेश में कहते हैं :

कर्मण्येवाधिकारस्ते मा फलेषु कदाचन।
मा कर्मफलहेतुर्भूः मा ते सङ्गोऽस्त्वकर्मणि॥

अर्थ : *तेरा केवल कर्म करने में ही अधिकार है, उसके फलों में कभी नहीं। इसलिए तू कर्मों के फल का हेतु मत हो तथा तेरी अकर्म में भी आसक्ति न हो।* *(अ. 2-47)*

परमात्मा ने सुखी जीवन के रहस्यों का उद्घाटन ही नहीं किया अपितु पीड़ित आत्मा (अर्जुन) को सीधे-सीधे मनुष्य के उत्तरदायित्त्वों और कर्तव्यों के बारे में भी बताया है। यहां वे कर्म, भक्ति तथा ज्ञान, इन तीन अनुदर्शनों की व्याख्या अपने वचनों में करते हैं।

परमात्मा के आदेशानुसार और बिना किसी पुरस्कार की आशा किये मैंने "**वास्तुशिल्पशास्त्र का गुप्त कोष तथा भारतीय परंपराएं**" (Hidden Treasure of Vastushilpa Shastra and Indian Traditions) नामक इस पुस्तक को लिखने का निश्चय किया। इसका एकमात्र उद्देश्य उन प्राचीन शास्त्रों के अस्तित्त्व, महत्त्व, प्रामाणिकता और उपयोगिता को सिद्ध करना है, जो हमारी आधुनिक पीढ़ी के लिए लुप्त हो चुकी हैं।

भारतीय सभ्यता और संस्कृति अपनी मूलप्रकृति में आध्यात्मिक है, लेकिन आज भारत में बहुत परिवर्तन आ चुका है, संक्रमण की प्रक्रिया अब भी चल रही है। गतिशीलता, आर्थिक अवसर, वैज्ञानिक और तकनीकी प्रगति, औद्योगीकरण, राजनैतिक आधार के विस्तार व जनमाध्यमों के प्रभावों ने पुरानी परंपराओं को समाप्तप्राय कर दिया है। इसके फलस्वरूप आक्रामक भौतिकवाद का प्रभाव अत्यधिक बढ़ता जा रहा है और हमारी पुरानी भारतीय संस्कृति धूमिल पड़ती जा रही है।

परंतु इतना सबकुछ होने के बावजूद भी हमारी वैदिक परंपराएं और सांस्कृतिक विरासत जीवित रहेगी, क्योंकि लोग धीरे-धीरे अपनी बौद्धिक शक्ति की सीमाओं का अनुभव करने लगे हैं। वे अनुभव करते हैं कि वे जलयान, वायुयान और सुपर कारों का तो निर्माण कर सकते हैं परंतु सागर, पृथ्वी और वायु का सृजन नहीं। वे आश्चर्य कर रहे हैं कि अपने को महाशक्ति कहने वाले राष्ट्र तक महान् प्राकृतिक संकटों के सामने विवश क्यों हो जाते हैं। वे भी अब यह समझने लगे हैं कि उनकी शक्तियां उससे कहीं कम हैं, जिनका वे स्वप्न देखते हैं।

शायद यह आज के अनिश्चित समय का मनस्ताप है कि मंदिरों, मस्जिदों, गिरिजाघरों और अन्य धार्मिक स्थानों में जाने वाले लोगों की संख्या में कमी आने का कोई चिह्न नहीं दिखाई दे रहा है। इस युग में यह देखना है कि किस प्रकार से वास्तुकला, जो हमारी वैदिक परंपराओं का एक अंश है, अब भी जीवित है। वेदों, गीता, वास्तुशास्त्रों और स्मृतियों को मिलाकर जो नियमावली बनती है, वह जीवन को कम-से-कम तनाव तथा संघर्ष से जीने की एक परिणामवादी और व्यावहारिक मार्गदर्शिका है। व्याख्या करने की पसंद हमारी है और कभी-कभी हमारी कोई पसंद नहीं रह जाती, क्योंकि इस अनुभवजन्य संसार में अपने जीवन को सार्थक करने के लिए किसी भी उस तिनके या तिनकों को हमें पकड़ लेना होता है, जिनसे आशा प्राप्त होने की थोड़ी भी संभावना होती है। संभवतया हज़ारों वर्षों के रसाकर्षण से हमारी पैतृक संपदा को इस देश के लोगों द्वारा इतने अदृश्य रूप से अपना लिया गया है कि हिंदू मानस में बिना कोई क्रांतिकारी परिवर्तन लाये, इसमें भी बदलाव नहीं लाया जा सकता।

इस पुस्तक को लिखते समय सच्चाई और ईमानदारी से प्रयत्न किया गया है, जिसमें भारतीय वास्तुशिल्पशास्त्र और परंपरा के विश्वव्यापी चरित्र, वैज्ञानिक तथा ज्योतिषीय आधार को विस्तार से प्रस्तुत किया गया है। अतः विश्वास है कि यह पुस्तक उस पीढ़ी में विशेष रुचि जाग्रत करेगी, जो संभावनाओं पर आधारित नहीं, वरन् पूर्ण रूप से ज्ञात और संदेहरहित ज्ञान को ही स्वीकार करती है। यह आधुनिक पीढ़ी संपूर्ण मानवता के लाभ के लिए अपने महान् प्राचीन धर्मग्रंथ (वेद) का संरक्षण और समर्थन करेगी।

✧★✧

परिचय

भवनों का प्रारूप (डिजाइन) और निर्माण करने का रहस्यमय पुरातन विज्ञान तथा कला,वास्तुशिल्पशास्त्र का मूल स्थापत्य वेद में है, जो चारों वेदों में से एक 'अथर्ववेद' का अंश है। वेद संसार के दूसरे भागों के लिए नये नहीं हैं। सभी स्तरों के अनेक लोगों ने इन वैदिक विचारों की गहराइयों, प्रेरणाओं तथा अंतर्दृष्टि की अनेक वर्षों तक सराहना की है। अखंड भारत, जो केवल अपनी आध्यात्मिक परंपरा में ही नहीं वरन् भौतिक संपदा में भी समृद्ध था, अपने-आप में एक विश्व था। वह उत्तर में हिमालय से घिरा था और दूसरी दिशाओं में सागर और अभेद्य वनों से। बाह्य जगत् से संपर्क का इसका एकमात्र खुला द्वार सिंधु नदी के पार उत्तर-पश्चिम में था, जहां से एक के बाद दूसरे राष्ट्रों की धारा के असंख्य लोग अपने अधिकार की लालसा में प्रवेश करते रहे।

भारत ऐसे बर्बर आक्रमणों, अपनी संपत्ति की लूट, मंदिरों के ध्वंस, अनेक वर्षों के मुगल तथा अंग्रेजी शासन एवं विभाजन के दु:खद अनुभवों के बावजूद भी आज एक सजीव इकाई है—विशेषरूप से अपनी लगभग अक्षुण्ण आध्यात्मिकता और परंपराओं के साथ।

यद्यपि कि हिंदू-विचार और जीवनशैली प्रमुख हैं और संस्कृति के हिंदू-तत्त्व बुनियादी महत्त्व रखते हैं। फिर भी भारत में ईसाइयत उतनी ही पुरानी है जितने यहां ईसा मसीह और इस्लाम उतना ही प्राचीन है जितने मोहम्मद साहब। सभी भारतीय अपने धार्मिक विश्वासों के बावजूद एक सामान्य भाईचारा—संस्कृति और सभ्यता के प्रति निष्ठा रखते हैं।

जिन लोगों ने यहां ईसाइयत अथवा इस्लाम अपनाया, वह तलवार के ज़ोर के कारण नहीं, वरन् भ्रातृत्व और समानता जैसे कारणों से। डॉ. अंबेडकर और उनके अनुयायियों ने हिंदूधर्म त्यागकर बौद्धधर्म अपनाया (यह एक रोचक तथ्य है कि हिंदू भगवान बुद्ध को विष्णु भगवान का नवां अवतार मानते हैं।) और ऐसा उन्होंने जातिगत उत्पीड़न से मुक्ति पाने के लिए किया। इतना होने के बाद भी भारतीय भूमि और परंपरा में उन बौद्धों की मजबूत जड़ों को स्पष्ट रूप से देखा जा सकता है, जैसेकि उनमें से बहुत-से अपने भवनों में वास्तुशिल्पशास्त्र का अनुसरण करते हैं और उन्होंने अपनी जीवनशैली में पुरातन परंपराओं तथा रीति-रिवाजों को अपनाये रखा है। कुछ निश्चित लोगों द्वारा वेदों तथा अन्य धर्मग्रंथों की गलत व्याख्या और दुरुपयोग ही इस दुर्भाग्यपूर्ण और अपरिवर्तनीय स्थिति का मुख्य कारण है, तथापि इन धार्मिक ग्रंथों की संपन्नता एवं रचनात्मक भविष्य को अनजाने में ही नष्ट नहीं होने देना चाहिए।

रामायण में सात या आठ मंजिलों की इमारतों का वर्णन मिलता है। महाभारत में मय द्वारा निर्मित मयसभा तथा विश्वकर्मा द्वारा इंद्रप्रस्थ के निर्माण का उल्लेख है। विश्वकर्मा वही दिव्य वास्तुशिल्प विशारद हैं, जिन्होंने भगवान कृष्ण के अनुरोध पर द्वारका का निर्माण किया था और वे सब निर्माण प्राचीन भारत के अकल्पनीय स्वप्नलोक थे। इस विषय पर कुछ प्राचीन ग्रंथ हैं—*कश्यप शिल्पशास्त्र, बृहत्संहिता, विश्वकर्मा वास्तुशास्त्र, समरांगण सूत्रधार, विष्णु धर्मोत्तर पुराण, अपराजितापृच्छा, जयपृच्छा, प्रमाण मंजरी, वास्तुशास्त्र, मय वास्तु, भृगुसंहिता* आदि। वास्तुशिल्प के इस प्राचीन ज्ञान को समृद्ध करने वालों में से कुछ महान् ऋषि तथा अन्य लोग हैं—भृगु, बृहस्पति, शुक्र, कश्यप, वशिष्ठ, मय, विश्वकर्मा, वराहमिहिर, भोज तथा अन्य। लेकिन वर्तमान काल में देश के बाहर भारतीय मुगल वास्तुकला के बारे में ही अधिक जानकारी है। भारत में आने वाले विदेशी ताजमहल, मोती मस्जिद, लालकिला, कुतुबमीनार, चारमीनार तथा इस प्रकार के दूसरे भवनों को देखते हैं। यद्यपि वे कुछ मंदिरों और गुफाओं को भी देखते हैं पर उन्हें प्राचीन भारतीय वास्तुकला और वास्तुशिल्पशास्त्र के संबंध में जानने का कोई अवसर नहीं दिया जाता। खेद की बात तो यह है कि हमारे अपने अधिकांश देशवासी भी उन्हीं के कदमों पर चल रहे हैं, जोकि वास्तव में हमारे महान् पूर्वजों के प्रति एक अकृतज्ञता है।

भारतीय जीवनशैली एवं नैतिकता 19वीं शताब्दी और 20वीं शताब्दी के प्रारंभ में पश्चिमी शिक्षा और सभ्यता के प्रभाव से अत्यधिक प्रभावित हुई। वैदिक परंपराओं और वास्तुशिल्पशास्त्र के अनुयायियों की संख्या बहुत घट गई क्योंकि उन्हें अंधविश्वासी समझा जाता था। लेकिन वर्तमान में भारत के अनेक बुद्धिजीवी प्राचीन भारतीय साहित्य की महानता तथा गौरव के प्रति जागरूक हो रहे हैं और नई पीढ़ी के विद्वान् पश्चिमी सभ्यता से प्राप्त आलोचना और विश्लेषण के मानदंडों का उपयोग प्राचीन भारतीय विद्या के लिए कर रहे हैं। इसे एक रचनात्मक दृष्टिकोण तथा स्वागत के योग्य चिह्न समझा जाना चाहिए।

आजकल की अधिकांश इमारतें और यहां तक कि मंदिर निर्माण करते हुए भी वास्तुशिल्पशास्त्र का जरा-सा भी ध्यान नहीं रखा जाता। इसका परिणाम यह होता है कि उनमें रहने वालों और उनका उपयोग करने वालों को स्वास्थ्य, धन, जीवन-साथियों, संतानों, मानसिक शांति और सुख के अभाव से संबंधित कष्टों को भोगना पड़ता है; और यह कहना अतिशयोक्ति नहीं होगी कि जो इमारतें अर्वाचीन भारतीय ग्रंथों के अनुसार बनायी जाती हैं, उनमें रहने वालों को सब प्रकार की संपन्नता और सुख प्राप्त होता है, क्योंकि वास्तुशिल्पशास्त्र विज्ञान, कला, खगोल विज्ञान, ज्योतिषशास्त्र तथा रहस्यमय धर्म, सिद्धांत का सम्मिश्रण है इसलिए किसी को भी इसके गुणों और दुर्गुणों के बारे में निर्णय लेते समय बहुत सावधान रहना चाहिए।

इस विषय पर ग्रंथों के रचयिता ऋषियों और संतों ने इन्हें लिखते समय अपने मस्तिष्क में इस सौरमंडल की आत्मा सूर्य के प्रभाव, चंद्र, पृथ्वी और उसके वासियों पर पड़ने वाले दूसरे ग्रहों के प्रभाव, उनके प्रकाश तथा ताप के प्रभावों, पृथ्वी के वातावरण, वायु और उसकी दिशाओं, पृथ्वी का चुंबकीय क्षेत्र, आकर्षण शक्ति एवं अन्य कारकों का ध्यान रखा था। खगोलशास्त्र ज्योतिषशास्त्र की नींव है और ये दोनों शास्त्र पंचांग (कलेंडर) सहित वास्तुशिल्प शास्त्र के विभिन्न पहलुओं में, विशेष रूप से निर्माण कार्य प्रारंभ करने का दिन तथा समय निश्चित करने का निर्णय लेने में, महत्त्वपूर्ण भूमिका निभाते हैं।

इस विषय की जटिल प्रकृति के कारण पहले कुछ अध्यायों में खगोलशास्त्र, ज्योतिष, कलेंडर और इन सबसे अधिक महत्त्वपूर्ण वेदों के बारे में संक्षिप्त विवरण देना आवश्यक हो जाता है। जहां कहीं संभव और आवश्यक हुआ है वैज्ञानिक व्याख्या और अर्थसहित संस्कृत के श्लोकों को उद्धृत किया गया है; ऐसा वास्तुशिल्पशास्त्र की महानता और प्रामाणिकता दर्शाने के लिए आवश्यक भी था।

विषय सूची

‘वेद’ तथा ‘हिंदू’ शब्द के स्रोत

प्राचीन फारस के लोग अखंड भारत को, जहां सिंधु नदी बहती थी, ‘हिंदू’ नाम से पुकारते थे, कारण वे ‘स’ स्वर के स्थान पर ‘ह’ का उपयोग करते थे। पश्चिम के लोग सिंधु नदी को ‘इन्डस’ (Indus) नाम से जानते थे और इसी शब्द से इसका ‘इंडिया’ (India) नामकरण हुआ है। पुराणों में इस देश का उल्लेख भारतखंड, भारतवर्ष या जम्बूद्वीप के रूप में हुआ है। वर्तमान भारत को जाग्रत करने वाले स्वामी विवेकानंद हिंदुओं को वेदों के अनुयायी, वैदिक अथवा वेदांत के माननेवाले अर्थात् वेदांती कहा करते थे। उन्होंने यह भी कहा था कि विश्व के अधिकांश धर्म कुछ निश्चित ग्रंथों का अनुसरण (पालन) करते हैं, वे विश्वास करते हैं कि उनके उन ग्रंथों में परमात्मा के शब्द हैं यही उनके धर्म के आधार हैं।

पश्चिम के आधुनिक विद्वानों के अनुसार, हिंदुओं के वेद सबसे प्राचीन हैं। वेद व्यक्तियों के उद्‌गार नहीं हैं। उनका काल या समय निश्चित नहीं हुआ है और न कभी निश्चित हो सकता है, ये शाश्वत हैं। जबकि विश्व के अन्य सभी धर्म अपने प्रभुत्त्व में दावा करते हैं कि वह एक व्यक्तिगत भगवान या अनेक व्यक्तियों, देवदूतों या भगवान के विशेष संदेशवाहकों द्वारा कुछ व्यक्तियों से विश्व में प्रसारित हुए। वेदों का आधार कोई व्यक्ति नहीं है बल्कि वे स्वयं ही एक प्रमाण हैं, शाश्वत होते हुए परमात्मा का ज्ञान हैं। वे न कभी लिखे गये, न रचे गये, वे हर समय स्थित थे; जैसे कि सृष्टि अनंत और शाश्वत है, प्रारंभ और अंत से रहित है, उसी प्रकार परमात्मा का ज्ञान आदि और अंत से रहित है। और यह ज्ञान ही वेदों (विद्=जानना) का अर्थ है। ज्ञान के जिस भंडार को वेदांत कहा जाता है, वह उन मान्य लोगों द्वारा खोजा गया, जिन्हें ऋषि अथवा विचारों का दृष्टा कहा जाता है अर्थात् वे विचार उनके अपने नहीं थे, वे विचारों को देखने वाले थे। *ऋषयो मंत्रदृष्टार:,* ऋषि का अर्थ ही है मंत्रदृष्टा।

भारतीय स्मृति ग्रंथों के अनुसार, परमात्मा ने जब सृष्टि की रचना की, तो उसकी अनुभवातीत ऊर्जा सर्वत्र व्याप्त थी। यह आध्यात्मिक ऊर्जा शुद्ध कंपन ‘शब्दब्रह्म’ थी, जिसमें परमात्मा पाया जा सकता है। यह पवित्र ध्वनि कंपन ‘ॐ’ मंत्र के रूप में व्यक्त हुआ, जो प्रत्येक वस्तु का आधार-स्थल है अथवा दूसरे शब्दों में समस्त शक्तियां इस पवित्र कंपन में निहित हैं।

भगवान श्री कृष्ण ने भगवद्‌गीता में कहा है :

पितामहस्य जगतो माता धाता पितामहः।
वेद्यं पवित्रमोंङ्कार ऋक्साम यजुरेव च॥ *(9:17)।*

अर्थः इस संपूर्ण जगत् का धाता अर्थात् धारण करने वाला एवं कर्मों के फल को देनेवाला, पिता, माता, पितामह, जानने योग्य, पवित्र ओङ्कार तथा ऋग्वेद, सामवेद और यजुर्वेद भी मैं ही हूं।

वेद सर्वप्रथम किस प्रकार लिखित रूप में संकलित किये गये, इसकी व्याख्या निम्न प्रकार से की गयी है:—

विष्णु भगवान ने भगवान ब्रह्मा को वैदिक ज्ञान सिखाया, जिन्होंने इसे अन्य ऋषियों और आध्यात्मिक जनों (जो वेदों को स्मरण रखने के लिए आजन्म ब्रह्मचर्य व्रत धारण रखते थे) और नारद मुनि में प्रकट किया, जिन्होंने इसे दूसरों को सिखाया। यहां से मौखिक परंपरा प्रारंभ हुई और हजारों वर्षों तक वेदों को इस प्रकार एक पीढ़ी से दूसरी पीढ़ी को सौंपा जाता रहा। अंत में, द्वापर युग की समाप्ति पर महर्षि वेदव्यास ने इसे चार भागों में विभाजित किया और लिखित रूप दिया, ताकि कलियुग अर्थात् आधुनिक युग के कम ज्ञान वाले लोग उन्हें सरलता से समझ सकें।

वेद चार हैं: ऋग्वेद, यजुर्वेद, सामवेद और अथर्ववेद। पुराणों में दी गई प्रामाणिक कथाएं और ऐतिहासिक तथ्य पांचवें वेद कहे जाते हैं। सभी वेदों, वेदांत सूत्रों, ब्राह्मणों, आरण्यकों और उपनिषदों को मूल रूप से उद्घाटित 'श्रुति' माना जाता है। वैदिक साहित्य के अन्य भाग, जिनमें महाभारत, भगवद्गीता, रामायण तथा सभी पुराण सम्मिलित हैं, 'स्मृति' कहलाते हैं। जो व्यक्ति श्रुति और स्मृति द्वारा निर्देशित मार्ग का पालन करता है, उसे 'आर्य' कहते हैं।

कुछ अन्य वैदिक साहित्य निम्नलिखित हैं :

(1) **आयुर्वेद**—पवित्र औषधियों का मूल विज्ञान, जिसे महर्षि धन्वन्तरि ने सिखलाया।

(2) **धनुर्वेद**—महर्षि भृगु द्वारा सिखलाया सैन्य या युद्ध विज्ञान।

(3) **अर्थशास्त्र**—शासन व राजनीति विज्ञान।

(4) **गंधर्ववेद**—संगीत, नृत्य, नाटक आदि की कला।

(5) **स्थापत्यवेद**—वास्तुकला का विज्ञान। रथशिल्प, विमानशिल्प, नौकाशिल्प, दुर्गशिल्प, नगरशिल्प, मूर्तिशिल्प इत्यादि।

(6) **मनुस्मृति**—वैदिक विधि (कानून) ग्रंथ जो मनु के धर्मसूत्र पर आधारित है।

(7) **पाकशास्त्र, कामशास्त्र** आदि।

संस्कृत और वैदिक भाषाः

भारत की भाषा का प्राचीन पवित्र और साहित्यिक रूप संस्कृत है, यह वेदों से स्पष्ट है। यह भाषाविदों के लिए महान रुचि की भाषा है, क्योंकि आधुनिक भाषाविज्ञान का विकास करने में पश्चिमी विद्वानों को संस्कृत के ज्ञान से बहुत प्रोत्साहन मिला। *(एच० ए० ग्लीसन जूनियर)*

भारतीय विचार, संस्कृति और पवित्र साहित्य का सबसे प्राचीन (दस्तावेज) प्रलेख वेद हैं, जो सदाचारिता के द्वारा मोक्ष या पूर्ण मुक्ति प्राप्त करने का मार्ग दिखाते हैं और इस प्रकार उनके संदेश तथा शिक्षाएं देश, धर्म और युग की सभी संभव सीमाओं से परे हैं। वे अपने अर्थ और उपयोगिता में विश्वव्यापी हैं। वे पूरी मानवता तथा हर युग के लिए हैं। महान जर्मन विचारक मैक्समूलर बहुत बलपूर्वक कहता है, "मेरी मान्यता है कि मानव का अध्ययन करने में संसार में वेदों के समान महत्त्वपूर्ण कुछ नहीं। मेरा मानना है कि प्रत्येक वह व्यक्ति जो अपने को योग्य बनाना चाहता है, अपने पूर्वजों और अपने इतिहास के बारे में जानना चाहता है, अथवा अपना बौद्धिक विकास करना चाहता है, इतिहास के बारे में जानना चाहता है, उसके लिए वैदिक साहित्य का अध्ययन करना आवश्यक है। भारत ....आज तक धर्म, विधि-विधान, रीति-रिवाजों और कानूनों में वेदों से उच्च किसी सत्ता को नहीं मानता।" वैदिक साहित्य में जो कुछ है वह अपनी उज्ज्वलता में सबसे भिन्न और अनूठा है, ठीक उसी प्रकार जैसे पूरी मानवता की प्रगति के लिए दिव्य आलोक विकीर्ण करता ध्रुव तारा।

यद्यपि वेद चार हैं परंतु पारंपरिक रूप से उन्हें 'त्रयी' या त्रय विद्या अर्थात् तीन प्रकार का ज्ञान कहते हैं, क्योंकि वे ज्ञान, भक्ति और कर्म पर विचार करते हैं तथा गद्य, पद्य एवं गीतों में हैं। ऋग्वेद में ज्ञानमार्ग, यजुर्वेद में कर्ममार्ग और सामवेद में भक्तिमार्ग पर बल दिया गया है। अथर्ववेद इन तीनों के संश्लेषण (मिश्रित रूप) का प्रतिनिधित्व करता है। अतः वेदों को निरपवाद रूप से "त्रयम् ब्रह्म सनातनम्" कहा जाता है। ऐसा संभवतः इसलिए भी है क्योंकि चौथा वेद, 'अथर्ववेद' अपेक्षतया बहुत बाद का है। ये चारों मिलकर भारतीय धार्मिक, दार्शनिक तथा सांस्कृतिक व्यवस्था और अनुपालनों की नींव का निर्माण करते हैं। भारतीय सभ्यता और संस्कृति सहस्त्रों वर्षों से पड़ने वाले समय के कठोर थपेड़ों का सामना करते हुए भी इसलिए जीवित रही है, क्योंकि वह वेदों के ज्ञान की पाषाण जैसी अटूट नींव पर आधारित है।

वेदों में कई बार यह सुनिश्चित रूप से घोषणा की गयी है कि सत्य एक है, साधुजन उसे विभिन्न नामों से

पुकारते हैं, परमात्मा एक है परंतु उसके आयाम अनेक हैं। वेदों के विभिन्न देवता एक ही सत्य की भिन्न-भिन्न अभिव्यक्तियां हैं। देवताओं की यह तथाकथित बहुसंख्या वेदों की मूल शिक्षा को स्पष्ट रूप से प्रतिबिंबित करती हैं, ''सभी पथ एक ही लक्ष्य की ओर ले जाते हैं।'' सत्य एक है और प्रत्येक उसे खोज रहा है। व्यक्तिगत स्वभाव, समय, स्थान, नाम आदि तथाकथित अंतर उत्पन्न करते हैं। यह विश्व उस (परमात्मा) के अंश की अभिव्यक्ति है :

''क्या था, क्या है और क्या होगा,
सब कुछ ओम् है।
तीनों कालों की सीमाओं से परे भी
जो कुछ है, वह ओम् है।''

युग तथा वैदिक धर्म

विश्व के सभी युगों का उनके क्रमानुसार निम्नलिखित वर्णन है :

(अ) **कृतयुग** (सत्ययुग): पवित्रता और शांति का युग, यह 1,728000 वर्षों तक रहा। इसमें मनुष्यों की आयु लंबी होती थी और आत्मसाक्षात्कार की प्रक्रिया नारायण पर ध्यान लगाने की थी (सागर को नाराह कहा गया है, क्योंकि उनको नर द्वारा उत्पन्न किया गया, और वह उनका पहला निवास स्थान 'आयन' था, अत: उसे नारायण नाम दिया गया)।

(ब) **त्रेतायुग:** यह 1,296000 वर्षों तक रहा इसमें मनुष्यों की आध्यात्मिक प्रवृत्ति और आयु में पहले से कमी आयी। इस युग में आत्मसाक्षात्कार की प्रक्रिया कर्मकांड के अनुसार त्याग करना थी।

(स) **द्वापरयुग:** यह 8,64000 वर्षों तक रहा। इसमें लोग आत्मसाक्षात्कार के लिए निर्धारित प्रक्रिया के अनुसार मंदिरों में प्रचलित पूजा करते थे। लेकिन मनुष्यों की धार्मिक प्रवृत्ति में और अधिक पतन होता गया।

(द) **कलियुग:** वर्तमान युग कुल 4,32000 वर्षों तक चलेगा, इसका प्रारंभ लगभग 5000 वर्षों पूर्व से हुआ है। इसमें लोगों की आयु कम होती है। वे आध्यात्मिक विषयों अथवा आत्मसाक्षात्कार के प्रति कोई रुचि नहीं दिखलाते, इसी कारण वेदों को चार भागों में विभाजित किया गया, लिखित रूप दिया गया तथा विद्वानों को सौंपा गया, जिन्होंने उसका ज्ञान अपने विभिन्न शिष्यों को प्रदान किया। इस प्रकार विभिन्न वेदों की संबंधित शाखाएं बनीं।

ईसामसीह से 2000 वर्ष पूर्व, आर्य रूस के किसी दक्षिण भाग के निकट से अपने वैदिक धर्मानुष्ठानों और रीति-रिवाजों के साथ भारत आये, यह आधुनिक इतिहासकारों का मत है, जो अब पहले जैसी प्रामाणिकता नहीं रखता, क्योंकि सिंधु घाटी की सभ्यता (जिस पर आर्यों ने आक्रमण किया था, ऐसा कहा जाता है) 3500 और 2500 ईसा पूर्व वहां पर फली-फूली। वहां के दो मुख्य नगरों हड़प्पा और मोहनजोदड़ो में पाये जाने वाले पुरातत्व शास्त्र के प्रमाणों से यह ज्ञात होता है कि हिंदूधर्म में बाद में विकसित होने वाले कई पहलू प्रारंभिक सिंधु घाटी सभ्यता के अंग थे। वहां ध्यान मुद्रा में बैठे योगियों, भगवान शिव से मिलती-जुलती मूर्तियों जैसी वस्तुओं के अतिरिक्त यह प्रमाण भी पाया गया है कि वहां के दैनिक जीवन में मंदिर पूजा मुख्य भूमिका निभाती थी। यही वेदों में भी उस समय के लोगों के लिए महानतम आध्यात्मिक प्रगति की रीति निर्धारित की गयी थी।

अथर्ववेद में भिन्न-भिन्न भाषाएं बोलने वाली जातियों का उल्लेख है और वैदिकधर्म दूसरे मार्गों को भी स्वीकार करता है। तभी तो वैदिक धर्म ने दूसरे धर्मों को नष्ट करने की न कभी कोशिश की और न करेगा। अपने दृष्टिकोण में वह अत्यधिक विश्व व्यापक है। वैदिक संस्कृति के आज तक जीवित रहने का प्रतीक यह प्रार्थना है—''***सर्वे भवंतु सुखिन:***'' अर्थात् विश्व के सभी लोग सुखी हों। यह प्रार्थना आज भी दोहरायी जाती है। वेदों का सबसे प्रिय सिद्धांत विश्व-स्तर पर भिन्नता में एकता है।

हमारी मातृभूमि के प्रति विश्व अत्यधिक ऋणी है। धरती के किसी भी देश की एक भी जाति ऐसी नहीं है, जिसके प्रति संसार इतना ऋणी हो, जितना धैर्यशील हिंदू, विनम्र हिंदू (अर्थात् प्राचीन भारतीय) के प्रति। प्राचीन और आधुनिक काल में राष्ट्रीय जीवन के बढ़ते हुए ज्वार द्वारा महान सत्य तथा शक्ति के जो बीज डाले गये वे सदैव युद्ध में भयानक नाद करने वाली तुरहियों के माध्यम से दूसरी भूमियों पर गिरे। प्रत्येक विचार रक्तरंजित होने पर ही आगे बढ़ पाया। दूसरे राष्ट्रों ने मुख्य रूप से यही सिखाया, परंतु भारत हजारों वर्षों तक शांतिपूर्वक स्थित रहा।

हमारे वैदिक धर्म ने जो सिखाया है और हमारा जो स्वभाव है, उसीके अनुसार हमें अपना विकास करना चाहिए। विदेशियों द्वारा थोपी गयी कार्य करने की नीति को अपनाने का प्रयत्न करना व्यर्थ है, यह असंभव भी है। हमें दूसरी जातियों की संस्थाओं

या प्रथाओं की निंदा नहीं करनी है; वे उनके लिए अच्छी हैं पर हमारे लिए नहीं। जो वस्तु एक व्यक्ति के लिए उपयुक्त है, वह दूसरे के लिए विष हो सकती है यह प्रथम शिक्षा है जो सीखनी है। उन्होंने जो आधुनिक व्यवस्था प्राप्त की है उसकी पृष्ठभूमि में दूसरे विज्ञान, दूसरी संस्थाएं और दूसरी परम्पराएं हैं। हम स्वाभाविक रूप से अपनी मानसिक प्रवृत्ति का पालन कर सकते हैं, जिसके पीछे हमारी परम्पराएं और हजारों वर्षों के पूर्व कर्म हैं। हम अपने ही पूर्व निर्मित मार्ग पर दौड़ सकते हैं और वही हमें करना पड़ेगा।

खगोलशास्त्र: आकाशीय पिंडों व नक्षत्रों का विज्ञान

कुछ हजार वर्ष पूर्व मनुष्य यह भी नहीं जानता था कि पृथ्वी गोल है या चपटी। कुछ सौ वर्षों पहले उसने जाना कि यह गोल है परंतु उसे यह पता नहीं चला था कि वह ब्रह्मांड का केंद्र है अथवा सूर्य का चक्कर लगाने वाले ग्रहों की तरह एक ग्रह। लेकिन अब वह जानता है कि सूर्य एक नक्षत्र है और ग्रहों का चक्कर लगाने वाले पिंड चंद्रमा हैं।

हमारी पृथ्वी सूर्य का चक्कर लगाते हुए अंतरिक्ष में घूमती है। सूर्य को सम्मिलितकर सूर्य का यह परिवार सौरमंडल कहलाता है। इसकी उत्पत्ति कम-से-कम 5 अरब वर्ष पहले हुई। इसमें नौ ग्रह सम्मिलित हैं और 33 चंद्रमा, जिनके कि बारे में हम जानते हैं। इसमें कई हजार छोटे-छोटे ग्रह और ग्रहिकाएं भी शामिल हैं। सौरमंडल के मध्य में स्थित सूर्य सबसे विशाल पिंड है। यह चमकती हुई गैस का विशाल गोला है और इसका व्यास 1,392000 किलोमीटर (865000 मील) है और पृथ्वी का केवल 13000 कि०मी० (8000 मील)। सूर्य की सतह पीली व गरम है और वहां का ताप 6000^0 सी (सेलिसियस) है। इससे अंतरिक्ष में जो तीव्र प्रकाश और ताप निकलता है, उसके कारण इसके सबसे निकटतम ग्रह बुध में जीवन पनपना असंभव है। इसी प्रकार अधिकतम दूर स्थित ग्रहों पर भी जीवन पनपना संभव नहीं, क्योंकि वे इतनी दूरी पर हैं कि वे सदा ठंड से जमे रहते हैं और जहां तक हमारा ज्ञान है, जीवन केवल धरती/पृथ्वी पर ही है। ग्रह सूर्य का चक्कर जिस मार्ग से लगाते हैं, उस पथ को 'कक्षा' या 'परिक्रमा पथ' कहा जाता है। कक्षाएं चपटे गोले की भांति या अंडाकार होती हैं। उनमें से अधिकांश लगभग गोलाकार हैं। प्लूटो की कक्षा को छोड़कर वे लगभग एक स्तर पर रहती हैं अर्थात् वे अधिक झुकी हुई नहीं हैं। अधिकांश ग्रहों के चारों ओर उनके चंद्रमाओं की कक्षाएं हैं।

सूर्य के सबसे निकटतम बुध ग्रह है, जो कि सूर्य से लगभग 57,900,000 कि०मी० दूर है इसके बाद आता है शुक्र, जो 108,200,000 कि०मी० दूर है, पृथ्वी या धरती 149,598,000 कि०मी०, मंगल (कुज) 227,900,000 कि०मी०, बृहस्पति (गुरु) 778,300,000 कि०मी०, शनि 1,427,000,000 कि० मी०, यूरेनस 2869,600,000 कि०मी०, नेपच्यून 4,496,600,000 कि०मी०, प्लूटो 5,900,000,000 कि०मी० दूर है। (कुल मिलाकर नौ ग्रह) जहां तक चंद्रमाओं की संख्या का प्रश्न है, बुध और शुक्र के कोई चंद्रमा नहीं, पृथ्वी का एक, मंगल के दो, बृहस्पति के तेरह, शनि के दस (छल्ले), यूरेनस के पांच, नेपच्यून के दो चंद्रमा हैं। पृथ्वी की अपनी कक्षा में चक्कर लगाने की गति 20.79 कि०मी/सेकिंड, वर्ष की लंबाई 365.25 दिन और दिन की अवधि 23 घंटे, 56 मिनट, 4 सेकिंड है।

सूर्य का अधिकतम भाग हाइड्रोजन गैस के रूप में है जो धीरे-धीरे ऊर्जा छोड़ते हुए हीलियम में परिवर्तित होती रहती है। सबसे अंदर के चार ग्रह अधिकांश रूप में चट्टान और धातुओं के बने हैं। उनमें हाइड्रोजन और हीलियम की मात्रा बहुत कम है। ये गैसें पूरे सौरमंडल में सबसे सामान्य पदार्थ हैं। दूसरे ग्रहों की तुलना में पृथ्वी में, जो कि सूर्य के बाद से तीसरा ग्रह है, ऑक्सीजन तथा पानी की विशाल मात्रा है। इसके अतिरिक्त नाइट्रोजन, कार्बन, हीलियम आदि भी हैं। इसकी सतह का तापक्रम जीवन का विकास होने देने के योग्य है, चाहे वह बर्फ ढके ध्रुव प्रदेश हों, या सबसे गरम रेगिस्तान। पृथ्वी का तीन-चौथाई भाग जल है और एक चौथाई स्थल। पृथ्वी की सबसे प्राचीन ज्ञात सभ्यताएं नदियों के तटों पर पायी गयी हैं, सागर तटों पर नहीं।

सूर्य स्वयं एक तारा है। यह करोड़ों तारों में से एक है। तारों के मंडल अथवा नक्षत्र-मंडल को 'आकाश गंगा' कहते हैं और यह अत्यंत विशाल है। अंतरिक्ष में ज्ञात यह दूसरी सबसे बड़ी आकाश गंगा है। सबसे विशाल ज्ञात आकाश गंगा को 'एंड्रोमेडा' कहा जाता है। सूर्य अपने परिवार के ग्रहों के साथ धीरे-धीरे आकाश गंगा के केंद्र के चारों ओर घूमता है, इसे एक यात्रा पूरी करने में 225 अरब वर्ष लगते हैं।

सभी ग्रह सूर्य के चारों ओर अपनी कक्षा में चक्कर लगाते हैं, और वे अपनी कक्षा में सूर्य के गुरुत्वाकर्षण-बल के कारण

बने रहते हैं। उसी प्रकार चंद्रमा पृथ्वी का चक्कर लगाता है। चंद्रमा की कक्षा गोलाकार न होकर अंडाकार है। चंद्रमा में भी आकर्षण शक्ति है जो पृथ्वी को प्रभावित करती है। इसके फलस्वरूप समुद्र के जल में हर दिन ज्वार आता है। पृथ्वी की गुरुत्वाकर्षण शक्ति चंद्रमा से अधिक शक्तिशाली है (चंद्रमा का व्यास 3475 कि०मी० है और यह पृथ्वी से लगभग पांच लाख कि०मी० दूर है) क्योंकि वह उससे अधिक विशाल और भारी है। सूर्य की गुरुत्वाकर्षण शक्ति इससे कहीं अधिक शक्तिशाली है और वह सभी ग्रहों को अपने चारों ओर अंडाकार पथ में रखती है।

ग्रहों की तरह चंद्रमा में अपना प्रकाश नहीं होता। वह सूर्य से प्राप्त कुछ प्रकाश को प्रतिबिंबित करता है। सूर्य द्वारा हर समय आधा चंद्रमा प्रकाशित रहता है। लेकिन पृथ्वी से चंद्रमा के परिक्रमापथ की भिन्न-भिन्न स्थितियों में उसके प्रकाशित भाग का भिन्न-भिन्न रूप दिखायी पड़ता है। कभी-कभी पृथ्वी के सम्मुख पड़ने वाला चंद्रमा का पूरा भाग सूर्य प्रकाश को प्रतिबिंबित करता दिखायी पड़ता है। इसे 'पूर्ण चंद्र' कहते हैं। दूसरे समयों पर चंद्रमा की केवल एक पतली आधी रेखा चमकती हुई दिखाई पड़ती है। इसे 'अर्ध चंद्राकार' कहते हैं। पृथ्वी से देखे जाने वाले चंद्रमा के विभिन्न रूपों को चंद्रमा की कलाएं कहते हैं। चंद्रमा 29½ दिन में अपनी सभी कलाएं पूरी कर लेता है (इस अवधि को चंद्रमास कहते हैं)। ये इतने निश्चित और नियमित रूप से होता है कि उनका उपयोग समय की गणना करने में होता रहा है। जब चांद लगभग सूर्य और पृथ्वी के मध्य में होता है तब उसकी दूसरी ओर की सतह पर सूर्य का प्रकाश पड़ता है परंतु वह धरती से नहीं देखा जा सकता। चंद्रमा हमारे लिए अदृश्य हो जाता है और इसे 'नवचंद्र' कहा जाता है। भारतीय कलेंडर के अनुसार 'नवचंद्र' से पूर्ण चंद्र तक के विकास की अवधि को शुक्ल पक्ष तथा पूर्ण चंद्र से नवचंद्र तक की अवधि को 'कृष्ण पक्ष' कहते हैं। चंद्रमा अपनी कक्षा में पृथ्वी के चारों ओर पूरा चक्कर लगाने में चंद्र माह ($29^1/_2$ दिन) से कुछ कम समय लेता है जो कि $27^1/_3$ दिन है। वह अपनी धुरी पर घूमने में भी $27^1/_3$ दिन का समय लगाता है। जब चंद्रमा अपनी कक्षा में एक चक्कर पूरा करता है, धरती उस अवधि में सूर्य के चारों ओर स्थित कक्षा में कुछ दूरी पूरी कर लेती है अर्थात् सूर्य-पृथ्वी की रेखा आगे बढ़ जाती है।

सूर्यग्रहण केवल नवचंद्र अमावस्या के अवसर पर ही पड़ता है, जबकि चांद की अंधकारयुक्त सतह पृथ्वी की ओर तथा सूर्य से प्रकाशित सतह दूसरी ओर होती है। इसके विपरीत जिस समय चंद्रग्रहण पड़ता है उस अवसर पर (पूर्ण चंद्र) पूर्णमासी होती है, तब पृथ्वी ठीक चंद्र तथा सूर्य के मध्य में होती है।

यद्यपि खगोलशास्त्र का यह संक्षिप्त उल्लेख अधिकांश पाठक अपने छात्र जीवन में पढ़ चुके होंगे फिर भी उसे उनकी स्मृति में फिर से जगाना इसलिए आवश्यक हो गया है क्योंकि यह विषय ज्योतिषशास्त्र के ज्ञान के लिए प्रासंगिक है। ये दोनों मिलकर प्राचीन वास्तुशिल्पशास्त्र के मूल सिद्धांतों के विकास को प्रभावित करते हैं।

परंतु हिंदुओं की ब्रह्मांडीय धारणा के अनुसार, सारा ब्रह्मांड सर्वोच्च देवता विष्णु का शरीर है। विष्णु सहस्रनाम के एक श्लोक में इसका असाधारण रूप में वर्णन किया गया है:

उसके चरण पृथ्वी हैं, नाभि आकाश है, श्वास वायु है, नेत्र सूर्य और चंद्र हैं, कान दिशाबिंदु हैं, सिर स्वर्ग है, मुख अग्नि है, निवास सागर हैं, पेट देवों, असुरों, गंधर्वों, पुरुषों-स्त्रियों, पक्षियों, पशुओं आदि से बसा हुआ संसार है।

ज्योतिषशास्त्र-व्यावहारिक खगोलशास्त्र

अंग्रेजी भाषा का शब्द एस्ट्रॉलॉजी (Astrology) दो शब्दों (Astro) एस्ट्रो=नक्षत्र और (logos) लोगोस=कारण या तर्क से मिलकर बना है। संस्कृत में इसे ज्योतिषशास्त्र या प्रकाश का विज्ञान कहते हैं। हिंदू ज्योतिषशास्त्र समय के विकास के सिद्धांत पर आधारित है।

हमारे प्राचीन महर्षि ज्ञान की प्रत्येक शाखा के पूर्ण ज्ञाता थे और उन्होंने जीवन की उन सभी समस्याओं का समाधान पा लिया था, जिन्हें अब आधुनिक विज्ञान हल करने का प्रयत्न कर रहा है। कुशल ज्योतिषी किसी को होने वाली विभिन्न प्रकार की बीमारियों के बारे में भी पहले से भविष्यवाणी कर सकते हैं, ये क्षमताएं दूसरों को प्राप्त नहीं हैं। ऋषियों ने इस प्रकार कहा है :

'दर्पण मिथ्यावत्' अर्थात् दूरवीक्षण यंत्र (दर्पण) द्वारा जो तथ्य या दृश्य देखा जाता है वह वास्तव में सत्य का प्रतिनिधित्व नहीं करता। तारे (नक्षत्र) और ग्रह अंतरिक्ष में पदार्थ की अभिव्यक्ति हैं और वे सदा गुरुत्वाकर्षण के प्राकृतिक नियमानुसार चलते हैं; ज्योतिषशास्त्र वह विज्ञान है जो मनुष्यों और सांसारिक कार्यों पर पड़ने वाले उनके प्रभावों का लेखा रखता है। संबद्धता (Cohesion), आसंजन या चिपकाव (Adhesion), गुरुत्वाकर्षण (Gravitation) और रासायनिक संयोग (Chemical Combination) ब्रह्माण्डीय शक्तियां हैं जो सतत कार्यशील रहती हैं। किसी भी तत्त्व का सबसे छोटा कण जिसके बारे में हम विचार कर सकते हैं, एक अणु है। इसके केंद्र में एक नाभिक (Nucleus) होता है जिसे प्रोटोन कहते हैं। इसके चारों ओर निर्धारित मार्ग पर इलेक्ट्रोन चक्कर काटते रहते हैं, जैसे कि सूर्य के चारों ओर ग्रह चक्कर काटते हैं। पृथ्वी पर रहने वाला मानव ऐसे कई अणुओं का सम्मिश्रण है और निश्चित रूप से सौरमंडल में होने वाले परिवर्तनों से प्रभावित होता है।

चट्टानों का निर्माण और बिखराव, जलवायु और वातावरण के परिवर्तन, रात और दिन, वस्तुओं का बनना तथा मिटना सब कुछ सौरप्रभावों द्वारा होता है। सूर्य के कारण वर्षा होती है, वर्षा का हमारी फसलों और पौधों पर प्रभाव पड़ता है और फिर उनका प्रभाव पशुओं और मनुष्यों के जीवन, उनके स्वास्थ्य, संपत्ति तथा आर्थिक मामलों पर पड़ता है।

जब एक बच्चे का जन्म होता है, जिस महत्त्वपूर्ण क्षण वह अपनी पहली श्वांस लेता है, उसके चारों ओर की परिस्थितियां उसके भविष्य पर भौतिक प्रभाव रखने लगती हैं, इसलिए जन्म के संयोग की किसी प्रकार से उपेक्षा नहीं की जा सकती। ग्रहों की किरणों का कोणीय निर्माण प्रत्येक सेकिंड पर बदलता रहता है, फलस्वरूप, सांसारिक प्राणियों तथा वस्तुओं आदि पर भी उनका प्रभाव आवश्यक रूप से परिवर्तित होता रहता है। इस पृथ्वी पर लगभग 2 अरब से अधिक मनुष्य हैं, परंतु कोई भी दो व्यक्ति, यहां तक कि जुड़वां बच्चे भी भिन्न-भिन्न प्रकार से व्यवहार करते हैं।

अपने जन्म के विषय में मनुष्य के पास कोई पसंद नहीं है, वह यह नहीं कह सकता कि उसे अपनी पसंद के माता-पिता के यहां ही जन्म लेना चाहिए। यह परमात्मा का निर्णय होता है, जो मनुष्य के पूर्व जन्म के कर्मों पर आधारित होता है। एक लखपति का बच्चा अपने जन्म के संयोग से लाखों का उत्तराधिकारी हो जाता है, जबकि हो सकता है कि एक प्रतिभाशाली व्यक्ति अच्छा जीवनस्तर बिताने के भी योग्य न हो। यहीं कर्म का सिद्धांत या निरंतरता का नियम प्रकट होता है, क्योंकि इसके बिना संसार में जो अनेक असंगतियां हैं, उनकी संतोषजनक रूप से व्याख्या नहीं की जा सकती। एक गाली ध्वनि की छोटी सी अदृश्य तरंग है जो व्यक्ति के मस्तिष्क को प्रभावित करती है और उसे दुख पहुंचाती है, यही बात छोटी-सी प्रशंसा के संदर्भ में भी कही जा सकती है। चंद्रमा क्योंकि मस्तिष्क पर प्रभाव डालता है इसीलिए पूर्ण चंद्र और नवचंद्र के दिनों में हम पागलों को अधिक सनकी होता हुआ देखते हैं। मनुष्य की तीन प्रवृत्तियां सत्त्व (शुद्धता), राजस (कार्य) और तामस (आलस्य) उसके द्वारा ग्रहण किये भोजन की किस्म पर निर्भर करती हैं। इन सभी उदाहरणों में हम वास्तविक व्यक्तियों को सूक्ष्म प्रभावों से प्रभावित होते हुए देखते हैं।

ब्रह्मांड की तुलना में मनुष्य एक पिंडअंड है और इसी के फलस्वरूप मानवता के सुख-दुख या उतार-चढ़ाव उन परिवर्तनों के अनुसार होते हैं, जो पृथ्वी तथा आकाश में घटित होते हैं, सूर्य के चारों ओर अपनी कक्षा में यात्रा करते हुए पृथ्वी सूर्य के गुरुत्वाकर्षण क्षेत्र में बाधाएं डालती है और ये बाधाएं लहरों के रूप में फैलती हैं। इसी प्रकार के प्रभाव अन्य ग्रहों और चंद्र द्वारा भी उत्पन्न

होते हैं। मनुष्य की आंखें इन्हें बिल्कुल नहीं देख सकतीं। ग्रहों का प्रभाव जब सूर्य जैसे विशालाकार पिंड पर पड़ सकता है, तब मानव-से कोमल यांत्रिक और छोटे आकार वाले प्राणी पर पड़ने वाले प्रभाव की तीव्रता का अंदाजा आप स्वयं लगा सकते हैं।

इस भांति सभी प्रकार के जीवन पर, चाहे वह गतिशील हो या अचल, सूर्य, ग्रहों और नक्षत्रों का असर पड़ता है एवं ज्योतिष शास्त्र हमें यह ज्ञान देता है कि वे हमें कब तथा कैसे प्रभावित करते हैं। क्या वे अच्छे, बुरे या प्रभावरहित हैं और हम कैसे उन्हें घटा-बढ़ा सकते हैं या ग्रहों की स्थिति से पड़ने वाले दुष्ट प्रभावों को प्राचीन ऋषियों द्वारा निर्धारित उपचार विधियों को अपनाकर दूर कर सकते हैं।

ज्योतिष का आधार

ज्योतिष का आधार खगोलशास्त्र या नक्षत्र विज्ञान है। इसमें जिन वास्तविक कारकों की गणना की जाती है, वे हैं सूर्य, उसके सभी ग्रह, चंद्रमा, राशियां, नक्षत्र समूह और आकाश का अन्य परिदृश्य; इनमें से प्रत्येक के व्यवहार या गति स्थिति को एक निश्चित कोण से समझा जा सकता है और मनुष्यों, निश्चित क्षेत्रों, देशों अथवा पूरे विश्व के बारे में भविष्यवाणी की जा सकती है।

राशिचक्र और सौरमंडल

राशिचक्र आकाश में एक काल्पनिक मार्ग है, जो लगभग 18^0 चौड़ा है, जिसके मध्य में से सूर्यमार्ग गुजरता है और जो सूर्य, चंद्र और सभी ग्रहों की गतियों की पृष्ठभूमि बनाता है; ये नंगी आंखों से नहीं देखा जा सकता, इसका पता केवल ग्रहों की चालों का निरीक्षण करने से चलता है। सूर्य मार्ग को 30^0 के 12 बराबर-बराबर भागों में बांटा जाता है और प्रत्येक को राशिचक्र की राशि कहा जाता है। जहां तक ज्योतिष का संबंध है तो इसके अनुसार सौरमंडल का अधिपति सूर्य है। इसमें सूर्य के अतिरिक्त चंद्र, पृथ्वी, मंगल, बुध, गुरु या बृहस्पति, शुक्र तथा शनि एवं दो छाया डालने वाले बिंदु राहु और केतु सम्मिलित हैं। यूरेनस, नेपच्यून और प्लूटो इन तीन ग्रहों के बारे में समझा जाता है कि इनका मनुष्यों के कार्यकलापों पर कोई प्रभाव नहीं पड़ता।

* नक्षत्र अथवा तारे

सूर्य मार्ग 27 नक्षत्रसमूहों अथवा तारक बिंदुओं से अंकित है, इनमें से प्रत्येक $13^1/_3$ डिग्री के अंतराल पर हैं। राशियां और तारों का समूह दोनों एक ही बिंदु से गिने जाते हैं, जैसे—मेष राशि की शून्य डिग्री देशांतर रेखा अर्थात् मेष राशि का प्रारंभिक बिंदु अश्विनी नक्षत्र समूहों का भी प्रथम बिंदु है।

राशिचक्र की प्रत्येक राशि की अपनी विशेषताएं हैं :

क्रम संख्या	राशि (हिंदी/भारतीय)	अंग्रेजी में	उसका विस्तार मेष की 0 डिग्री से
1.	मेष	Aries एरीज	0 से 30
2.	वृषभ	Taurus ताउरस	30 से 60
3.	मिथुन	Gemini जेमिनी	60 से 90
4.	कर्क	Cancer केंसर	90 से 120
5.	सिंह	Leo लियो	120 से 150
6.	कन्या	Virgo वर्गो	150 से 180
7.	तुला	Libra लिब्रा	180 से 210
8.	वृश्चिक	Scorpio स्कार्पिओ	210 से 240
9.	धनु	Sagittarius सेजिटेरियस	240 से 270
10.	मकर	Capricorn केप्रीकॉन	270 से 300
11.	कुंभ	Acquarius एक्वेरियस	300 से 330
12.	मीन	Pisces पैसीज	330 से 360

* ताराओं का समुदाय नक्षत्र कहलाता है। (अनुवादक)

भारतीय ज्योतिष में ग्रहों का प्रयोग आकाशीय पिंडों या बिंदुओं के रूप मे होता है और उनमें आकर्षण का गुण होता है। ये ग्रह हैं :

क्रम संख्या	ग्रह-(हिंदी/भारतीय)	अंग्रजी में
1.	रवि (सूर्य)	Sun सन
2.	चंद्र (सोम)	Moon मून
3.	कुज (मंगल)	Mars मार्स
4.	बुध	Mercury मरकरी
5.	गुरु (बृहस्पति)	Jupiter जुपिटर
6.	शुक्र	Venus वीनस
7.	शनि	Saturn सेटर्न
8.	राहु	Dragon's Head ड्रेगन्स हेड
9.	केतु	Dragon's tail डेगन्स टेल

नक्षत्र

चंद्रमा पृथ्वी के चारों ओर अपनी कक्षा में अधिकतम 27 दिन में एक चक्कर लगाता है। इन दिनों के नाम हैं—अश्विनी, भरणी, कृत्तिका, रोहिणी, मृगशिरा, आर्द्रा, पुनर्वसु, पुष्य, आश्लेषा, मघा, हुब्बा (पुर्वा फाल्गुनी), उत्तरा फाल्गुनी, हस्त, चित्रा, स्वाति, विशाखा, अनुराधा, ज्येष्ठा, मूल, पूर्वाषाढ़ा, उत्तराषाढ़ा, श्रवण, धनिष्ठा, शतभिषा, पूर्वाभाद्रपद, उत्तराभाद्रपद, रेवती। उत्तराषाढ़ा और श्रवण के बीच अभिजित 28वां नक्षत्र है, पर इसे अधिक महत्व नहीं दिया गया है।

इस पुस्तक में ज्योतिष शास्त्र का उल्लेख वास्तुशिल्प शास्त्र में उसकी स्थिति तथा महत्त्व बताने के लिए किया गया है और इसीलिए उसके केवल मूल आवश्यक तत्त्वों की ही व्याख्या की गयी है। पूर्ण राशिचक्र का प्रतिनिधित्व निम्नलिखित आरेख में किया गया है :

12 मीन (Pisces)	1 मेष (Aries)	2 वृषभ (Taurus)	3 मिथुन (Gemini)
11 कुंभ (Acquarius)			4 कर्क (Cancer)
10 मकर (Capricorn)			5 सिंह (Leo)
9 धनु (Sagittarius)	8 वृश्चिक (Scorpio)	7 तुला Libra	6 कन्या (Virgo)

जन्मपत्रिका या जातक

इसमें व्यक्ति के बिलकुल ठीक जन्म समय पर आकाश स्थित नक्षत्रों को देखकर ज्योतिषी द्वारा उसके जीवन की भावी घटनाओं की भविष्यवाणी की जाती है। किसी व्यक्ति की जन्मपत्री बनाने के लिए वह स्त्री है या पुरुष अर्थात् उसका लिंग, सही जन्म समय, दिन, तिथि और जन्म स्थान की जानकारी पूर्णत: आवश्यक है। हिंदू और पश्चिमी राशियों में 22^0 का अंतर है। इसका अर्थ यह हुआ कि मान लीजिए हिंदू जन्मपत्री के अनुसार एक ग्रह 20 डिग्री कर्क में स्थित है, तो पश्चिमी ज्योतिष के अनुसार वह सिंह की 12वीं या 13वीं डिग्री में होगा। यही कारण है कि हमें इन दोनों प्रणालियों को मिलाना नहीं चाहिए, इनमें से किसी एक को मानना चाहिए। हिंदू ज्योतिष के अनुसार, साधारण उद्देश्य से भविष्यवाणी करने के लिए राशिचक्र और नवमास आरेख ही पर्याप्त होता है। जन्मपत्री के बारह घरों में मानव जीवन की सभी प्रमुख घटनाएं निहित होती हैं। जन्मपत्री के घर को संस्कृत में भाव कहते हैं। आवश्यक नहीं है कि जन्मपत्री के 12 घर या भाव राशिचक्र के बारह चिह्नों से मेल खायें। वे वास्तव में परिवर्तनशील होते हैं। प्रत्येक चिह्न 30^0 के विस्तार में होता है। परंतु एक घर या भाव की लंबाई जन्म समय और जन्मस्थान के अक्षांश पर निर्भर करती है।

जन्मपत्री का अध्ययन और निर्णय करके निम्नलिखित बातें निश्चित की जा सकती हैं: आयु तथा मृत्यु, व्यक्तिगत रूप-रंग, चरित्र और मनोमस्तिष्क, स्वास्थ्य तथा बीमारी, शिक्षा और आर्थिक संभावनाएं, विवाह व संतान, जीविकोपार्जन के साधन, माता-पिता तथा भाई, शत्रु और ऋण, घटनाओं का समय। वास्तुशिल्पशास्त्र में विशेष रूप से कार्य प्रारंभ करने का निश्चित समय निर्णय करने, मुख्य द्वार को लगाने और गृह प्रवेश समारोह आदि का समय निर्धारित करने में उपरोक्त बहुत महत्वपूर्ण भूमिका निभाता है, ताकि इन कार्यों के लिए ऐसा समय या मुहूर्त निश्चित किया जाए, जिससे उसमें रहने वाले संपन्न तथा सात्विक रूप से सुखी रहें।

उदाहरण के लिए, 8-8-1992 ईसवी सन् में बंगलोर (भारत) में 7.35 सायं को जन्मे व्यक्ति की जन्मपत्री की राशि और नवमास आरेख निम्नलिखित है:—

राहु		चंद्र शनि	
	राशि 8.8.92 7.30		सूर्य
			मंगल बुध,शुक्र
	गुरु		केतु

	शनि शुक्र		
	नवमास		केतु
लग्न राहु, सूर्य			बुध चंद्र
	गुरु	मंगल	

भवन या इमारत के संबंध में वह जिस व्यक्ति के नाम पर (रजिस्टर्ड) पंजीकृत होती है, उसी की जन्मपत्री के अनुसार [उसके भवन के बारे में] विचार किया जाता है।

हिंदू कलेंडर – पंचांग

(पंच=पांच; अंग=भाग और ये पांच भाग हैं-नक्षत्र, तिथि, कर्ण, योग और तिथि या वार)

हिंदू कलेंडर दो विधियों को अपनाकर बनाया जाता है; एक चंद्रमा द्वारा पृथ्वी के चारों ओर चक्कर काटने की गति पर निर्भर करता है और दूसरा पृथ्वी द्वारा सूर्य का चक्कर लगाने की गति पर। हिंदू नववर्ष का प्रथम दिन कर्नाटक में युगादि, महाराष्ट्र में गुढी पाडवा, केरल और कर्नाटक के तटीय भागों में विशु, पश्चिमी बंगाल में वैशाकी, पंजाब में वैशाखी, और इसी प्रकार अन्य प्रदेशों में जाना जाता है। चंद्रमा के अनुयायियों के लिए चंद्रमान युगादि तथा सूर्य के अनुयायियों के लिए स्वर्णमान युगादि कहलाता है।

चंद्र कलेंडर में बारह महीने होते हैं—चैत्र, वैशाख, ज्येष्ठ, आषाढ़, श्रावण, भाद्रपद, आश्विन, कार्तिक, मार्गशीर्ष, पौष, माघ और फाल्गुन। प्रत्येक माह दो भागों में विभाजित है, जिनमें से प्रत्येक में 14 से 16 दिन होते हैं, ये है:—

(1) शुक्ल पक्ष: अमावस्या से पूर्णिमा तक

(2) कृष्ण पक्ष: पूर्णिमा से अमावस्या तक

प्रत्येक वर्ष मार्च-अप्रैल में एक दिन चंद्रमान युगादि होता है। सूर्य कलेंडर में भी बारह महीने होते हैं—मेष, वृषभ, मिथुन, कर्क, सिंह, कन्या, तुला, वृश्चिक, धनु, मकर, कुंभ, और मीन। स्वर्णमान युगादि प्राय: प्रत्येक वर्ष 14 अप्रैल को (एक दिन + या –) पड़ता है।

अन्य विस्तार के तथ्य जैसे, तिथि, वार (दिन), नक्षत्र (ताराओं का समूह), करण (संख्या में 11), योग (संख्या में 27) पर भी दोनों प्रकार के पंचांग बनाते समय विचार किया जाता है। जैसा कि सभी जानते हैं, सप्ताह में सात दिन होते हैं, जो राहु और केतु को निकालकर सात ग्रहों के नाम पर हैं।

एक वर्ष को दो भागों में बांटा गया है—उत्तरायण और दक्षिणायण, इनका प्रत्येक वस्तु के लिए अत्यधिक महत्त्व है। यही कारण है कि पूर्व दिशा के साथ उत्तर-पूर्व और दक्षिण-पूर्व दिशाओं को भी महत्त्व प्राप्त है। सूर्य प्रति वर्ष छह महीने (14 जनवरी से 15 जुलाई तक) पृथ्वी के उत्तरी भाग पर गतिशील रहता है और इसे उत्तरायण कहते हैं, तथा शेष 6 माह (16 जुलाई से 14 जनवरी तक) पृथ्वी के दक्षिणी भाग पर गतिशील रहता है, जिसे दक्षिणायण कहते हैं। लेकिन अंग्रेजी कलेंडर के अनुसार, 21 दिसंबर से 20 जून तक उत्तरायण और 21 जून से 20 दिस० तक दक्षिणायण होता है। उत्तरायण में दिन का समय अधिक होता है और रात्रि का कम तथा दक्षिणायण में इसके विपरीत।

छह ऋतुए

हिंदू कलेंडर के अनुसार छह ऋतुएं होती हैं, प्रत्येक दो माह तक चलती हैं; ये ऋतुएं निम्नलिखित हैं:—

	ऋतुएं	चंद्र मास	अंग्रेजी में
1.	वसंत	चैत्र-वैशाख	मार्च-मई
2.	ग्रीष्म	ज्येष्ठ-आषाढ़	मई-जुलाई
3.	वर्षा	श्रावण-भाद्रपद	जुलाई-सितंबर
4.	शरद	आश्विन-कार्तिक	सितंबर-नवंबर

5.	हेमंत	मार्गशीर्ष-पौष	नवंबर-जनवरी
6.	शिशिर	माघ-फाल्गुन	जनवरी-मार्च

चार मौसम

अंग्रेजी कलेंडर के अनुसार चार मौसम होते हैं, जो निम्नलिखित हैं:—

1. वसंत (Spring) 21 मार्च से 21 जून तक
2. गर्मी (Summer) 21 जून से 22 सितंबर तक
3. पतझड़ (Autumn) 22 सितंबर से 22 दिसंबर तक
4. शरद (Winter) 22 दिसंबर से 21 मार्च तक

तिथि :

सूर्य और चंद्र के मध्य दिखाई देने वाली दूरी को 30 भागों में विभाजित किया जाता है, इन्हें तिथि कहते हैं। जब वे एक समान रेखा में होती हैं, तब नवचंद्र दिवस होता है और जब वे एक-दूसरे के विपरीत होती हैं, तो पूर्ण चंद्र दिवस। प्रत्येक तिथि एक दूसरे से 12^0 पर है तथा शुक्ल पक्ष और कृष्ण पक्ष, प्रत्येक में, 15 तिथियां होती हैं।

शुक्ल पक्ष :

(नवचंद्र यानी अमावस्या से पूर्णिमा तक) प्रतिपदा, द्वितीया, तृतीया, चतुर्थी, पंचमी, षष्ठी, सप्तमी, अष्टमी, नवमी, दशमी, एकादशी, द्वादशी, त्रयोदशी, चतुर्दशी, पूर्णिमा, परस्पर 12^0 पर स्थित हैं।

कृष्णपक्ष :

(पूर्णिमा से अमावस्या तक): प्रतिपदा, द्वितीया, तृतीया, चतुर्थी, पंचमी, षष्ठी, सप्तमी, अष्टमी, नवमी, दशमी, एकादशी, द्वादशी, त्रयोदशी, चतुर्दशी और अमावस्या भी परस्पर 12^0 पर स्थित हैं।

भवन निर्माण के प्रारंभिक बिंदु से लेकर गृह प्रवेश तक के किसी भी महत्त्वपूर्ण अवसर के लिए शुभ मुहूर्त निकालने के लिए पंचांग (कलेंडर) के साथ जन्मपत्री की सहायता ली जाती है। जिस व्यक्ति को इस विषय का उचित ज्ञान नहीं है, वह सही समाधान नहीं निकाल सकता, अतः उसे विद्वान-पुरोहित की सहायता लेनी चाहिए।

योग :

सूर्य, चंद्र और तारा समुदाय के एक विशेष स्थिति में होने से उत्पन्न प्रभाव के फलस्वरूप 'योग' बनता है। ये संख्या में 27 हैं। इनके नाम हैं: 1. विष्कंभ, 2. प्रीति 3. आयुष्मान, 4. सौभाग्य, 5. शोभन, 6. अतिगंड, 7. सुकर्म, 8. घृति, 9. शूल, 10. गंड, 11. वृद्धि, 12. ध्रुव, 13. व्याघात, 14. हर्षण, 15. वज्र, 16. सिद्धि, 17. व्यतिपात, 18. वरीयान्, 19. परिघ, 20. शिव, 21. सिद्ध, 22. साध्य, 23. शुभ, 24. शुक्ल, 25. ब्रह्मा, 26. ऐन्द्र, 27. वैधृति।

करण :

वार, तिथि और तारा समुदाय (नक्षत्र) की एक विशेष स्थिति के प्रभाव को करण कहते हैं। एक तिथि में दो करण होते हैं अर्थात् तीस तिथियों के एक माह में 60 करण होते हैं। इस प्रकार के ग्यारह करण हैं: 1. बव, 2. बालव, 3. कौलव, 4. तैतुल, 5. गरज, 6. वणिज, 7.विष्टि (भद्र), 8. शकुनि, 9. चतुष्पद, 10. नाग, 11. किंस्तुघ्न

हिंदू वर्ष (संवत्सर)

हिंदुओं के 60 वर्ष निम्नलिखित हैं:—

1. प्रभव
2. विभव
3. शुक्ल
4. प्रमुदत्त
5. प्रज्ञह्तपति
6. अंगिरस
7. श्रीमुख
8. भाव
9. युव
10. धातु
11. हीविलाम्बी
12. विलम्बी
13. विकारी
14. शारवरि
15. प्लव
16. शुभाकृतु
17. शोभाकृतु
18. क्रोधी
19. विश्वावसु
20. पराभव
21. ईश्वर
22. बहुधान्य
23. प्रमादी
24. विक्रम
25. विशु
26. चित्रभानु
27. श्वाभानु
28. तारना
29. पार्थिवि
30. व्याव्य
31. सर्वजितु
32. सर्वधारि
33. विरोधी
34. विकृति
35. खर
36. नन्दन
37. विजय
38. जय
39. मन्मथ
40. दुर्मुखी
41. प्लवंग
42. कीलक
43. सौम्य
44. साधारण
45. विरोधीकृत
46. परीधावी
47. प्रमादीक्षा
48. आनंद
49. राक्षस
50. नल
51. पिंगल
52. कालयुक्ति
53. सिद्धार्थी
54. रौद्रि
55. दुर्मति
56. दुदुंभि
57. रुधिररोधगारी
58. रक्ताक्षी
59. क्रोधान
60. अक्षय

वास्तु (प्रकृति)

विश्व पांच मूल और सारभूत तत्त्वों से निर्मित हुआ है, जिन्हें पंचमहाभूत कहते हैं, ये हैं:

(1) आकाश (अंतरिक्ष) (2) वायु (3) अग्नि (4) जल (5) पृथ्वी या भूमि। पृथ्वी के सभी प्राणी और हमारे द्वारा निर्माण किये जाने वाले भवन (इमारतें) भी इन्हीं तत्त्वों से बनें हैं। इनके बिना पृथ्वी पर जीवन नहीं रह सकता। इन शक्तियों की परस्पर निर्भरता और आंतरिक प्रक्रिया, जो एक-दूसरे से विरोधी और अपकर्षक प्रकृति रखती है, तथा उनके मध्य एक अदृश्य समीकरण का कार्य करती है, मानव बुद्धि की समझ से परे है। मनुष्य अपने कार्य करने तथा रहने के स्थानों को अपनी इच्छानुसार निर्मित कर सकता है, परंतु वह कभी भी प्रकृति और उसकी शक्तियों को, जो उसके जीवन पर प्रत्यक्ष प्रभाव डालती हैं, नियंत्रित करने के योग्य नहीं हो सकेगा।

1. आकाश (अंतरिक्ष): यह पृथ्वी से दूर एक अनंत क्षेत्र है, जिसमें केवल हमारा सौरमंडल ही नहीं, वरन् पूरी आकाश-गंगा स्थित है। इसकी प्रभावोत्पादक शक्तियां हैं—प्रकाश, ताप, गुरुत्वाकर्षण शक्ति और लहरें, चुंबकीय क्षेत्र तथा अन्य। इसकी मुख्य विशेषता शब्द (ध्वनि) है।

2. वायु : पृथ्वी को लगभग 400 कि०मी० तक उसका वायुमंडल घेरे हुए है। इसमें 21% ऑक्सीजन (प्राण वायु), 78% नाइट्रोजन, कार्बनडाइऑक्साइड, हीलियम, दूसरी प्रकार की गैसें, धूल के कण, नमी और कुछ अंशों में वाष्प है। मनुष्यों, पशुओं, पौधों का जीवन तथा अग्नि तक इन पर निर्भर करती है। इसकी मुख्य विशेषता है शब्द और स्पर्श।

3. अग्नि : यह प्रकाश और अग्नि के ताप (ज्वलन), विद्युत, ज्वालामुखी का ताप, बुखार या ज्वलनशीलता की गर्मी, ऊर्जा, दिन तथा रात, ऋतुएं और सौरमंडल के इसी प्रकार के अन्य पहलुओं, उत्साह, परिश्रम तथा भावनात्मक शक्ति का प्रतिनिधित्व करती है। इसकी मुख्य विशेषताएं हैं— शब्द, स्पर्श और रूप (आकार)।

4. जल : वर्षा, नदियां और सागर इसका प्रतिनिधित्व करते हैं। यह तरल ठोस (बर्फ) और गैस (भाप, बादल) रूप में होता है। यह दो और एक के अनुपात में हाइड्रोजन और ऑक्सीजन का सम्मिश्रण है। प्रतिक्रिया में यह पूर्णतया निष्क्रिय है। पृथ्वी के प्रत्येक प्रकार के जीवन तथा पौधे में पानी एक निश्चित मात्रा में स्थित होता है और इसकी मुख्य विशेषताएं शब्द, स्पर्श, रूप तथा रस (स्वाद) हैं।

5. भूमि (पृथ्वी): सूर्य से क्रम में तीसरा ग्रह है। यह एक विशाल चुंबक है, जिसके आकर्षण के केंद्र उत्तरी ध्रुव तथा दक्षिणी ध्रुव हैं। इसका चुंबकीय क्षेत्र और गुरुत्वाकर्षण शक्ति प्रत्येक जीवित और निर्जीव वस्तु पर अत्यधिक प्रभाव रखती है। यह अपनी धुरी पर $23\frac{1}{2}^0$ झुकी हुई है, जिसके कारण ही उत्तरायण और दक्षिणायण होते हैं। यह अपनी धुरी पर पश्चिम से पूर्व की ओर घूमती है, जिससे पृथ्वी पर रात और दिन होते हैं। सूर्य के चारों ओर एक चक्कर लगाने में यह 365 दिन (एक वर्ष) का समय लेती है। पृथ्वी का तीन चौथाई भाग जल और एक चौथाई भाग स्थल है। इसकी प्रमुख विशेषताएं शब्द, स्पर्श, रूप, रस और गुण हैं।

इन पाँच तत्त्वों और व्यक्ति तथा उसके निवास व कार्य करने के स्थानों के मध्य बाहरी, आंतरिक और सतत संबंध रहता है। इन पंच शक्तियों की प्रभावक्षमता को समझकर मनुष्य अपने मकानों का उचित परिरूप (डिजाइन) बनाकर अपनी दशा में सुधार कर सकता है। भवनों को जिस स्थान पर बनाया जाता है, उनकी जो दिशा और व्यवस्था होती है उसका उनमें रहने वालों पर प्रत्यक्ष प्रभाव पड़ता है तथा प्राचीनग्रंथ वास्तुशिल्पशास्त्र पीढ़ियों-दर-पीढ़ियों द्वारा अनुभव किये गये इसी ज्ञान के सारतत्त्व से पूर्ण है।

समरांगण सूत्रधार में लेखक वास्तुशिल्पशास्त्र के विषय पर प्रकाश डालने की आवश्यकता की व्याख्या निम्न प्रकार से

प्रस्तुत करता है:

सुखं धनानि बुद्धिश्च संततिः सर्वदा नृणाम्।
प्रियान्येषां च संसिद्धिः सर्वं स्यात् शुभ लक्षणम्॥
यात्रा निन्दित लक्ष्मात्र ताधीतेषां विघात कृत्।
अथ सर्वमुपादेयं यद्भवेत् शुभलक्षणम्॥
देशः पुरनिवासश्च सभावीस्मसनानि च।
यद्यदीदृशमन्याश्च तथा श्रेयस्करं मतम्॥
वास्तुशास्त्राद्दृतेतस्य न स्याल्लक्षणनिर्णयः।
तस्मात् लोकस्य कृपया शास्त्रमेतद्धरीयते॥

अर्थ : सही रूप से निर्मित सुखद मकान में अच्छे स्वास्थ्य, धन-संपत्ति, बुद्धि, संतान तथा शांति का निवास होगा और वह (उसके स्वामी को) कृतज्ञता के ऋण से मुक्त करेगा। वास्तुशास्त्र के नियमों की उपेक्षा का परिणाम अनावश्यक यात्राओं, अपयश, प्रसिद्धि की हानि, दुख और निराशा के रूप में प्राप्त होगा। निर्धारित नियमों की उपेक्षा करके बनाये गये (मकान) भवन के लक्षणों के बारे में नहीं बताया जा सकता। सभी घरों, ग्रामों, कस्बों और नगरों को वास्तुशास्त्र के अनुसार निर्मित करना चाहिए। इसीलिए वास्तुशिल्पशास्त्र को विश्व के सर्वतोमुखी कल्याण, संतोष और उसे अधिक सुंदर बनाने के लिए प्रकाश में लाया गया है।

विश्वकर्मा—वास्तुशास्त्र इसकी व्याख्या निम्नलिखित रूप में करता है:

शास्त्रेनानेन सर्वस्य लोकस्य परमं सुखम्।
चतुर्वर्ग फलप्राप्तिः सुलोकश्च भवेद्ध्रुवम्॥
शिल्पशास्त्रपरिज्ञाना मृत्योऽपि सुजेतांव्रजेत्।
परमानंदजनकं देवानामिद् मीरितम्॥
शिल्पं विना नहि जगतिषु लोकेषु विद्यते।
जगद्विना न शिल्पांच वर्तते वासवप्रभो॥

अर्थ : वास्तुशास्त्र के कारण सारा लोक अच्छे स्वास्थ्य, सुख और सर्वतोमुखी संपन्नता को प्राप्त करता है। इस शास्त्र द्वारा मानव दिव्यता उपलब्ध करता है। शिल्पशास्त्र का ज्ञान और इस संसार की विद्यमानता परस्पर संबंधित है। वास्तुशास्त्र के अनुयायी केवल सांसारिक सुख ही नहीं किंतु दिव्य आनंद का भी अनुभव करते हैं।

पंचभूत और निर्माण स्थल

वास्तुशास्त्र मूल रूप से सही घर बनाने की कला है, जिससे व्यक्ति अपने को ऐसी रीति से रख सके, ताकि वह पंचभूतों और पृथ्वी को चारों ओर से आवृत किये हुए चुंबकीय क्षेत्रों का अधिकतम लाभ उठा सके। तत्वों के वैज्ञानिक उपयोग से पूर्ण रूप से संतुलित वातावरण की रचना होती है, जो अच्छे स्वास्थ्य, संपत्ति तथा संपन्नता की प्राप्ति को सुनिश्चित करता है। आधुनिक वैज्ञानिक उन ऊर्जा क्षेत्रों के बारे में जानते हैं जो पृथ्वी को घेरे हुए हैं। लेकिन वे उसके स्रोत को समझने में सफल नहीं हो सके हैं। लेकिन हमारे पूर्वज जानते थे कि कोई भी आकार पृथ्वी और ब्रह्मांडीय ऊर्जा का सकेंद्रण या विकेंद्रण करता है जो मनुष्य के लिए लाभप्रद होता है अथवा हानिप्रद। हमारे प्राचीन ग्रंथों से प्रकट होता है कि हमारे ऋषियों को इन ऊर्जा क्षेत्रों से अपनी इच्छा के अनुकूल शक्ति प्राप्त करने का सूक्ष्म तथा निश्चित ज्ञान था। इसीलिए वास्तुशास्त्र में निर्माण स्थल के चुनाव को आवश्यक विचारणीय विषय बताया गया है, क्योंकि भवन का निर्माण स्थल एक अचल रूप का प्रतिनिधित्व करता है, वह अपने आकार, अनुपात, दिशा और बाहर की ओर खुलने वाले स्थानों की स्थिति आदि के अनुसार सकारात्मक या ऋणात्मक ऊर्जा विकीर्ण करेगा।

पृथ्वी, जलवायु और जीवन

सागरों से घिरे भूस्थलों में ऊंचे पर्वत, गहरी घाटियां, मैदान और पठार हैं जो नदियों की नसों तथा धाराओं और झीलों के जाल द्वारा जीवन से अनुप्राणित हैं। पृथ्वी के ऊपर और सतह के नीचे विभिन्न मात्राओं में मिट्टियां तथा खनिज पदार्थ हैं, जो जीवन को अनुपजाऊ या संपन्न बनाते हैं। पृथ्वी के घूमने के कारण हमारे रात-दिन होते हैं, जो पौधों और जीवनधारियों के जीवन को व्यवस्थित करते हैं। पृथ्वी द्वारा सूर्य के चारों ओर कुछ झुकी हुई धुरी पर घूमने के कारण मौसम या ऋतुएं होती हैं, जो फसलों और वनस्पतियों के लिए आवश्यक हैं। कोई स्थान ठंडा है अथवा गरम यह उसकी भूमध्य रेखा से सापेक्ष दूरी तथा समुद्र की सतह से ऊंचाई पर निर्भर करता है।

जलवायु मिट्टी के निर्माण की प्रक्रिया में ही महत्त्वपूर्ण भूमिका नहीं निभाती वरन् पौधों तथा पशुओं की विशेषताओं और सबसे अधिक महत्त्वपूर्ण मनुष्य की ऊर्जा पर भी प्रभाव डालती है।

प्रकृति के गुप्त रूप जीवन को जन्म देते हैं, और चाहे बेहतरी के लिए हो या अधिक खराबी के लिए, प्रकृति के नियम उस जीवन को नियंत्रित करते हैं; इसी वजह से प्राकृतिक पृष्ठभूमि से घनिष्ठ सांमजस्य उसकी प्रथम आवश्यकता बन जाता है।

अनेक पशुओं की तुलना में मनुष्य जाति की शारीरिक नम्यता तथा अपने को प्रकृति की शक्तियों के अनुकूल बनाने की क्षमता कहीं कम है। पशुओं के शरीर में भिन्न-भिन्न प्रकार की विरोधी जलवायु का सामना करने के लिए प्राकृतिक सुरक्षाएं होती हैं। पक्षीगण भी अपने शरीर को जलवायु के अनुकूल बनाने की शक्ति रखते हैं, और जब प्राकृतिक कष्ट असहनीय हो जाते हैं, तो वे दूसरे स्थानों की ओर उड़ जाते हैं, जहां की जलवायु उनके अनुकूल होती है। पक्षीगण और अन्य जीव जैसे चीटियां, दीमकें, मधु-मक्खियां आदि प्रकृति के अनुकूल बन जाने की अपनी शारीरिक क्षमता पर पूरी तरह निर्भर नहीं करते, वरन् वे अपने रहने के स्थान का निर्माण करने की योग्यता का भी विस्तार करते हैं। वे जिन विभिन्न रूपों और नमूनों में इन्हें बनाते हैं, वे युगों से एक समान रहते आये हैं, इनसे हमें ज्ञानवर्धक उदाहरण प्राप्त होते हैं।

खुले हुए घोंसलों में ऊष्मारोधी गुण देखे जा सकते हैं। रेशों और घास की लचकीली शक्ति का उपयोग लटकते हुए घोंसलों में पाया जाता है। वायु की शक्तियों से बचने की तकनीक को पेंडुलम की तरह हिलने वाले घोंसलों से जाना जा सकता है। मिट्टी और तिनकों से बने बड़े घोसलों के ढालूदार प्रवेश मार्ग से हम सूर्य की सीधी किरणों और वर्षा से बचने के उपाय सीख सकते हैं। मिट्टी और तिनकों से बने कुछ ऐसे ऊर्ध्वाधर (सीधे) घोंसले होते हैं जो आजकल की इमारतों के कमरों की तरह होते हैं, इनमें प्रत्येक विवर (छेद) एक निजी घोंसला होता है, जिसमें दो नन्हे कमरे से होते हैं। इनमें से पहला प्रवेश उपकक्ष और दूसरा अंडे देने और सोने के कमरे के रूप में काम आता है। बहुत सीधी दीवारों वाले घोंसलों में सूर्य की सीधी किरणों के अत्यधिक ताप.को मिट्टी की मोटी परत द्वारा रोका जाता है। हम देख सकते हैं कि जलवायु और सौर्य प्रभावों का सामना करने के लिए बनाये गये ये समाधान तथा रीतियां प्रकृति से सीखे जाने वाले महत्त्वपूर्ण पाठ हैं।

पक्षियों के ये प्रयत्न व्यक्तिगत अथवा जोड़े के द्वारा किये जाते हैं, जबकि कीड़ों के प्रयत्न सामूहिक होते हैं। दीमकें छोटी-छोटी पहाड़ियां-सी बनाती हैं, जिन्हें हम बल्मीक (बांबी) कहते हैं। इन्हें वे अपने भूमिगत निवास के ऊपर बनाती हैं। ये अपने चारों ओर की परिस्थितियों के अनुसार भिन्न-भिन्न प्रकार की होती हैं। मनुष्यों की तरह दीमकें भी नियंत्रित जलवायु में कार्य करना पसंद करती हैं।

उदाहरणार्थ पश्चिमी आस्ट्रेलिया की कंपास दीमक अपने भूमिगत निवास का तापक्रम रात-दिन, गर्मी और जाड़ों में 31^0

सी० से एक डिग्री के अंदर तक रखती है, जबकि बाहर का तापक्रम 3^0 सी० से 42^0 सी० तक के बीच बदलता रहता है। दीमकें अपने घोंसलों या भूमिगत निवास के तापक्रम को उसके अंदर प्रवाहित होने वाली वायु को नियंत्रित करके करती हैं। उनकी बांबी का आकार और बनावट जो 3 मीटर की ऊंचाई तक जाती है, उनके आंतरिक तापक्रम को प्रभावित करती है, उनकी मीनारें पच्चर के आकार की और सदैव उत्तर दिशा की ओर झुकी होती हैं।

जैसे ही मीनारें गरम होती है, उनके अंदर की हवा ऊपर उठ जाती है और उसके स्थान पर दीमकों के रहने के कमरों से ताजी हवा आ जाती है। मीनारों के ऊपर बहने वाली वायु भी घोंसले में से हवा को खींचने में मदद करती है। इस पूरी प्रक्रिया को 'चिमनी प्रभाव' कहते हैं और दीमकें वायुप्रवाह का नियंत्रण करने के लिए वायु मार्गों को खोलती हैं या बंद करती हैं। मनुष्य तापक्रम को इतनी सूक्ष्मता से (एयरकंडीशनिंग) वातानुकूलन प्रणाली द्वारा नियंत्रित कर सकता है, जिसमें अत्यधिक ऊर्जा लगती है और जिसके बारे में विश्वास किया जाता है कि वह अस्वास्थ्यकर भी है।

अनेक लोग मुझसे पूछते हैं कि परमात्मा द्वारा रचित मानव के अतिरिक्त भी किसी जीव के पास अपने मकानों को बनाने के कार्यों के लिए वास्तुशिल्प जैसा ज्ञान है। अन्य जीवों की जीवन प्रणाली का गहन अध्ययन करने के बाद पांच मूल तत्त्वों अर्थात् पंचमहाभूतों और वास्तुशास्त्र के आधार सूर्य के प्रभावों के बारे में उनकी विस्तृत समझ का पता चलता है।

समान वातावरण में मानव जाति उन्हीं तनावों और दबावों का सामना करती है, जो अन्य जीव करते हैं। मनुष्य स्पष्ट रूप से किसी भी ऐसे क्षेत्र में रह सकता है, जहां उसे भोजन-पानी मिल सके परंतु ऐसी परिस्थितियां बहुत सीमित हैं, जिनमें उसकी शारीरिक और मानसिक शक्तियों तथा नैतिकचरित्र का पूर्ण विकास हो सके। प्रतिकूल जलवायु में उसका शरणस्थल अर्थात् निवास स्थान सबसे बड़ी सुरक्षा होता है। भवनों की शैलियां राष्ट्रीय सीमाओं द्वारा कम लेकिन जलवायु के कटिबंधों द्वारा अधिक परिभाषित होती हैं, इनमें बस स्थानीय पसंदगी और परंपराओं की थोड़ी-सी भिन्नता होती है; आधुनिक वास्तुकला दृष्टिगत पक्ष (अर्थात् वह भवन देखने में कितना सुंदर लगता है), भौतिक क्रियाओं तथा व्यक्ति के सामाजिक और निजी अहम् पर निर्भर करती है। तथापि वास्तुशास्त्र को एक ऐसा विज्ञान समझा जाता था जो मनुष्य, प्रकृति और उसके भवनों (मकानों) के मध्य सौमनस्य ला सके। आधुनिक वास्तुकलाविद् आराम या सुख को महत्त्व देते हैं, जबकि प्राचीन भारतीय वास्तुकला प्राकृतिक तत्त्वों से सुरक्षा तथा आध्यात्मिक प्रयासों एवं जीवन में संतोष देने के वातावरण की व्यवस्था पर बल देती हैं।

दिशाएं और क्षेत्र

सभी जानते हैं कि जिस दिशा से सूर्य उदय होता है उसे पूर्व या पूरब कहते हैं और जिस दिशा में अस्त होता है उसे पश्चिम कहते हैं। जब कोई पूर्व दिशा की ओर मुंह करके खड़ा होता है, उसके बांयी ओर उत्तर और दाहिनी ओर दक्षिण होता है। वह कोण जहां दोनों दिशाएं मिलती हैं स्पष्टत: अधिक महत्त्वपूर्ण होता है, क्योंकि वह दोनों दिशाओं से आने वाली शक्तियों को मिलाता है। उत्तर-पूर्वी कोने या कोण को ईशान , दक्षिण-पूर्वी कोण को आग्नेय, दक्षिण-पश्चिम कोण को नैऋत्य और उत्तर-पश्चिम कोण को वायव्य कहते हैं।

धर्मग्रंथों के अनुसार इनका महत्त्व :

पूर्व या पूरब : पितृस्थान—इस दिशा में कोई रोक या रुकावट नहीं होनी चाहिए, क्योंकि यह नर-शिशुओं का स्रोत है।

दक्षिण-पूर्वी : (आग्नेय)—यह स्वास्थ्य का स्रोत है (अग्नि, भोजन पकाने और भोजन से संबंधित)।

दक्षिण : सुख, संपन्नता और फसलों का स्रोत है।

दक्षिण-पश्चिम : (नैऋत्य)— व्यवहार और चरित्र का स्रोत तथा दीर्घ जीवन और मृत्यु का कारण ।

पश्चिम : नाम, यश और संपन्नता का स्रोत।

उत्तर-पश्चिम : (वायव्य)— व्यापार, मित्रता और शत्रुता में परिवर्तन का स्रोत।

उत्तर : (मातृ स्थान)— यह कन्या शिशुओं का स्रोत है, अत: इसमें कोई रुकावट नहीं आनी चाहिए।

उत्तर-पूर्व : (ईशान)— नर-शिशुओं, स्वास्थ्य, संपत्ति और संपन्नता का स्रोत है।

इसके बाद भी प्रत्येक कोण दो भागों में विभाजित किया गया है:

उत्तर-पूर्व (1) पूर्व उत्तर-पूर्व=उत्तर-पूर्व की पूर्वी दिशा।
(2) उत्तर उत्तर-पूर्व=उत्तर-पूर्व की उत्तरी दिशा।

दक्षिण-पूर्व (1) पूर्व दक्षिण-पूर्व=दक्षिण-पूर्व की पूर्वी दिशा।
(2) दक्षिण दक्षिण-पूर्व=दक्षिण-पूर्व की दक्षिणी दिशा।

दक्षिण-पश्चिम (1) दक्षिण दक्षिण-पश्चिम=दक्षिण-पश्चिम की दक्षिणी दिशा।
(2) पश्चिम दक्षिण-पश्चिम=दक्षिण-पश्चिम की पश्चिमी दिशा।

उत्तर-पश्चिम (1) पश्चिम उत्तर-पश्चिम=उत्तर-पश्चिम की पश्चिमी दिशा।
(2) उत्तर उत्तर-पश्चिम=उत्तर-पश्चिम की उत्तरी दिशा।

दिशाओं के क्षेत्र (जोंस)

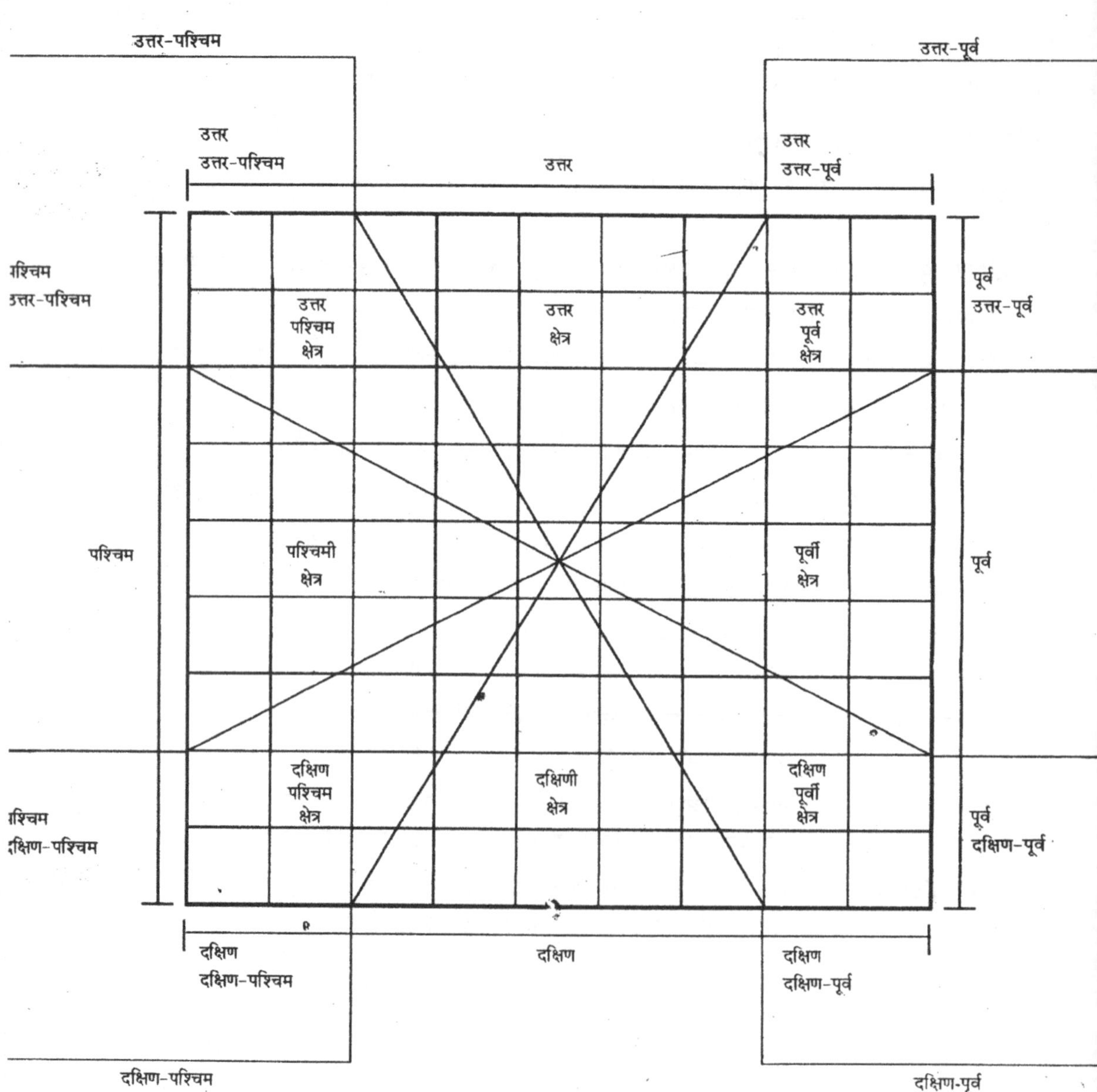

उत्तर-पश्चिम
उत्तर-पूर्व
उत्तर
उत्तर-पश्चिम
उत्तर
उत्तर
उत्तर-पूर्व
पश्चिम
उत्तर-पश्चिम
उत्तर
पश्चिम
क्षेत्र
उत्तर
क्षेत्र
उत्तर
पूर्व
क्षेत्र
पूर्व
उत्तर-पूर्व
पश्चिम
पश्चिमी
क्षेत्र
पूर्वी
क्षेत्र
पूर्व
पश्चिम
दक्षिण-पश्चिम
दक्षिण
पश्चिम
क्षेत्र
दक्षिणी
क्षेत्र
दक्षिण
पूर्वी
क्षेत्र
पूर्व
दक्षिण-पूर्व
दक्षिण
दक्षिण-पश्चिम
दक्षिण
दक्षिण
दक्षिण-पूर्व
दक्षिण-पश्चिम
दक्षिण-पूर्व

सूर्य और चुंबकीय क्षेत्र

सूर्य :

अति प्राचीन काल से विभिन्न सभ्यताओं को सूर्योपासना विधि के बारे में ज्ञान था। सूर्य पूरे विश्व को प्रकाशित करता है और इस संसार के जीवन को चलाता है। सबसे मोहक प्रार्थना 'गायत्री' है जिसे ब्रह्मगीत समझा जाता है। इसे हम सूर्य में निवास करने वाले 'नारायण भगवान' के प्रति करते हैं कि वे हमें सुरक्षा तथा ज्ञान प्रदान करें।

इस प्रार्थना की भावना सांप्रदायिकता से परे तथा विश्वव्यापी है। हमारे प्राचीन वास्तुशास्त्र की नींव इस रीति से डाली गयी है कि भवनों में रहने वालों को सूर्य-किरणों और सूर्य-ऊर्जा जैसे ताप, प्रकाश, अल्ट्रावायलेट किरणों का अधिकतम लाभ प्राप्त हो सके। सूर्य की किरणें विटामिन डी का एकमात्र विश्वसनीय स्रोत हैं, (सूर्य के सामने नग्न त्वचा स्वयं उसकी किरणों से विटामिन डी सोख लेती है) जो कि पृथ्वी पर जीवन को बनाये रखने के लिये अत्यंत आवश्यक है। इसके अतिरिक्त सूर्य-किरणों में सात रंग (VIBGYOR विबग्योर) होते हैं और उनका मानव शरीर पर अत्यधिक प्रभाव पड़ता है, क्योंकि उनसे अनेक रोग दूर हो जाते हैं। पूर्वी दिशा अत्यंत महत्त्व की है क्योंकि प्रात:काल की सूर्य-किरणों में प्रकाश अधिक और ताप कम होता है, अत: वह सर्वाधिक लाभदायक है। दोपहर में पश्चिम की ओर जाते हुए सूर्य की गर्मी या ताप बढ़ जाता है और उससे इंफ्रारेड किरणें निकलती हैं, जो स्वास्थ्य के लिए हानिकारक हैं।

उत्तरायण और दक्षिणायण का भी बहुत वैज्ञानिक महत्त्व है क्योंकि उत्तरायण में दिन का समय रात्रि के समय से अधिक होता है, जिससे सूर्य का प्रकाश अधिक मिलता है। इसके साथ ही वास्तुशास्त्रों के कार्यों में विषुवों के अयन का भी ध्यान रखा जाता है। (विषुव—वह समय जब सूर्य भूमध्य रेखा को पार करते हुए रात तथा दिन का समय समान कर देता है, 21 मार्च से 23 सितंबर की अवधि) प्राचीन परंपराओं के अनुसार, सभी महत्त्वपूर्ण समारोह जैसे विवाह, गृह प्रवेश आदि उत्तरायण में किये जाते हैं और ऐसा विश्वास किया जाता है कि यह समय मनुष्य की मृत्यु तक के लिए पवित्र होता है। (महाभारत के महान भीष्म पितामह ने बाणों की शय्या पर लेटे हुए अपनी मृत्यु के लिए उत्तरायण की प्रतीक्षा की थी।)

इन्हीं सब कारणों से वास्तुशास्त्र में यह विधान किया गया है कि पश्चिम और दक्षिण की तुलना में पूर्व तथा उत्तर दिशा की ओर अधिक खुले स्थान छोड़े जाएं, अधिक खिड़कियां और दरवाजे लगाये जाएं तथा अधिक छज्जे (बालकनीज़) और बरामदे बनाये जाएं। यह भी निर्धारित किया गया है कि पूर्व तथा उत्तर की दिशा में भूमि के स्तर को अधिक नीचा बनाया जाए और किसी भी प्रकार के अवरोध या रुकावट, जैसे बड़े शिलाखंड, टीले, ऊंची इमारतें, अहाते की ऊंची दीवार आदि को नहीं रखा जाए।

यहां तक कि बड़े पौधे और ऊंचे वृक्षों को भी उत्तर तथा पूर्व के खुले स्थानों में लगाने से मना किया गया है ताकि प्रात: काल की सूर्यरश्मियां बिना किसी रुकावट के आ सकें। वृक्षों की पत्तियों में क्लोरोफिल होता है, वे कार्बनडाइआक्साइड, जल और सूर्य के प्रकाश से इसके द्वारा अपने लिए कार्बोहाइड्रेट बनाती हैं और (फोटोसिन्थेसिस प्रक्रिया द्वारा) उप-उत्पाद के रूप में ऑक्सीजन छोड़ती हैं जो कि सभी जीवधारियों के जीवन की पहली आवश्यकता है। और यदि वृक्षों को मकान की केवल पश्चिमी और दक्षिणी दिशा में लगाया जाएगा तो उसमें रहने वालों को प्रात: सूर्य की किरणों के, वृक्षों की ऑक्सीजन के और दोपहर में सूर्य और उसकी गर्मी से सुरक्षा के तीन लाभ प्राप्त होंगे।

इसके अतिरिक्त हमारे पुरातन धर्मग्रंथों में यह उल्लेख भी है, कि कुओं, भूमिगत जलाशयों और इसी प्रकार के

जल-भंडारों को उत्तर और पूर्व में तथा विशेष रूप से उत्तर-पूर्व कोण में निर्मित किया जाय ताकि प्रातःकाल की सूर्यकिरणों का सद्-उपयोग जल को सदा शुद्ध रखने के लिए किया जा सके, क्योंकि सूर्यप्रकाश रोगों के कीटाणुओं तथा जीवाणुओं को नष्ट कर देता है।

सूर्य देव-हिंदू धर्मकथा :

अभी कुछ वर्ष पूर्व ही आधुनिक वैज्ञानिकों ने यह खोज की है कि सफेद सूर्यप्रकाश को भागों में विखंडित किया जा सकता है, जिन्हें दिखाई देने वाली सूर्यकिरणें और 'अदृश्य ताप वर्णक्रम' कहा जाता है। लेकिन हजारों वर्ष पूर्व हमारे प्राचीन भारतीय ऋषि, जिनके पास कोई उपकरण नहीं थे, अनेक प्राकृतिक तथ्यों का चमत्कारिक रीति से ज्ञान रखते थे। उनके अनुसार दिखाई देने वाले वर्णक्रम के रंगों के अतिरिक्त विशिष्ट नाम होते हैं, तथा उनके निश्चित कार्य होते हैं जैसे— जयन्त, पर्जन्य महेन्द्र से··· भृष और आकाश, जो वैज्ञानिको द्वारा रंगों के आधार पर सात विभिन्न भागों, (VIBGYOR) विबग्योर में विभाजित किये गये क्रम से सदृश्यता रखते हैं। वास्तुशास्त्र के अनुसार, इनसे सदृश्यता रखने वाले वैदिक देवी-देवता हैं—पर्जन्य, कश्यप, महेन्द्र, सूर्य, सत्य, भृष और नभस्; ये सूर्य की प्रकाशयुक्त ऊर्जा से संबंधित हैं और सूर्य के प्रसिद्ध सात अश्वों का प्रतिनिधित्व करते हैं। भारतीय ऋषियों ने इसके अतिरिक्त ध्वनिकी के अनुसार सात अन्य अश्वों का उल्लेख किया है, ये हैं—गायत्री, उष्णिक्, अनुष्ट, बृहती, पंक्ति, त्रिष्टुप् और जगती। जिस प्रकार गायत्री से जगती तक पहुंचते हुए स्वरों की संख्या बढ़ती जाती है, उसी प्रकार विबग्योर (VIBGYOR) में वी (V) से आर (R) तक पहुंचते हुए लहर की लंबाई बढ़ती जाती है।

प्रातःकाल जब सूर्य क्षितिज पर प्रकट होता है, उसके साथ अपने को मिलाकर सात देवता होते हैं और सात अश्वों के रूप में जो वर्णन किया गया है, वह अन्य कुछ नहीं उसकी सात किरणें हैं। जैसे ही सूर्य क्षितिज से ऊपर उठकर अपने मार्ग में कुछ डिग्री याम्योत्तर रेखा की ओर आगे बढ़ता है, सात देवताओं के कार्य समाप्त हो जाते हैं और वे आर्यमान तथा अन्य को कार्यभार सौंपकर सेवा निवृत्त हो जाते हैं, जो मध्याह्न में अपना कार्य ब्रह्मा तथा उनके साथियों को सौंप देते हैं। दिन में सूर्य केंद्रीय देवता होने के कारण सभी देवताओं का स्वामी होता है। दोपहर के बाद से सूर्य मार्ग में इसकी उल्टी प्रक्रिया चलती है। और ब्रह्मा अपना कार्यभार मित्र, रुद्र, इंद्र तथा अन्य को सौंप देते हैं। सायंकाल की अवधि में वे सात लोगों के पक्ष में सेवानिवृत्त हो जाते हैं, जिनमें वरुण का वही स्थान होता है जो प्रातःकाल सूर्य का था। इस प्रकार वरुण सूर्यकिरण का ही एक पक्ष या रूप है। सूर्योदय के बाद सूर्य जैसे-जैसे मध्याह्न की ओर बढ़ता जाता है, धीरे-धीरे तापक्रम बढ़ता जाता है और वातावरण में नमी घटती जाती है, लेकिन जब वह याम्योत्तर रेखा से पश्चिमी क्षितिज की ओर बढ़ने लगता है तापक्रम घटने और नमी बढ़ने लगती है। ऐसे विरोधी प्रभावों में देवताओं का कार्य भी भिन्न-भिन्न हो जाता है। विल्किन अपनी पुस्तक *''हिंदू माइथोलॉजी''* में अपना मत प्रकट करते हुए लिखते हैं—''वैदिक साहित्य में वायुमंडल के प्रमुख देवता वरुण का सागर के देवता के रूप में प्रमुखतः वर्णन नहीं किया गया है वरन् वैदिक गीतों में उन्हें प्रकाश के देवताओं में से एक बताया गया है और यह व्याख्या सारणी को पढ़ने में बिलकुल सही बैठती है क्योंकि प्रातःकाल जो सूर्य है वही सायंकाल वरुण है।''

आधुनिक विज्ञान को सूर्य की सप्त किरणों में होने वाले उन परिवर्तनों के बारे में अभी तक पूरी तरह ज्ञात नहीं है जो उनमें सूर्य की नित्यप्रति की गति के साथ कई अवधियों में होते हैं। गत कुछ दशकों में खगोल-भौतिकी ने परिमंडल को अनेक क्षेत्रों में, उनके विभिन्न भौतिक विशेषताओं के अनुसार विभाजित किया है, जैसे क्षोभ मंडल (ट्रोपोस्फ़ियर), समताप मंडल, (स्ट्रेटोस्फ़ियर), ओजोन (गैस) मंडल (ओजोनोस्फियर) आदि। लेकिन इस खोज से अनेक शताब्दियों पूर्व ऋषियों द्वारा वरुण अधिकृत क्षेत्र को भू, भुवः, स्वर, जन, तप और सत्य लोक में विभाजित किया गया था और जिन विशिष्ट रंगों को वे प्रस्तुत करते थे, उन्हें *'अपराजित-पृच्छा'* के 5 वें सूत्र में सप्तमालिका के विचार में सार-संक्षेप में प्रकट कर दिया था। वास्तुशास्त्र में वास्तुदेवपद विन्यास अर्थात् सामान्य मापचित्र में विभिन्न देवी-देवताओं को दिये गये स्थानों के विभाजन का उल्लेख है, इससे ही विभिन्न भवनों की डिजाइन का मूल सिद्धांत निर्मित होता है।

चुंबकीय क्षेत्र :

वास्तुशास्त्र की रचना करते हुए दूसरे जिस सबसे महत्वपूर्ण पक्ष पर विचार किया गया, वह पृथ्वी के चुंबकीय क्षेत्र का था,जिसका मानव जीवन पर स्पष्ट प्रभाव पड़ता है। मानव शरीर स्वयं एक चुंबक की भांति कार्य करता है, जिसमें शरीर का सबसे भारी और महत्वपूर्ण भाग सिर, उत्तरी ध्रुव होता है। सोते समय यदि सिर उत्तर दिशा की ओर हो, तो पृथ्वी का और शरीर का उत्तरी ध्रुव एक-दूसरे को प्रतिकर्षित करते हैं। इसका प्रभाव रक्त संचार पर पड़ता है और परिणामस्वरूप निद्रा में विघ्न पड़ता है, तनाव तथा अन्य संबंधित समस्याएं उत्पन्न होती हैं।

वास्तुशिल्पशास्त्र

वास्तुमूर्तिः परंज्योतिः वास्तुदेवो पराशिवः।
वास्तुदेवस्तु सर्वेषां वास्तुदेवं नमाम्यहम्॥
श्री वास्तुदेवताभ्यो नमः।

हमारे प्राचीन शास्त्रों के अनुसार अपने मन में सर्वप्रथम विभिन्न कलात्मक रूपों की रचना करना और फिर उन्हें अपने हाथों द्वारा निर्मित करना एक विज्ञान है और इस विज्ञान को शिल्प रूप में जाना जाता है। इसमें दिये गये नियमों को शिल्पशास्त्र कहा गया। भागवत में इसकी व्याख्या इस प्रकार की गयी है—'विज्ञानं शिल्प नैपुण्यम'। शिल्पशास्त्र का एक भाग वास्तुशास्त्र अथवा गृहवास्तुशिल्प है। जबकि दूसरे भाग हैं—नौकाशिल्प, रथशिल्प, विमानशिल्प, दुर्गशिल्प, नगरशिल्प, यंत्रशिल्प, सैन्यशिल्प, अयस् या धातुशिल्प, काष्ठशिल्प, स्वर्णशिल्प, मूर्तिशिल्प, यज्ञशिल्प।

देवताओं और मानवों के आवास को 'वास्तु' कहते हैं, यह भूमि, प्रासाद, यान और शयन से मिलकर बनता है।

(1) स्थल का वह विस्तार जिस पर रहने या कार्य करने के लिए भवन बनाया जाता है, *भूमि* है।

(2) भूमि के ऊपर तथा उसकी सीमा में जो भवन, अहाते की दीवार या अन्य संरचना बनायी जाती है, *प्रासाद* कहलाती है।

(3) रथ, गाड़ी, विमान, नौका आदि जो भूमि पर रखे जाते हैं उन्हें *यान* कहते हैं।

(4) अन्य वस्तुएं जैसे चारपाई, कुर्सी-मेज, अलमारी, सोफा आदि को *शयन* कहते हैं।

उपर्युक्त चारों वस्तुएं भूमि पर रखी जाती हैं, भूमि को 'वस्तु' कहते हैं। भूमि पर निर्मित प्रासाद, यान, फर्नीचर (शयन) और भूमि सबको सम्मिलित रूप से 'वास्तु' कहते हैं। इस संबंध में बनाए गए नियमों और मार्गनिर्देशक सिद्धांतों को 'वास्तुशास्त्र' का नाम दिया गया है।

वास्तुशिल्प के विभेद

वास्तुशिल्प को दो भागों में विभाजित किया गया है :

(1) **देवशिल्प**—मूर्ति, यज्ञ, यज्ञकुंड आदि धार्मिक कार्यों और मंदिर के सभी पहलुओं से संबंध रखता है।

(2) **मानवशिल्प**—मकानों, अन्य आवासीय भवनों, पाठशालाओं, विद्यालयों, धर्मशालाओं, होटलों, कार्य-स्थानों आदि से संबंधित है।

देवशिल्प :

देवालय या मंदिर का निर्माण करना एक धार्मिक और पवित्र कार्य है। मंदिर एक ऐसी संरचना है जो परिरूप (डिजाइन) के संतुलन और परस्पर संबंधित विस्तार पर निर्भर करती है। मंदिर में कुछ मूल तत्त्व इस प्रकार से होते हैं जैस **गर्भगृह**, जहां मंदिर के प्रमुख देवता की प्रतिष्ठा की जाती है। भक्तों के लिए देवता का ध्यान करते हुए परिक्रमा करने के लिए **प्रदक्षिणा पथ** होता है। गर्भगृह के ऊपर जो मीनार या बुर्ज होता है उसे **शिखर, गोपुरम** अथवा **विमान** कहते हैं और यह प्रमुख देवता की विश्वव्यापी सत्ता तथा सर्वोच्च ऐश्वर्य का प्रतीक होता है। गर्भगृह एक आयताकार कक्ष में खुलता है जिसे **अन्तराल** कहते हैं। मंडप में आने के लिए एक अर्धमंडप अथवा द्वारमंडप होता है। मंडप स्तंभों पर खड़ा एक सभाभवन (हॉल) होता है।

मंदिर वास्तुशिल्प उसके अंगों के अनुसार तीन प्रकार का होता है जिन्हें नगर, वेसर और द्रविड़ शैली कहते हैं। हिंदू परम्परा के अनुसार मंदिर एक मानव शरीर के अनुरूप होता है जिसे परमात्मा का सचल मंदिर समझा जाता है और जिसके

मध्य में जीव का वास होता हैं। मंदिर का शीर्ष भाग सिर है, गर्भगृह उसकी ग्रीवा, सामने का मंडप उदर, परिक्रमा की दीवारें टांगें और गोपुर चरण हैं, देवता या भगवान की मूर्ति मंदिर रूपी शरीर का जीव है। इस प्रकार मंदिर के हर भाग की धारणा देवता या भगवान के शरीर के रूप में की गयी है और उसे पवित्र समझा जाना चाहिए। इस विषय पर विस्तार से प्रकाश डालने का प्रयत्न नहीं किया जा सकता, क्योंकि इस पुस्तक का क्षेत्र मुख्यत: मानवशिल्प तक सीमित है।

मानवशिल्प :

भवनों का परिरूप (डिजाइन) केवल भोजन करने, सोने, कार्य करने, मनोरंजन करने आदि के उद्देश्य से ही नहीं किंतु अपने जीवन के बारे में अधिक विस्तृत परिप्रेक्ष्य और उसकी परिपूर्णता पर विचार करते हुए अन्य मानवीय गतिविधियों के लिए भी बनाया जाना चाहिए। वास्तुकार को उन सब विधियों को जानना चाहिए जिनमें शरीर अपनी अभिव्यक्ति करता है, उसे सही समाधान के लिए संबंधित व्यक्तियों की जीवनशैलियों के बारे में भी जानकारी होनी चाहिए। वास्तुकार को तकनीकी अध्ययन के अतिरिक्त धर्म और दर्शन का पर्याप्त ज्ञान, विज्ञान और तकनीकी, परम्पराएं तथा रीति-रिवाज, संगीत, नृत्य, नाटक तथा अन्य कलाओं और खेल-कूदों का ज्ञान होना चाहिए।

जीवन अनिश्चित है और उसी प्रकार आर्थिक, सामाजिक और राजनैतिक परिस्थितियां भी, योजना बनाते समय इन सबका ध्यान रखते हुए युगों-युगों से निरंतर रहने वाले ग्रह-नक्षत्रों प्रकृति तथा पृथ्वी के मौलिक सिद्धांतों को भी उचित महत्त्व दिया जाना चाहिए।

भारत में आर्थिक तकनीकी और जलवायु की पर्याप्त भिन्नता होते हुए भी प्रत्येक व्यक्ति उसकी वास्तुकला में एक सामान्य दृष्टिकोण देख सकता है, क्योंकि पुरातन धारणा से उपजी एकता को पूरे भारत में सामान्य रूप से माना जाता था। हमारे सभी प्राचीन ग्रंथों के मूलज्ञान का स्रोत वह नव—धर्म आंदोलन है, जो पुराणों द्वारा प्रचारित हुआ और जिसके फलस्वरूप हमारी वास्तुकला परम्पराएं अपने मूलरूप में केवल धार्मिक ही नही हैं वरन् अपने विकास में वे रहस्यमयी भी बन गई हैं। भारतीय वास्तुकला परंपराओं ने अपना एक चरित्र बनाये रखा है, जिसका आधार अपरिवर्तित रहता है और भवन परिवर्तनशील, वह आधेय वास्तव में भारतीय होता है।

वास्तुकला के वैदिक विज्ञान का महान भवन जिन पांच मूल सिद्धांतों पर आधारित है, वे हैं :—

(1) **दिक् निर्णय :** दिशाओं का सिद्धांत।

(2) **वास्तु-पद-विन्यास :** निर्माण-स्थल योजना, वास्तुपुरुषमंडल।

(3) **मानः हस्तलक्षण :** भवन की आनुपातिक माप।

(4) **आयादि-सद्वर्ग :** वैदिक वास्तुकला के छः सिद्धांत।

(5) **पताका आदि—सच्छंदः** भवन का स्वरूप, उसकी अभिमुखता और परिदृश्य आदि।

इस बात की सदैव अत्यधिक प्रशंसा की जाती रही कि हमारी वास्तुकला की अद्भुत विशेषता उसकी आध्यात्मिकता है और इसीलिए भवन निर्माण के विषय में वह नगर-विषयक ज्ञान से रहित है। यह कहकर कि हम केवल महान मंदिरों या देवालयों का निर्माण कर सकते हैं और भारत में कोई धर्मनिरपेक्ष वास्तुकला नहीं है, हमारा गलत प्रतिनिधित्व किया गया। यह दृष्टिकोण जिस अज्ञान के अंधकार से घिरा है, वह उपर्युक्त पांच मूल सिद्धांतों पर संक्षेप में प्रकाश डालने से दूर हो जाएगा।

1. दिक् निर्णय (दिशाओं का सिद्धांत) : इसे एक तकनीकी प्रक्रिया द्वारा किया जाता है, जिसे 'शंकु स्थापना' कहते हैं (कुछ लोग इसे गलतफहमी में शिलान्यास या नींव स्थापना समझते हैं)। इसकी स्थापना वास्तुपुरुष के नाभि बिंदु पर करनी चाहिए अर्थात् निर्माण स्थल (प्लाट) के मध्य में। शंकु वह है, जिससे भवन की दिशाओं के आधारभूत बिंदुओं का ज्ञान प्राप्त किया जाता है। शंकु कुछ विशेष वृक्षों की लकड़ी से बनाया जाता है। इसकी लंबाई 24, 18 या 12 अंगुल (एक अंगुल एक

इंच का 3/4 भाग होता है) और आधार पर चौड़ाई क्रमशः 6, 5 अंगुल तक हो सकती है। यह आधार से अपने शीर्ष तक क्रमशः पतला होता जाता है।

(1) आधारभूत बिंदुओं को निश्चित करने की दो विधियां है: स्वच्छ की गई और पानी छिड़की गई भूमि के मध्य में शंकु को खड़ा कर दिया जाता है। शंकु के तल को केंद्र मानकर और शंकु की लंबाई से दोगुने व्यासार्ध का एक घेरा उसके चारों ओर खींचा जाता है। दोपहर से पहले और बाद में शंकु की छाया घेरे की परिधि के जिन दो बिंदुओं पर पड़ती है उन पर चिह्न लगा दिये जाते हैं। इन दोनों बिंदुओं को जोड़ने वाली रेखा पूर्व-पश्चिम रेखा होती है। इन दोनों बिंदुओं की दूरी को व्यासार्ध मानकर इन दोनों पूर्व-पश्चिम बिंदुओं से एक घेरा या वृत्त खींचा जाता हैं। जिन बिंदुओं पर इन वृत्तों की रेखाएं एक दूसरे को काटती हैं, उन्हें मछली का सिर और पूंछ कहते हैं, जो उत्तर और दक्षिण के बिंदु होते हैं।

(2) दूसरी विधि उस भूमि के लिए है जो भूमध्य रेखा के उत्तर या दक्षिण में स्थित हो। शंकु को आरोपित करने के बाद उसके चारों ओर एक ऐसा वृत्त खींचिए जिसका व्यासार्ध शंकु की लंबाई से अधिक या दोगुना हो। सूर्य के प्रातःकाल से लेकर सायंकाल तक भ्रमण करने की अवधि में इस वृत्त पर पड़ने वाली शंकु की छाया से तीन चिह्न अंकित करें, दो जो उसकी परिधि को छूते हों और एक जो उसके केंद्र में हो। इन तीन बिंदुओं को केंद्र मानकर उसी व्यासार्ध के तीन वृत्त और खींचिए। इससे वृत्त जहां एक-दूसरे को काटते हैं, वहां मत्स्याकार (मछली के आकार) के दो रेखाचित्र बन जाएंगें। प्रत्येक मछली का सिर और पूंछ उत्तर-दक्षिण दिशा में होगा। प्रत्येक मछली के दो नोकों पर दो कीलें लगा दीजिए और तब दोनों मछलियों की मध्यवर्ती रस्सी को काटते हुए दो धागे तानिये। ये तने हुए दोनों धागे उत्तर दिशा के किसी बिंदु पर (जब सूर्य भूमध्य रेखा के दक्षिण में होगा) एक-दूसरे से मिलेंगे। उत्तर के इस बिंदु से एक अन्य धागा दक्षिण की ओर उस सीमा तक फैलाइए जब तक वह शंकु के आधार पर स्थित केंद्र बिंदु को नहीं छूता। यह उत्तर-दक्षिण रेखा बन जाएगी। उत्तर-दक्षिण का पता लगाने के बाद मध्य के उन दो बिंदुओं से दो वृत्त खींचिए। इससे पूर्व-पश्चिम दिशा की ओर पड़ी हुई मछली के आकार का रेखाचित्र बन जाएगा। इस मछली के सिर और पूंछ को मिलाने वाला एक धागा तानिये और आपको पूर्व-पश्चिम की बिलकुल ठीक दिशा का ज्ञान हो जाएगा।

प्राचीन भारतीयों के नित्यप्रति के जीवन कार्यों की योजना में दिशा निर्धारीकरण बहुत महत्त्वपूर्ण भूमिका निभाता था, क्योंकि वे जानते थे कि सूर्य ही संपूर्ण जीवन को देने वाला है। प्राचीन महर्षियों द्वारा प्रतिपादित भवनों के लिए दिशा निर्धारण का सिद्धांत (चाहे वे भवन धार्मिक कार्यों के लिए हों अथवा नागरिकों के कार्यों के लिए हों) भवनों का परिरूप (डिजाइन) इस प्रकार बनाने पर बल देता है, जिससे उनमें निवास करने वाले चाहे इच्छा करें या न करें, लेकिन उन्हें सूर्य के विकिरण से अधिकतम लाभ स्वतः मिल जाए। मंदिरों, आवास-स्थलों, सभा-भवनों, श्रोता-कक्षों और इसी प्रकार की अन्य संरचनाओं की योजना इस भांति बनाई जाती थी कि उनका सामने का भाग पूर्व दिशा की ओर हो। इस प्रकार वास्तुशास्त्र में आधारभूत बिंदुओं को निश्चित करना एक महत्त्वपूर्ण स्थान रखता था।

भवन का पूर्वी भाग सही दिशा में होने पर सूर्य विकिरण की क्रिया के क्षेत्र में आने के फलस्वरूप उसका सीधा तथा पूरा लाभ प्राप्त करता है। जैसे ही प्रातःकाल होता है, पूर्वी बरामदा अदृश्य (अल्ट्रावायलेट) पराबैंगनी विकिरण से भर उठता है। दिन का यह प्रथम अनुभव होता है। जैसे-जैसे सुबह का प्रकाश बढ़ता है और वास्तविक सूर्योदय होता है, विभिन्न उज्ज्वल किरणें उस दृश्य का अतिक्रमण करती हुई प्रकट होती हैं। सूर्योदय के समय भवन के पूर्वी भाग के धुर उत्तरी सिरे पर पराबैंगनी (अल्ट्रावायलेट) किरणों के विकिरण से लेकर दिखाई देने वाले विकिरण तक का पूरा प्रभाव पड़ता है। इस विकिरण का धुर दक्षिणी सिरे पर (इन्फ्रारेड) अवरक्त के रूप में अंत होता है। इस प्रकार भवन को सूर्य किरणों का पूर्ण लाभ प्राप्त हो जाता है। पराबैंगनी (अल्ट्रावायलेट) विकिरण की ओर अवरक्त (इन्फ्रारेड) विकिरण की अपेक्षा अधिक ध्यान दिया गया है क्योंकि उससे पुष्पण, फोटोग्राफिक क्रिया तथा अन्य जैविक प्रभाव उत्पन्न होते हैं।

इन्हीं कारणों से पूर्वी पट्टी के दोनों कोणों को ईशान (ईश=परमात्मा) और आग्नेय (अग्नि=आग) नामों से व्यक्त करना बहुत महत्त्वपूर्ण है क्योंकि ये आधुनिक विज्ञान के सौर वर्णक्रम के पराबैंगनी (अल्ट्रावायलेट) या बैंगनी और लाल या अवरक्त

वास्तुपुरुष मंडल

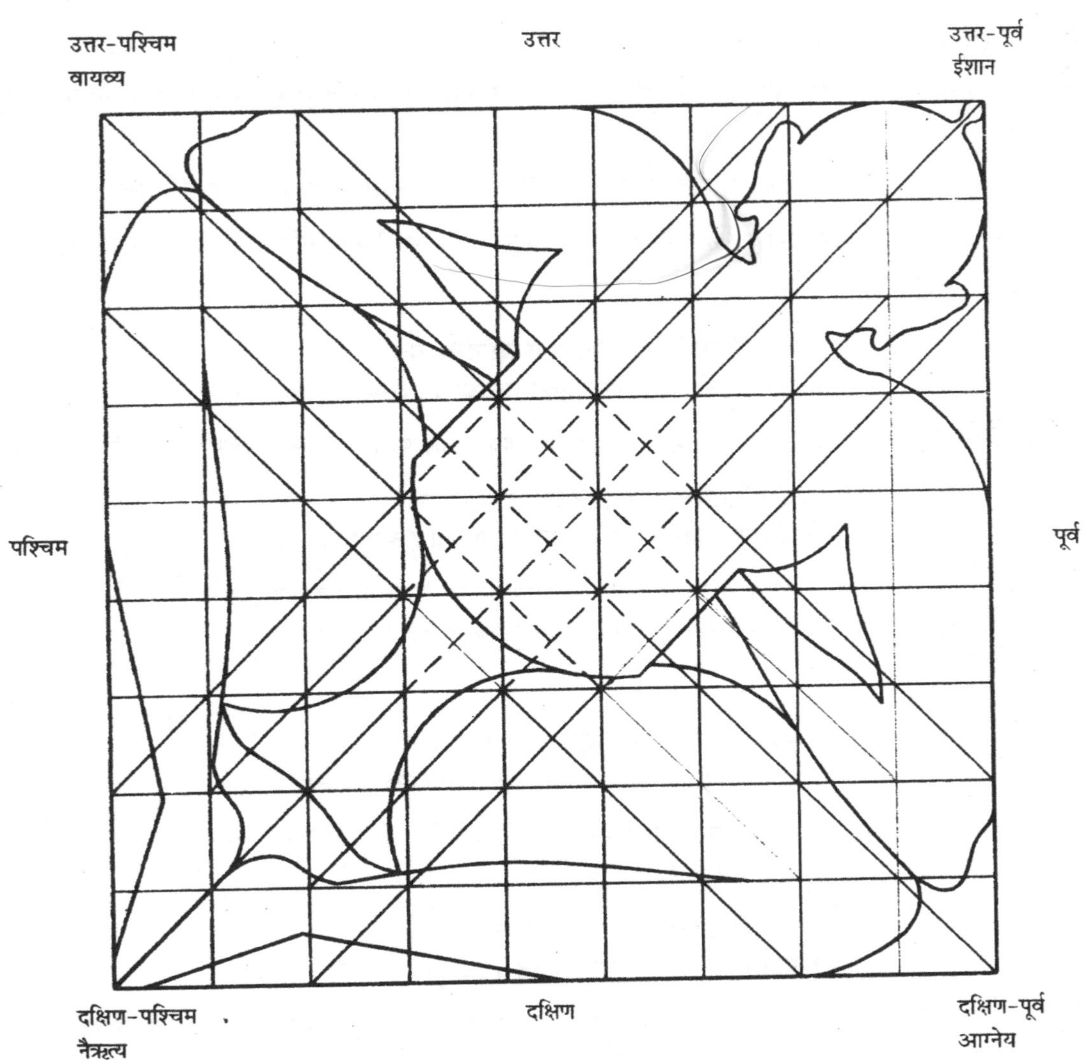
उत्तर-पश्चिम
वायव्य
उत्तर
उत्तर-पूर्व
ईशान
पश्चिम
पूर्व
दक्षिण-पश्चिम
नैऋत्य
दक्षिण
दक्षिण-पूर्व
आग्नेय

(इन्फ्रारेड) विकिरण के प्रतिरूप हैं। भारतीय इतिहास में प्राचीन काल से इन दो कोणों को जो ईशान और आग्नेय नाम दिये गये हैं, उससे प्रकट होता है कि हमारे महर्षियों को विखंडन (Refraction) और अपघटन (Defraction) के तथ्य भली प्रकार ज्ञात थे। इसके अतिरिक्त भारतीय वास्तुशिल्पियों द्वारा पुरोहित वर्ग की भी सहायता ली जाती थी और इस उद्देश्य से कि संरचना की वास्तविक पूर्वी-पश्चिमी दिशा में जरा-सा भी परिवर्तन न हो सके, आवश्यकता के अनुसार धार्मिक अनुष्ठान होते रहते थे।

2. वास्तु-पद-विन्यास (वास्तुपुरुष मंडल) :

वास्तु का अर्थ : चारों ओर की परिस्थितियों या परिवेश, पदार्थ या प्रकृति से है। संस्कृत में प्रकृति को *वास्तु* कहते हैं।

पुरुष का अर्थ होता है ऊर्जा, कार्यशक्ति, बल या आत्मा तथा संस्कृत में शक्ति।

मंडल का अर्थ होता है, ज्योतिष के अनुसार ग्रह-नक्षत्रों की स्थिति, जो दिशा निर्धारण से संबंधित होती है।

भगवद्गीता में भगवान श्रीकृष्ण ने कहा है:

भूमिरापोऽनलो वायुः खं मनो बुद्धिरेव च।
अहङ्कार इतीयं मे भिन्ना प्रकृतिरष्टधा॥ *(अध्या० 7-4)*

पृथ्वी, जल, अग्नि, वायु, आकाश, मन, बुद्धि और अहंकार इस प्रकार यह आठ प्रकार से विभाजित मेरी प्रकृति है।

अपरेयमितस्त्वन्यां प्रकृतिं विद्धि में पराम्।
जीवभूतां महाबाहो ययेदं धार्यते जगत्॥ *(अध्या० 7-5)*

यह आठ प्रकार के भेदों वाली तो अपरा अर्थात् मेरी जड़ प्रकृति है और हे महाबहो! इससे दूसरी को, जिससे यह संपूर्ण जगत धारण किया जाता है, मेरी जीवरूपा परा अर्थात् चेतन प्रकृति जान।

वह आगे कहते हैं:

प्रकृतिं स्वामवष्टभ्य विसृजामि पुनः पुनः।
भूतग्राममिमं कृत्स्नमवशं प्रकृतेर्वशात्॥ *(अध्या० 9-8)*

'अपनी प्रकृति को (जो सत्व, रजस और तामस गुणों से बनी है) अंगीकार करके स्वभाव के बल से परतंत्र हुए इस संपूर्ण (अस्तित्व) भूतसमुदाय को बार-बार उनके कर्मों के अनुसार रचता हूं।'

मयाध्यक्षेण प्रकृतिः सूयते सचराचरम्।
हेतुनानेन कौंतेय जगद्विपरिवर्तते॥ *(अध्या० 9-10)*

'हे कुंती पुत्र (अर्जुन), मुझ अधिष्ठाता के सकाश (सीधे निरीक्षण में) से प्रकृति चर और अचर सहित सर्व जगत को रचती है और इस हेतु से ही यह संसार चक्र घूम रहा है।'

कार्यकारणकर्तृत्वे हेतुः प्रकृतिरुच्यते।
पुरुषः सुखदुःखानां भोक्तृत्वे हेतु रुच्यते॥ *(अध्या० 12-20)*

कार्य (आकाश, वायु, अग्नि, जल और पृथ्वी तथा शब्द, स्पर्श, रूप, रस, गंध—इनका नाम कार्य है।) और करण (बुद्धि, अंहकार और मन तथा श्रोत्र, त्वचा, रसना, नेत्र और घ्राण एवं वाक्, हस्त, पाद, उपस्थ और गुदा-इन 13 का नाम करण है।) को उत्पन्न करने में हेतु प्रकृति कही जाती है और जीवात्मा सुख-दुख के भोक्तापन में अर्थात् भोगने में हेतु कहा जाता है।

इससे यह अनुभव किया जाता है कि परमात्मा ने इस धरती पर उसके और प्रकृति के साथ हमारे संबंधों की कैसी व्याख्या की है तथा वास्तुपुरुषमंडल में वस्तुतः उन सबका सार निहित है जो परमात्मा ने उद्घाटित किया है।

भवनों के पूर्वाभिमुखीकरण (सामने का भाग पूर्व की ओर होना) अथवा दिक्स्थिति (दिशा निर्धारण) के सिद्धांतों से वास्तुपुरुषमंडल का घनिष्ठ संबंध होता है। भवन या मंदिर के निर्माण स्थल का मानचित्र वास्तव में वास्तुपुरुष-मंडल होता है जो कि वैदिक भवन की आध्यात्मिक परियोजना है। यह भवन की बौद्धिक नींव है। पारंपरिक भारतीय ब्रह्मांड विज्ञान में पृथ्वी की सतह की सीमा सूर्योदय तथा सूर्यास्त अर्थात पूर्व और पश्चिम तथा उत्तर एवं दक्षिण बिंदुओं से अंकित मानी जाती है और प्रतीकात्मक रूप में एक वर्ग के मंडल द्वारा प्रस्तुत की जाती है। वास्तुपुरुष और मंडल दोनों ही समान रूप से महत्त्वपूर्ण होते हैं। वास्तुपुरुष मंडल एक वर्ग होता है जो कि इसका मौलिक रूप है और यह अपनी प्रतीकात्मकता तथा महत्त्व पृथ्वी एवं ग्रहण से संबंधित वर्ग मंडल से लेता है और इसीलिए यह पुनरावर्ती समय चक्रों का भी प्रतीक है।

वास्तुकला का विज्ञान, ग्रह-नक्षत्रों के विज्ञान का एक भाग है। वास्तु सौर और चंद्र चक्रों के सामंजस्य स्थल पर आ चुका था। वास्तुमंडल की सीमाओं के अंदर स्थित वर्गों में निवास करने वाले देवताओं की संख्या 32 है, जो 4 और 28 का जोड़ है, यही 28 नक्षत्रों के स्वामियों और चार ग्रहों को प्रभावित करने वाले स्वामियों की संख्या है जिनका उल्लेख प्रधान बिंदुओं या अयनांतिक और विषुवीय बिंदुओं के रूप में किया जाता है।

लगभग आधुनिक लेखाचित्र (ग्राफ) की तरह जो आनुपातिक नाप के अनुसार परिरूप (डिजाइन) बनाने के लिए समान वर्गों में विभाजित होता है, पद विन्यास एक बहुत सुविधाजनक विधि है। अधिकांश पद देवता सौर-व्यवस्था और वायुमंडलीय क्षेत्रों से अपने संबंधों का प्रतिनिधित्व करते हैं। संरचना के पूर्वाभिमुखीकरण का सिद्धांत और कुछ नहीं केवल वास्तुपदविन्यास को क्रियात्मक रूप से लागू करना है। वास्तुमंडल के मायावी रेखा-लेख (डायग्राम) से ही भवन निर्माण का समय, उसका स्थान और भवन के अग्रभाग की दिशा निश्चित की जाती है।

पृथ्वी अपनी धुरी पर एक ओर झुकी हुई है। इसी स्थिति में रहते हुए वह अपनी कक्षा पर चक्कर लगाती है और इसी के फलस्वरूप भिन्न-भिन्न ऋतुएं होती हैं। हम उन चक्रों में जीवन व्यतीत करते हैं, जो धरती की धुरी के एक ओर झुके हुए तथा चंद्र और सूर्य की गतियों में होने वाले अंतरों से उत्पन्न होते हैं। समस्त ज्योतिषीय भविष्यवाणियां तथा खगोलीय गणनाएं उसी अपूर्णता पर आधारित हैं, जो इस विश्व के अस्तित्व का कारण है। सदैव कुछ न कुछ शेष रहता है, क्योंकि यदि ऐसा न हो, तो कुछ भी विद्यमान नहीं रह सकता। वर्तमान काल मे किसी भी वस्तु का स्थान भूतकाल का ही शेष है। "वास्तु" नाम वस्तु (भौतिक तत्त्व या पदार्थ) से निकला है, वस्तु अर्थात् वास्तव में स्थित वस्तु जो आवास तथा अवशेष अर्थ को प्रकट करती है। *(एस० बी० 1. 7. 3-18-19)* नारद के वास्तु-विधान *(VII 26-32)* में कहा गया है कि वास्तुपुरुष एक मायावी यंत्र है और वास्तुपुरुष का रूप है। उसके शरीर तथा यंत्र द्वारा वे लोग जिन्हें उसका आवश्यक ज्ञान होता है, मंदिर का निर्माण करने में सर्वोत्तम परिणाम प्राप्त करते हैं।

खगोलीय मानव अथवा पुरुष में एक सर्वोच्च सिद्धांत की कल्पना की गई है। वह रूप से परे और किसी पर आधारित नहीं है; वह वर्णनातीत है अर्थात् उसका वर्णन करना संभव नहीं है। उसके संबंध में बौद्धिक अंतर्ज्ञान द्वारा यह ज्ञात होता है कि वह मनुष्य में एक पिंड (सूक्ष्म ब्रह्मांड) तथा विश्व में ब्रह्मांड के रूप में निवास करता है। इस दृष्टिकोण से मनुष्य तथा ब्रह्मांड समान है। उनके निवास करने के केंद्रों की समानता में पुरुष एक कल्पना मूर्ति है। जिस स्थान पर भी इसका शरीर लेटता है और ज्ञानीजनों द्वारा जहां इस योजना को प्रारंभ किया जाता है, वहां पुरुष और उसकी भूमि (प्रकृति) जिस पर वह लेटता है, की उपस्थिति को उदाहरण द्वारा समझाया जाता है।

मंडल से युक्त वास्तुपुरुष की कल्पना मूर्ति पुरुष के आकार से मिलती-जुलती खींची जाती है। वास्तुपुरुष का सिर उत्तर-पूर्व दिशा में 64वें मंडल से प्रारंभ हो जाता है, उसके पैर दक्षिण-पश्चिम में, दाहिना हाथ उत्तर-पश्चिम में, बायां हाथ दक्षिण पूर्व में और शरीर के और दूसरे अंग अन्य वर्गों में होते हैं। वास्तुपुरुष का शरीर 45 देवताओं से निर्मित होता है। 64, 81

या अन्य किसी संख्या के मंडल में देवताओं की संख्या आवश्यक रूप से उतनी ही (45) रहती है। परिरूप (प्लान) में देवताओं को दिये गये विस्तार में भिन्नता होती है, परंतु उनकी सापेक्ष स्थिति में नहीं। ब्रह्मांड के देवता ब्रह्मा सदैव केंद्र वर्ग के देवता होते हैं। पूरे निर्माण स्थल का प्रमुख देवता वास्तुपुरुष होता है। उत्तर की दिशा धन के देवता कुबेर की मानी जाती है, दक्षिण दिशा मृत्यु के देवता की, पूर्व प्रकाश देवता सूर्य की, पश्चिम वायु देवता वरुण की। इससे यह प्रकट होता है कि भवन के मध्य में आंगन हो।

उपर्युक्त बातों का पूरी सावधानी से पालन करने पर भवन में वायु का संचार अच्छा रहता है, सूर्य की दिशा में उसकी उचित स्थिति रहती है तथा निजी गोपनीयता बनी रहती है। भवन की तुलना मानव शरीर से की जाती है और मध्यवर्ती आंगन की ब्रह्मा से, उनकी आत्मा और उनके संबंधों को गृहप्रवेश समारोह में वास्तुपूजा और अन्य पारंपरिक धार्मिक कृत्यों द्वारा जाग्रत किया जाता है।

यह वह ब्रह्माण्डीय या आध्यात्मिक पृष्ठभूमि है जिस पर वास्तुपुरुष मंडल का सबसे मौलिक सिद्धांत आधारित है और जब निश्चित न्यूनतम मापदंडों के अनुसार संतुलित रूप से वास्तुपुरुष और मंडल को साथ रखा जाता है तो जो समाधान निकलता है वह निश्चित रूप से संबंधित व्यक्ति और स्थान के अनुकूल होता है।

पश्चिमी-विज्ञान भौतिक तथा आध्यात्मिक क्षेत्रों पर एक साथ ध्यान रखने का अनिच्छुक रहा है, क्योंकि उसकी बौद्धिक स्थिति ऐसी बन चुकी है कि वह किसी भी प्रकार के मिश्रण की निंदा करती है। प्राचीन भारत में विज्ञान, ज्योतिष, खगोल विज्ञान, रहस्यवाद, दर्शन और आध्यात्मिकता साथ-साथ सहयोग पूर्वक रहती थीं, उनकी सीमाएं एक-दूसरे को पार कर जाती थी और प्रत्येक दूसरे को समृद्धिशाली बनाती थी। वास्तव में, इसीमें वह सत्य, ताजगी तथा पवित्र विस्तार निहित है जो 2000 से 3000 वर्षों बाद भी हमें उस परिपेक्ष्य के समीप जाने की अनुमति देता है जबकि पश्चिमी विज्ञान में ऐसा नहीं है।

स्वामी विवेकानंद ही वह महापुरुष थे, जिन्होंने पश्चिम को यह मानने के लिए विवश किया कि यूनान की पाइथोगोरियन-वादी तथा नवप्लेटोवादी वैज्ञानिक तथा दार्शनिक धारा भारत के सबसे प्राचीन दर्शन ''सांख्य'' पर आधारित है। उनका कहना था कि वास्तव में, यह सांख्य दर्शन ही था, जिससे विश्व की कोई भी युक्तिसंगत विचारधारा निकाली गई। उदाहरण के लिए प्राचीन भारत के चिकित्सा संबंधी तथा धार्मिक और दार्शनिक साहित्य में गर्भ में शिशु के निर्मित होने और विकसित होने का ज्ञान सरलता से उपलब्ध है। सांख्य की मान्यता है कि इस विश्व में दो सक्रिय आधारभूत कारण हैं। ये हैं प्रकृति (ब्रह्माण्डीय आदि कालीन ऊर्जा) और पुरुष (आत्मिक आधारभूत कारण) जो असंख्यों आत्मिक चिदणुओं से बना होता है। पुरुष द्वारा प्रकृति में ऊर्जा को सक्रिय करने से दृश्य जगत का विकास होता है। वास्तव में प्रकृति के अंदर पुरुष रूप में अणु को क्रियाशीलता के केंद्र की भांति माना गया। विकास के द्वारा और अधिक जटिल रूप बनते हैं, जैसे कि जीवन निर्मित होता है। सांख्य के अनुसार, समस्त ब्रह्मांड अणु के अनुरूप ही बना है, संपूर्ण ब्रह्मांड सूक्ष्म अणु का प्रमाण है और इसी प्रकार सूक्ष्म अणु ब्रह्मांड का।

इस प्रकार ''सांख्य'' दार्शनिक डार्विन से बीस हजार वर्ष पूर्व ही अभौतिक विकास की अवधारणा व्यक्त कर देते हैं और अणु भौतिकी की नींव डालते हैं। शल्य चिकित्सक आचार्य सुश्रुत सांख्य के ब्रह्माण्डीय सिद्धांत में गहन विश्वास रखते थे, उन्होंने इन विचारों को ब्रह्मांड से सीमित मनुष्य के परिपेक्ष्य में दर्शाया; उनका मत था कि केवल पंचमहाभूतों से बने डिंब और शुक्राणु के भौतिक मिलन से ही गर्भ में शिशु नहीं निर्मित होता, वरन् आत्मा द्वारा जीवन देने से होता है। डिंब का निषेचन ही नहीं, बल्कि अंगों का विकास भी उन्ही कारकों से निर्देशित होता है जिनसे ब्रह्मांड होता है: अंतर्निष्ठ प्रकृति, परमात्मा, समय, अवसर, भाग्य तथा परिवर्तन।

इस प्रकार जीवविज्ञान की घटनाओं के क्षेत्र तथा परिभाषा में भी हम सांख्य दर्शन को पा सकते हैं : जैसा अणु है उसी प्रकार का ब्रह्माण्ड तथा जैसा ब्रह्माण्ड है वैसा अणु।

सुश्रुत का यह मत कि भ्रूण को बीजांडासन पूर्व जीवन देने की सहायता व्यवस्था प्रकृति के पंच तत्त्वों से सीधे प्राप्त होती है, हमारे वर्तमान दृष्टिकोण से सादृश्य रखता है कि शरीर के ऊत्तक भ्रूण को विकसित करते हैं और मां के शरीर से

उसे (ऑक्सीजन) ओषजन पानी तथा विद्युत-अपघट्य, पौष्टिक तत्त्व तथा हारमोन्स प्राप्त होते रहते हैं। प्राणवायु (ऑक्सीजन) को वायु से, पानी को जल से तथा विद्युत अपघट्य को भूमि के अर्थ से संबंधित करना वास्तव में लोभनीय लगता है। मां के द्वारा पचाये गये भोजन से पौष्टिक तत्त्व बनते हैं और उसकी तुलना तेजस से की जा सकती है। तेजस तत्त्व का संबंध पाचन से है। इस अनुमान को यह उपसिद्धांत पुष्ट करता है कि विभाजन तथा विशिष्टीकरण के कार्य करने वाले आकाश तत्त्व की तुलना हारमोन्स की जटिल भूमिका से की जा सकती है।

वास्तव में, जन्म से पूर्व शिशु से संबंधित शरीररचनाविज्ञान, शरीरविज्ञान, मनोविज्ञान या रोगविज्ञान का ऐसा कोई क्षेत्र नहीं है, जिसका उल्लेख सुश्रुत या उनके समकालीन संबंधित धार्मिक विद्वानों ने न किया हो। इन विषयों पर आधुनिक ब्रह्मांड विज्ञान, अणु भौतिकी, विखंडन और सृष्टि पूर्व की अव्यवस्था के मतों की पृष्ठभूमि में विचार किया गया था, यह तथ्य उस दर्शन की गहराई और विस्तार का संकेत करता है, जो कभी हमारे देश में था।

प्राचीन साहित्य में की गई खोज इस तथ्य पर बल देती है कि युगों से मानव ज्ञान के समान क्षेत्रों में सत्य के नये परिपेक्ष्य का अन्वेषण करते हुए ठीक उस विद्वान की भांति अनुभव करता है, जिसने कहा था ''मैने अब दर्शनशास्त्र, न्यायशास्त्र और औषध विज्ञान, यहां तक कि धर्मविज्ञान तक प्रारंभ से अंत तक तीक्ष्ण दृष्टि से पढ़ लिया है और फिर भी मैं अपने पूरे ज्ञान सहित नितांत मूर्ख हूं, पहले से जरा भी बुद्धिमान नहीं हुआ हूं।''

इन सबसे हम यह भलीप्रकार समझ सकते और सराहना कर सकते हैं कि प्राचीन भारत में आध्यात्मिकता, दर्शन और वास्तुकला योजना के संबंध में ही नहीं वरन् विज्ञान, औषधिशास्त्र, ज्योतिष और खगोलशास्त्र आदि के संबंध में कितना उच्च और उन्नत स्तर का ज्ञान था।

3. मान (हस्त लक्षण) : वैदिक वास्तुकला का तीसरा आधारभूत सिद्धांत मान अर्थात् आनुपातिक नाप है। सभी रचनात्मक गतिविधियों में चाहे वह वास्तुकला हो या मूर्तिकला एक निश्चित नाप का पालन करना आवश्यक होता है, इसके बिना शुभ परिणाम नहीं आ सकते। मयमत कहता है—''यदि देवालय का नाप हर पक्ष से पूर्ण है तो विश्व में भी पूर्णता होगी।'' समरांगण सूत्रधार के अनुसार भी किसी भी रचनात्मक गतिविधि को ''मेय'' अर्थात् नाप में पूर्ण अवश्य होना चाहिए—

''यच्च येन भवेद् द्रव्यं मेयं तदपि कथ्यते''

अर्थ : जो भी वस्तु दूसरे में लीन हो जाती है और द्रव बन जाती है, उसे मेय कहते हैं।

प्राचीन धर्म ग्रंथ इतने कठोर हैं कि उनके अनुसार यदि किसी सुंदर प्रतिरूप में नाप का अनुपात नहीं है तो उसे दोषयुक्त तथा पास रखने के अनुपयुक्त समझा जाता है। इसीलिए हमारे महर्षियों ने घोषणा की :-

''शास्त्रेमानेन यो रम्यो स रम्यो नान्य एव हि''

अर्थ : ''कोई भी सुंदर वस्तु तभी पूर्ण तथा प्रसन्नतादायक होती है जब वह धर्मग्रंथों में दिये गये अनुपात के अनुसार रची जाती है अन्यथा नहीं।''

अर्थात्, मान या नाप का कठोरता से पालन करना एक मौलिक आध्यात्मिक जटिलता है। प्रोफेसर कर्मेच्छ अपनी पुस्तक *''हिन्दू मंदिर'' (पृष्ठ 43)* में लिखते हैं—''नाप का अर्थ होता है सीमा, और सीमा अंत तथा मृत्यु का बोध कराती है।'' वर्ग अंतिमता का रूप है और साथ ही, विरोधी जोड़ों का भी, अभिव्यक्ति केवल परस्पर विरोधी या विपरीत युग्मों (जोड़ों) से होती है। देवत्व का चौकोर (वर्गाकार) सिंहासन परस्पर विरोधी जोड़ों पर रखा हुआ है : धर्म और अधर्म (व्यवस्था और उसका विलोम), ज्ञान और अज्ञान, वैराग्य तथा वासना, ऐश्वर्य एवं अनैश्वर्य, इनके संतुलन में ही वर्ग की पूर्णता निहित है।

उसका अनुपात एक मूर्त रूप है और इस प्रकार सीमा की अंतिमता को पूर्णता के प्रतीक रूप में निश्चित करता है। यह स्वीकार किया जा सकता है कि मान का पालन करना उतना ही प्राचीन है जितनी कि भारतीय वास्तुकला स्वयं और ब्रह्मांड पुराण उसका बहुत सही मूल रूप देता है, जिसके अनुसार अंगुल (एक इंच का 3/4) या हस्त (18 इंच) नाप का मानदंड है।

नाप निम्नलिखित में विभाजित है :

(1) **मान**—ऊंचाई की नाप।

(2) **प्रमाण**—चौड़ाई की नाप।

(3) **परिमाण**—परिधि या घेरे की नाप।

(4) **लंबमान**—साहुल रेखा की लंबाई की नाप।

(5) **उन्मान**—मोटाई की नाप।

(6) **उपमान**—अंतर्स्थान या बीच की जगह की नाप।

पाषाण मूर्तिकला और प्रतिमाकला में दूसरा नाप, जिसे आदि मान (प्राथमिक नाप) कहते हैं, प्रयुक्त होता था और नाप की इकाई तल थी और मूर्ति कला के तलमान की भांति इसे वास्तुकला में गण्यमान कहते हैं।

ऊंचाई के अनुपात के निम्नलिखित तकनीकी नाप है :—

1. **शांतिका**—इसका अर्थ है शांतिपूर्ण। इसके अंतर्गत ऊंचाई चौड़ाई के बराबर होती थी जो कलात्मक दृष्टि से एक सुंदर अनुपात है। *(एम XXXV—पंक्ति 22)*
2. **पौष्टिक**— इसका अर्थ है मजबूत, प्रमुख, संपन्न, पूर्ण। इसमें ऊंचाई चौड़ाई से 1.25 गुनी होती है जिससे भवन को अच्छी मजबूती मिलती है। *(वही स्रोत— पंक्ति 22)*
3. **जयदा**—इसका अर्थ है प्रसन्नतादायक। इसमें ऊंचाई चौड़ाई से 1.5 गुनी होती है जो भवन को प्रसन्नतादायक रूप प्रदान करती है। *(वही स्रोत—पंक्ति संख्या 22)*
4. **सर्वकामिका**—इसका अर्थ होता है संपन्नता देने वाला अथवा हर प्रकार से अच्छा। इसके अंतर्गत ऊंचाई चौड़ाई से 1.75 गुनी होती है, जिससे भवन मजबूत और सुंदर बनता है। *(वही स्रोत— पंक्ति संख्या 23)*
5. **अद्‌भुत**—इसका अर्थ है चमत्कारिक। इसमें ऊंचाई, चौड़ाई से दोगुनी होती है, जिससे भवन को आश्चर्यजनक तथा शानदार रूप मिल जाता है।

भवन के आनुपातिक नाप के संबंध में एक श्लोक है :—

प्रमाणे स्थापिता देवाः पूजार्हाश्च भवन्ति ते।

अर्थ : जब भवन का निर्माण आनुपातिक नाप का कठोरता से पालन करते हुए किया जाता है, तब वह भवन देवताओं की पूजा करने योग्य हो जाता है और उसके बाद वह (भवन) देवताओं का आवास हो जाता है।

4. आयादि—सद्‌वर्ग (वैदिक वास्तुकला के छह नियम):

समरांगण सूत्रधार के अनुसार आयादि छह सूत्रों का एक समूह है, जिनके नाम हैं:- आय, व्यय, रक्सा, योनि, वार और तिथि; इनके द्वारा संरचना की परिधि की पुष्टि होनी चाहिए। किसी भी भवन के छह मुख्य भाग होते हैं—अधिष्ठान (आधार या नींव), पद या स्तंभ, प्रस्तार, कर्ण (कान या पार्श्व), शिखर (छत) और स्तूप- (इन्साइक्लोपीडिया एच० ए० पी० 500) ये सूत्र विभिन्न ग्रंथों में एक समान नहीं हैं। एस० एस० के अनुसार ये हैं—आय, व्यय, योनि, तारा, भवनांशक और गृहनाम।

संक्षेप में आय के अर्थ होते हैं भवन की नाप=लंबाई **X** चौड़ाई=क्षेत्रफल। आठ प्रकार के आय होते हैं (1) ध्वजाय (2) धूम्राय (3) सिंहाय (4) श्वानाय (5) वृषभाय (6) खराय (7) गजाय (8) काकाय।

क्षेत्र (लंबाई×चौड़ाई) का 9 से गुणा कीजिए और तब उसे 8 से भाग दीजिये और अगर शेष 1 बचता है तो यह ध्वजाय है, अगर शेष 2 है तो धूम्राय है और अन्य आय भी क्रमशः इसी प्रकार होंगे। 1,3,5,7 की आय शुभ होती है और 2,4,6,8 की अशुभ जैसा कि उनके नाम से प्रकट होता है। दूसरे शब्दों में, सामान्य नियम यह है कि सभी विषम आयाएं (जो 2 से भाग देने पर कटती नहीं) शुभ और सम आयाएं अशुभ होती हैं। कुछ ग्रंथों में यह सलाह दी गई है कि कमरों और भवन

की आय एक ही प्रकार की रखनी चाहिये तथा उनमें भिन्नता नहीं होनी चाहिये परंतु ऐसा संभव नहीं है क्योंकि कमरों के आकार और उनके उपयोग अलग-अलग होते हैं। कुछ ग्रंथों में भिन्न-भिन्न कमरों की आय अलग-अलग प्रकार की रखने की सलाह स्पष्ट रूप से महलों और शानदार भवनों के निर्माण की दृष्टि से दी गई है। व्यय तीन समूहों—पिशाच, राक्षस और यक्ष का प्रतिनिधित्व करती है। इसी प्रकार अंश भी तीन प्रकार के होते हैं—इंद्र, यम और राजा। रक्सा और तारा नौ-नौ के तीन समूहों में विभाजित की गई हैं :—सुरगण, राक्षसगण तथा मानुषगण। ये 27 ताराएं सामान्य जानकारी में हैं।

वास्तु की इस शाखा के अंतर्गत भवन निर्माण और (डिजाइन) परिरूप बनाते समय अन्य पहलुओं पर भी विचार करना होता है, ये है:— (1) शेष धन (2) शेष ऋण (3) शेष तिथि (4) शेष वार (5) शेष नक्षत्र (6) शेष योग (7) शेष कर्ण (8) शेष अंश (9) शेष आयुष्य (10) शेष दिक्पालक और इनमें से पांच या अधिक शुभ संख्याएं होती हैं।

इन सद्वर्ग सूत्रों की आवश्यकता, एक साधारण कारण से थी कि उनदिनों नाप की इकाई अंगुल और हस्त थे जो कि एक समान नहीं थे। वास्तुकला के भिन्न-भिन्न ग्रंथों ने एक से अधिक परिमाप (लं०×चौ०) उद्धृत किये हैं और नापों की उपर्युक्त सूत्रों से पुष्टि करने से ऐसे परिमापों का चुनाव करने का भय समाप्त हो जाता है, जो परस्पर अनुपातहीन और फलस्वरूप अनुचित हों। इस प्रकार वास्तुकला तथा मूर्तिकला में नापों को सद्वर्ग द्वारा जांचना सब बातों में से एक थी। हमारे प्राचीन ग्रंथों में जहां कहीं विशेष नापों को निर्धारित किया गया है, इस बात का उल्लेख अनेक बार और बिना किसी अपवाद के किया गया है। वशिष्ठ मुनि तथा कुछ अन्य ग्रंथों में यह संकेत दिया गया है कि छोटे मकानों के लिए आयादि सद्वर्ग का पालन करने की आवश्यकता नहीं है, लेकिन व्यवहार में इसे आज तक पूरी तरह त्यागा नहीं गया है क्योंकि बहुत से लोग आय को संरचना का जीवन समझते हैं, विशेष रूप से मकान के लिए। वास्तव में, वास्तुशास्त्र का यह एकमात्र पहलू है जो इस देश के अनेक भागों में आज भी जीवित है।

आयादिवर्ग वास्तुकला की एक विधि है और इसके द्वारा प्राप्त शेष से संरचना के पूर्णत: सही होने तथा निर्माता और उसके परिवेश के कल्याण की पुष्टि की जाती है। तथापि शेष स्वयं वास्तु होता है। इस विशेष आयाम का उद्देश्य भवन का उचित परिमाप और दिशाभिमुखता का ज्ञान पाना होता है। यहां इस विषय का विस्तार से वर्णन नहीं किया जा रहा है। अधिक जानकारी के लिए डॉ० आचार्य के विश्वकोष *(इनसाइक्लोपीडिया— पृष्ठ संख्या 509)* का अध्ययन किया जा सकता है।

यहां यह उल्लेख करना उचित होगा कि विभिन्न ग्रंथों ने योनि आय (लाभ), व्यय (हानि) निकालने के लिए, जिनसे गृह स्वामी को भांति-भांति के फल प्राप्त होते हैं, गणना के अलग-अलग मापदंड रखे हैं। अत: मकान या भवन निर्माण करने की इच्छा रखने वालों को यह सलाह दी जाती है कि वे इस विषय में ज्योतिषी तथा जानकार पंडित से मकान का उचित माप निकलवाने के लिए संपर्क करें।

आय : भिन्न-भिन्न प्रकार के मकानों के लिए निम्न प्रकार की आयाओं की सलाह दी जाती है:

(1) **आवासीय भवनों के लिए**
शुभ/अच्छी आय—ध्वजाय, सिंहाय, वृषभाय, गजाय।
अशुभ/खराब आय—धूम्राय, श्वानाय, खराय, काकाय।

(2)	गोदाम, शीत भंडार, मालगोदाम	गजाय
(3)	दुकानें और व्यापारिक भवन	गजाय, सिंहाय-शुभ ध्वजाय-साधारण
(4)	थियेटर, सिनेमा हाल, वैज्ञानिक प्रयोगशालाएं, अन्वेषण केंद्र, स्कूल, कॉलेज आदि	वृषभाय—सर्वोत्तम ध्वजाय—साधारण
(5)	व्यायामशाला, जिम्नेज़ियम, क्लबघर, होस्टल, सराय	सिंहाय—शुभ गजाय—साधारण

(6)	[अ] न्याय भवन, सार्वजनिक प्रशासन के भवन, जैसे—पंचायत घर, विधान सभा, संसद भवन आदि	सिंहाय—शुभ गजाय—साधारण
	[ब] न्याय पीठ	सिंहाय में ही होना चाहिए।
(7)	औद्योगिक इमारतें और फैक्ट्री (जहां किसी प्रकार की धातु का कार्य होता हो)	सिंहाय अथवा ध्वजाय—शुभ
(8)	फैक्ट्री बिल्डिंग्स, जैसे—कपास मिल, कपड़ा मिल, चीनी मिल, चावल मिल आदि	ध्वजाय, वृषभाय-शुभ सिंहाय—साधारण
(9)	विवाह तथा ऐसे ही दूसरे सभाभवन और मंडप	वृषभाय या ध्वजाय
(10)	धर्मशालाएं या अस्थायी आवास (लॉज)	गजाय-सर्वोत्तम वृषभाय और ध्वजाय साधारण

टिप्पणी: सबसे निचली मंजिल की जितनी आय हो उतनी ही पहली मंजिल की आय होनी चाहिए। पहली मंजिल की ऊंचाई सबसे निचली (ग्राउंड फ्लोर) मंजिल की ऊंचाई से अधिक नहीं होनी चाहिए, बेहतर है कि वह उससे कम हो।

यदि सबसे नीचे की मंजिल (ग्राउंड फ्लोर) का उपयोग व्यापारिक उद्देश्य से और पहली मंजिल का अपने आवास के लिए करना हो, तो सबसे नीचे की मंजिल की आय गजाय होनी चाहिए और पहली मंजिल की ध्वजाय या वृषभाय अथवा सिंहाय। यदि घर बहुत पुराना है और उसका नवीकरण करना हो, तो भिन्न आय का चुनाव करना चाहिए, उदाहरणार्थ—पुराना मकान ध्वजाय में हो तो नवीकरण हुए मकान की वृषभाय होनी चाहिए। यदि पुराना वृषभाय में हो तो नये की ध्वजाय होनी चाहिए यदि पुराना गजाय या सिंहाय में हो, तो नवीकरण के बाद उसकी ध्वजाय होनी चाहिए। तीन भिन्न आय के मकानों को मिलाकर एक नहीं बनाना चाहिए। जब घर को परिवार के सदस्यों में बांटना हो, तो उसे अच्छी आय वाले दो भागों में विभाजित करना सर्वोत्तम होता है। मकानों को 3 या 6 भागों में कभी नहीं बांटना चाहिए। उसे 4 या 5 भागों में बांटा जा सकता है।

भवनों या मकानों की शुभ/अच्छी आयाएं:

लंबाई×चौड़ाई =क्षेत्रफल

जिस क्षेत्रफल में 8 से गुणा करने के बाद 12 से भाग दिया जाये = शेष धन
जिस क्षेत्रफल में 3 से गुणा करने के बाद 8 से भाग दिया जाये = शेष रुन
जिस क्षेत्रफल में 9 से गुणा करने के बाद 8 से भाग दिया जाये = शेष आय
जिस क्षेत्रफल में 8 से गुणा करने के बाद 30 से भाग दिया जाये = शेष तिथि
जिस क्षेत्रफल में 9 से गुणा करने के बाद 7 से भाग दिया जाये = शेष वार
जिस क्षेत्रफल में 8 से गुणा करने के बाद 27 से भाग दिया जाये = शेष नक्षत्र
जिस क्षेत्रफल में 4 से गुणा करने के बाद 27 से भाग दिया जाये = शेष योग
जिस क्षेत्रफल में 5 से गुणा करने के बाद 11 से भाग दिया जाये = शेष कर्ण
जिस क्षेत्रफल में 6 से गुणा करने के बाद 9 से भाग दिया जाये = शेष अमशा
जिस क्षेत्रफल में 9 से गुणा करने के बाद 120 से भाग दिया जाये = शेष आयुष

यदि शेष आयुष को 8 से भाग दिया जाए तो जो बचेगा वह शेष दिक्पालक होगा।

जब लंबाई और चौड़ाई दोनों की परिमाप विषम संख्या में हो, तो उससे शुभ आय मिल सकती है और परिमाप सम संख्या में होने पर अशुभ।

उदाहरण:

निर्माण-स्थल चौ०/लं०	इमारत चौ०/लं०	क्षेत्र लं०×चौ०	धन 1	रुन 2	आय 3	तिथि 4	वार 5	नक्षत्र 6	योग 7	कर्ण 8
30' x 40'	21' x 29' 21' x 27'	609 567	12 12	3 5	1 ध्वज 7 गज	12 6	7 7	12 27	6 27	9 8
30' x 45'	21' x 31' 23' x 33' 21' x 33'	713 759 693	4 12 12	3 5 7	1 ध्वज 7 गज 5 वृषभ	4 12 24	5 6 7	7 24 9	17 12 18	1 11 11
40' x 60'	25' x 43' 25' x 41' 29' x 43' 31' x 45'	1075 1025 1247 1395	8 4 11 12	1 3 5 1	3 सिंह 1 ध्वज 7 गज 3 सिंह	20 10 16 30	1 6 2 4	4 19 13 9	7 23 10 18	7 5 19 1
45' x 60'	31' x 43' 31' x 39' 35' x 41' 33' x 39' 35' x 45' 29' x 45'	1333 1209 1435 1287 1505 1305	8 12 8 12 4 12	7 3 1 5 3 3	5 वृषभ 1 ध्वज 3 सिंह 7 गज 1 ध्वज 1 ध्वज	14 12 20 6 10 30	6 3 7 5 7 6	26 6 5 9 25 18	13 3 16 18 26 9	10 6 3 11 1 2
50' x 80' or More	33' x 61' 33' x 65' 35' x 59' 41' x 63' 41' x 87'	2013 2145 2065 2583 3567	12 12 8 2 12	7 3 3 5 5	5 वृषभ 1 ध्वज 1 ध्वज 7 गज 7 गज	24 30 20 24 6	1 6 7 7 1	12 15 23 9 24	6 21 25 18 12	11 11 7 1 4

पुराने मकान जो आग, आकाशीय बिजली, वर्षा और आंधी-तूफान आदि से क्षतिग्रस्त हो जाते हैं, वे अच्छे नहीं होते हैं। जिस मकान में आत्महत्या हो चुकी हो, जहां गर्भवती स्त्री शिशु जन्म के साथ मर गयी हो अथवा जहां गर्भपात के कारण स्त्री मर गयी हो, या जहां नया जन्मा शिशु मर गया हो अथवा जो मकान महान तथा असहाय व्यक्तियों के शाप से ग्रस्त हो, अथवा जहां इसी प्रकार की कोई अशुभ घटना हुई हो, ऐसे मकान को लेना नहीं चाहिए।

पताकादि—सदछंद (भवन का सौंदर्य):

भवन का संरचना पक्ष छंद है, उसकी लयात्मक स्थिति काव्य की तरह होती है। छंद (छंद=सौंदर्य) के विज्ञान का विस्तार भवन की भूमि की परियोजना की लयात्मक स्थिति और उसके सीधे खड़े हुए भागों (ऊर्ध्व छंद) तक होता है। प्रत्येक ईंट और भवन की हर इकाई में यह लय भरी जाती है, भवन निर्माता के हाथों द्वारा इसको आवश्यक भार, रूप और भाव दिया जाता है। लय यथार्थ को जगाती और नाप उसका निर्माण करते हैं। इस भांति जो कुछ निर्मित होता है उसे ''मेय'' *(एस० एस IX-28)* कहते हैं, जिसे नापा और जाना जा सकता है तथा जो एक मात्रा होती है, (गण, गणित, मात्राओं का विज्ञान अर्थात् गणितशास्त्र को वास्तुकला, छंद, लय विज्ञान, पृथ्वी, अंतरिक्ष, प्रकाश जगत आदि सभी पर लागू किया जाता है।)

दूसरे शब्दों में, वास्तु के छंद का अर्थ संरचना की उस रूपरेखा से होता है, जो वह आकाश की पृष्ठभूमि पर प्रस्तुत करती है, अर्थात् वह परिपेक्ष्य दृश्य होता है। इस रीति से साहित्य के अलंकार शास्त्र, संगीत और वास्तुकला में समानता है, क्योंकि इनमें से प्रत्येक की आधारभूत इकाई छह प्राथमिक छंद होते हैं। जिस प्रकार संगीत में छह रागों से आपस में सम्मिश्रण तथा क्रम-परिवर्तन की प्रक्रिया द्वारा 36 रागनियां उत्पन्न होती हैं, उसी प्रकार इन प्राथमिक छह छंदों से 36 यौगिक छंद बनते हैं। वास्तु के ये छह छंद हैं-मेरु, खंड मेरु, पताका छंद, सचिच्छंद, उड्डिस्ता और नस्त।

मेरु : आकार में यह पृथ्वी के मेरु पर्वत की भांति होता है, जिसका केंद्रीय शिखर भूमि की सतह से काफी ऊंचा उठा होता है और चारों ओर से सरल क्रम में धीरे-धीरे ढालू होता जाता है।

खंड मेरु : में बाहरी परिधि के वृत्तीय छोरों से पूरा वृत्त या घेरा नहीं बनता, अर्थात् यह इस प्रकार का होता है मानो खंड मेरु को सीधे आकार में काट दिया गया हो और बाहर निकली हुई सतह को एक सीधी ढालूदार चट्टान के रूप में छोड़ दिया गया हो।

पताका छंद : एक ऐसा दृश्य प्रस्तुत करता है, मानों एक झंडे या पताका के (झंडे) दंड से पताका को फहराया जा रहा हो (उदाहरण: फतेहपुरसीकरी का सिहांसन स्तंभ)। भवन के बाहर से वह दो मंजिली संरचना लगती है, जबकि वास्तव में वह एक मंजिली होती है।

सूचि छंद : इसकी आकृति एक सुई की तरह की होती है किंतु उड्डिस्ता और नस्ट छंद अपने में स्वतंत्र नहीं होते और कोई परिपेक्ष्य दृश्य प्रस्तुत नहीं करते।

यह हमारे देश की प्राचीन परंपरा थी। भवनों की परिरेखाओं के अनेक रूप होते थे, विभिन्न कार्यों की पूर्ति के लिए भिन्न-भिन्न वर्गों के भवनों की संरचनायें अलग-अलग तरह की होती थीं और वे कभी एक सा दृश्य उपस्थित नहीं करती थीं।

वास्तुपुरुष की विशेषताएं

ब्रह्मा देवता द्वारा दिया गया नाम वास्तुपुरुष अथवा वास्तुदेव तीन मुख्य विशेषताएं रखता है और वे हैं (1) चर वास्तु (2) स्थिर वास्तु (3) नित्य वास्तु।

चर वास्तु : इसमें वास्तुपुरुष की दृष्टि या रुख भाद्रपद, (अगस्त-सितंबर) अश्वयुज तथा कार्तिक (अक्टूबर-नवंबर) महीनों की अवधि में दक्षिण की ओर होगा;

मार्ग शीर्ष (नवंबर-दिसंबर), पुष्य (दिसंबर-जनवरी) और माघ (जनवरी-फरवरी) महीनों में पश्चिम की ओर;

फाल्गुन (फरवरी-मार्च), चैत्र (मार्च-अप्रैल) और वैशाख (अप्रैल-मई) महीनों में उत्तर की ओर

ज्येष्ठ (मई-जून), आषाढ़ (जून-जुलाई) तथा श्रावण (जुलाई-अगस्त) महीनों की अवधि में पूर्व की ओर।

निर्माण कार्य का आरंभ, शिलान्यास और मुख्यद्वार की स्थापना ऐसे स्थान पर होनी चाहिए जो वास्तुपुरुष की दृष्टि की ओर हो, ताकि उस (मकान) भवन में मनुष्य सरलता और आराम से रह सके, स्वस्थ तथा दीर्घायु हो और शांति एवं संपन्नता प्राप्त करे।

स्थिर वास्तु : उसका सिर सदैव उत्तर पूर्व की ओर, पैर दक्षिण-पश्चिम की ओर, दाहिना हाथ उत्तर-पश्चिम की ओर तथा बायां हाथ दक्षिण-पूर्व की ओर रहेगा और इस तथ्य को, मकान का डिजाइन बनाते हुए , दरवाजों और खिड़कियों का स्थान निश्चित करते समय, कड़ियों को लगाते हुए (लकड़ी का ऊपरी सिरा उत्तर-पूर्व की ओर रहे) तथा फर्श और छत की सतह लगाते हुए , ध्यान में रखना होगा।

नित्य वास्तु : प्रत्येक दिन प्रात:काल के प्रथम तीन घंटों (प्रथम जाव) में उसकी दृष्टि पूर्व की ओर रहेगी, इसके तीन घंटे बाद तक दक्षिण की ओर और उसके तीन घंटे बाद तक पश्चिम की ओर तथा अंतिम तीन घंटों में उत्तर की ओर, और भवन से संबंधित नित्य-प्रति का कार्य इसी दिशाभिमुखता के अनुसार होना चाहिए।

वास्तुपुरुष की तीन अवसरों पर पूजा की जानी चाहिए। निर्माण समय की अवधि में अर्थात् आदि में (शिलान्यास प्रारंभ करते समय), मध्य में (मुख्य द्वार लगाते हुए) तथा अंत (गृहप्रवेश) में।

वास्तुशास्त्र में इस पर बहुत बल दिया गया है कि विशेष अवसर की अवधि में मुख्य द्वार उस ओर होना चाहिए जिधर वास्तुपुरुष की दृष्टि है और इस द्वार से गृहप्रवेश उस समय होना चाहिए जब वास्तुपुरुष की दृष्टि ठीक सामने हो।

शुभ महीने और दिन : खुदाई करने और मुख्य द्वार को लगाने के लिए वैशाख का शुक्ल पक्ष (अप्रैल-मई), श्रावण (जुलाई-अगस्त), मार्गशीर्ष (नवंबर-दिसंबर), पौष (दिसंबर-जनवरी) और फाल्गुन (फरवरी-मार्च) शुभ तथा अन्य महीने इसके लिए अशुभ माने जाते हैं। इन महीनों की निम्नलिखित तिथियों का ही केवल चुनाव करना चाहिए (1) द्वितीया (2) पंचमी (3) सप्तमी (4) नवमी (5) एकादशी (6) त्रयोदशी (अधिक जानकारी के लिए देखिए स०सू-26)

सूर्य की अनुकूल राशियां : वृषभ, सिंह, वृश्चिक और कुंभ राशि में सूर्य अनुकूल होता है; मेष, कर्क, तुला और मकर राशि में इतना अनुकूल नहीं होता; मिथुन, कन्या, धनु और मीन राशि में उपर्युक्त कार्यों के लिए अशुभ समझा जाता है।

व्यक्ति की राशि के अनुसार मुख्य द्वार की स्थिति

मेष, सिंह, धनु—पूर्व
वृषभ, कन्या, मकर—दक्षिण
मिथुन, तुला, कुंभ—पश्चिम
कर्क, (कर्कटक), वृश्चिक, मीन—उत्तर

यदि व्यक्ति की राशि के अनुसार निर्देशित की गई दिशा में मुख्य द्वार नहीं लगाया जा सके, तो कम-से-कम एक खिड़की उस दिशा की ओर अवश्य लगानी चाहिए। सामान्य रूप से यह कहा जा सकता है कि मुख्य द्वार को पूर्व तथा उत्तर दिशा में लगाना सर्वोत्तम होता है, पश्चिम की दिशा में अच्छा होता है, दक्षिण की ओर उन्मुख द्वार शुभ या अच्छा नहीं समझा जाता। एक व्यक्ति की राशि के अनुसार घर का मुख्य द्वार लगाने का विचार संभव नहीं मालूम पड़ता, क्योंकि उस विशेष व्यक्ति की आयु मकान की आयु से कम हो सकती है और मकान में रहने वाले अन्य सदस्य उस व्यक्ति की मृत्यु के बाद भी वहां बने रह सकते हैं अथवा मृत्यु के फलस्वरूप मकान का स्वामित्व बदल सकता है।

शुभ दिन : कार्य आरंभ करने के लिए सोमवार, बुधवार, बृहस्पतिवार, शुक्रवार शुभ दिन हैं पर इन्हें विशेष महीनों (जिसके बारे में पहले बताया जा चुका है) के शुक्ल पक्ष का होना चाहिए।

खुदाई : जब सूर्य सिंह, कन्या या तुला राशि में हो, तो खुदाई दक्षिण-पूर्व दिशा से प्रारंभ करनी चाहिए; वृश्चिक, धनु या मकर राशि में होने पर उत्तर-पूर्व दिशा से, कुंभ, मेष या मीन राशि में होने पर उत्तर-पश्चिम से और वृषभ, मिथुन, कर्क राशि में होने पर दक्षिण-पश्चिम से। इसके अतिरिक्त शुभ, तिथि, वार, योग, नक्षत्र, कर्ण आदि (पंच अंगों) का भी अवश्य ध्यान रखना चाहिए।

इस बात का ध्यान रखा जाये कि हमें किसी विद्वान पंडित तथा ज्योतिषी से आय, व्यय, अम्शा, नक्षत्र, विशेष दिन के शुभ मुहूर्त आदि के बारे मे अन्य बातें विस्तार से जानने के लिए सलाह लेनी चाहिए।

भवन निर्माण कार्य का आरंभ करने वाले शुभ माह के बारे में एक श्लोक में बताया गया है:

गृहसंस्थापनं चैत्रे धनहानिर्महाभयम्।
वैशाखे शुभदं विंधान् जेष्ठे तु मरणं ध्रुवम्॥
आषाढ़े गोकुलं हंति श्रावणे पुत्रवर्धनम्।
प्रजारोगं भाद्रपदे कलहोवऽश्वयुजे तथा॥
कार्तिके धनलाभस्यान्मार्गशीर्षे महाभयम्।
पुष्ये चाग्निभयं विद्यान्माद्ये तु बहुपुत्रवान्।
फाल्गुने रत्न लाभस्थन्मसनाम चा शुभाशुभम्॥

अर्थ :

चैत्र (मार्च-अप्रैल) में मकान बनाने से धन की हानि और भय होता है; वैशाख में बनाने के परिणाम अच्छे होते है; ज्येष्ठ (मई-जून) में बनाने से मृत्यु भय होता है; आषाढ़ (जून-जुलाई) में बनाने से पशुहानि होती है। श्रावण (जुलाई-अगस्त) परिवार के कल्याण के लिए अच्छा होता है; भाद्रपद (अगस्त-सितंबर) में बनाने से बीमारी तथा कष्ट होते हैं; अश्वयुज (सितंबर-अक्टूबर) में बनाने के परिणामस्वरूप लड़ाई होती है और शत्रुता बढ़ती है; कार्तिक (अक्टूबर-नवंबर) में बनाने से धन की प्राप्ति होती है; मार्गशीर्ष (नवंबर-दिसंबर) में बनाने के परिणामस्वरूप अनेक चीजों का भय होता है; पौष (दिसंबर-जनवरी) में बनाने से आग का भय और अन्य कष्ट होते हैं; माघ (जनवरी-फरवरी) पूरे परिवार के लिए अच्छा होता है; फाल्गुन (फरवरी-मार्च) में धन तथा संपन्नता आदि का लाभ होता है।

निम्नलिखित श्लोक शुभ वार (दिन) के बारे में बताता है:

भानुवारे कृतं वेशमन्वाह्निना दह्यते चिरात्।
चान्द्रे च वर्धते शुक्ले क्षीयते कृष्णपक्षते
भौमवारे बिंद सेवातल्लग्रे सप्तमेपि वा
दह्यते तद्गृहम् शून्यम् कर्तुर्मरणमैव च
बुधवारे धनैश्वर्यं पुत्रसंपत्सुखावहम्
गुरुवारे चिरम् तिष्ठेत् कर्ता च सुखसंपदाम्
चिरम् निष्ठेन्मंदवारे तस्करेभ्यो महाभयम्।

अर्थ : विभिन्न दिनों (वारों) में मकान का निर्माण कार्य शुरू करने का फल निम्नलिखित होता है :

रविवार	— आग का भय।
शुक्ल पक्ष का सोमवार	— सुख तथा सब प्रकार की संपन्नता।
कृष्ण पक्ष का सोमवार	— कार्य कभी शुरू नहीं करना चाहिए।
मंगलवार	— बुरे प्रभाव, अग्नि तथा मृत्यु भय।
बुद्धवार	— धन और संपन्नता की प्राप्ति, सुख तथा परिवार का कल्याण आदि।
बृहस्पतिवार	— दीर्घ आयु, सुख तथा संतानों द्वारा नाम एवं यश की प्राप्ति।
शुक्रवार	— मानसिक सुख तथा शांति, सद्कार्यों और समारोहों से पूर्ण।
शनिवार	— चाहे मकान की उम्र लंबी हो लेकिन उसमें रहने वालों का जीवन दुख, चिंता, सुस्ती, कर्ज और अन्य दुर्गुणों से भरा रहेगा।

निर्माणस्थल का चयन

किसी भी भवन के लिए उसका निर्माण स्थल (क्षेत्र) मूल आवश्यकता होती है और उसके चुनाव में सबसे अधिक सावधानी रखनी चाहिए। सामान्यत: निर्माणस्थल का चयन करने के बाद (डिजाइनिंग) परिरूप बनाने के लिए वास्तुशिल्पी को उस स्थल पर लाया जाता है, परंतु निर्माणस्थल खरीदने के समय से ही उसकी सलाह ली जानी चाहिए, यह अधिक लाभप्रद रहेगा। निर्माण-स्थल (क्षेत्र) का चयन करते समय निम्नलिखित पक्षों पर ध्यान दिया जाना चाहिए :

(1) मिट्टी की किस्म : मिट्टी का वर्गीकरण उसके रंग जैसे ईंट-सा लाल, गहरा भूरा, सफेद, लाल, पीला, मिश्रित रंग, काला आदि से करने के अलावा उसकी गंध, स्वाद बनावट आदि के अनुसार किया जाता है। काली या चिकनी मिट्टी निर्माण के लिए अच्छी नहीं होती और नींव व आधार का परिरूप बनाते समय मिट्टी की भारवहन करने की शक्ति का निश्चित रूप से पता लगा लेना चाहिए। बड़े गोल पत्थरों वाले, दीमकों की बांबी वाले, अथवा जहां हत्या हो चुकी हो, शव को दफनाया जा चुका हो, जहां की मिट्टी ढीली हो या जिसमें मिट्टी भरी गयी हो, ऐसे निर्माण स्थलों (क्षेत्रों) से बचना चाहिए।

(2) स्थान और वातावरण : जहां तक संभव हो निर्माण स्थल की सतह एक समान स्तर की होनी चाहिए। यदि वह ढालू हो, तो वह उत्तर और पूर्व की दिशा अथवा उत्तर-पूर्वी दिशा में हो। जैसा कि प्राय: कस्बों और नगरों में होता है यदि निर्माण स्थल छोटा हो तो वहां पास में कोई बड़े वृक्ष जैसे पीपल, आम, बरगद, इमली आदि के नहीं होने चाहिए क्योंकि उनकी जड़ें और शाखाएं इमारत को नुकसान पहुंचा सकती हैं। यदि निर्माण स्थल बड़ा है तो इमारत या भवन का क्षेत्र उनसे पर्याप्त दूरी पर होना चाहिए। उपजाऊ मिट्टी वाली, फूलों और फलों के पेड़ों वाली, घास से ढकी आदि भूमि निर्माणस्थल के लिए अच्छी होती है। ऐसी भूमि से बचना चाहिए जिसमें भू-जल नहीं हो। मंदिरों, आश्रमों, स्कूल-कॉलेजों, कल्याण मंडपों से सटी भूमि पर आवास बनाने के स्थल की सलाह स्पष्ट कारणों से नहीं दी जाती है। विष्णु मंदिर के पीछे या दुर्गा मंदिर के बायीं ओर भी आवास निर्माण अच्छा नहीं होता, शिव मंदिर से आवास स्थल कम-से-कम 50 मीटर दूर होना चाहिए। [पहाड़ी के दक्षिण या पश्चिम के स्थल को अस्वीकृत कर देना चाहिए तथा पहाड़ी के पूर्व या उत्तर दिशा में स्थित स्थल को स्वीकृत।] परंतु ऐसा सभी मामलों में संभव नहीं होता है।

(3) भूखंड या वास्तु : भूखंड का आकार, कोण, रूप आदि वास्तु के सिद्धांतों के अनुसार होने चाहिए। शहरों और कस्बों में अनेक कारणों से चयन करने की सीमाएं होती हैं, लेकिन जहां तक संभव हो, शास्त्रों के अनुसार, सम्मत स्थल प्राप्त करने का प्रयत्न करना चाहिए। "उपचार करने से बचाव बेहतर है," यह एक प्राचीन कहावत है। गलत निर्णय करके बाद में उसके बुरे प्रभावों को सहन करने की अपेक्षा यह कहीं अच्छा है कि प्रारंभ में ही सावधान रहा जाये।

(4) भूखंड का आकार : निर्माण स्थल का चुनाव करने में भूखंड का आकार एक महत्वपूर्ण भूमिका निभाता है। मकानों, उद्योगों, व्यापारिक संस्थानों और आवासीय कमरों हेतु भूखंडों के बारे में वास्तु के सिद्धांत समान ही हैं; सिवाय भूखंडों की माप के जो भिन्न-भिन्न होती है।

(अ) भूखंड वर्गाकार या आयताकार होना चाहिए (आयातकार होने की स्थिति में चौड़ाई का लंबाई से अनुपात 1:2 से अधिक नहीं होना चाहिए) उत्तर और दक्षिण की तुलना में पूर्व तथा पश्चिम का विस्तार अधिक होना चाहिए, परंतु ऐसे बड़े भूखंड से बेहतर कुछ नहीं है, जिसमें चारों ओर खाली स्थान छोड़े जा सकें।

(ब) त्रिकोणाकार, गोलाकार, पांच किनारों वाला, षट्भुजाकार, अष्टभुजाकार, बहुभुजाकार भूखंड और ऐसे भूखंड जिनका आकार भद्दा और असमाकृति हो, अच्छे नहीं होते।

(स) ''गोमुखी'' आकार का भूखंड जिसके सामने के भाग की चौड़ाई पिछले भाग से कम होती है, भावनात्मक कारणों से अच्छा होता है, लेकिन इसके साथ ही यह आवश्यक है कि सड़क केवल दक्षिण या पश्चिम की दिशा में हो, पूर्व या उत्तर में नहीं।

(द) व्याघ्रमुखी आकार का भूखंड, जिसके सामने के भाग का विस्तार पिछले भाग से बड़ा होता है, अच्छा नहीं होता। परंतु यदि ऐसे भूखंड के पूर्व और उत्तर में सड़कें हों तो ठीक होता है।

(य) भूखंड के विभिन्न किनारों के कोण भी उसके गुणों को निश्चित करने में समान रूप से महत्त्वपूर्ण होते हैं।

भूखंड के कोंण : यदि चारों कोंण 90^0 के हों तो अच्छा होता है। यह बहुत महत्त्वपूर्ण है कि दक्षिण-पश्चिम कोण 90^0 का या उससे कम हो इससे अधिक नहीं। उत्तर-पश्चिम कोंण 90^0 के लगभग या उससे अधिक होना चाहिए, लेकिन कम कभी नहीं। उत्तरी-पूर्वी कोंण को भी लगभग 90^0 के करीब या कम होना चाहिए परंतु (90^0) इससे अधिक नहीं। दूसरे शब्दों में उत्तरी-पूर्वी किनारे से दक्षिणी-पश्चिमी किनारे तक की दूरी सदैव उत्तरी-पश्चिमी किनारे से दक्षिणी-पूर्वी किनारे तक की दूरी से अधिक होनी चाहिए।

सड़क के संबंध में भूखंड की स्थिति : वास्तुशास्त्र के सिद्धांत के अनुसार, भवन निर्माणस्थल या भूखंड के आगे के भाग की दिशा और सड़क की स्थिति उस भूखंड का महत्त्व निश्चित करती है और उन भूखंडों का नामकरण उसीके अनुसार होता है :

(अ) **पूर्वी (ब्लाक) खंड :** वे भूखंड, जिनकी केवल पूर्व दिशा में सड़क है।

(ब) **दक्षिण-पूर्वी खंड :** वे भूखंड, जिनकी पूर्वी और दक्षिणी दिशाओं में सड़कें हैं।

(स) **दक्षिणी खंड :** वे भूखंड जिनकी दक्षिण दिशा में सड़क हो।

(द) **दक्षिणी-पश्चिम खंड :** वे भूखंड जिनके दक्षिण और पश्चिम में सड़क हो।

(य) **पश्चिमी खंड :** वे भूखंड जिनकी पश्चिमी दिशा में सड़क हो।

(र) **उत्तर-पश्चिमी खंड :** वे भूखंड जिनके उत्तर और पश्चिम में सड़क हो।

(ल) **उत्तरी खंड :** वे भूखंड जिनकी उत्तरी दिशा में सड़क हो।

(व) **उत्तरी-पूर्वी खंड :** वे भूखंड जिनकी उत्तरी और पूर्वी दिशा मे सड़कें हों।

भूखंडों या भवन निर्माण स्थलों का वर्गीकरण : भूखंड के अग्र भाग की दिशा से जाने वाली सड़क/सड़कें और उनकी संख्या के अनुसार भूखंडों का वर्गीकरण किया गया है।

वर्ग—अ

(1) जिस भूखंड के चारों ओर सड़कें हों, वह सर्वोत्तम होता है, और यदि उत्तर और पूर्व की सड़कें भूखंड से नीची हों तो और अधिक लाभ/सुविधाएं होंगी। यदि दक्षिण-पश्चिमी कोण और उत्तर-पूर्वी कोण 90^0 से कम हों, तो उसके बहुत अच्छे परिणाम होंगे। (देखिए, रेखाचित्र संख्या : 1)

(2) जिस भूखंड के पूर्व, उत्तर और पश्चिम में सड़क हो तथा उत्तर और पूर्व की सड़क पश्चिम में स्थित सड़क से नीची हो, तो वह भूखंड भी अच्छा होता है। उत्तरी-पूर्वी किनारा उत्तर या पूर्व की दिशा में अधिक फैला हो और दक्षिण-पश्चिमी किनारा उत्तर-पूर्वी किनारे से सतह में अधिक ऊंचा हो, तो परिणाम बेहतर होते हैं। (देखिए रेखाचित्र संख्या : 2)

(3) इसी श्रेणी में उत्तर-पूर्वी खंड आता है। ऐसे भूखंड के उत्तर और पूर्व में सड़क होती है, उत्तर-पूर्वी किनारा उत्तर या पूर्व में अधिक फैला होता है और निर्माणस्थल की सतह सड़कों से ऊंची होती है तथा सड़क का

ढाल उत्तरी पूर्वी किनारे की ओर होता है तथा निर्माणस्थल की दक्षिण-पश्चिमी सतह अधिक ऊंची होती है। (देखिये, रेखाचित्र संख्या : 3)

(4) **उत्तर-पश्चिमी खंड :** ऐसे निर्माण स्थल के उत्तर और पश्चिम में सड़क होती है, उत्तरी-पूर्वी किनारा उत्तर या पूर्व में और अधिक फैला होता है, साथ ही पश्चिम की ओर तथा भूखंड के दक्षिण-पश्चिमी किनारे की ओर की सड़क की सतह उत्तरी-पूर्वी सतह से ऊंची होती है, ऐसे भूखंड भी उपर्युक्त श्रेणी में आते हैं। (देखिये, रेखाचित्र संख्या: 4)

वर्ग—ब

(1) ऐसे भूखंड जिनके पूर्व और पश्चिम में सड़क हो, सड़क और भूखंड की सतह पश्चिमी दिशा की तुलना में पूर्वी दिशा में नीची हो।

(2) भूखंड जिनकी उत्तरी और दक्षिणी दिशा में सड़क हो, भूखंड और सड़क की सतह उत्तर की ओर दक्षिण की तुलना में नीची हो।

(3) ऐसे भूखंड जिनके पूर्व में सड़कें हों, भूखंड और सड़क का ढाल उत्तर-पूर्व की ओर हो, भूखंड की सतह अधिक ऊंची हो और पश्चिम की ओर ऊंची इमारते हों।

(4) ऐसे भूखंड जिनके उत्तर में सड़के हों, भूखंड और सड़क का ढाल उत्तर-पूर्व की ओर हो, भूखंड की सतह अधिक ऊंची हो और इमारतें दक्षिण की ओर हों।

(5) ऐसे भूखंड जिनकी पश्चिमी दिशा को छोड़ अन्य तीनों दिशाओं में सड़कें हों और उनकी सतह भूखंड की सतह से ऊंची हो।

(6) ऐसे भूखंड जिनकी पूर्व, पश्चिम और उत्तर दिशा में सड़कें हों, और पश्चिम दिशा की सड़क अन्य दो दिशाओं की सड़क से नीची हो।

वर्ग—स

इस वर्ग के भूखंड की विशेषताएं वर्ग अ के भूखंडों के विपरीत होती हैं।

(1) ऐसे भूखंड जिनके पूर्व मे सड़कें हों पर उनकी सतह भूखंड से नीची हो, लेकिन तीनो ओर ऊंची इमारतें और टीले हों।

(2) ऐसे भूखंड जिनके तीनो ओर सड़कें हों लेकिन पूर्व में ऊंची इमारतें या पहाड़ी हो, पश्चिम और दक्षिण की सड़कें भूखंड से नीची हों।

(3) ऐसे भूखंड जिनके उत्तर और दक्षिण में सड़कें हों पूर्व में ऊंची इमारतें हों, दक्षिण की सड़क नीची हो और पश्चिमी दिशा खाली हो।

(4) ऐसे निर्माण स्थल या भूखंड जिनकी पश्चिमी दिशा में सड़क हो।

वर्ग—द

इस श्रेणी के भूखंडों की विशेषताएं वर्ग-स के भूखंडों के विपरीत होती हैं।

उपर्युक्त समस्त तथ्यों का सार, संक्षेप में निम्नलिखित हो सकता है :

(1) चारों दिशाओं में सड़कें होना सर्वोत्तम है, क्योंकि इससे चहुंमुखी खुशी और संपन्नता प्राप्त होती है।

वर्ग—अ

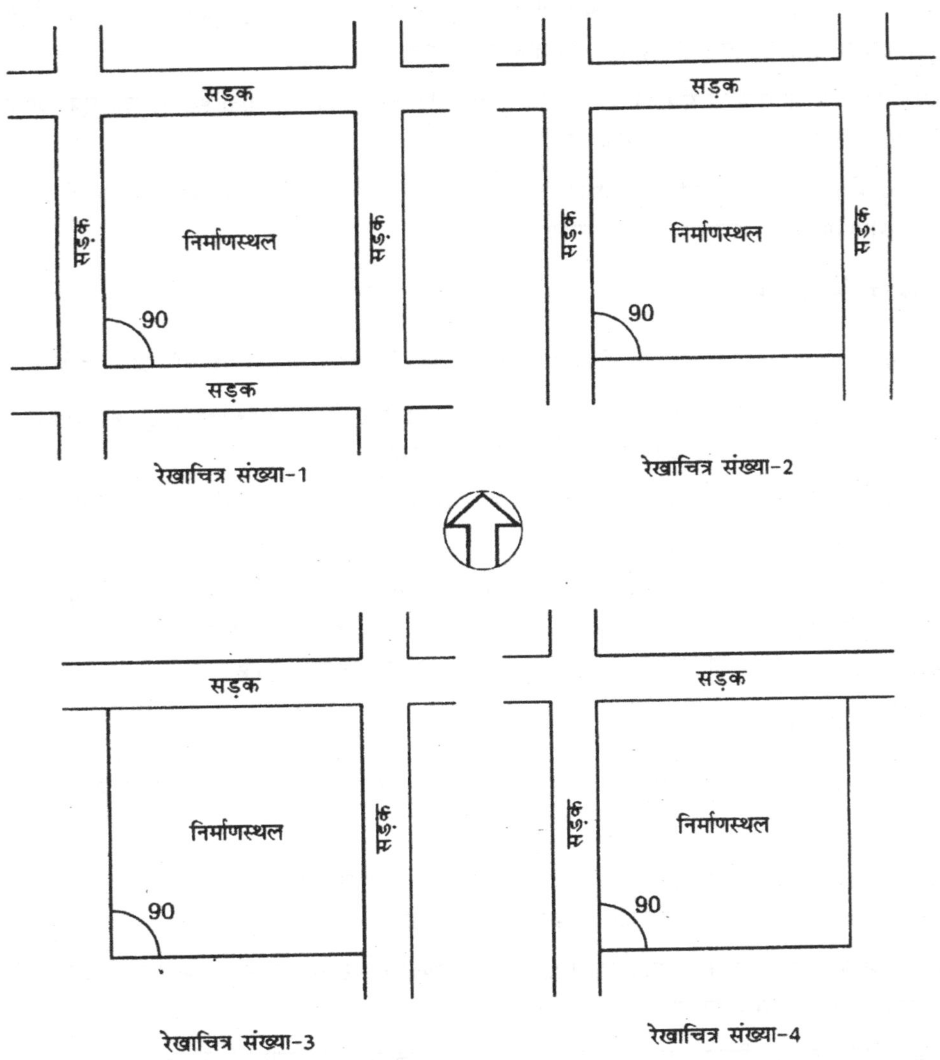
सड़क
सड़क
सड़क
निर्माणस्थल
90
सड़क
रेखाचित्र संख्या-1
सड़क
सड़क
सड़क
निर्माणस्थल
90
रेखाचित्र संख्या-2
सड़क
सड़क
निर्माणस्थल
90
रेखाचित्र संख्या-3
सड़क
सड़क
निर्माणस्थल
90
रेखाचित्र संख्या-4

(2) ऐसे निर्माण स्थल को चुनना सदा बेहतर है, जिसके एक ओर से अधिक सड़कें हों, जिस निर्माण-स्थल के उत्तर और पूर्व में सड़क हो, वह सर्वोत्तम रहता है।

(3) दक्षिण और पश्चिम दिशा में सड़क होना, व्यापारीजनों के लिए अच्छा होता है। दक्षिण और पूर्व दिशा की सड़कें महिला संगठनों और उनकी गतिविधियों के लिए अच्छी होती हैं, लेकिन इन मामलों में भवनों का (डिजाइन) परिरूप बनाते समय विशेष ध्यान देना चाहिए।

(4) सड़क और भूखंड की सतहें दक्षिण और पश्चिम की तुलना में उत्तर और पूर्व की ओर नीची होनी चाहिए। पश्चिम और दक्षिण में ऊंची सतह के भूखंडों का होना ठीक रहता है।

(5) उत्तरी दिशा में पश्चिम से पूर्व की ओर बहता हुआ कोई नाला, नदी या सोता हो, तो वह एक आदर्श स्थिति होती है क्योंकि उसके परिणाम अच्छे निकलते हैं।

(6) जिन भूखंडों के उत्तरी-पूर्वी किनारे गोल हों वे अच्छे नहीं होते लेकिन जिनके दक्षिण पूर्वी किनारे गोलाकार हों उनका कुछ सीमाओं तक उपयोग किया जा सकता है।

अन्य प्रकार के भूखंड :

(1) ऐसे भूखंड जिनके उत्तरी-पूर्वी किनारे उत्तर या पूर्व की ओर बाहर निकले हुए हों, अच्छे होते हैं।

(2) ऐसे भूखंड जिनके दक्षिण-पूर्वी, दक्षिण-पश्चिमी, उत्तरी-पश्चिमी किनारे बाहर निकले हुए हों, अच्छे नहीं होते, लेकिन उचित सुधार करने के बाद उनका उपयोग किया जा सकता है।

(3) पांच कोनों वाले भूखंड या जिनका उत्तरी-पूर्वी किनारा कटा हो, अच्छे नहीं होते, लेकिन उन्हें सुधार करने के बाद उपयोग में लाया जा सकता है।

(4) चार कोनों वाले ऐसे विषम भूखंड भी अच्छे नहीं होते, जिनका उत्तरी-पूर्वी किनारा कटा हो या दक्षिणी-पश्चिमी कोण 90^0 से अधिक हो अथवा जिनके दक्षिण-पश्चिम से उत्तर-पूर्व की दूरी दक्षिण-पूर्व से उत्तर-पश्चिम की दूरी से कम हो। मकान का परिरूप (डिजाइन) बनाने से पूर्व इनमें सुधार कर लेना चाहिए।

भूखंडों का विस्तार :

जब निर्माण स्थल में समीप मिले हुए दूसरे स्थल या उसके भाग को जोड़ कर बढ़ाना या विस्तार करना हो, तो निम्नलिखित बातों पर ध्यान देना चाहिए :

(1) दक्षिण-दक्षिण-पश्चिम दिशा की ओर बाहर निकला हुआ अथवा बढ़ाया हुआ भूखंड अच्छा नहीं होता, इससे स्वास्थ्य, धन अथवा अन्य असहनीय समस्याएं उत्पन्न हो सकती हैं।

(2) दक्षिण या पश्चिम दिशा की ओर किया गया विस्तार अथवा बाहर निकला हुआ विस्तार दुर्घटना और धन नाश जैसी समस्याओं का कारण बनता है।

(3) दक्षिण-पूर्व की ओर किया गया विस्तार अग्नि दुर्घटना, मुकदमों और चोरियों का कारण बन सकता है।

(4) उत्तर-पश्चिम की दिशा में किया गया विस्तार भी अशुभ होता है, यह मानसिक दुखों और भारी खर्चे का कारण बन सकता है।

(5) उत्तर पूर्वी-उत्तर और पूर्व की ओर किया गया विस्तार अच्छा होता है। इससे संपत्ति, धन, स्वास्थ्य, नाम, प्रसिद्धि और सर्वतोमुखी संपन्नता प्राप्त होती है।

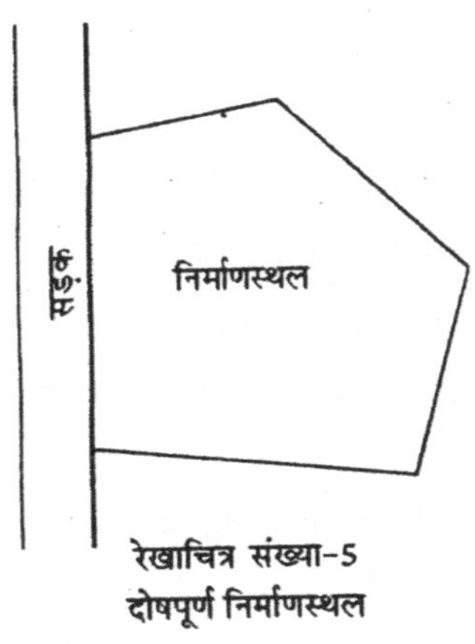

रेखाचित्र संख्या-5
दोषपूर्ण निर्माणस्थल

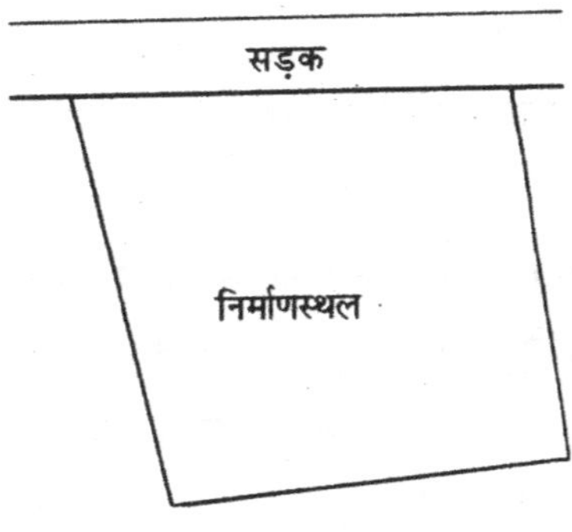

रेखाचित्र संख्या-6
दोषपूर्ण निर्माणस्थल

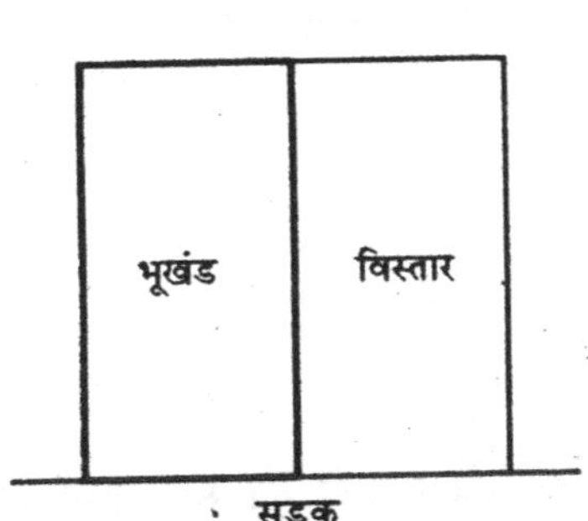

रेखाचित्र संख्या-7
निर्माणस्थल के विस्तार हेतु
अच्छा प्रस्ताव

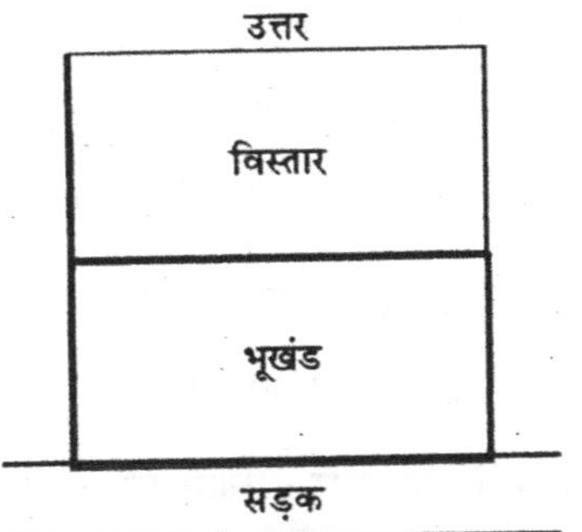

रेखाचित्र संख्या-8
निर्माणस्थल के विस्तार हेतु
अच्छा प्रस्ताव

वर्तमान भूखंड के उत्तर, उत्तर-पूर्व अथवा पूर्व में पास लगे अथवा कुछ दूर स्थित नये भू-भाग को खरीदने से सर्वतोमुखी सफलता मिलती है, यदि नया भूभाग भी वास्तुशास्त्र के अनुसार हो। इसी प्रकार पश्चिम या दक्षिण में स्थित भूभाग को खरीदने से अशुभ प्रभाव पड़ते हैं।

विभिन्न आकारों के लाभ तथा हानियां :

(1) **वर्ग :** यह आकार सर्वोत्तम होता है। इसमें रहने वाले लोगों को सब प्रकार की संपन्नता तथा प्रसन्नता प्राप्त होती है।

(2) **आयत :** यह आकार भी अच्छा होता है। यह स्वास्थ्य, धन तथा संपन्नता प्रदान करता है।

(3) **त्रिकोण :** यह आकार बिलकुल अच्छा नहीं होता। इससे मुकदमे तथा अन्य समस्याएं उत्पन्न होती हैं।

(4) **गोलाकार या वृत्ताकार :** वृत्ताकार अथवा अन्य आकार के भूखंड अच्छे नहीं होते और निरंतर एक-न-एक समस्या को जन्म देते रहते हैं।

(5) पांच कोनों वाले, षट्भुजाकार, अष्टभुजाकार, बहुभुजा वाले या अन्य आकारों के भूखंड अच्छे नहीं होते। वे जीवन के विभिन्न क्षेत्रों में निरंतर मानसिक उद्वेग और अस्थिरता का कारण बनते हैं।

प्रत्येक भूखंड की भूमि का स्तर :

(1) भूमिस्तर दक्षिण और पश्चिम में ऊंचा होना चाहिए।

(2) भूमिस्तर उत्तर तथा पूर्व में नीचा होना चाहिए।

(3) यह उत्तर-पूर्व कोने में सबसे नीचा होना चाहिए।

(4) भूमिस्तर दक्षिण-पूर्व और उत्तर-पश्चिम में समान या एक-सा रखा जा सकता है, लेकिन यह अधिक अच्छा रहेगा कि उत्तर-पश्चिम किनारा दक्षिण-पूर्व किनारे से नीचा हो।

(5) दक्षिण-पूर्व और उत्तर-पश्चिम में भूमि का स्तर उत्तर-पूर्व से ऊंचा होना चाहिए जबकि दक्षिण-पश्चिम से नीचा।

(6) उत्तर दिशा का भूमिस्तर दक्षिण से नीचा और पूर्वी दिशा का पश्चिम से नीचा होना चाहिए।

संक्षेप में कहा जा सकता है कि उत्तर-पूर्व का भूमिस्तर सबसे नीचा होना चाहिए।

उत्तर-पश्चिम का उत्तर-पूर्व से ऊंचा;

दक्षिण-पूर्व का उत्तर-पश्चिम से ऊंचा;

दक्षिण-पश्चिम का दक्षिण-पूर्व से ऊंचा;

दक्षिण-पश्चिम किनारे का भूमि स्तर सबसे ऊंचा होना चाहिए।

बाहरी भूमि के स्तर : निर्माणस्थल के स्तर से उत्तर और पूर्व की सड़कों का स्तर नीचा होना चाहिए; इन सड़कों का स्तर दक्षिण और पश्चिम की सड़कों से भी नीचा होना चाहिए। यदि भूखंड के दक्षिण और पश्चिम की ओर पहाड़ियां, टीले या ऊंची इमारतें हों, तो यह अच्छा होता है। उत्तर, पूर्व तथा उत्तर-पूर्व में बहते हुए नदी-नाले आदि अच्छे होते हैं परंतु उन्हें उत्तर से पूर्व दिशा की ओर बहना चाहिए। उत्तर-पूर्वी किनारे में तालाबों, झीलों आदि का स्थित होना समृद्धिदायक होता है।

कुछ विद्वानों ने भूखंडों को दो त्रिकोणों में विभाजित किया है और जैसा कि रेखाचित्र में दिखाया गया है

उत्तर-पूर्वी त्रिकोण को सूर्य का और दक्षिण-पश्चिमी त्रिकोण को चंद्र का प्रतीक माना है। (देखिये भूमि स्तर रेखाचित्र)

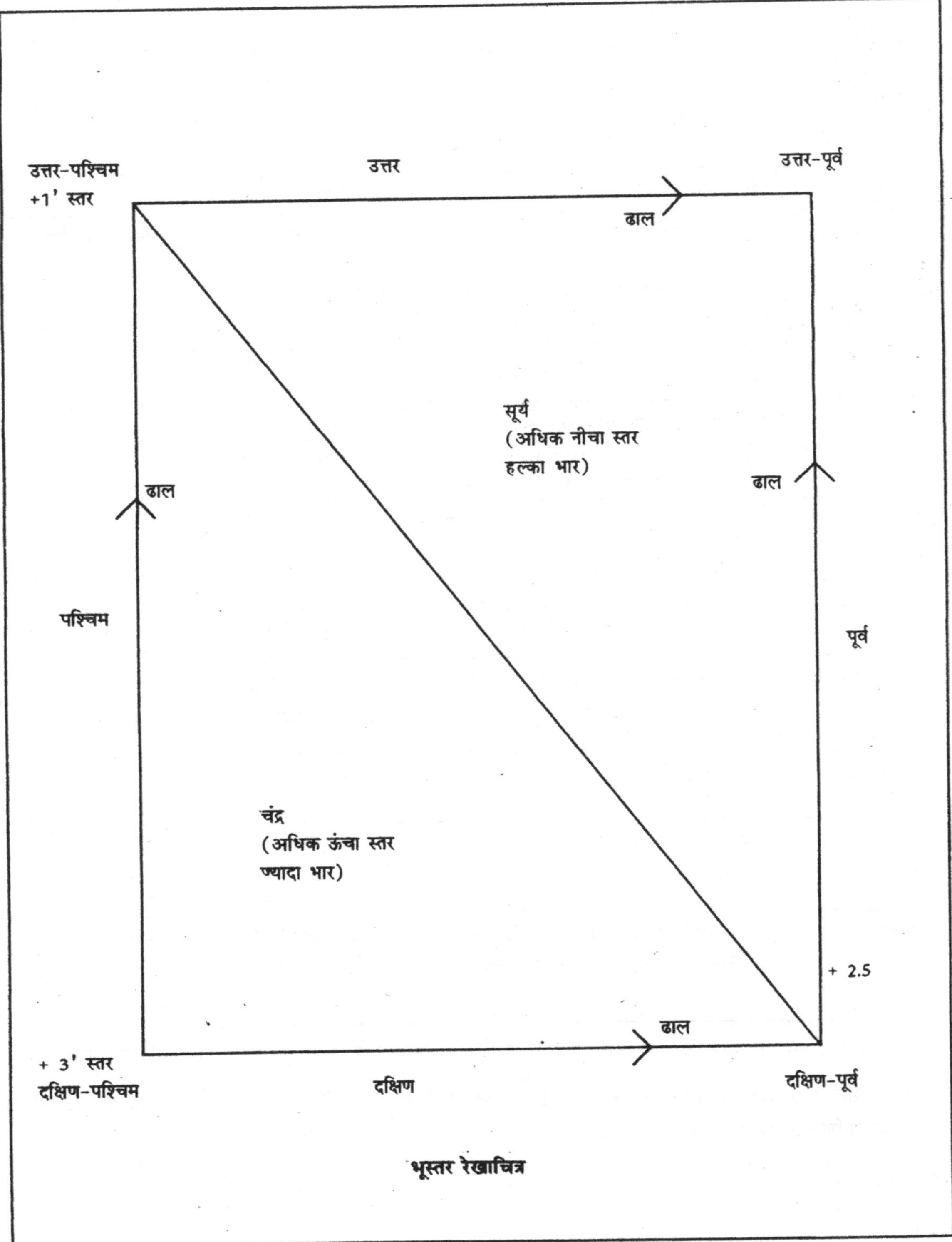
उत्तर-पश्चिम
+1' स्तर
उत्तर
उत्तर-पूर्व
ढाल
सूर्य
(अधिक नीचा स्तर
हल्का भार)
ढाल
ढाल
पश्चिम
पूर्व
चंद्र
(अधिक ऊंचा स्तर
ज्यादा भार)
+ 2.5
ढाल
+ 3' स्तर
दक्षिण-पश्चिम
दक्षिण
दक्षिण-पूर्व

भूस्तर रेखाचित्र

यह निर्धारित किया गया है कि चंद्र की सतह ऊंची और सूर्य की नीची होनी चाहिए। चंद्र क्षेत्र में निर्मित भवन का भाग भी भारी और ऊंचा होना चाहिए क्योंकि यह देखा गया है कि जिस प्रकार चंद्रमा के सागर पर पड़ने वाले प्रभाव के कारण ज्वार-भाटा आता है उसी प्रकार का चंद्र-प्रभाव पृथ्वी के स्थल भाग पर भी पड़ता है।

निर्माण स्थल के स्तर का प्रभाव :

दिशा	नीचा	ऊंचा
पूर्व	अच्छा स्वास्थ्य, धन, दीर्घायु सफलता।	जीवन साथी की हानि, परिवार की संतानों और सदस्यों की हानि।
दक्षिण-पूर्व	उत्तर-पूर्व से नीचा होने पर इससे आग लगने और शत्रुओं का भय रहता है। यह महिलाओं और नर-शिशुओं के लिए भी हानिकारक है।	यदि उत्तर-पूर्व और उत्तर-पश्चिम से ऊंचा है, तो इससे व्यापार में लाभ मिलता है।
दक्षिण	विकास रोकता है, रोगों और आर्थिक समस्याओं का कारण बनता है।	स्वास्थ्य, धन तथा संपन्नता के लिए अच्छा।
दक्षिण-पश्चिम	घर के अंदर रहने वालों में गंदी आदतें पड़ने का, उनके स्वास्थ्य के बिगड़ने, मृत्यु होने आदि का कारण होगा।	सब प्रकार की संपन्नता, लोकप्रियता, नाम और यश प्रदान करता है।
पश्चिम	स्वास्थ्य, नाम और यश की हानि।	सर्वतोमुखी संपन्नता प्रदान करता है।
उत्तर-पश्चिम	उत्तर पूर्व से नीचा होने पर शत्रुता तथा मुकदमों का कारण बनता है। यदि दक्षिण-पश्चिम तथा दक्षिण-पूर्व से नीचा हो तो अच्छा होता है।	उत्तर-पूर्व से ऊंचा होने पर व्यापार में सफलता और आर्थिक लाभ; दक्षिण-पश्चिम से ऊंचा होने पर यह बहुत खराब होता है।
उत्तर	सामान्य रूप में संपन्नता स्वास्थ्य और धन के लिए अच्छा।	सभी क्षेत्रों पर खराब प्रभाव। प्रत्येक क्षेत्र में सबसे खराब स्थिति का सामना।
उत्तर-पूर्व	अच्छा स्वास्थ्य, धन और सब प्रकार की संपन्नता तथा लोकप्रियता प्रदान करता है।	असंख्यों समस्याओं का सामना करना पड़ेगा और जीवन के प्रत्येक क्षेत्र में सबसे खराब स्थिति रहेगी।

कोंण : 90^0 के कोंण, 90^0 से कम के कोंण या 90^0 से अधिक के कोंण का पता लगाने की सरल विधि।

रेखाचित्र-9 देखिए। यदि ए सी की दूरी 15' से अधिक है तो कोंण बी 90^0 से अधिक है; यदि यह 15' से कम है तो यह कोंण 90^0 से कम है।

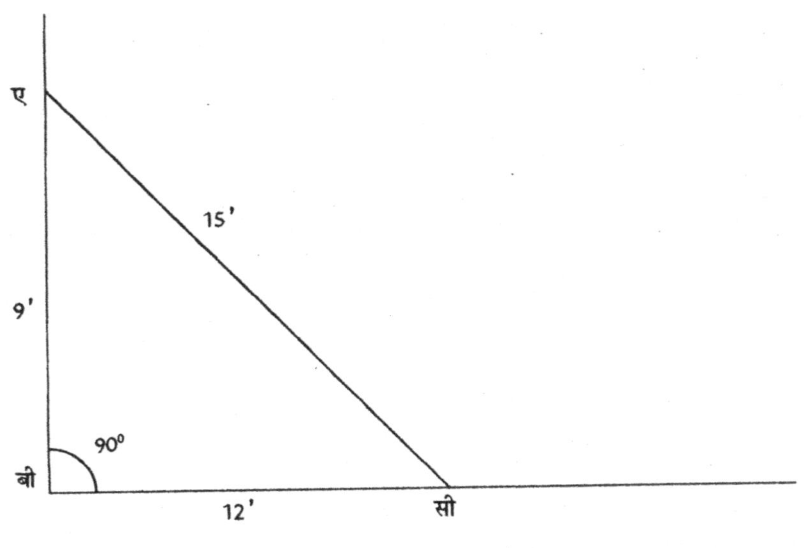

रेखाचित्र संख्या-9

रेखाचित्र संख्या 10 देखिए। यदि जी ई की दूरी 10' से अधिक है, तो कोंण एफ 90⁰ से अधिक है और यदि यह 10'-0'' से कम है तब यह कोंण 90⁰ से कम या छोटा है।

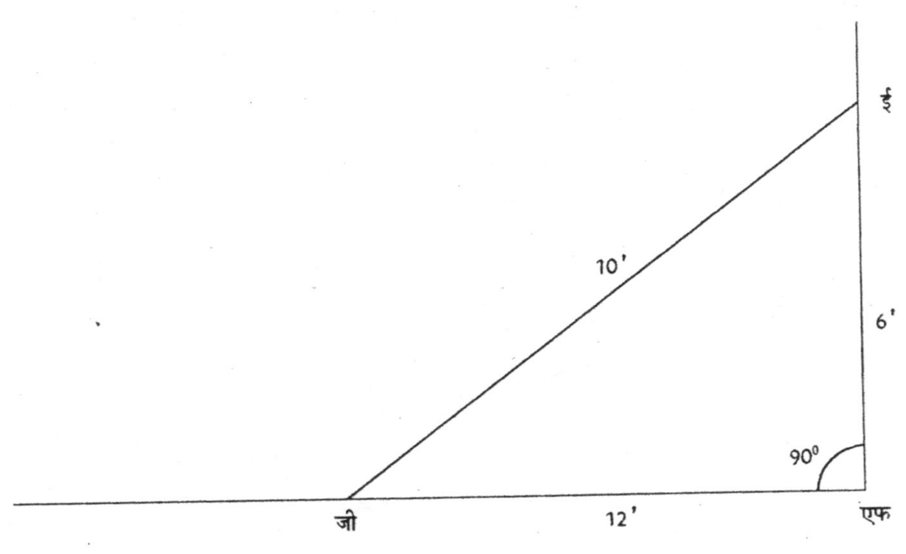

रेखाचित्र संख्या-10

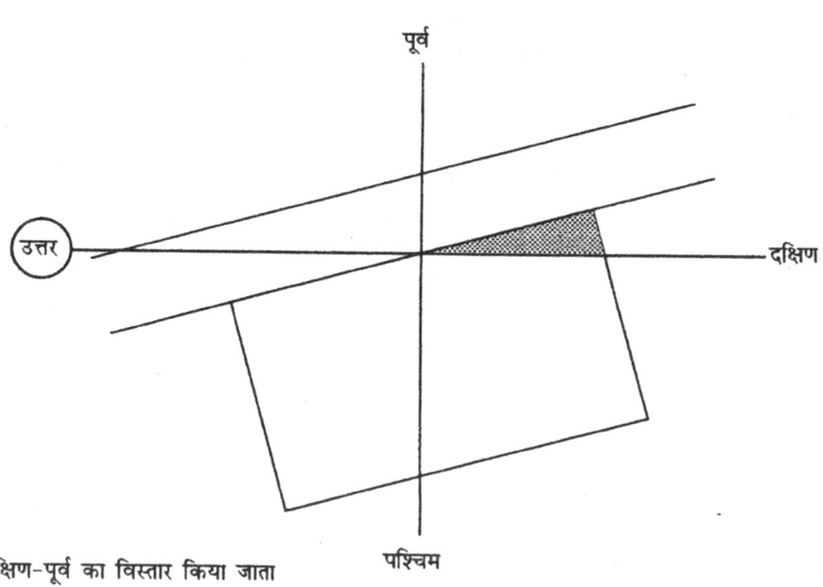

(1) जब पूर्व दक्षिण-पूर्व का विस्तार किया जाता है—
परिवार में बालिका-शिशुओं की संख्या अधिक होगी। यहां तक कि अगर बालक-शिशु होंगे तो वह निष्क्रिय होंगे। रहने वालों में नीच मनोवृत्ति का विकास होगा।

आरेख—1

(2) जब पूर्व उत्तर-पूर्व का विस्तार किया जाता है—
यश, प्रसिद्धि और लोकप्रियता की प्राप्ति, परंतु आर्थिक लाभ के लिए इतना अच्छा नहीं होता।

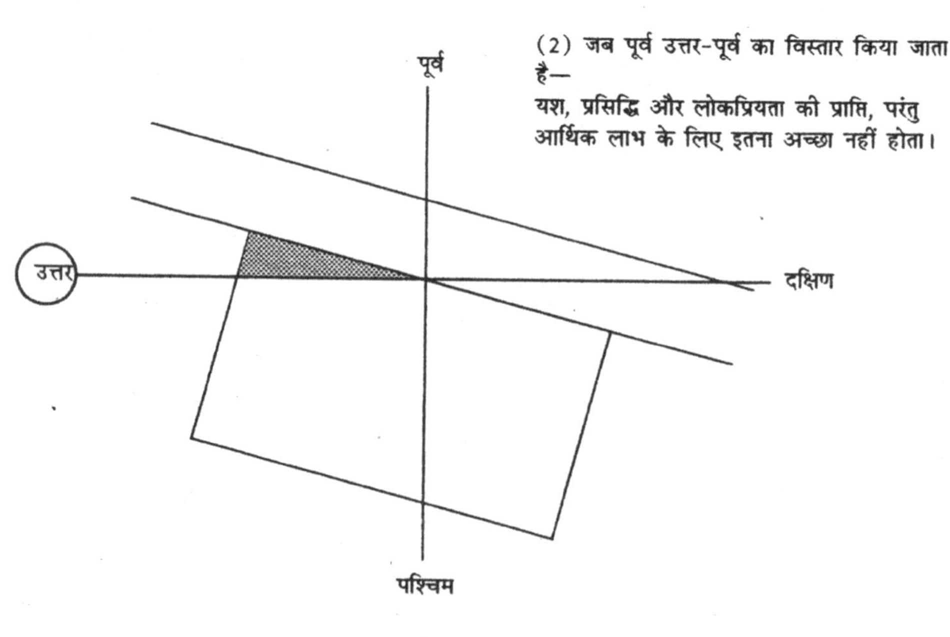

आरेख—2

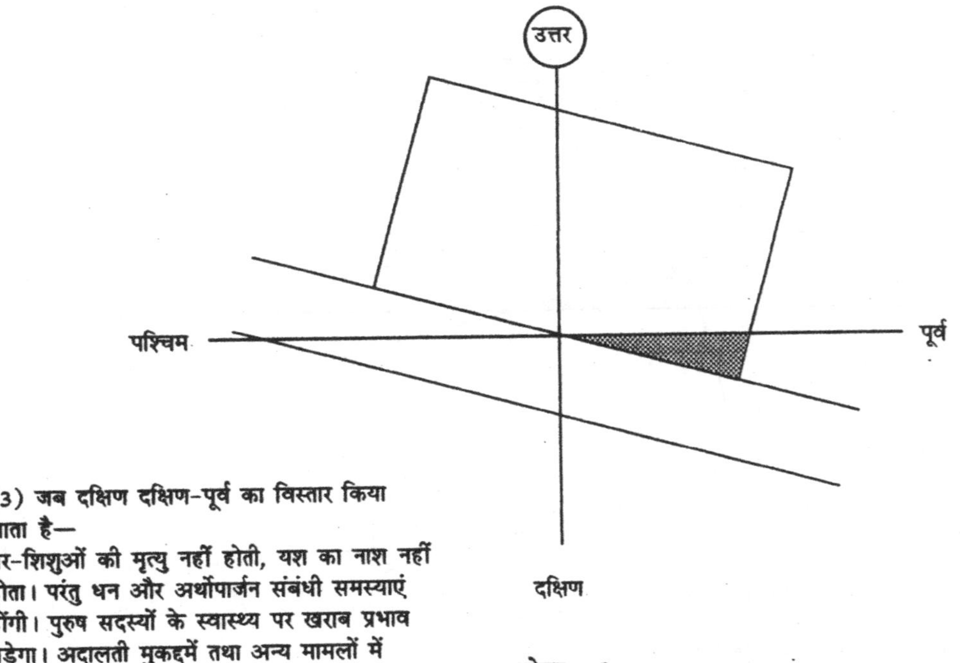

(3) जब दक्षिण दक्षिण-पूर्व का विस्तार किया जाता है—
नर-शिशुओं की मृत्यु नहीं होती, यश का नाश नहीं होता। परंतु धन और अर्थोपार्जन संबंधी समस्याएं होंगी। पुरुष सदस्यों के स्वास्थ्य पर खराब प्रभाव पड़ेगा। अदालती मुकद्दमें तथा अन्य मामलों में समस्याएं पैदा होंगी।

आरेख—3

(4) जब पश्चिम उत्तर-पश्चिम का विस्तार किया जाता है—
आर्थिक लाभ होता है, राजनैतिक शक्ति में वृद्धि होती है। महिलाएं सक्रिय तथा शक्तिवान बनती हैं।

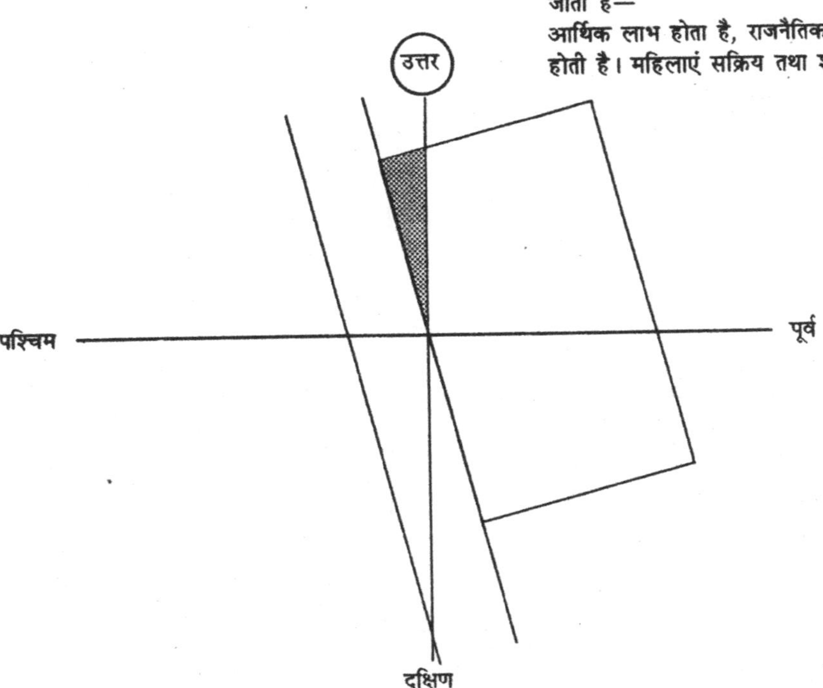

आरेख—4

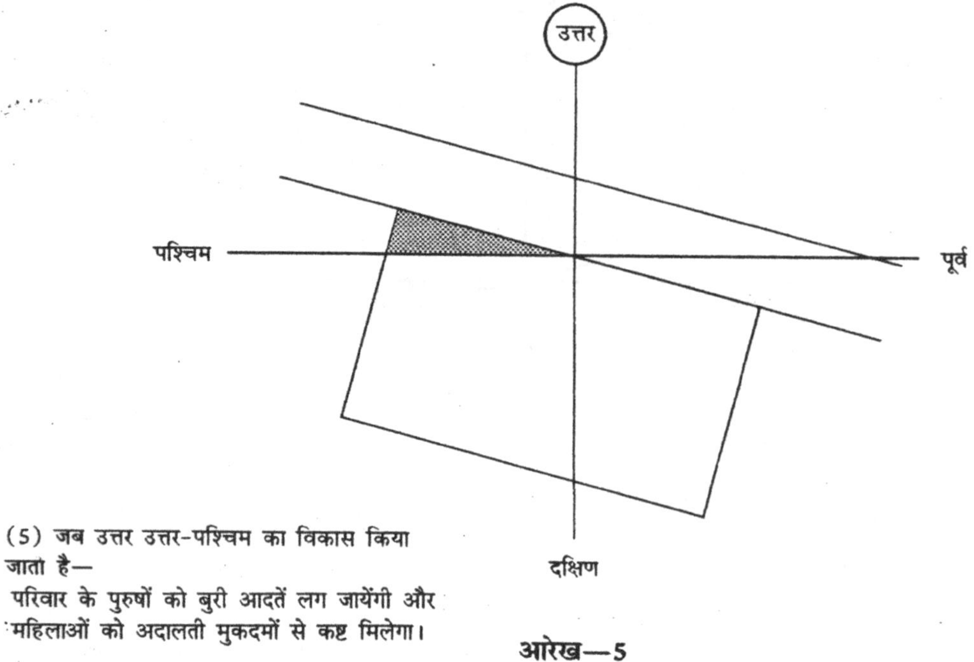

(5) जब उत्तर उत्तर-पश्चिम का विकास किया जाता है—
परिवार के पुरुषों को बुरी आदतें लग जायेंगी और महिलाओं को अदालती मुकदमों से कष्ट मिलेगा।

आरेख—5

(6) जब उत्तर उत्तर-पूर्व का विस्तार होता है—
सभी का स्वास्थ्य अच्छा रहेगा, सुख-संपन्नता भोगेंगे। हर क्षेत्र में महिलाओं को सम्मान मिलेगा।

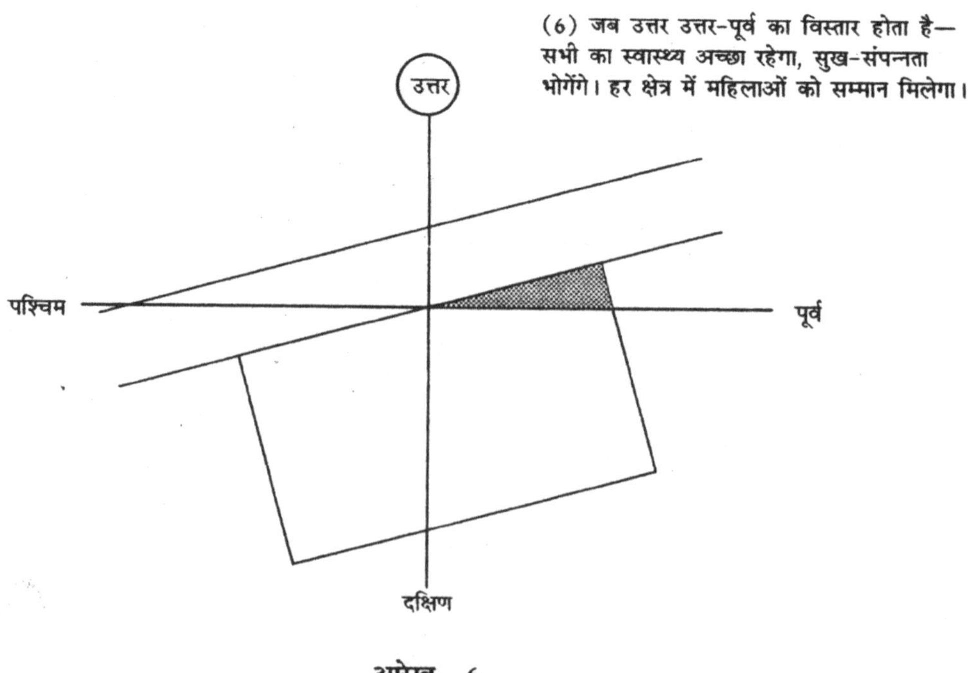

आरेख—6

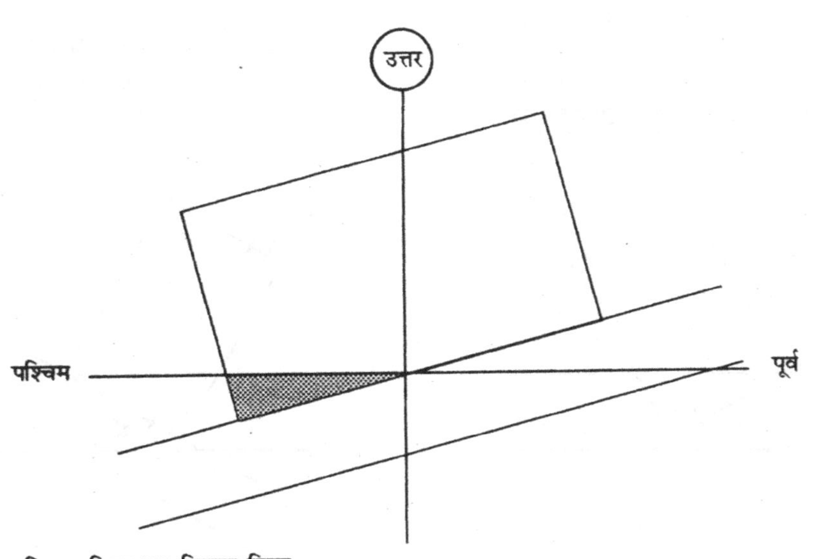

(7) जब दक्षिण दक्षिण-पश्चिम का विस्तार किया जाता है:
—महिलायें दुख और परेशानियों से भरी स्थितियों का सामना करेंगी।
—पुरुष सदस्य बदमाश बन जायेंगे।

आरेख—7

(8) जब पश्चिम दक्षिण-पश्चिम का विस्तार किया जाता है:
—पुरुष सदस्य अनुचित रीति से धनार्जन करेंगे और बेकार के खर्चे करेंगे, घमंडी हो जायेंगे जिससे नाम तथा यश की हानि होगी।
—महिलायें मानसिक रूप से अस्थिर हो जायेंगी।

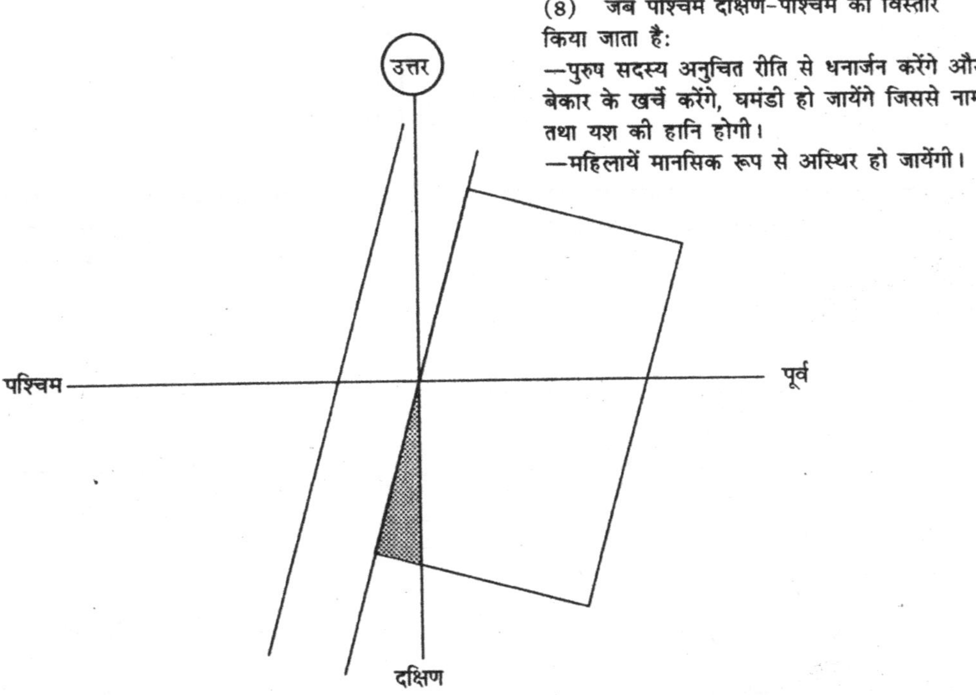

आरेख—8

दक्षिण दक्षिण-पूर्व का विस्तार किया गया। दक्षिण दक्षिण-पूर्वी किनारे पर द्वार लगाया गया जो दक्षिण दक्षिण-पश्चिम के सामने पड़ता है। यह अशुभ है, बेहतर है यदि संभव हो तो उत्तर उत्तर-पूर्व का सामना करते हुए दूसरा द्वार लगाया जाए।

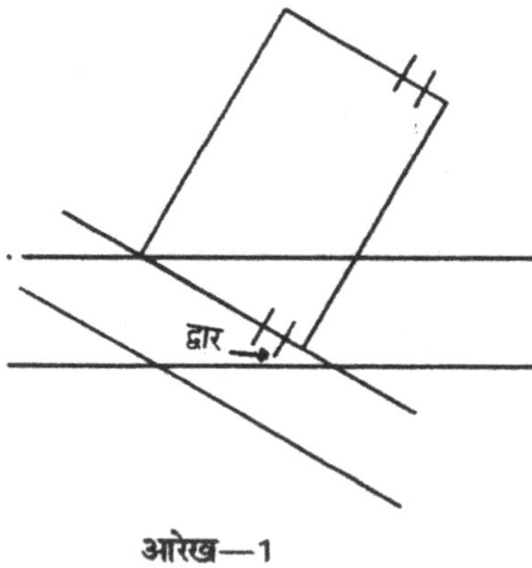

आरेख—1

दक्षिण दक्षिण-पश्चिम का विस्तार किया गया। द्वार दक्षिण दक्षिण-पूर्व में है। यदि संभव हो तो यह अधिक अच्छा रहेगा कि एक दूसरा द्वार पूर्व उत्तर-पूर्व का सामना करते हुए लगा दिया जाये।

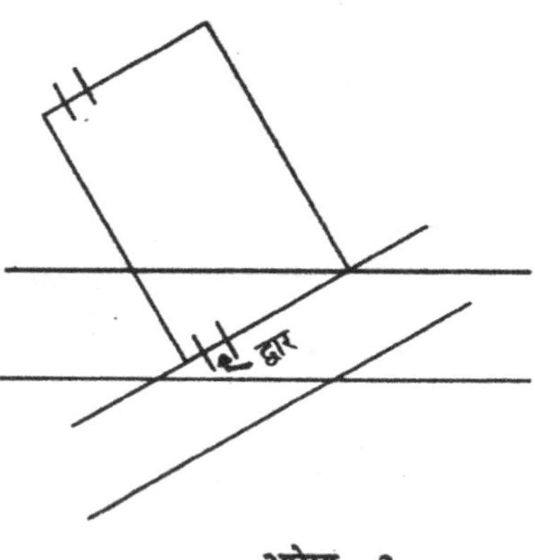

आरेख—2

उत्तर उत्तर-पश्चिम का विस्तार किया गया। द्वार उत्तर उत्तर-पूर्व में है जो कि उत्तर उत्तर-पूर्व के सामने है, शुभ है।

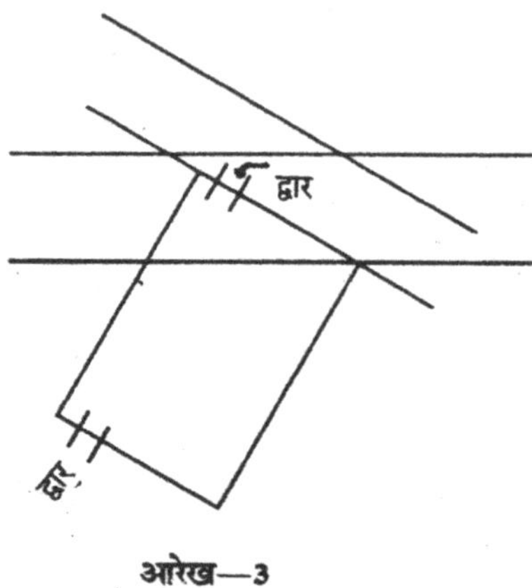

आरेख—3

उत्तर उत्तर-पूर्व का विस्तार किया गया। द्वार उत्तर उत्तर-पश्चिम के सामने उत्तर पूर्व में है जो कि शुभ नहीं। यदि संभव हो तो एक अन्य द्वार पूर्व उत्तर-पूर्व में लगाया जाए।

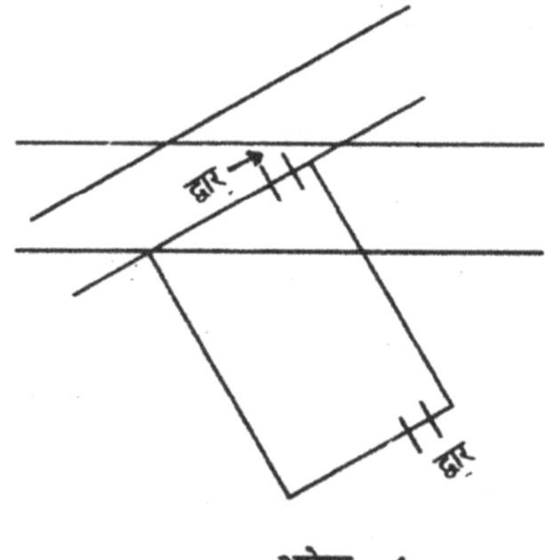

आरेख—4

पश्चिम दक्षिण-पश्चिम का विस्तार किया गया। दरवाजा पश्चिम उत्तर-पश्चिम के सामने है। यदि संभव हो तो यह बेहतर है कि दूसरा दरवाजा उत्तर-पूर्व किनारे में लगाया जाए।

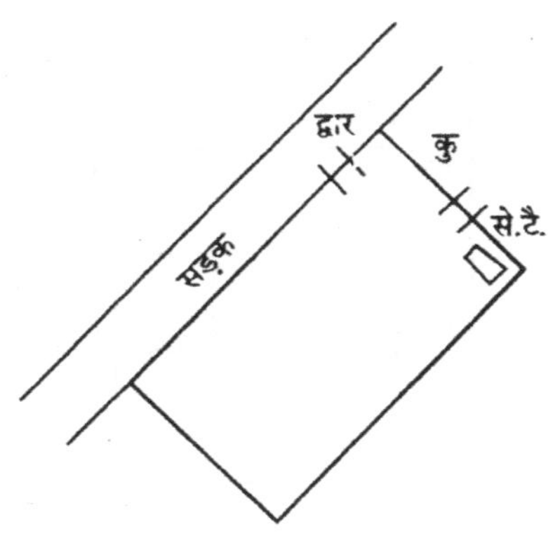

पूर्व उत्तर-पूर्व का विस्तार किया गया। द्वार पूर्व दक्षिण-पूर्व के सामने है। यह शुभ नहीं, यदि संभव हो तो यह बेहतर है कि दूसरा द्वार उत्तर उत्तर-पूर्व में लगाया जाए।

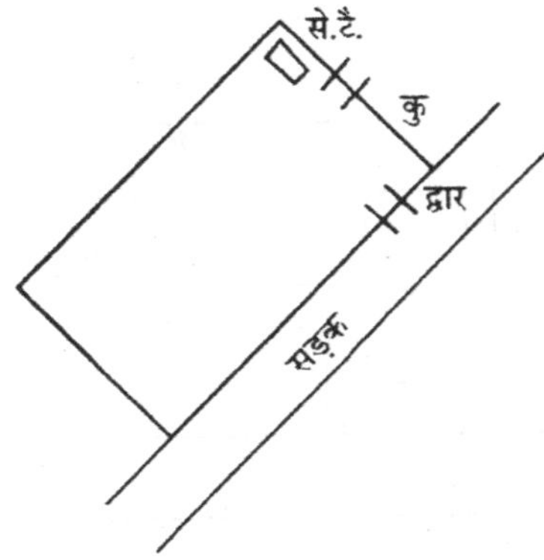

संकेतः

कु = कुंआ

से.टै. = सेप्टिक टैंक

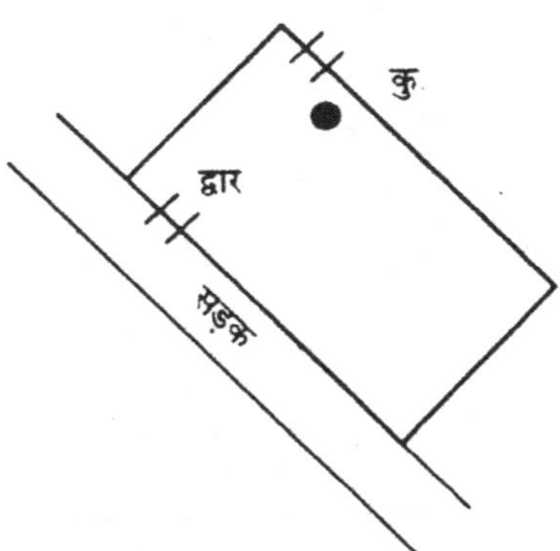

पश्चिम उत्तर-पश्चिम के भाग का विस्तार किया गया। द्वा पश्चिम दक्षिण-पश्चिम की सीध में पड़ता है, जो अशुभ है। यदि संभव हो, तो पूर्व उत्तर-पूर्व किनारे में दूसरा द्वार लगाया जाए।

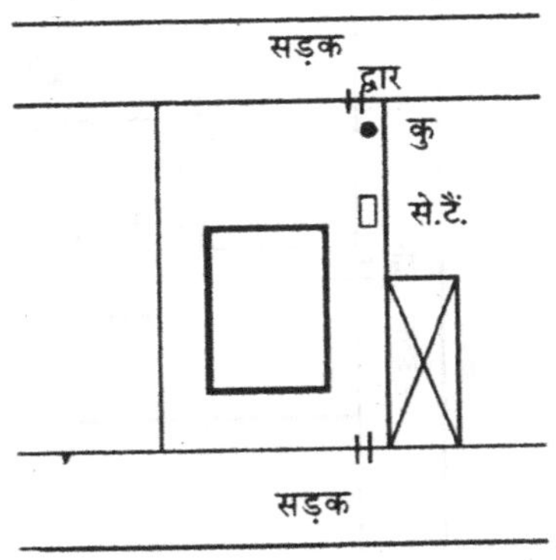

अशुभ निर्माण स्थल — सुधार की आवश्यकता

अच्छा/शुभ निर्माण स्थल। पूर्व उत्तर-पूर्व का विस्तार किया गया है।

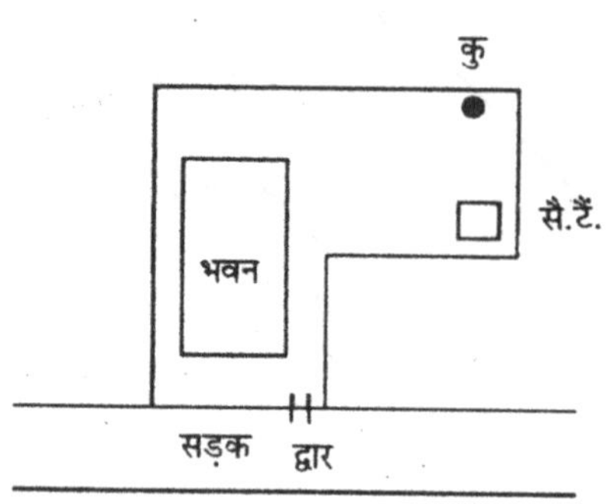

अशुभ निर्माण स्थल। पश्चिम उत्तर-पश्चिम का विस्तार किया गया है। इसे अस्वीकृत कर देना चाहिए।

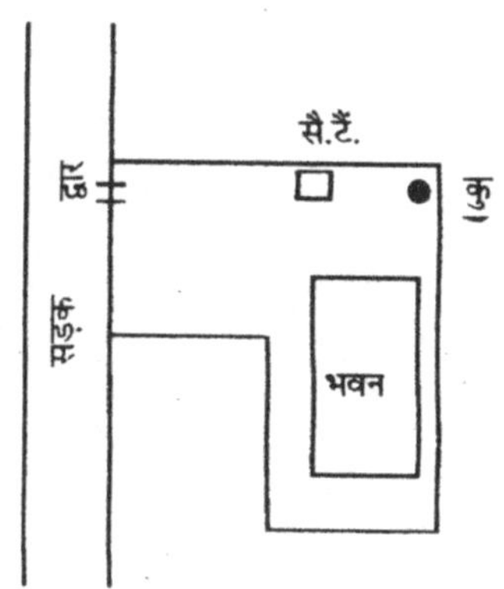

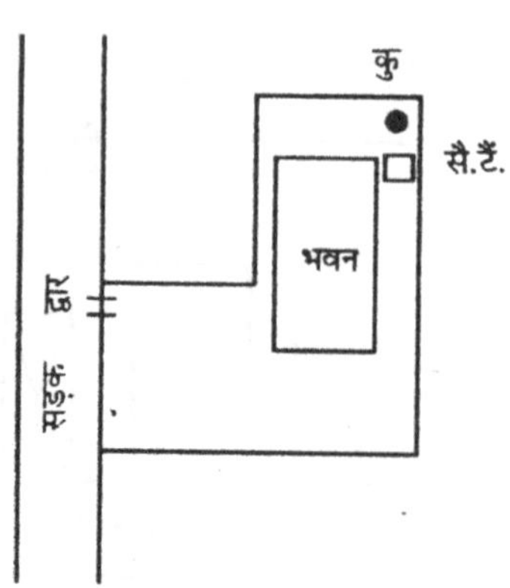

निर्माण स्थल शुभ नहीं। दक्षिण-पश्चिम का विस्तार किया गया है। प्रवेश दक्षिण दक्षिण-पश्चिम से है, जो बहुत अशुभ है।

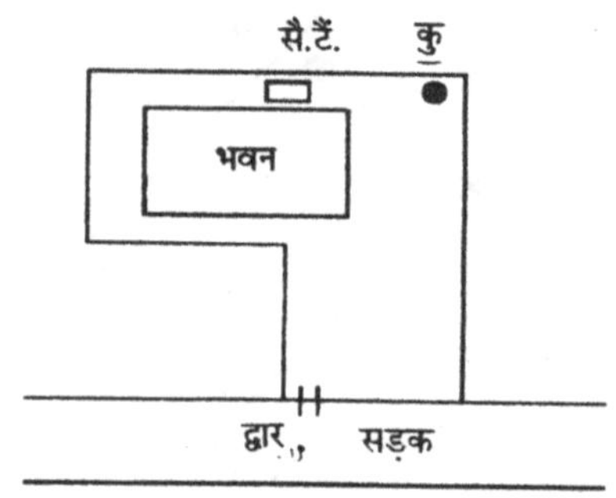

निर्माण स्थल अच्छा नहीं है। दक्षिण दक्षिण-पूर्व का विस्तार किया गया है।

निर्माण स्थल शुभ है, क्योंकि उत्तर-पूर्व का विस्तार किया गया है। लेकिन सड़क दक्षिण में है; योजना बनाते समय बहुत ध्यान देने की आवश्यकता है।

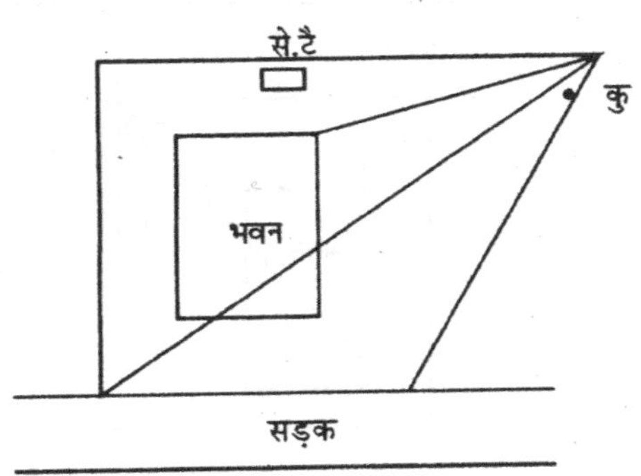

निर्माण स्थल अच्छा नहीं है। दक्षिण-पूर्व के भाग का विस्तार किया गया है; इसे सुधारने की आवश्यकता है।

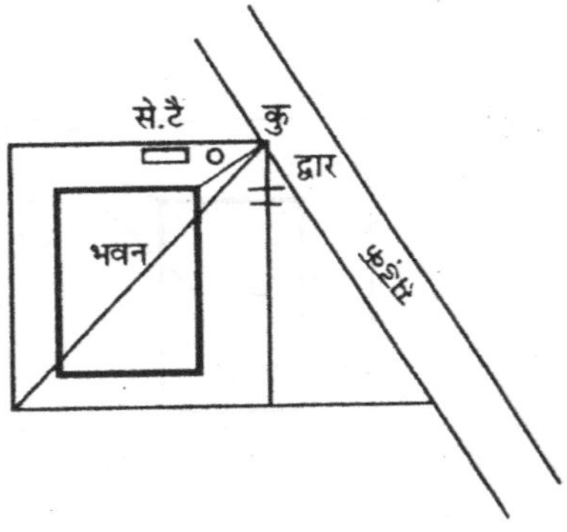

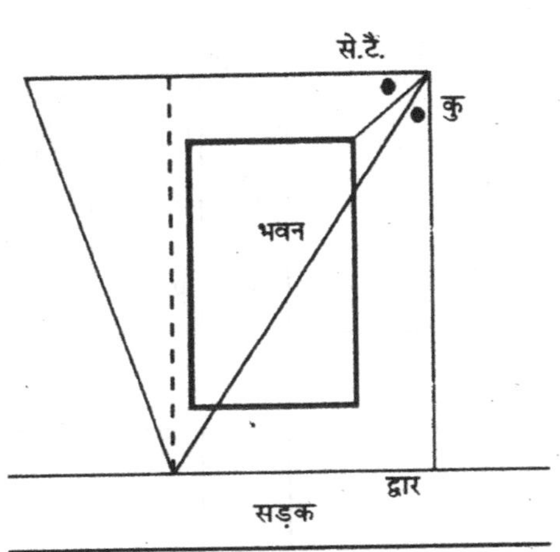

निर्माण स्थल अच्छा नहीं है। उत्तर-पश्चिम का विस्तार किया गया है, सड़क दक्षिण में है। इसमें सुधार करना चाहिए।

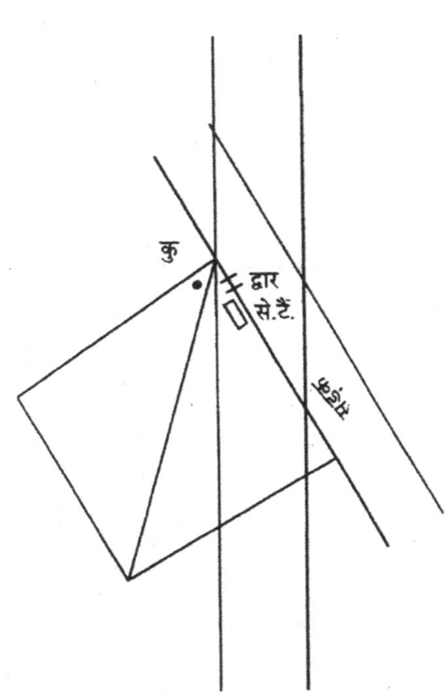

पूर्व दक्षिण-पूर्व का विस्तार किया गया है। द्वार उत्तर उत्तर-पूर्व में है जो बहुत शुभ है।

पश्चिमी द्वार के सामने सड़क है, द्वार को पश्चिम उत्तर-पश्चिम की ओर से होना चाहिये, कुआं उत्तर उत्तर-पूर्व में, या पूर्व उत्तर-पूर्व में।

सड़क उत्तर में, द्वार उत्तर उत्तर-पूर्व में, कुआं उत्तर उत्तर-पूर्व में या पूर्व उत्तर-पूर्व में।

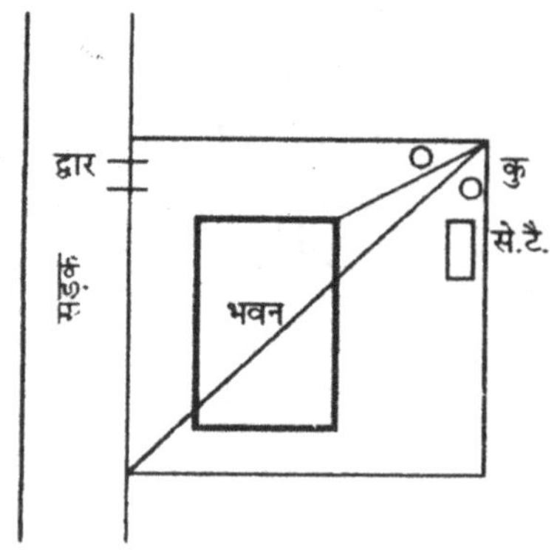

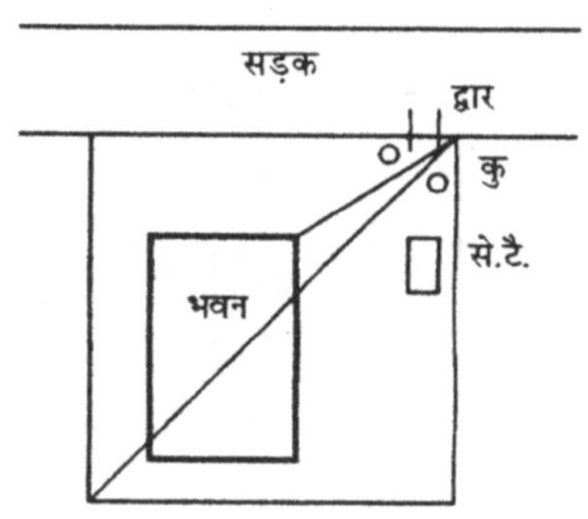

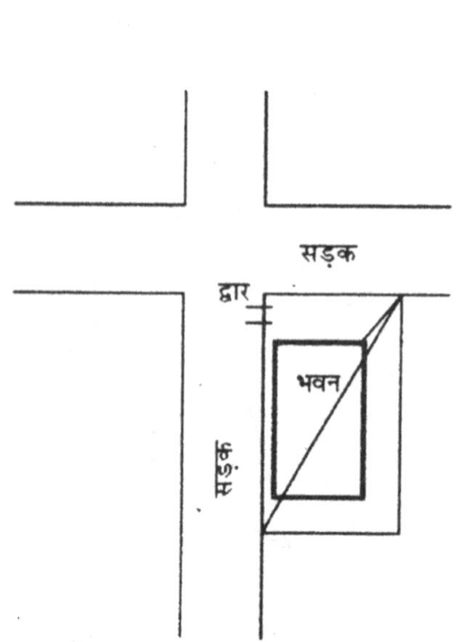

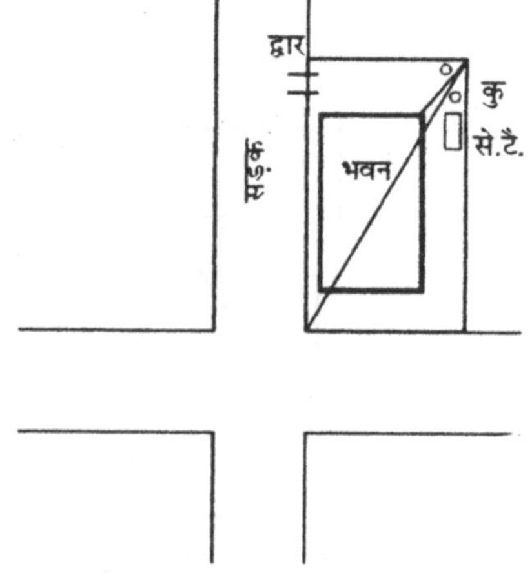

सड़क उत्तर और पश्चिम में, उत्तर उत्तर-पूर्व में द्वार लगाना बेहतर है।

सड़क पश्चिम तथा दक्षिण में, पश्चिम उत्तर-पश्चिम में द्वार की स्थिति बेहतर है।

शुभ निर्माण स्थल। उत्तर-पूर्व का विस्तार किया गया है।

अशुभ निर्माण स्थल। उत्तर-पूर्व का कोना गोलाकार है।

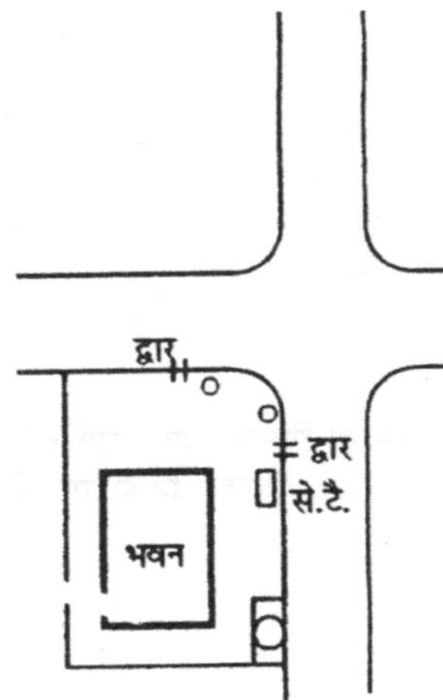

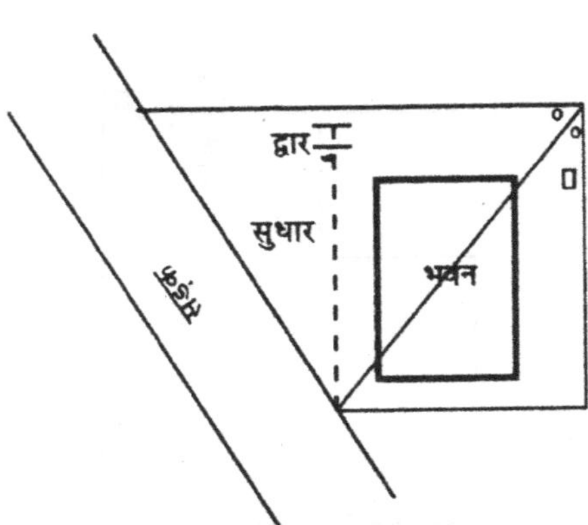

अच्छा निर्माण स्थल नहीं है। उत्तर-पश्चिमी भाग को बढ़ाया गया है। इसे सुधारा जाना चाहिए।

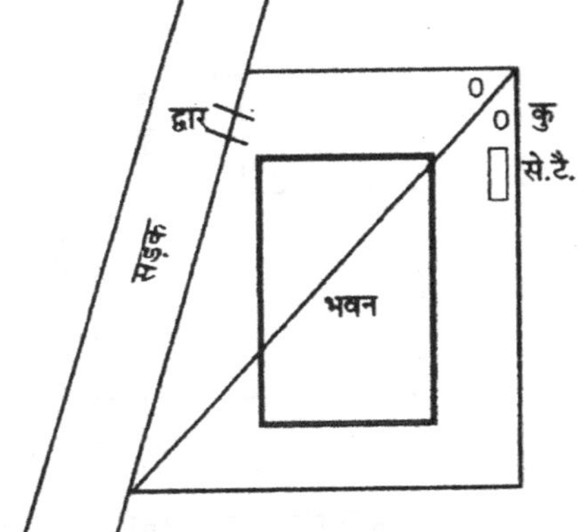

अशुभ निर्माण स्थल। दक्षिण-पश्चिम भाग को बढ़ाया गया है, दक्षिण-पश्चिम का कोंण 90^{0} से कम है। अशुभ प्रभाव पड़ सकते हैं।

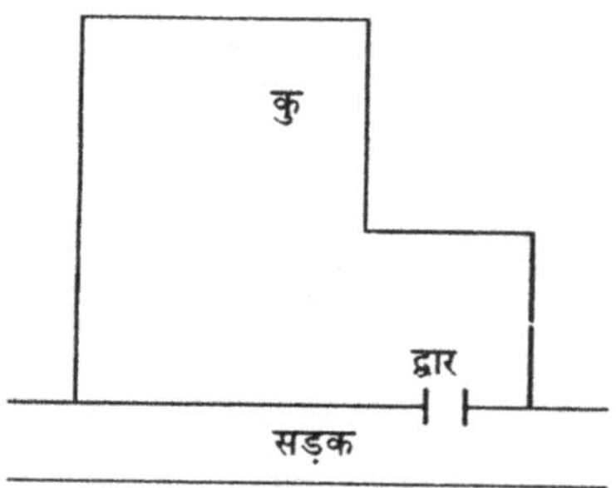

अशुभ निर्माण स्थल। पूर्व दक्षिण-पूर्व का विस्तार किया गया है।

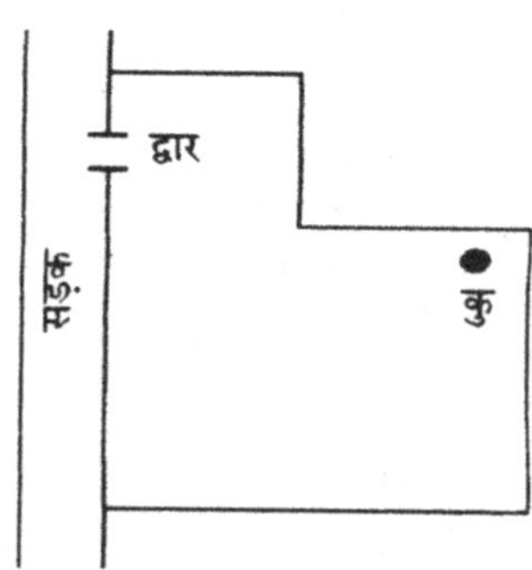

अशुभ निर्माण स्थल। उत्तर उत्तर-पश्चिम का विस्तार किया गया है।

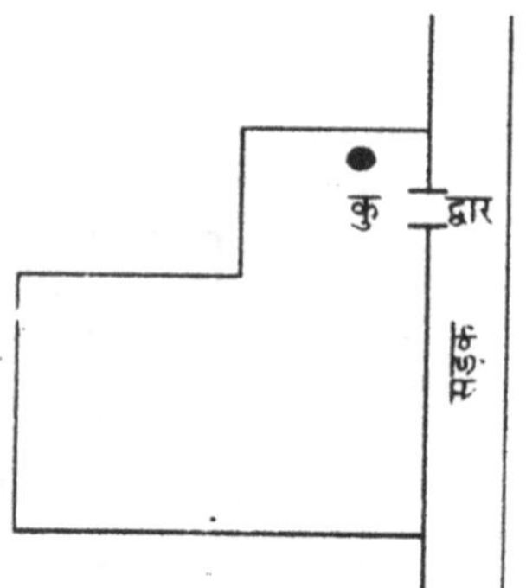

शुभ निर्माण स्थल। उत्तर उत्तर-पूर्व का विस्तार किया गया है।

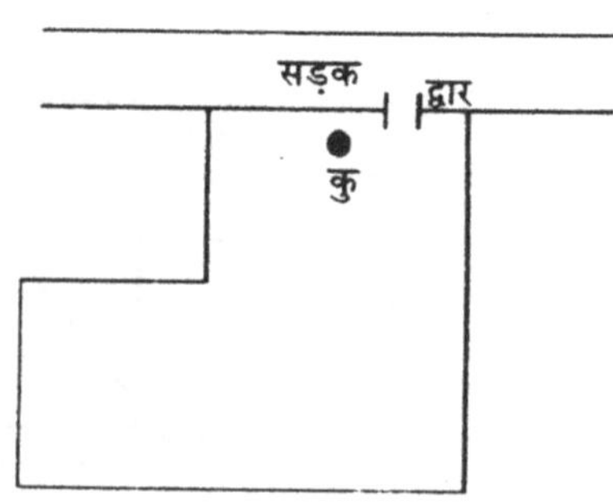

शुभ निर्माण स्थल। उत्तर उत्तर-पूर्व का भाग बढ़ाया गया है।

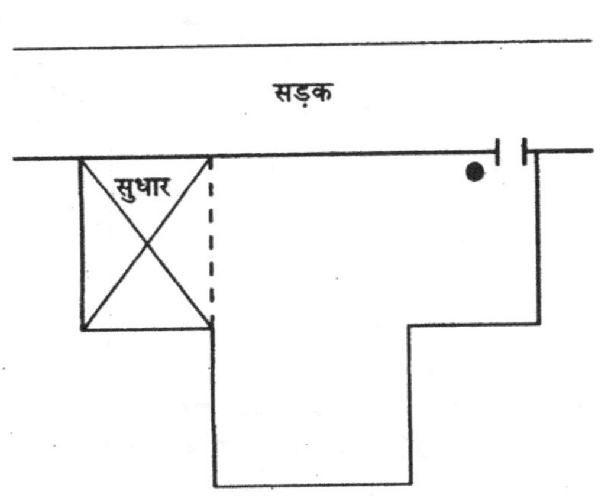

अशुभ निर्माण स्थल। आरेख में दिखाये गये के अनुसार सुधार करें।

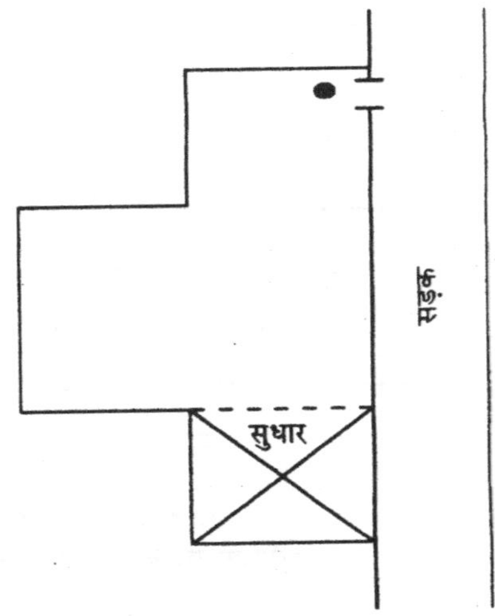

अशुभ निर्माण स्थल। आरेख में दिखाये गये के अनुसार सुधारें।

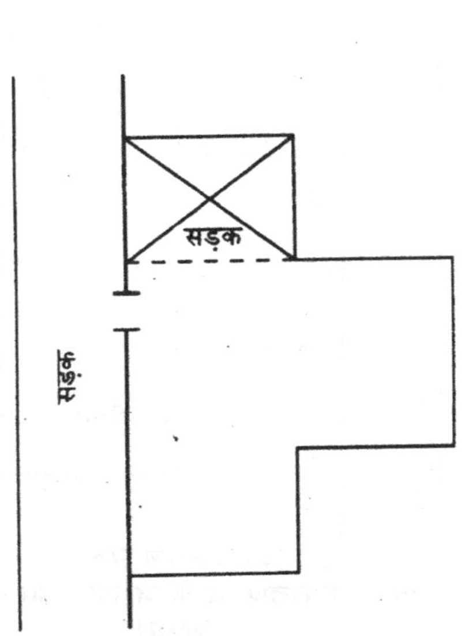

अशुभ निर्माण स्थल। आरेख में दिखाये गये के अनुसार सुधारें।

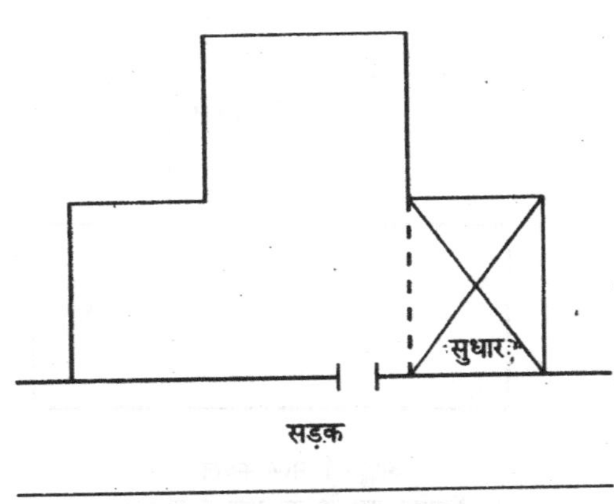

अशुभ निर्माण स्थल। दिखाये गए अनुसार सुधार करें।

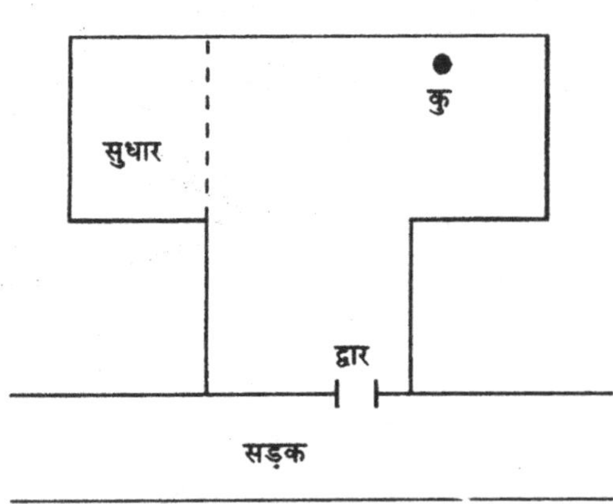

अशुभ निर्माण स्थल।
दिखाये गए के अनुसार सुधारिये।

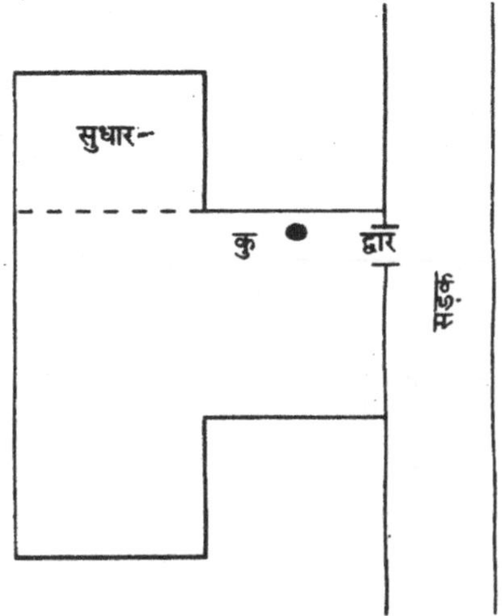

निर्माण स्थल शुभ नहीं।
रेखाचित्र में दिखाये गए के अनुसार सुधारें।

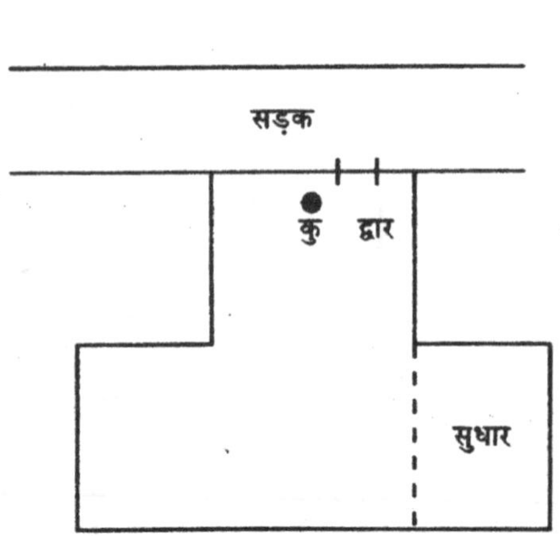

अशुभ निर्माण स्थल
दिखाए गए के अनुसार सुधारिए।

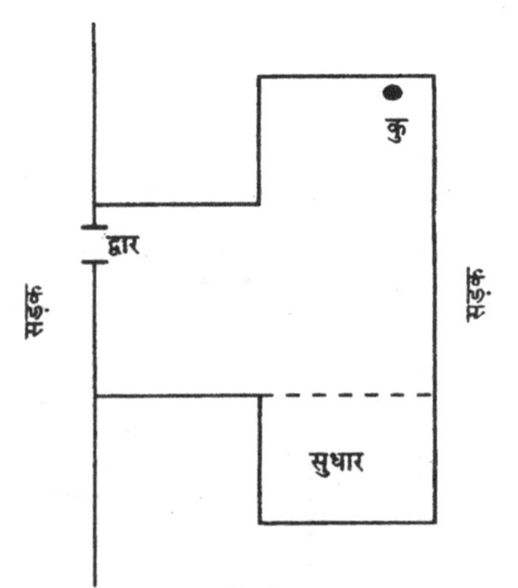

अशुभ निर्माण स्थल।
आरेख में दिखाए गए के अनुसार सुधार करवाना चाहिए।

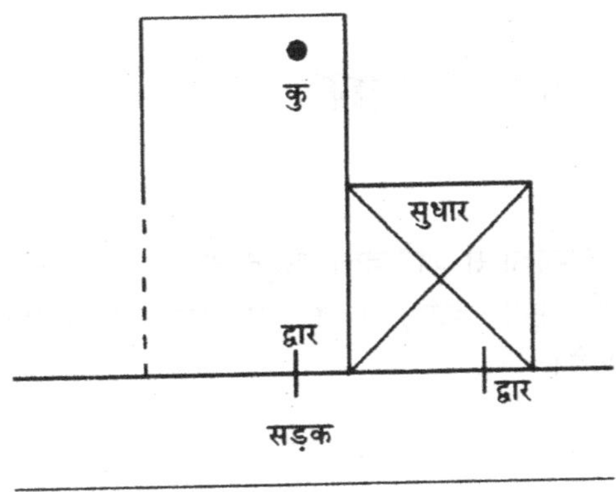

अशुभ निर्माण स्थल।
पूर्व दक्षिण-पूर्व का विस्तार किया गया है।

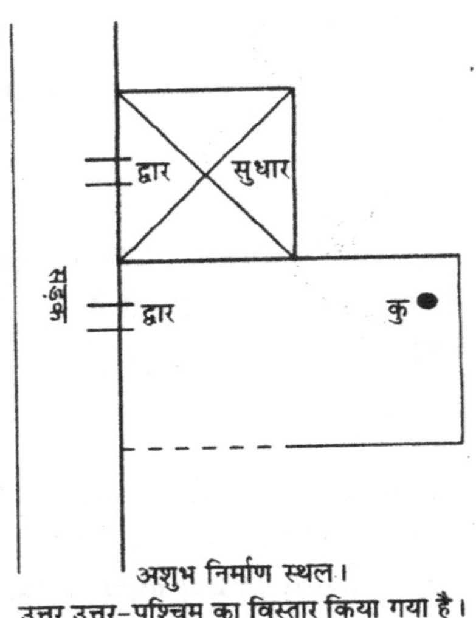

अशुभ निर्माण स्थल।
उत्तर उत्तर-पश्चिम का विस्तार किया गया है।

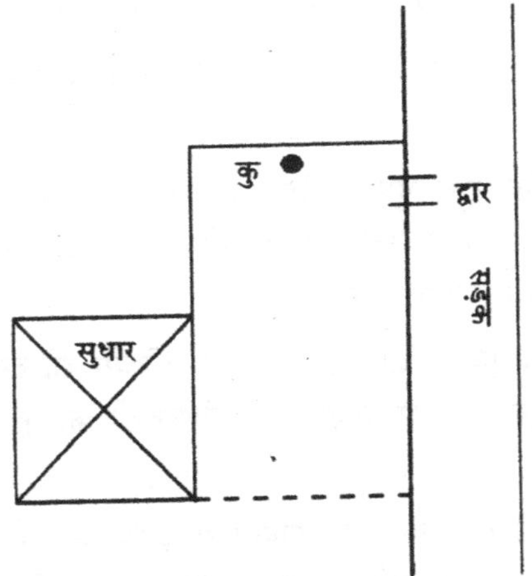

अशुभ निर्माण स्थल।
पश्चिम दक्षिण-पश्चिम का विस्तार किया गया है।

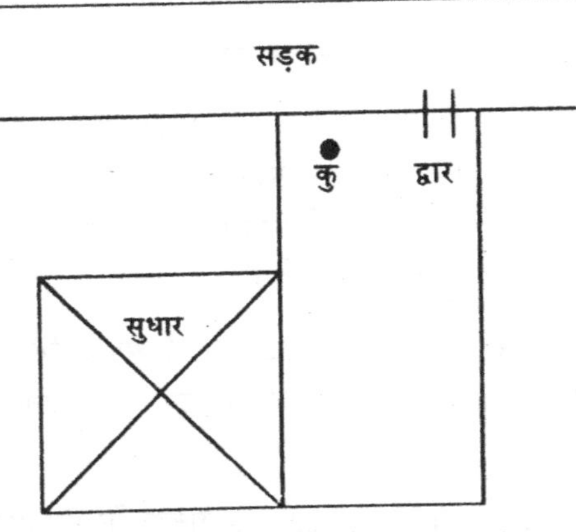

अशुभ निर्माण स्थल।
पश्चिम दक्षिण-पश्चिम का विस्तार किया गया है।

वीथी शूल तथा विन्यास

वीथी शूल :

ऐसे अनेक प्रकार के निर्माणस्थल होते हैं जहां विभिन्न दिशाओं से आने वाली सड़कें या गलियां ठीक निर्माणस्थल के सामने से सटती हुई गुजरती हैं इन्हे वीथी (सड़क/मार्ग) शूल (वाण) के नाम से जाना जाता है इनमें से कुछ शुभ होते हैं और कुछ अशुभ। (रेखाचित्र 11 से 18 देखिये।)

विन्यास :

सड़क, दिशा, नाप और आकार आदि का मिश्रण तथा क्रम परिवर्तन करके विभिन्न प्रकार के असंख्यों निर्माणस्थल बन सकते हैं और उन सभी का गुण-दोष बताना संभव नहीं है। अतः हम यहां उदाहरण के रूप में एक विन्यास ले लेते हैं, जिससे विभिन्न प्रकार के निर्माणस्थलों के गुण-दोषों का पता लग सके। (संदर्भ रेखाचित्र संख्या: 19)

संख्या 15 —	अशुभ	पूर्व दक्षिण-पूर्व	वीथीशूल
संख्या 19 —	शुभ	पूर्व उत्तर-पूर्व	"
संख्या 04 —	अशुभ नहीं	दक्षिण दक्षिण-पूर्व	"
संख्या 36 —	अशुभ	उत्तर उत्तर-पश्चिम	"
संख्या 28 —	बहुत अशुभ	पश्चिम दक्षिण-पश्चिम	"
संख्या 32 —	अशुभ नहीं	पश्चिम उत्तर-पश्चिम	"

27, 28, 29, 30 संख्या के निर्माणस्थल शुभ हैं क्योंकि वे उत्तर पूर्व की ओर फैले हैं, यद्यपि 28 संख्या का निर्माणस्थल उत्तर पूर्व की ओर फैला है, इसमें दक्षिण-पश्चिम से एक वीथी शूल है जो कि बहुत अशुभ है।

34, 8, 11 संख्या के निर्माणस्थल शुभ नही हैं क्योंकि उत्तर पूर्वी किनारे को गोल आकार दे दिया गया है। इस प्रकार के निर्माणस्थलों को सुधारना बहुत कठिन है।

14, 15, 16, 17 संख्या के निर्माणस्थल अशुभ नहीं हैं, क्योंकि उत्तर-पूर्व से लेकर दक्षिण-पश्चिम तक की दूरी दक्षिण- पूर्व से उत्तर-पश्चिम तक की दूरी से अधिक है। लेकिन इनका विस्तार दक्षिण-पश्चिम की ओर है जो कि अशुभ है। इन निर्माणस्थलों का उपयोग करने से पूर्व उनका सुधार करना पड़ेगा।

18, 19, 20, 31, 32, 33 संख्या के निर्माणस्थल अशुभ हैं, क्योंकि दक्षिण-पूर्व से उत्तर-पश्चिम की दूरी उत्तर-पूर्व से दक्षिण-पश्चिम तक की दूरी से अधिक है। निर्माण कार्य शुरू करने से पहले इन निर्माणस्थलों का सुधार करना चाहिए।

2, 3, 4, 5, 6, 22, 25 संख्या के निर्माणस्थल शुभ हैं क्योंकि वे आकार में वर्गाकार या आयताकार हैं। लेकिन सड़क दक्षिण में है। 7, 10, 13, 26, 40 संख्या के निर्माणस्थल के उत्तर-पश्चिम और दक्षिण-पूर्व के किनारे गोल किये गये हैं।

1, 21, 24 संख्या के निर्माण अच्छे या शुभ नहीं, क्योंकि दक्षिण-पश्चिम किनारे को गोल किया गया और उत्तर-पूर्व से दक्षिण-पश्चिम तक की दूरी दक्षिण-पूर्व से उत्तर-पश्चिम तक की दूरी से कम है।

वीथी शूल

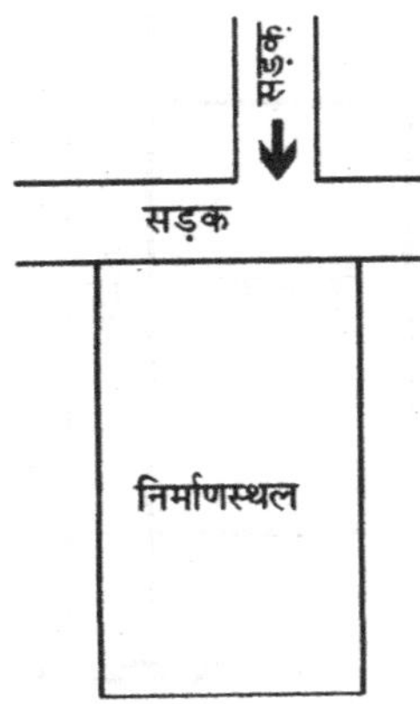

रेखाचित्र संख्या 11

उत्तर उत्तर-पूर्व की ओर से :
शुभ निर्माणस्थल

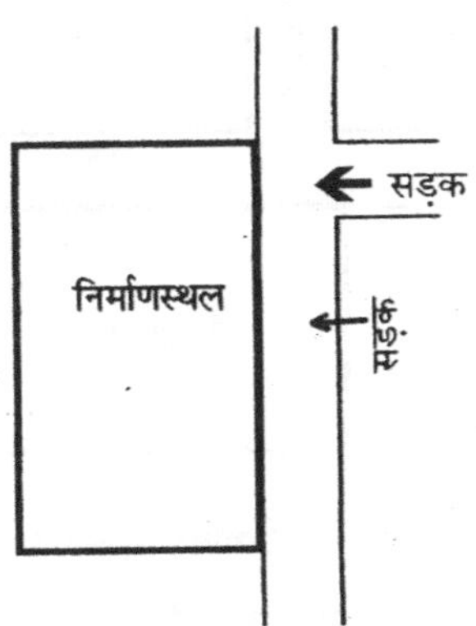

रेखाचित्र संख्या 12

पूर्व उत्तर-पूर्व की ओर से :
शुभ निर्माणस्थल

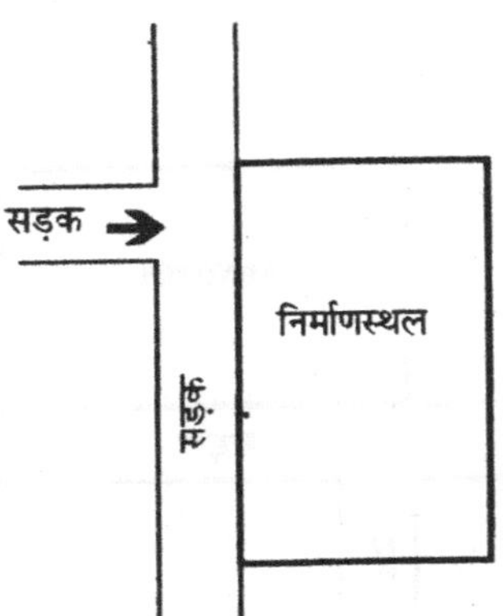

रेखाचित्र संख्या-13

पश्चिम उत्तर-पश्चिम की ओर से
निर्माणस्थल अशुभ नहीं

रेखाचित्र संख्या 14

दक्षिण दक्षिण-पूर्व की ओर से
निर्माणस्थल अशुभ नहीं

वीथी शूल

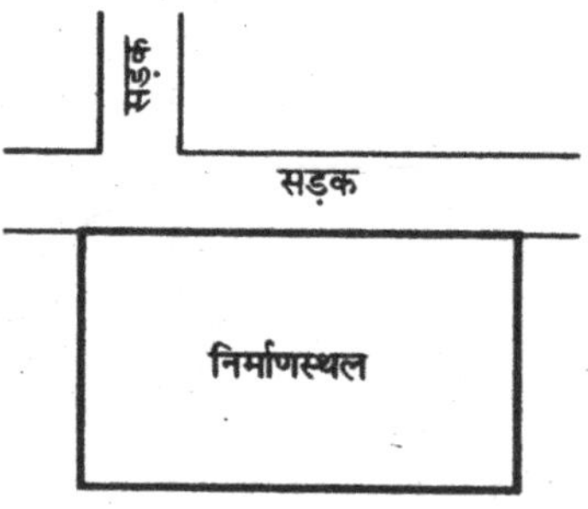

रेखाचित्र संख्या 15

उत्तर उत्तर-पश्चिम की ओर से
अशुभ निर्माणस्थल

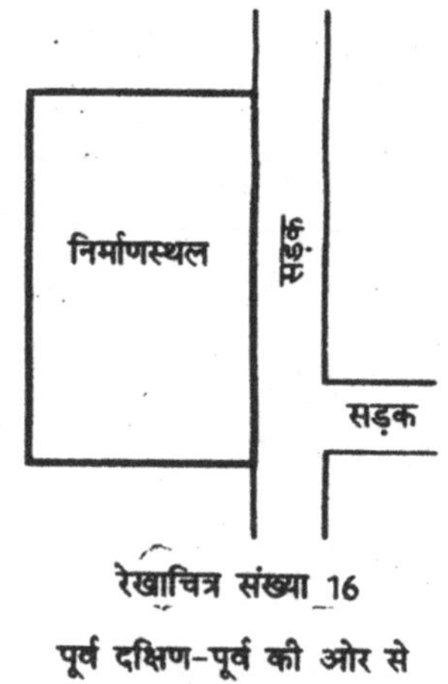

रेखाचित्र संख्या 16

पूर्व दक्षिण-पूर्व की ओर से
अशुभ निर्माणस्थल

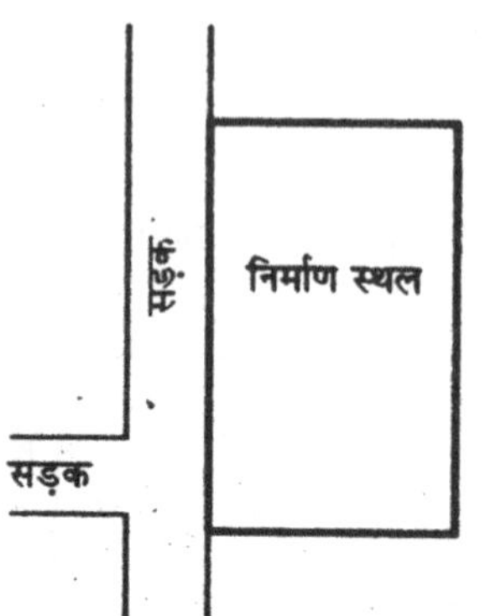

रेखाचित्र संख्या 17

पश्चिम दक्षिण-पश्चिम की ओर से
बहुत अशुभ निर्माणस्थल

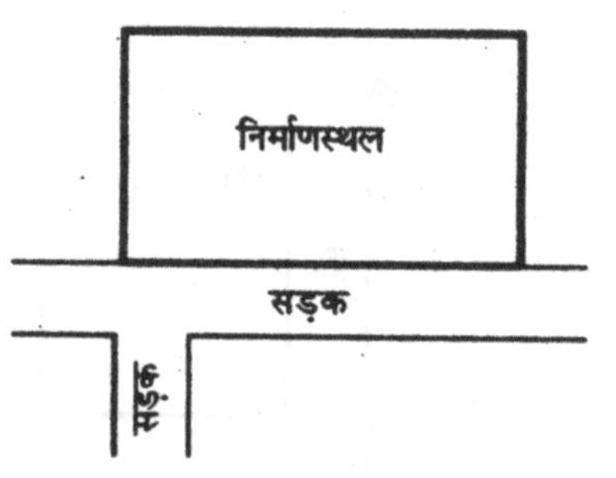

रेखाचित्र संख्या 18

दक्षिण दक्षिण-पश्चिम की ओर से
बहुत अशुभ निर्माणस्थल

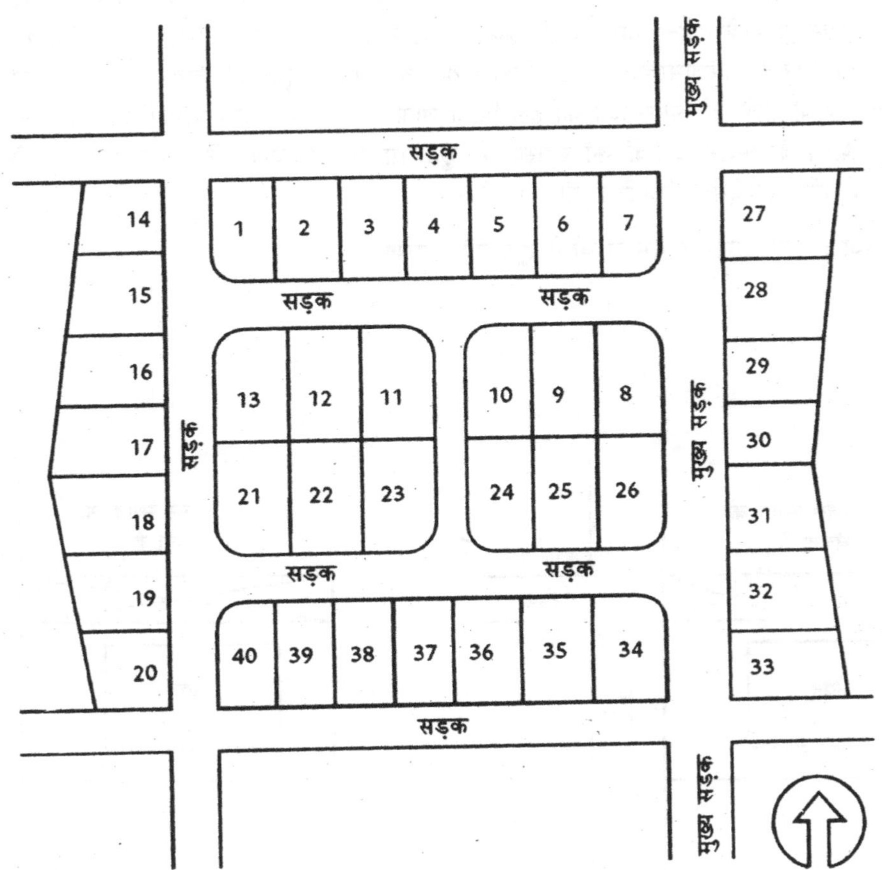
मुख्य सड़क
सड़क
14
15
16
17
18
19
20
1
2
3
4
5
6
7
27
28
29
30
31
32
33
सड़क
सड़क
13
12
11
10
9
8
21
22
23
24
25
26
सड़क
मुख्य सड़क
सड़क
सड़क
40
39
38
37
36
35
34
सड़क
मुख्य सड़क

रेखाचित्र संख्या—19

संख्या 12, 9 और 35 से 39 तक संख्या के निर्माण स्थल शुभ हैं क्योंकि वे आयताकार या वर्गाकार हैं और सड़क उत्तर में है।

वीथी शूल की समस्या का समाधान

उदाहरण : वीथी शूल समस्या से ग्रस्त एक निर्माण स्थल का उदाहरण निम्नलिखित है। इसमें उत्तर उत्तर-पश्चिम किनारे में वीथी शूल है जो अशुभ है। इस समस्या का समाधान करने के लिए उस विशेष किनारे का एक भाग (जिसकी चौड़ाई वीथी शूल अर्थात् सड़क की चौड़ाई के बराबर होनी चाहिये।) को चिह्नित करके किसी दूसरे को खाली भूखंड या एक भवन के साथ बेच देना चाहिए। इस प्रकार बेचा गया स्वतंत्र निर्माण स्थल उत्तर दिशा से वीथी शूल रखेगा जो कि शुभ है। इसके परिणामस्वरूप मुख्य निर्माणस्थल समस्या से मुक्त हो जाता है। इसी प्रकार विभिन्न दिशाओं से आने वाले वीथी शूलों की समस्याओं का हल किया जाना चाहिये। परंतु ऐसे मामलों में सावधानी रखी जानी चाहिए ताकि वीथी शूलों के अशुभ प्रभावों की समस्या से छुटकारा पाने के बाद प्रतिकूल दिशाओं में विस्तार की समस्या शेष नहीं रह पाये। (संदर्भ : रेखाचित्र वी -1 वी -2)

उदाहरण : उत्तर उत्तर-पश्चिम से वीथी शूल की समस्या

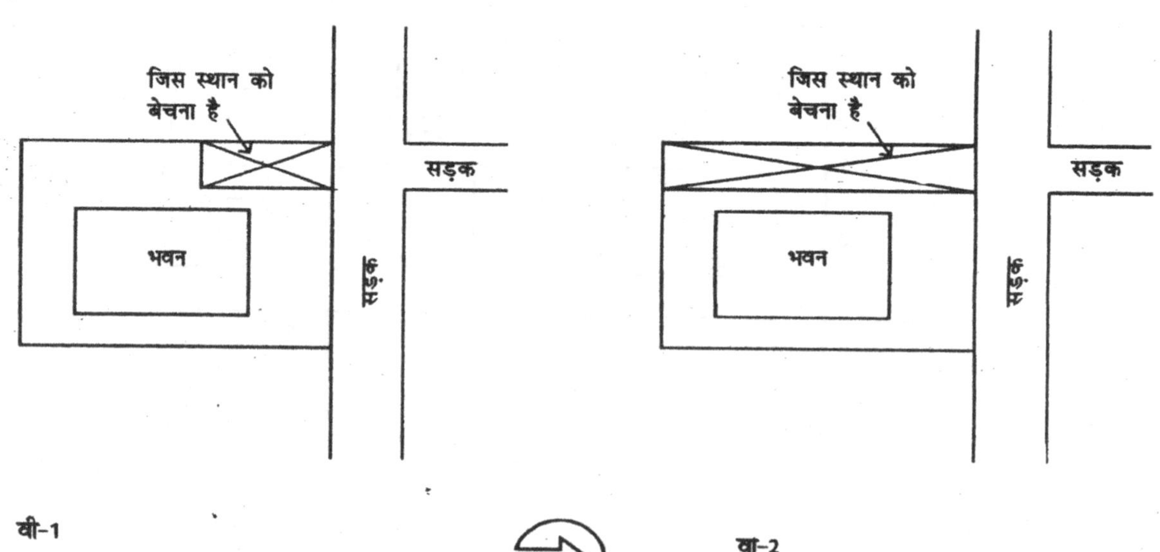

वी-1

इस उदाहरण में वीथी शूल के बुरे प्रभावों को दूर कर दिया गया, परंतु मूल निर्माण स्थल का विस्तार दक्षिण पश्चिम की ओर बढ़ गया जो कि अशुभ है।

वा-2

इस उदाहरण में वीथी शूल के दुष्प्रभावों को दूर कर दिया गया और प्रतिकूल दिशाओं में विस्तार होने के फलस्वरूप मिलने वाले खराब प्रभाव भी नही रहे।

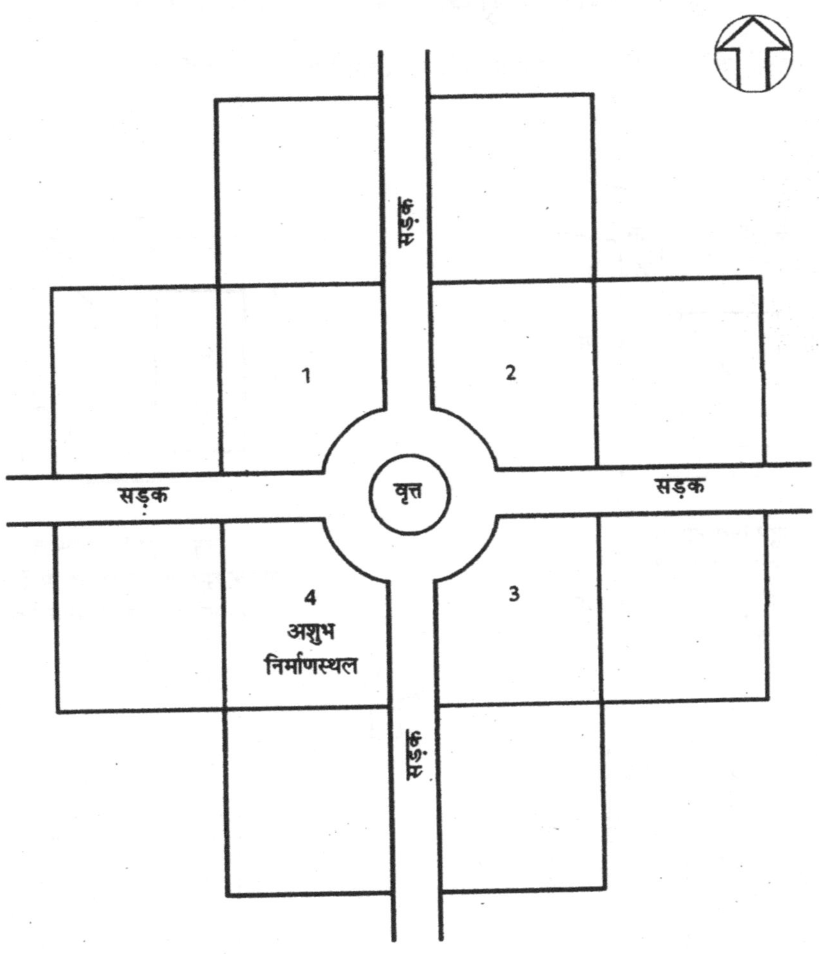

चार या इससे अधिक सड़कों के मिलन स्थल पर ही प्रायः किनारों को काटा जाता है। इस आरेख में निर्माण स्थल 1 और 2 अशुभ नही है, लेकिन निर्माण स्थल संख्या 4 अशुभ है, क्योंकि इसके उत्तर-पूर्वी किनारे को काटा गया है। निर्माण स्थल संख्या 3 शुभ है क्योंकि उत्तर-पूर्व से दक्षिण-पश्चिम का विस्तार दक्षिण-पूर्व से उत्तर-पश्चिम के विस्तार की तुलना में कम है।

द्वारों और कुओं का स्थान निर्धारण

यहां द्वारों, कुओं, बोरवैल और सेप्टिक टैंक आदि के स्थान निर्धारण से संबंधित उदाहरण प्रस्तुत किये जा रहे हैं :

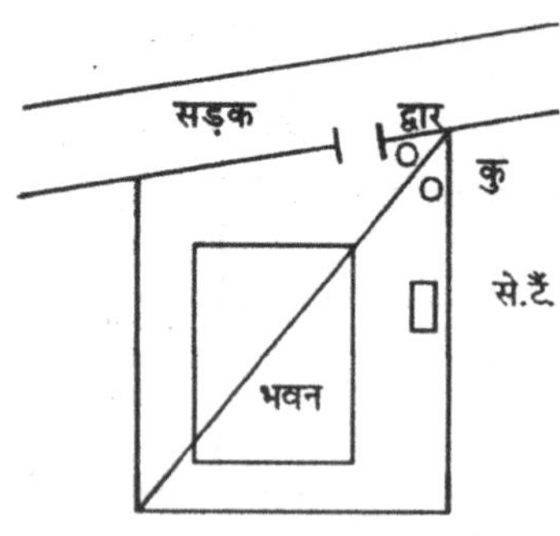

शुभ निर्माणस्थल
उत्तर में सड़क है।
उत्तर-पूर्व के भाग का विस्तार उत्तर की ओर है।

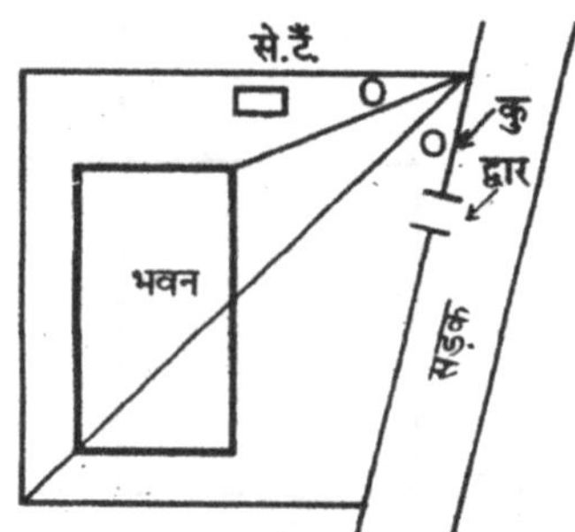

बहुत शुभ निर्माणस्थल
सड़क पूर्व और उत्तर पूर्व में है और उत्तर-पूर्वी भाग का विस्तार पूर्व की ओर है।

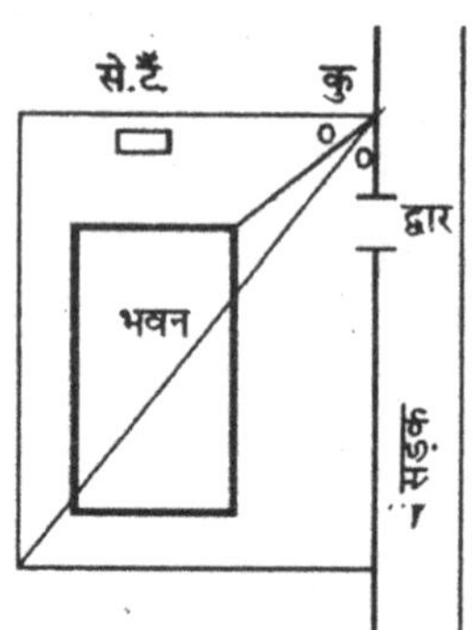

बहुत शुभ निर्माणस्थल
सड़क पूर्व में और उत्तर-पूर्व में है और उत्तर-पूर्वी भाग का विस्तार पूर्व की ओर है।

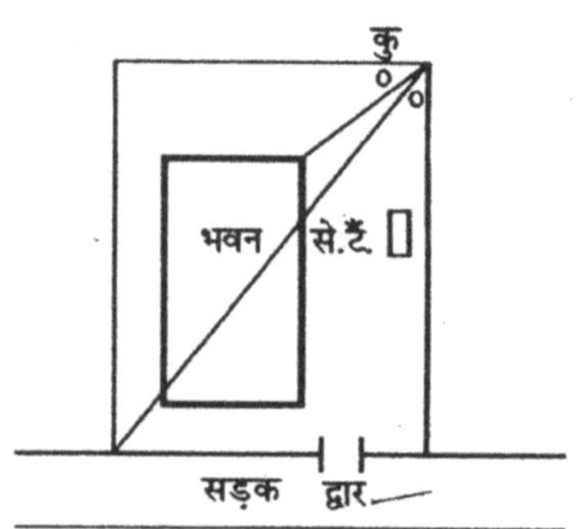

निर्माणस्थल बहुत शुभ नहीं।
सड़क दक्षिण में है।

अशुभ निर्माण स्थलों के सुधार की विधियों का भी संकेत दिया गया है।
द्वार=द्व कुंआं/कूप=कु सेप्टिक टैंक=से.टैं.

द्वारों और कुओं का स्थान निर्धारण

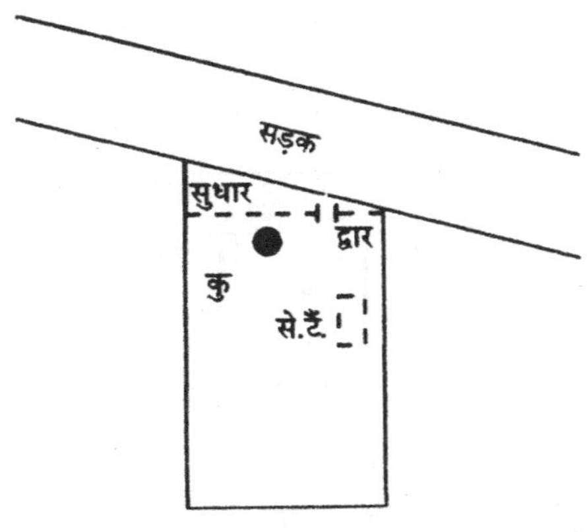

अशुभ निर्माण स्थल।
चित्र में दिखाये गये के अनुसार
सुधार किया जाना चाहिए।

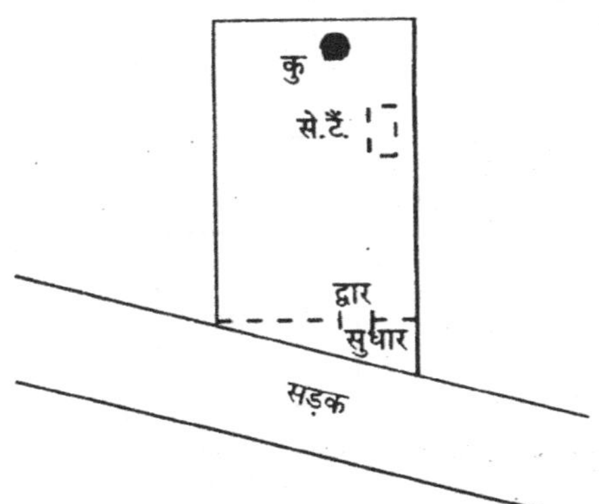

अशुभ निर्माण स्थल।
चित्र में दिखाये गए के अनुसार
सुधार किया जाना चाहिए।

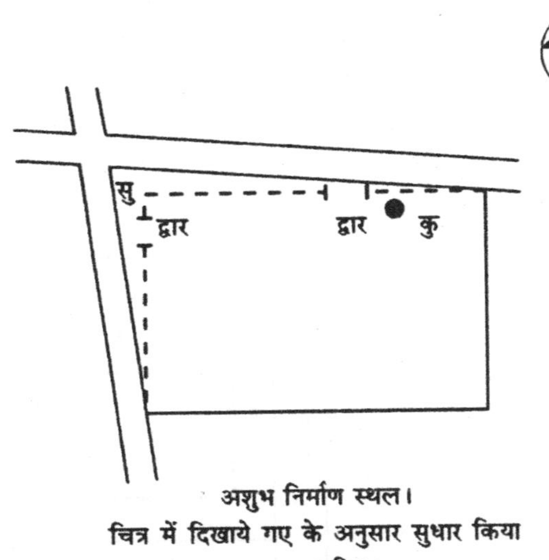

अशुभ निर्माण स्थल।
चित्र में दिखाये गए के अनुसार सुधार किया जाना चाहिए।

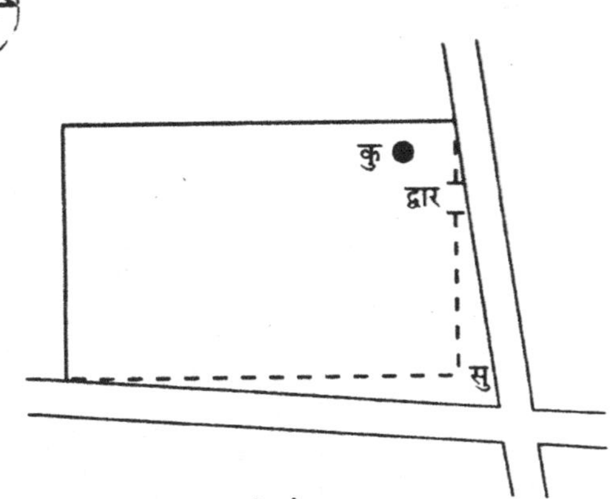

अशुभ निर्माण स्थल।
चित्र में दिखाये गए के अनुसार सुधार करना चाहिए।

संकेत:

सु = सुधार
कु = कुंआ
से.टैं. = सेप्टिक टैंक

प्रवेश द्वार=द्व
दरवाजा=द

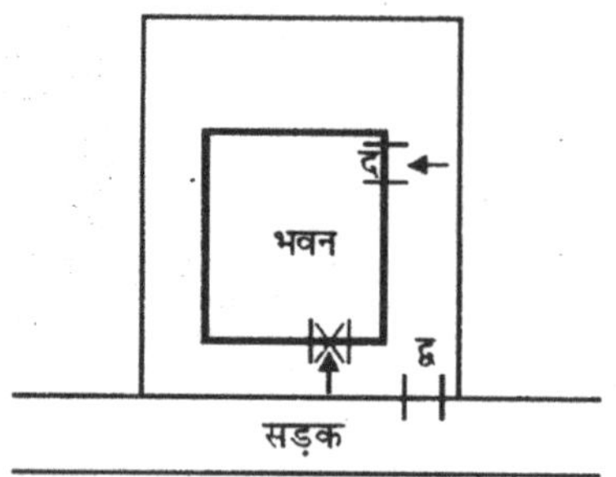

प्रवेश द्वार और दरवाजा दक्षिण दक्षिण-पूर्व से
(नोटः सामान्यतः दक्षिण दिशा से प्रवेश द्वार पसंद नहीं किया जाता।)
विकल्प—पूर्व उत्तर-पूर्व का द्वार शुभ होता है।

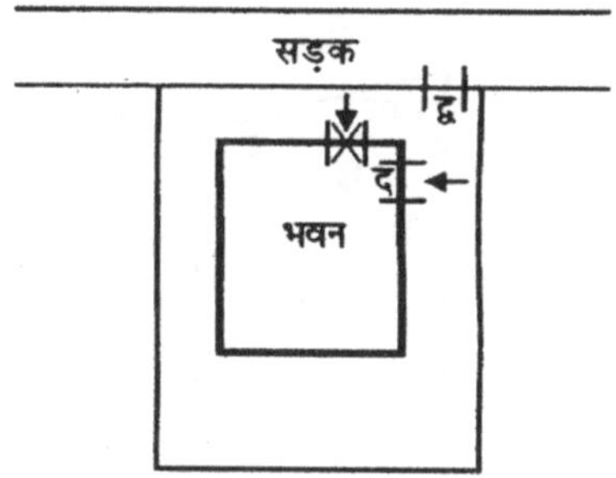

प्रवेश द्वार और दरवाजा उत्तर उत्तर-पूर्व से शुभ।
विकल्प—पूव उत्तर-पूर्व से दरवाजा भी शुभ होता है।

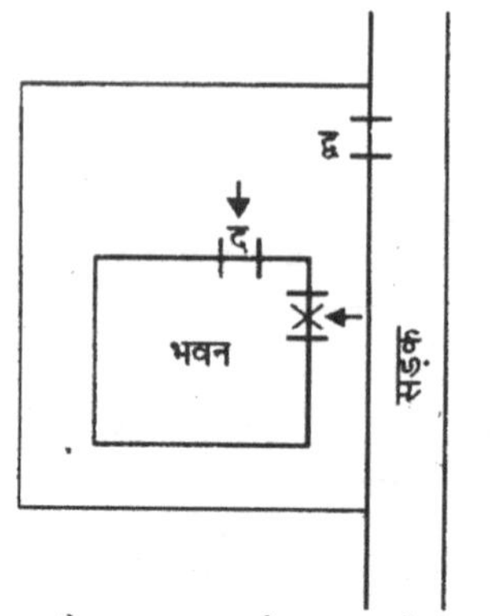

प्रवेश द्वार और दरवाजा पूर्व-उत्तर पूर्व से शुभ होता है।
विकल्प—उत्तर उत्तर-पूर्व से दरवाजा भी शुभ।

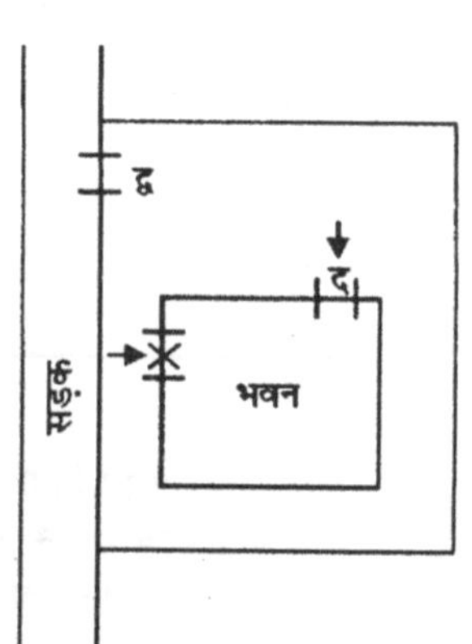

प्रवेश द्वार और दरवाजा पश्चिम उत्तर-पश्चिम से शुभ।
विकल्प—उत्तर उत्तर-पूर्व से भी दरवाजा शुभ।

रेखाचित्र संख्या 22

दक्षिण-पश्चिम से प्रवेश द्वार और दरवाजा—अशुभ।
(नोट: सामान्यत: दक्षिण दिशा से प्रवेश अच्छा नहीं समझा जाता।)
विकल्प: दक्षिण दक्षिण-पूर्व से दरवाजा अधिक अच्छा है।

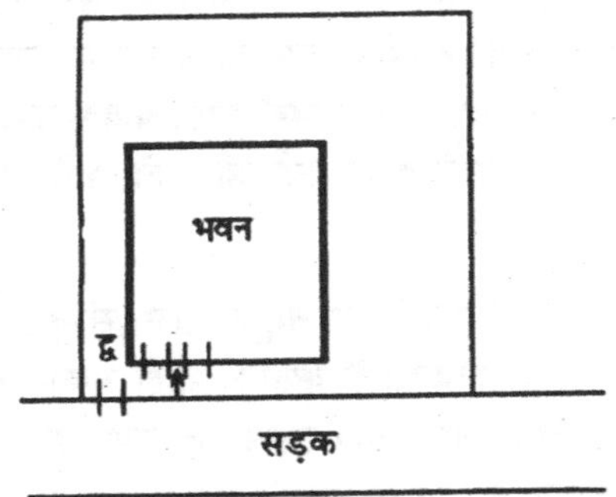

उत्तर उत्तर-पश्चिम से प्रवेश द्वार और दरवाजा—अशुभ।
विकल्प: पूर्व उत्तर-पूर्व से दरवाजा शुभ है।

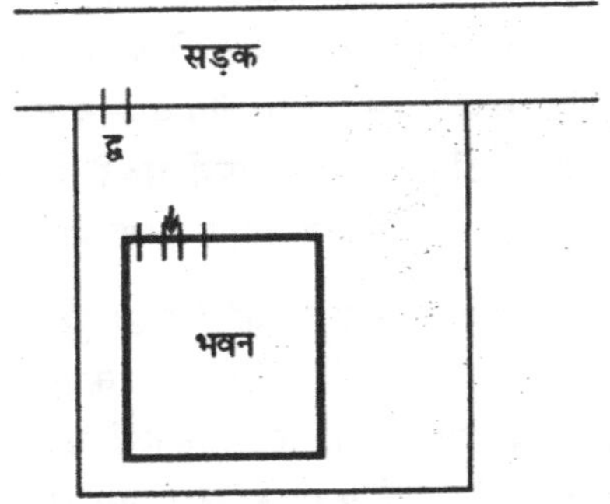

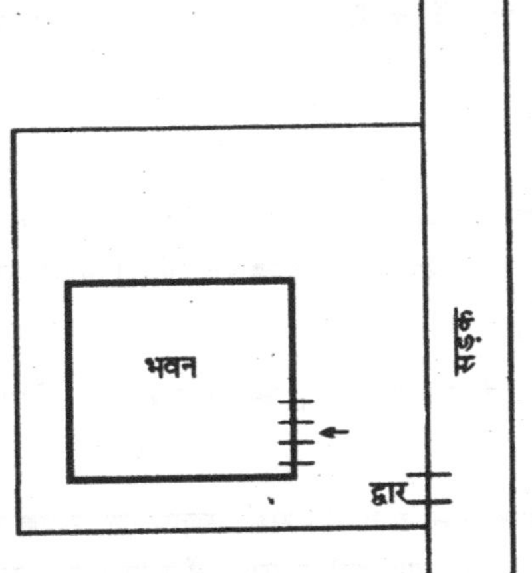

पूर्व दक्षिण-पूर्व से प्रवेश द्वार और दरवाजा —अशुभ।
विकल्प: पूर्व उत्तर-पूर्व से द्वार शुभ होता है।

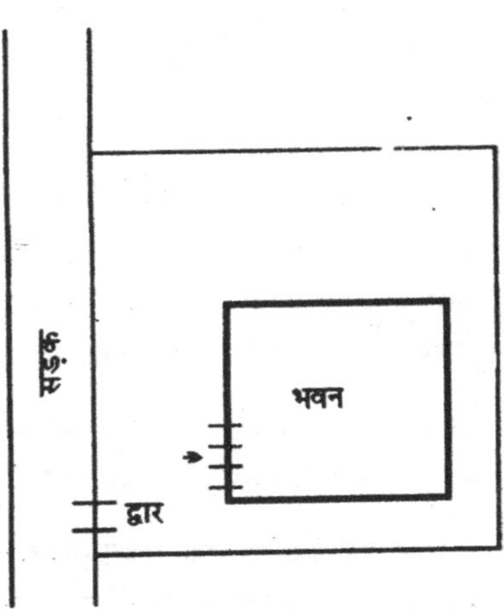

पश्चिम दक्षिण-पश्चिम से प्रवेश द्वार और दरवाजा—अशुभ।
विकल्प: पश्चिम उत्तर-पश्चिम से द्वार शुभ होता है।

प्राचीन भारत की धर्मनिरपेक्ष वास्तुकला

यह एक वास्तविकता है कि प्राचीन भारत में मनुष्यों के आवासीय मकानों के लिए पाषाण वास्तुकला का बहुत लंबे समय तक निषेध रहा। केवल देवताओं के आवास बनाने के लिए ही पाषाण (पत्थर) का उपयोग किया जा सकता था। यही कारण है कि सबसे पहले की भारतीय वास्तुकला मुख्य रूप से लकड़ी की है। लेकिन बाद में जैसे-जैसे समय बीतता गया राजाओं के महल और दूसरे महत्त्वपूर्ण भवनों के लिए पत्थर का उपयोग करने की अनुमति दे दी गयी और शनैः शनैः इसे दूसरी वास्तुकला के लिए भी अपना लिया गया।

आदिकालीन मनुष्य को (मत्स्य पुराण VII, 83-120) वृक्षों से अपने भावी मकानों का नमूना मिला। संस्कृत का शब्द 'शाला' (भवन या मकान), ऐसा कहा जाता है 'शाखा' (पेड़ की डाल) से निकला है क्योंकि पहले मकान या छप्पर बनाने के लिए वृक्षों की शाखाओं का आवश्यकतानुसार उपयोग कर लिया जाता था। इससे यह स्पष्ट है कि प्रांरभ में शाला का अर्थ फूस के उस छप्पर से होता था जिसका मनुष्य और उसके पशु शरणस्थल के रूप में उपयोग करते थे। आज भी भवन (मकान) के विभिन्न कक्षों को अग्निशाला, पत्नीशाला, गोशाला, गजशाला, पाकशाला आदि कहा जाता है। वास्तुशास्त्र की पुस्तक समरांगण सूत्रधार का नाम ही बहुत अभिव्यक्तिपूर्ण तथा भव्य है।

सम्यक् चिरानि समरानि (तथा भूतानि) अङ्गानि (एतादृशानि भवनानि शालाभवनानीत्यर्थः,) अथवा समरानि संयुक्तानि अंङ्गानि येषां तानि, (भवनानीत्यर्थः) तेषां सूत्रधारः।

अर्थ :

समरांगण का अर्थ ऐसे भवन से होता है, जिसमें किसी प्रकार का दोष न हो अथवा अनेक कक्षों (कमरों) वाला भवन। समरांगण सूत्रधार वह साहित्य है जो ऐसे भवनों के निर्माण से संबंधित आवश्यक शास्त्रों को उद्घोषित करता है।

समरांगण सूत्रधार के अनुसार

(जिसका शाब्दिक अर्थ है—मानव आवासों की वास्तुकला) आवासीय मकान की इकाई का परिरूप एक खुला हुआ चतुष्कोण या प्रांगण (आंगन) है जो चारों ओर से कमरों या शालाओं से घिरा होता है और यह इकाई रहने वालों की आवश्यकतानुसार कितनी ही बार बनाई जा सकती है। (ए गाइड टु तक्षशिला—पृष्ठ 70)

आजकल के वे छप्पर वाले मकान लगभग प्राचीन काल जैसे हैं जिनमें मिट्टी की दीवारों की चिनाई होती है, सामने बरामदा होता है तथा आंगन के चारों ओर कमरे होते हैं।

यह सत्य है कि धार्मिक भवन अपनी प्रकृति तथा महत्व में बिलकुल भिन्न होते थे। सभी अलंकरण, सज्जात्मक एवं वास्तुकलात्मक मूल भाव केवल मंदिर/देवालय वास्तुकला के लिए सुरक्षित थे। विष्णु धर्मोत्तर पुराण में स्पष्ट रूप से यह लिखा है कि सुधा (सुधा का अर्थ है अमृत अथवा चूना) और शिला का उपयोग गृहों (मानव आवास) के लिए नहीं वरन् देवताओं के आवास के लिए है।

यही वह विशेष कारण और निर्माण की प्रकृति है जिसके फलस्वरूप प्राचीन काल की वास्तुकला के धर्म निरपेक्ष नमूने हमारे समय तक शेष नहीं रह सके, परंतु पाषाण निर्मित मंदिर वास्तुकला अब भी जीवित है। भारतीय अपने मकानों को भड़कीली शैली में बनाने पर ध्यान नहीं देते थे परंतु मंदिरों के निर्माण में वे खुले हृदय से अपने साधनों तथा शक्ति को लगा देते थे।

परंतु यह जानना रोचक होगा कि उन दिनों शालाभवन समूह हुआ करते थे जिनमें मकानों की एक से दस तक पंक्तियां और बारह मंजिलें तक होती थी। शाला का अर्थ एक विशाल कक्षा या सभाकक्ष होता है, इस बात की पुष्टि अनेक शिलालेखों (इनसाइक्लोपीडिया, हिन्दू आर्कीटेक्चर -पृष्ठ 487-89) से होती है जिनमें शाला शब्द का प्रयोग बड़े कक्षों या सभा कक्षों के अर्थ में हुआ है जैसे पाठशाला, नाट्यशाला, धर्मशाला, भक्तशाला, दानशाला, यज्ञशाला आदि। शालाभवनों के एकशाला से दशशाला तक दस वर्ग होते थे और इनकी निर्माण योजना एक व्यवस्थित नगर योजना की नियमावली के अंतर्गत बनायी जाती थी।

एक से दस शाला तक के ये सभी भवन अपनी मुख्य श्रेणियों में और फिर उनकी असंख्यों उपमुख्य श्रेणियों में विभाजित किये जाते थे, जिनकी कुल संख्या चौदह लाख-सी विशाल थी (स० सू० 19, 38, 40)। यह प्रश्न उठना स्वाभाविक है कि क्या वास्तुकलात्मक परिरूपों (डिजाइनों) की इतनी विशाल संख्या होना और फिर उन्हें वास्तविकता में रूपांतरित करना संभव है ? जैसा कि पहले बताया गया है वास्तुशास्त्र विज्ञान और कला दोनों है और हमारे प्राचीन आचार्य निस्संदेह इस आश्चर्यजनक कार्य को संपन्न करने की योग्यता रखते थे। पूर्वाभिमुखीकरण सिद्धांत के रहस्यमय विचार के अनुसार वे अधिकतम आराम और पूरा स्थान देने के लिए गलत दिक् स्थिति तथा शाला-भवन के किसी भी भाग को गलत स्थान पर बनाने से बचते थे। जिन्हें आज हम भवन निर्माण के उपनियम कहते हैं, वे प्राचीन काल में धार्मिक विशेषता की पवित्रीकृत नियमावली समझे जाते थे, जिनका उल्लंघन करना कल्पना से परे था। उनके सामने मृत्यु, विनाश, बीमारी तथा दुर्भाग्य का भय सदैव बना रहता था और इसीलिए वे इन नियमों का पूरी दृढ़ता से पालन करते थे।

प्राचीन काल के भारतीयों की प्रस्तुतीकरण की अपनी ही रीति थी, जीवन की प्रत्येक अभिव्यक्ति की एक धार्मिक पवित्रता थी और इसीलिए रहने, नहाने, भोजन करने, सोने, भवनों को बनाने, कोई व्यापार करने, धार्मिक या धर्मनिरपेक्ष कार्य करने की विधियां एक धार्मिक संस्कार की तरह बनायी गयी थीं। यह उनके लिए एक विश्वास से अधिक धर्म सिद्धांत था, जिसने उन्हें जीवन की ऐसी नियमावली के अधीन रखा।

परिरूप (डिजाइन) को दिये गये महत्व के अतिरिक्त भवन में प्रयोग किये जाने वाले सामान और निर्माण की विधियों पर भी बहुत बल दिया गया है। इससे ज्ञात होता है कि उस समय भवनों का तकनीकी पक्ष कितना उन्नतिशील था। राजगीरी की लगभग बीस विशेषताएं नाम लेकर बतायी गयी हैं, दोषपूर्ण राजगीरी के तकनीकी नाम दिये गये हैं और निर्माण की विधि का अत्यंत स्पष्ट रूप से वर्णन किया गया है।

शुभ समय पर वन में जाकर शुभ वृक्षों से शुभ रीति से लकड़ियां लाने की विधियों तथा संबंधित विषयों को 'दारु आहरण' का नाम दिया गया था; इनकी व्याख्या प्राचीन ग्रंथों-विश्वकर्मा-प्रकाश XXI, मत्स्य पुराण 257, वृहत् संहिता 59, में की गयी है। इससे संबंधित अन्य विस्तृत विवरण ''द्वारों'' (दरवाजों) के अध्याय में दिया गया है।

परिवार के सुख उसकी भिन्न-भिन्न व्यवस्थाओं तथा जीवन शैली में निहित होते हैं। इसका अनुमान हम उस व्यवस्था से लगा सकते हैं, जिसके अनुसार प्राचीन भारतीय अपने आवासों को रखा करते थे। एक भवन के निम्नलिखित मुख्य भाग होते थे:—

1. महानस—भक्तशाला या रसोईघर
2. द्वारकोष्ठ—प्रवेश
3. दर्पणग्रह—सजने-संवरने का कमरा (संदर्भ स०सू० 18-15)
4. धारागृह—(संदर्भ स०सू० 18-47-50)
5. उद्यान—बाग
6. जलोद्यान—जलमेष या जल उद्यान
7. क्रीड़ागार—खेल-कूद का मैदान

8. विहार भूमि—आमोद-प्रमोद का स्थान
9. अमेध्यभूमि—पेशाबघर, शौचालय आदि (वही स्रोत अध्याय 18)

बरामदा (आलिंद), द्वारमंडप आदि के अतिरिक्त अनेक संरचनाएं होती थी, जो सौंदर्य को बढ़ाती थीं और पर्याप्त प्रकाश तथा वायु के स्वतंत्र आवागमन से जीवन को आरामदायक बनाती थीं। प्रत्येक भवन में सीढ़ी होती थी, जिसे सोपान कहते थे, यह ईंटों की बनी होती थी; जब यह लकड़ी से बनाई जाती थी, तो इसे नि:श्रेणी कहा जाता था। दीवार में बनी हुई खिड़कियों को वातायान कहते थे, इसे आलोकांक भी कहते थे जिसका अर्थ प्रकाशमार्ग होता है। प्रत्येक कमरे की छत में एक छिद्र होता था, जिसे उलूक कहा जाता था। भवनों में छज्जे (बालकनी) होते थे जिन्हें वितरदिक निर्यह आदि कहते थे, जिनसे भवन के सौन्दर्य में वृद्धि होती थी। प्रत्येक घर में जल निकास की व्यवस्था की जाती थी, इसे जलनिर्गम या उदकब्रम कहा जाता था। समरांगण सूत्रधार ने चार प्रकार के स्तंभों का वर्णन किया है: पद्मक,घट-पल्लवक, (दोनों का आकार अष्ट फलक होता है और एक-दूसरे से मिलते-जुलते होते हैं) कुबेर (सोलह फलक का होता है) और श्रीधर (अंडाकार)। इसके साथ ही इनके उन विभिन्न पूरक भागों, बाहरी विस्तारों, प्रस्तरों, और गठनों का भी वर्णन किया है, जिनका उपयोग भवन के निर्माण में होता था। हमारे प्राचीन भवनों की वास्तुकला में उस समय प्रचलित इन सभी तत्त्वों की एक झलक इस संक्षिप्त वर्णन से मिलती है।

आइये! हम प्राचीन भारतीय वास्तुकला के अन्य बहुत से भवनों और गठनों के घटकों तथा सहायक भागों का एक अनुमान लगायें :

(01) **हर्म्य**=छत; काष्ठवितांक=लकड़ी का ढांचा; कुट्टिभ = तलघर।

(02) **अभिगुप्ति**=छत पर पड़ा सायबान।

(03) **वातायान**= खिड़की।

(04) **आलोकांक**=दीवारों में बने हवाकश (वेन्टीलेटर्स)।

(05) **हर्म्यप्राकारक या हर्म्यतलकंठ**=छत पर चारों ओर बना छज्जा।

(06) वितरदिक **या अष्टमाला**—स्तंभों की पंक्ति।

(07) **चतुश्शाला**—ऐसा प्रांगण जिसके चारों ओर भवन हो।

(08) **त्रिशाला**—ऐसा प्रांगण जिसके तीनों ओर भवन हो।

(09) **वापी या पुष्करिणी**—शाला के ढांचे का मध्य क्षेत्र

(10) **गर्भगृह**— शाला का ढका हुआ मध्यभाग।

(11) **उपस्थानक या महाजनस्थानक**—बैठने का कमरा, बैठक

(12) **प्रासादिका या वलभि**—छज्जा

(13) **अपवर्क**—एक छोटी संरचना।

(14) **सुधांत**—अंदर का कमरा।

(15) **कक्ष** —चौक

(16) **कंथा या कुडय**—दीवार की कुरसी, राजगीरी आदि।

(17) **भवनाजिर**—आंगन या अहाता।

(18) **कपाट या द्वारपक्ष**—दरवाजा

(19) **कलिका या अर्गला**—दरवाजे की कुंडी या बोल्ट

(20) **फलक या जाल**—वेन्टीलेटर्स, हवाकश।

(21) **तोरण**—मेहराब; स्वर्ण तोरण सोने की मेहराब; मणि तोरिण हीरे-मोतियों से युक्त मेहराब।

(22) **सम्यमन**— घास का मैदान, बाग आदि की खुली जगह।

(23) **मरालपालि**—लकड़ी का ढांचा

(24) **प्रणालि**—छत से आती पानी की नाली।

(25) **स्थालक**—भवन के चारों ओर या प्रवेश द्वार पर बना चबूतरा।

(26) **मूत्रभूमि या अमेध्य**—पेशाबघर

(27) **अट्ट**—मीनार, लाट, अट्टालिका, अटालि

(28) **शयन विधान**—पलंग और उनके विस्तार

(29) **सिंहासन-लक्षण**—सिंहासन तथा उनके विधान

(30) **मध्य रंग**—थियेटर

(31) **दीपदंड**—स्थिर अथवा अस्थिर; लकड़ी, लोहे या पत्थर से निर्मित

(32) **व्यजन**—पंखा (लकड़ी, लोहे या चमड़े से निर्मित पंखे का डंडा)

(33) **दोला**—झूला या पालकी

(34) **तुला**—तराजू

(35) **पंजर**—पिंजड़ा

(36) **नीड़**—घोंसला

(37) **वेदिका**—तल का मंच या चबूतरा

(38) **मंजूषा**—वस्त्र मंजूषा=वस्त्रों को रखने का संदूक+अलमारी (लकड़ी अथवा लोहे से निर्मित)

दोष : समरांगण सूत्रधार के 48 वें अध्याय में दिये गये अनेक दोष :-

1. उकाचाड्य 2. छिद्रगर्भ 3. भ्रमिता 4. वामितामुख 5. हीन मध्य 6. नष्ट सूत्र 7. शाल्य विद्ध 8. सिरोगुरु 9. भ्रष्ट आलिंद 10. विषमअष्ट 11. तुलातल 12. अन्योन्य द्रव्य -विद्ध 14. हीन-भित्तिका 15. हीन-उत्तमांग 16. विनष्ट 17. स्तंभ-भित्तिका 18. भिन्न-शाला 19. व्यक्त-कंठ 20. निष्कंद 21.मान-वर्जिता 22.विकृत

संदर्भ—भवन वास्तुकला का अंतिम अध्याय (समरांगण सूत्रधार—पृष्ठ 48, 136-139 के अनुसार)

भवनों के लिए वास्तु

प्राचीन ग्रंथों के अनुसार, वास्तुकला की पांच विभिन्न शाखाएं हैं :—

1. साधारण लोगों के लिए आवासीय भवन
2. कुलीन वंशीय लोगों और राजकुमारों के वैभवशाली भवन, जैसे—महल
3. देवताओं के आवास, जैसे—मंदिर
4. सार्वजनिक भवन, जैसे—विश्राम गृह, पुस्तकालय, थियेटर आदि
5. जन सुविधाएं , जैसे—तरणताल, तलाब, छोटे तालाब, कुएं आदि।

उपर्युक्त के संबंध में वास्तुकला की प्रतिभा को भली प्रकार परिभाषित किया गया और इसने जनभवनों, राजभवनों और देवभवनों की वास्तुकला को एक निश्चित योगदान दिया। यह आरोप कि भारत ने नगरीय अथवा लौकिक वास्तुकला का विकास नहीं किया, आधार रहित है। एक राजा द्वारा महल के वातावरण में वास्तुशिल्प के विज्ञान तथा कला पर लिखे प्राचीन ग्रंथ समरांगण सूत्रधार के अध्ययन से यह संपूर्ण धारणा हट जाएगी। भवन निर्माण के कार्यों को दो समूहों में विभाजित किया जा सकता है :

(अ) **वास्तुकलात्मक :** हमारे विज्ञान रूपी शक्तिशाली भवन के पांच मूल स्तंभों, जिनका वर्णन हम पहले कर चुके हैं, वे हैं :

(1) शंकुस्थापना—पूर्वाभिमुखीकरण का सिद्धांत।

(2) वास्तु-पद विन्यास—वास्तुपुरुषमंडल

(3) हस्तलक्षण —आनुपातिक माप

(4) आयादि सद्वर्ग—वैदिक वास्तुशिल्प के छह नियम

(5) पताकादि-सदछंद—भवन का परिदृश्य

(ब) वास्तुकला इतर कार्यों को पांच भागों में विभाजित किया जा सकता है:—(1) वास्तुपूजा (2) बलिदान (3) हलकर्षण (4) अंकुरारोपण तथा (5) शिलान्यास

यद्यपि वास्तुपूजा तथा बलिदान धार्मिक अनुष्ठान की क्रियाएं हैं पर भारत में वे मुख्य रूप से वास्तुकला के दर्शन से संबंधित हैं, जहां निर्माणस्थल केवल धरती का एक नग्न खंड नहीं होता, वरन् वह दिव्य जीवन का एक रूपांतरित अस्तित्व होता है। यह एक युक्ति है जिसमें भूमि अभिव्यक्त विश्व रूप की सीमा तक परिवर्तित हो जाती है। नारद मुनि के अनुसार, वास्तु का व्यावहारिक उपयोग अपनी प्रकृति में यांत्रिक है और वास्तुपुरुष मंडल एक यंत्र है। वास्तुपूजा भवन के उत्तर-पूर्व भाग में एक शुभ दिन अच्छे मुहूर्त में की जानी चाहिये। समरांगण सूत्रधार के अध्याय 5, अंश 1 में बलिदान के संबंध में लिखा गया है—"भेंट देकर देवताओं, आत्माओं तथा दुष्ट आत्माओं से वह स्थान छोड़ने की प्रार्थना की जाती है। यह दयामय सद्भावना प्रदर्शन उनकी शक्तियों को मुक्त कर देता है और निर्माणस्थल को सभी साहचर्यों से स्वतंत्र कर देता है। इस प्रकार भी यह संतुलित तथा पवित्र हो जाता है। अपने पूर्व अंशों से रिक्त होकर यह अपनी ग्रहणशीलता और नये को धारण करने की शक्ति बनाये रखता है।"

इसके पश्चात् निर्माणस्थल की भूमि की सतह को एक-सा या समान स्तर का बनाया जाता है। इसे हलाकर्षण कहते हैं। प्राचीन ग्रंथों में चुने हुए निर्माणस्थल को बैल और हल द्वारा जोतने का सुझाव दिया गया है क्योंकि जब भूमि जुत जाती

है, तो वह अपने भूतकाल से मुक्त होकर पवित्र हो जाती है तथा शुभ नक्षत्रों में भूमि को नवजीवन दिया जाता है और उत्पादन का नया चक्र प्रारंभ होता है। इस प्रकार प्रकृति की लय अपरिवर्तित ही रहती है।

अंकुरारोपण का अर्थ है बीज बोना, यह उनकी स्मृति में अंतिम भेंट है जो उस स्थान को छोड़ गये हैं, और नयी भूमि में यह प्रथम भेंट है जहां ब्रीज उगने का अर्थ है एक कार्य की पूर्ति होना।

शिलान्यास एक तकनीकी और साथ ही अनुष्ठानिक पक्ष है। यह सभी संबंधित अनुष्ठानों के साथ नींव का पत्थर रखने का समारोह है। वास्तुपूजा के समय जिस पत्थर को पहले से ही उत्तर-पूर्व में गाड़ा गया था, उसे निकालकर भवन की नींव के लिए बनायी गयी खाइयों में दक्षिण-पश्चिम कोने में रख दिया जाता है।

वास्तुशिल्पी, (इंजीनियर) अभियंता, बढ़इयों, राजगीरों और श्रमिकों तथा भवन निर्माण से संबंधित अन्य लोगों को सम्मान देना छठा और अंतिम धार्मिक अनुष्ठान होता था क्योंकि उनकी प्रसन्नता एवं संतोष में ही उस वास्तुशिल्प के कार्य की पूर्ति निहित होती थी।

दिशाएं और उनके अधिपति देवता : विश्व की आठ दिशाओं के आठ अधिपति होते हैं। इन देवताओं का वहां रहने वालों पर प्रभाव पड़ता है, जो इस प्रकार है :

उत्तर पश्चिम

अधिक खाली स्थान
उत्तर

उत्तर पूर्व

पश्चिम
(कम खाली स्थान)

वायु पवन देवता	कुबेर धन के देवता	ईशा या ईश्वर
वरुण वर्षा के देवता	ब्रह्मा	इन्द्र देवताओं के राजा
नैऋत्य (दानव)	यम मृत्यु का देवता	अग्नि

पूर्व
(अधिक खाली स्थान)

दक्षिण पश्चिम
अधिपति: नैऋत्य

दक्षिण
(कम खाली स्थान)

दक्षिण पूर्व
अधिपति: अग्नि देवता

जैसी कि पहले व्याख्या की जा चुकी है ज्योतिष के मानचित्र (चार्ट) ''मंडल''—वास्तुपुरुष मंडल में एक, चार, सोलह, पच्चीस, छत्तीस, उनचास, चौंसठ, इक्यासी या सौ वर्ग हो सकते हैं। मानव आवास के लिये चौंसठ वर्गों के मंडल का परिरूप और नगर की योजना बनाने के लिए इक्यासी वर्गों का मंडल सर्वोत्तम समझा जाता है।

चूंकि वास्तुपुरुष मंडल में उत्तर दिशा धन के देवता कुबेर की, पूर्व की प्रकाशदेवता सूर्य की, दक्षिण की मृत्युदेवता यम की, पश्चिम वायुदेवता की और मध्य भाग ब्रह्मांड के देवता ब्रह्मा का प्रतीक समझा जाता है, अत: भवन का परिरूप (डिजाइन) बनाते हुए विभिन्न कमरों की स्थिति निम्नलिखित प्रकार से होगी :

(01) पूर्व की तरफ=स्नानागार,
(02) पूर्व तथा दक्षिण-पूर्व के मध्य=तेल, घी आदि का भंडारकक्ष,

(03) दक्षिण-पूर्वी ओर =रसोई,

(04) दक्षिण =शयनकक्ष,

(05) दक्षिण तथा दक्षिण-पश्चिम के मध्य = शौचालय,

(06) दक्षिण-पश्चिम=वस्त्रागार, पोशाक बदलने का कमरा, शृंगार कक्ष, उपकरण, औजारों आदि का भंडार कक्ष,

(07) दक्षिण पश्चिम और पश्चिम के मध्य=अध्ययन कक्ष,

(08) पश्चिम =भोजन कक्ष

(09) पश्चिम और उत्तर-पश्चिम के मध्य =शौचालय,

(10) उत्तर पश्चिम=धान्यागार (अनाज आदि रखने का कमरा), गउओं का सायबान।

(11) उत्तर=कोष (खजाना)

(12) उत्तर तथा उत्तर पूर्व के मध्य =ध्यानकक्ष

(13) उत्तर पूर्व =पूजाकक्ष, प्रवेशद्वार, द्वार मंडप (ड्योढ़ी)

(14) उत्तर पूर्व और पूर्व के मध्य =ध्यानकक्ष

(15) केंद्रीय क्षेत्र=आंगन या पारिवारिक कार्यों के लिए सामान्य स्थान (संदर्भ: रेखाचित्र संख्या 20)

ब्रह्मांडीय व्यवस्था के साथ मानव के संबंध एक स्थापित और मान्य तथ्य हैं और भवन से संबंधित सभी भारतीय परंपराएं तथा धार्मिक अनुष्ठान इस तथ्य की पुष्टि करते हैं।

विभिन्न कमरों का विन्यास या स्थिति

इस श्लोक में स्नानागार, रसोई, शयनकक्ष, भोजनकक्ष, गउओं के सायबान, पूजाकक्ष आदि की आदर्श स्थिति के संबंध में निश्चित रूप से बताया गया है :

स्नानागारं दिशि प्राच्यां आग्नेय्यां च महानसम्।
याम्यायां शयनागारं नैऋत्यां वस्त्रमन्दिरम्।
वारुण्यां भोजनगृहं वायव्यां पशुमन्दिरम्।
भण्डारं वेश्मोत्तरस्यां ऐशान्यां देवतालयम्॥
एनान्युक्तानि शस्तानि स्वस्वये स्वस्वदिक्ष्वपि।

अर्थ :

स्नानागार पूर्व में होगा, दक्षिण-पूर्व (आग्नेय) रसोई का स्थान है, शयनकक्ष दक्षिण में होता है, दक्षिण-पश्चिम वस्त्रों के कक्ष और प्रसाधन/शृंगार कक्ष के लिए है, पश्चिम भोजनकक्ष के लिए तथा उत्तर-पश्चिम गउओं के सायबान के लिए। कोष उत्तर में होगा और पूजा कक्ष उत्तर-पूर्व में। इस प्रकार से व्यक्ति को अपने भवन की आया (भवन की कुरसी क्षेत्र) में विभिन्न कमरों के स्थान बनाने चाहिए।

यदि उपर्युक्त नियम का कठोरता से पालन किया जाये तो भवन के ढांचे में वायु का उचित आवागमन रहेगा, अच्छी मात्रा में सूर्य का प्रकाश आयेगा और उसमें रहने वालों की निजी गोपनीयता बनी रहेगी। दक्षिण और पश्चिम की दीवारें सूर्य किरणों की तेजी को सहने के लिए न केवल पर्याप्त चौड़ी होनी चाहिए वरन् आंगन में हवा आने-जाने के लिए उनमें यथेष्ट खुले स्थान या द्वार भी होने चाहिए। पश्चिम और दक्षिण दिशा में अधिक पेड़-पौधों का लगाना लाभकारी रहेगा।

वास्तुशास्त्र के नियमों का पालन केवल मंदिरों और आवासों के निर्माण में ही नहीं, वरन फ्लैट्स, कार्यालयों, उद्योगों, रंगमंच गृहों, सरायों, होटलों और होस्टलों आदि के निर्माण में भी किया जाना चाहिए।

एक भवन के विभिन्न कमरों का विन्यास दिखाने वाला रेखाचित्र

वायव्य उत्तर-पश्चिम		उत्तर		ईशान उत्तर-पूर्व
	10 अनाज आदि रखने का कमरा तथा गउओं का सायबान 9 शौचालय	11 कोप (खजाना)	12 प्रवेश-द्वार और द्वार मंडप 13 पूजा कक्ष 14 ध्यान कक्ष	
पश्चिम	8 भोजन कक्ष 7 अध्ययन कक्ष	15 आंगन	1 स्नानागार 2 तेल, घी आदि का भंडार कक्ष	पूर्व
	6 वस्त्रों का कमरा प्रसाधन कक्ष, औजारों और उपकरणों का कक्ष	4 शयन कक्ष 5 शौचालय	3 रसोई	
दक्षिण-पश्चिम नैऋत्य		दक्षिण		दक्षिण-पूर्व आग्नेय

रेखाचित्र संख्या 20

यद्यपि अनेक प्राचीन और नये मंदिर वास्तुशास्त्र के अनुसार बनाये गये हैं, पर उनमें से अनेक में इस शास्त्र का कम ही ध्यान रखा गया है और उसका हानिकारक प्रभाव प्रत्येक व्यक्ति देख सकता है। क्योंकि मंदिर वास्तुकला हमारा विषय नहीं है इसलिए हम उस विषय के विस्तार में आगे विचार नहीं करेंगे।

भवन में नवग्रहों की स्थिति

जब वास्तुशास्त्र के नियमों के अनुसार गृह निर्माण किया जायेगा, तब उसके साथ ही घर में नवग्रह विराजमान होंगे और वहां के लोगों पर अपना शुभ प्रभाव डालेंगे। सूर्य का स्थान पूजा या प्रार्थना कक्ष में होता है अर्थात् ईशान (उत्तर-पूर्व) में, चंद्रमा का स्नानागार अर्थात् पूर्व में, मंगल (कुज-मंगल) का सदैव दक्षिण-पश्चिम (आग्नेय) में स्थित रसोई में; सामने के बरामदे या मध्य के बड़े कक्ष में बुध का स्थान होता है, जहां अध्ययन और व्यापार के कार्य होते हैं, उत्तर में स्थित कोष कक्ष तथा जहां आध्यात्मिक या अन्य प्रकार का अध्ययन होता है, वहां बृहस्पति या गुरु का स्थान होता है; यह ईशान (उत्तर-पूर्व) के दाहिने और बायें किनारे पर हो सकता है; शुक्र का स्थान दक्षिण, दक्षिण-पश्चिम और पश्चिमी किनारों पर निर्मित-रहने, भोजन करने के कक्ष, प्रसाधन कक्ष, विश्राम या शयन कक्ष में होता है; शनि का स्थान पश्चिम अथवा उत्तर-पश्चिम की तरफ बने अंधियारे कक्ष अर्थात् गोशाला में होता है; प्रवेश की दाहिनी ओर राहु का और बायीं ओर केतु का स्थान होता

एक भवन के विभिन्न मुख्य कक्षों को दर्शाने वाला रेखाचित्र

उत्तर-पश्चिम		उत्तर		उत्तर-पूर्व
	अनाज कक्ष गउओं का सायबान	कोष (खजाना)	पूजा कक्ष	
पश्चिम	भोजन कक्ष	आंगन	स्नानागार	पूर्व
	वस्त्रों का कमरा और औजारों का कमरा	शयन कक्ष	रसोई	
दक्षिण-पश्चिम		दक्षिण		दक्षिण-पूर्व

रेखाचित्र संख्या: 20 (अ)

इस आरेख/रेखाचित्र में केवल मुख्य कक्षों की स्थिति दिखायी गयी है क्योंकि प्रवेश द्वार, द्वार-मंडप, शौचालयों आदि और यहां तक कि रसोई भी मुख्य रूप से इस तथ्य पर आधारित है कि प्रवेश-द्वार एंव निर्माण-स्थल का मुख किस दिशा की ओर है।

है तथा राहु और केतु भवन के चारों ओर सदा उसकी रक्षा करते हैं।

इसके अतिरिक्त पंच महाभूतों (जो इस संसार और यहां की जीवित इकाइयों को बनाते हैं) में से कम-से-कम तीन जैसे—पृथ्वी, अग्नि और जल का प्राचीन धर्मग्रंथों के अनुसार ध्यान रखा जाये, तो अन्य दो वायु और (अंतरिक्ष) स्थान इस प्रकार निर्मित स्थिति में पर्याप्त सीमा तक अपने को अनुकूल बना लेते हैं।

प्राचीन श्लोकों में से एक में नवग्रहों के महत्त्व की व्याख्या निम्नलिखित रूप में की गयी है :

आरोग्यम् प्रददातु नो दिनकरः
चंद्रो यशो निर्मलम्
भूतिं भूतिसुतः सुधांशुतनयः
प्रज्ञां गुरुगौरवम्।
कान्यः कोमलवाग्विलासमतुलम्

भान्दा मुद सवदा
राहुर्बाहुबलं विरोधशमनम्
केतुः कुलस्योन्नतिम् ॥

सूर्य देवता अच्छे स्वास्थ्य को देने वाले हैं, चंद्रमा अपने पवित्रतम रूप में यश देता है। कुज (मंगल) सब प्रकार का धन, बुद्धि अच्छा चरित्र और गुरु सम्मान देता है। शुक्र वाक्पटुता, शनि प्रसन्नता, राहु अजेय प्रतिष्ठा तथा केतु पूरी पीढ़ी को संपन्नता प्रदान करता है।

शुभ और अशुभ लक्षण

भवन निर्माण के तीन महत्त्वपूर्ण अवसर होते हैं— प्रारंभ, मुख्य द्वार लगाना या जड़ना और गृह प्रवेश। जब भवन का स्वामी निर्माण स्थल की ओर जा रहा हो, तो उस समय होने वाले संकेतों से अच्छे और बुरे (शुभ या अशुभ) लक्षण को ज्ञात किया जा सकता है।

शुभ लक्षण

सामने की दिशा से गायों अथवा सुमंगली कन्याओं का आना, फल, संगीत, दही, फूल, कुमकुम लगाने का दृश्य, दर्पण, चंद्रोदय, भोजन, दूध भरा बर्तन, पानी, घी, मृतक की अंतिम यात्रा का जुलूस पर बिना आग ले जाते हुए, गरुड़ का हवा में चक्राकार उड़ना या बायीं ओर उड़ना, कौओं का दाहिनी ओर उड़ना, लोमड़ी का बायीं ओर भागना, नग्न शिशु, धोबी, लाल साड़ी पहने स्त्री, हाथी।

अशुभ लक्षण

आग जलाने की लकड़ी को ले जाते हुए देखना, नया बर्तन, अंधा, विकलांग, बीमार व्यक्ति, झगड़ा, संन्यासी, सूखी घास, तेल, हड्डियां, धुआं, आग, बिल्ली भिखारी, शराबी, बायीं ओर चक्राकार घूमते और रोते हुए पशु, खरगोश, सर्प, गरुड़ का दाहिनी ओर उड़ना, चींटियों का तितर-बितर चलना, कुत्तों के आपस में लड़ने का दृश्य आदि, भैंस या भैंसे, विधवाएं, मछुआरों- का जाल, डंडा लिए हुए व्यक्ति।

जाने से पहले पूजा कक्ष में रखे तेल के दीपक का बुझ जाना हर प्रकार से एक बुरा लक्षण माना जाता है।

वास्तुशिल्प और व्यावसायिक आचार-संहिता

वास्तुकला समस्त कलाओं की जननी है। वास्तुशिल्पी का कार्य बहुत बड़ी सीमा तक व्यावहारिक है। सच्चा वास्तुशिल्पी स्वभाव और प्रशिक्षण से एक कलाकार और साथ ही व्यापारी होता है। हमारे प्राचीन ग्रंथों ने वास्तुशिल्पी के लिए निम्नलिखित आचार-संहिता का विधान किया है :

स्थपतिः स्थापनार्हः स्यात् सर्वशास्त्र विशारदः
न हीनांगोऽतिरित्कांगों धार्मिकश्च दयापरः॥
अमात्सर्यों नसूर्यश्चातं द्वितस्त्वभिजातवान्
गणितज्ञः पुराणज्ञः सत्यवादी जितेंद्रियः॥
चित्रज्ञो देशकालज्ञश्चान्नदश्चात्यलुब्धकः
अरोगी चाप्रभादी च सत्पव्यमन वर्जितः॥
मयमत पौ 5

अर्थ : एक वास्तुशिल्पी को केवल वास्तुशिल्प की कला में ही नहीं वरन् संबंधित विषयों में भी भलीभांति निपुण होना चाहिए। उसका किसी भी विषय में अल्पज्ञान होना वांछित नहीं है; उससे एक दयालु हृदय और धार्मिक व्यक्ति होने की आशा की जाती है। उसे गणना करने की विविध विधियां आनी चाहिए और उसके साथ ही भूविज्ञान तथा मौसमविज्ञान का ज्ञाता होना चाहिए। वह एक कलाकार पहले है वास्तुशिल्पी बाद में। उसमें भूतकाल की घटनाओं को समझने की योग्यता होनी चाहिए। उसे किसी से घृणा नहीं करनी चाहिए। उसे आलस्य से घृणा करनी चाहिए और स्वार्थ त्याग देना चाहिए। उसका शारीरिक गठन अच्छा होना चाहिए। उसे सात प्रकार की खराब आदतों से मुक्त होना चाहिए। ये सात खराब आदतें हैं—

(1) व्यभिचार करना (2) जुआ खेलना (3) हिंसा करना (4) कठोर वचन बोलना (5) धोखा देना (6) पक्षपात करना (7) मदिरापान करना।

भवन का परिरूप (डिजाइनिंग)

एक अच्छे और सुखी घर का परिरूप कई पक्षों पर निर्भर करता है, जैसे भूखंड का आकार, उसकी स्थिति, सड़क से उसका संबंध, भूखंड और उसके चारों ओर की सड़कों का स्तर, वह दिशा जहां से भूखंड में प्रवेश किया जाता है, द्वार की स्थिति, जल प्रदान करने वाले स्थानों की स्थिति, सेप्टिक टैंक का स्थान और अन्य बातें। लेकिन इन सबसे महत्त्वपूर्ण यह तथ्य है कि वास्तुशास्त्र का कहां तक पालन किया गया है। भूखंड का चुनाव और उसके चारों ओर के परिवेश के बारे में हम पहले ही विचार कर चुके हैं। अब हम विभिन्न कक्षों (कमरों) के विन्यास के बारे में विचार करेंगे।

पूजा कक्ष :

उत्तर-पूर्व किनारे में पूजा कक्ष को बनाना सर्वोत्तम होता है, इसके लिए पूर्व उत्तर-पूर्व की भी अनुमति है। देवमूर्ति का मुख पश्चिम दिशा में और पूजा करने वाले का मुख पूर्व दिशा में होना एक आदर्श स्थिति मानी जाती है। देवमूर्ति का मुख उत्तर और पूर्व में (पूजा करने वाले का मुख दक्षिण और पश्चिम की ओर हो) भी रखने की अनुमति है। परंतु देवमूर्ति को दक्षिण दिशा की ओर मुख किये हुये जिसमें पूजा करने वाले को उत्तर की ओर मुख करना पड़े नहीं लगाना चाहिए। जिस मकान में भूमि स्तर पर पहली मंजिल और उसके बाद दूसरी मंजिल हो, उसमें पूजा कक्ष केवल पहली मंजिल पर होना चाहिए और दूसरी मंजिलों पर बिल्कुल नहीं।

प्रार्थना कक्ष :

दूसरे धर्मावलंबियों के मकानों में प्रार्थना कक्ष, ध्यानकक्ष अथवा इसाई पूजा कक्ष को केवल उत्तर-पूर्वी किनारे पर निर्मित करना उचित है। इस बात का ध्यान रखना चाहिए कि परमात्मा के किसी भी रूप या मूर्ति को इस प्रकार न रखा जाये कि उसका मुख दक्षिण की ओर हो। परमात्मा के प्रतीक या मूर्ति का मुख सदैव उत्तर, पूर्व या पश्चिम की ओर रखना चाहिए जिससे कि पूजा करने वाले का मुख पूर्व, पश्चिम या दक्षिण की ओर रहे।

मुसलमान भाइयों को भी अपना उपासना कक्ष उत्तर-पूर्व किनारे में रखना चाहिए। यद्यपि वे मूर्ति की उपासना नहीं करते परंतु भारत में वे अपने परमात्मा की प्रार्थना पश्चिम की ओर मुंह करके करते हैं, क्योंकि उनकी एकाग्रता का केंद्र भारत के पश्चिम की ओर है। उन देशों में जहां से मक्का पूर्व में पड़ता है, वे पूर्व की ओर मुंह करके प्रार्थना करते हैं। अनेक मंजिलों वाले मकानों में प्रार्थना कक्ष (भूमि स्तर पर बनी) पहली मंजिल में होना चाहिए ऊपर की मंजिलों में नहीं।

शयन कक्ष :

शयन कक्ष के परिरूप (डिजाइन) में, उसका प्रयोग करने वाला जिस दिशा में सिर करके सोता है उसीके आधार पर खिड़कियों, दरवाजों और पोशाकों को रखने की अलमारी का स्थान निश्चित किया जाता है। शास्त्रों में यह उल्लेख किया गया है कि व्यक्ति को अपने घर में सिर पूर्व या दक्षिण करके सोना चाहिए, दूसरे के घर या अन्य स्थानों पर सिर पश्चिम की ओर रखना चाहिए, वैवाहिक संबंधी के घर में सिर पश्चिम की ओर होना चाहिए, (बहू को अपने घर में सिर पूर्व या दक्षिण में रखना उचित है।) तथा यात्रा के समय अपना सिर पश्चिम की ओर रखना चाहिए। लेकिन अपना सिर उत्तर दिशा की ओर करके कभी नहीं सोना चाहिए।

हमारे लोकप्रिय देवता हाथी के सिर वाले गणेशजी से संबंधित, युगों पुरानी कहानी पर ध्यान देना रोचक होगा। मानव रूप प्राप्त बालक गणेशजी की पूर्व कथा बिना जाने भगवान शिव ने उनका सिर काट दिया, लेकिन अपनी पत्नी गौरी द्वारा गणेश को पुनर्जीवित करने की प्रार्थना करने पर उन्होंने आज्ञा दी कि जो भी उत्तर दिशा की ओर सिर किये सो रहा हो उसका सिर

काट लाओ। खोजने के बाद केवल एक हाथी मिला जो उत्तर दिशा की ओर सिर करके सो रहा था। उसका सिर काटकर लाया गया जो शिवजी ने गणेश के सिर के स्थान पर लगाकर उन्हें फिर से जीवित कर दिया। इसी प्रसिद्ध उपाख्यान के कारण भारत में लोग उत्तर की ओर सिर करके सोना पसंद नहीं करते।

शरीर के सब भागों से सिर सबसे अधिक भारी तथा हर दृष्टि से सर्वाधिक महत्त्वपूर्ण है और सुख-शांति के लिए सिर दक्षिण की ओर करके सोना सर्वोत्तम है। कमरे के अंदर पलंग या बिस्तर लगाते समय, पूर्व और उत्तर की ओर अधिक स्थान छोड़ना चाहिए तथा बिस्तर से उठते समय दाहिने पैर का फर्श से स्पर्श पहले होना चाहिए और उसके बाद पूर्व की ओर चलना चाहिए। शयन कक्ष भवन के दक्षिण-पश्चिम किनारे पर होना चाहिए। यदि सभी शयनकक्ष इस क्षेत्र में न बन सके, तो इस उद्देश्य की पूर्ति के लिए पूर्व, उत्तर-पूर्व अथवा दक्षिण-पूर्व क्षेत्रों का उपयोग करना चाहिए, यह बच्चों तथा युवा पीढ़ी के लिए उचित रहता है। बच्चों को अपना सिर पूर्व की ओर करके सोना चाहिए लेकिन वृद्ध जनों को नहीं क्योंकि इस संबंध में निम्नलिखित विधान है:

सिर दक्षिण की ओर	—	दीर्घ आयु की प्राप्ति होती है।
सिर पूर्व की ओर	—	ज्ञानोदय का कारण बनता है।
सिर पश्चिम की ओर	—	प्रसन्नता का नाश, दुख, शोक का कारण बनता है।
सिर उत्तर की ओर	—	मृत्यु का कारण बनता है।

उत्तर-पश्चिम क्षेत्र में शयनकक्ष बनाने से बचना चाहिए क्योंकि इससे अनिद्रा, बेचैनी और मानसिक अस्थिरता आती है। पूर्व दिशा में निर्मित शयनकक्ष भी स्वास्थ्य के लिए इतने अच्छे नहीं होते, लेकिन पश्चिमी और दक्षिणी दिशाएं होती हैं। उत्तर दिशा की ओर सिर करके कभी नहीं सोना चाहिए क्योंकि ऐसा करने वालों को आर्थिक संकट का सामना करना पड़ता है।

स्नानागार या स्नानकक्ष :

इसका आशय उस स्थान से है जहां केवल स्नान होता है और उसके अतिरिक्त और कुछ नहीं। कुछ लोग स्नानगार घर के अंदर बनाना पसंद करते हैं और कुछ घर के बाहर। जब यह घर के अंदर हो, तो इसे पूर्व की ओर होना चाहिए अथवा विकल्प के रूप में उत्तर की ओर। यदि वह शयनकक्ष के साथ मिला हुआ हो तो उसे शयनकक्ष के पूर्व या उत्तर की ओर होना चाहिए। यह मकान के बाहर उत्तर-पूर्व कोने में बनाया जा सकता है, पर इसे मकान और उसके अहाते से बाहर होना चाहिए। इसमें लकड़ी जलाने वाला चूल्हा नहीं प्रयोग करना चाहिए, हां इलेक्ट्रिक ब्वायलर का उपयोग किया जा सकता है। इलेक्ट्रिक ब्वायलर को स्नानकक्ष के दक्षिण-पूर्व किनारे पर लगाना चाहिए।

इसी प्रकार यह भवन के बाहर दक्षिणी-पूर्वी कोने में हो सकता है, लेकिन इसे भवन या अहाते की दीवार का स्पर्श नहीं करना चाहिए। यहां लकड़ी का चूल्हा, ब्वायलर आदि उपयोग में लाया जा सकता है। दोनों ही दशाओं में स्नानकक्ष और भवन के बीच की दूरी स्नानकक्ष तथा अहाते के मध्य की दूरी से कम होनी चाहिए। स्नानकक्ष के पश्चिम अथवा दक्षिण की तरफ स्थित होने पर, वह दक्षिणी या पश्चिमी अहाते की दीवार का स्पर्श कर सकता है लेकिन उसे मुख्य भवन को नहीं छूना चाहिए। यदि इसको उत्तर-पश्चिम कोने में निर्मित करना ही पड़े, तो स्नानकक्ष और मकान के बीच की दूरी को स्नानकक्ष तथा उत्तरी अहाते के बीच की दूरी से कम होनी चाहिए। स्नानकक्ष के फर्श का ढाल उत्तर-पूर्वी कोने की ओर रखना उचित है और वहां से पानी को बाहर निकाल देना चाहिए।

शौचालय :

प्राचीन काल में जब पाइपों के द्वारा जल आपूर्ति, जलकक्ष, शौचालयों, मल तथा गंदे पानी के निष्कासन की व्यवस्था नहीं थी, इस उद्देश्य के लिए खुले स्थानों का उपयोग किया जाता था। पानी ले जाने के लिए तांबे के बर्तनों का प्रयोग होता था और

शौचालय (ट्वायलेट्स) का विस्तृत रेखाचित्र

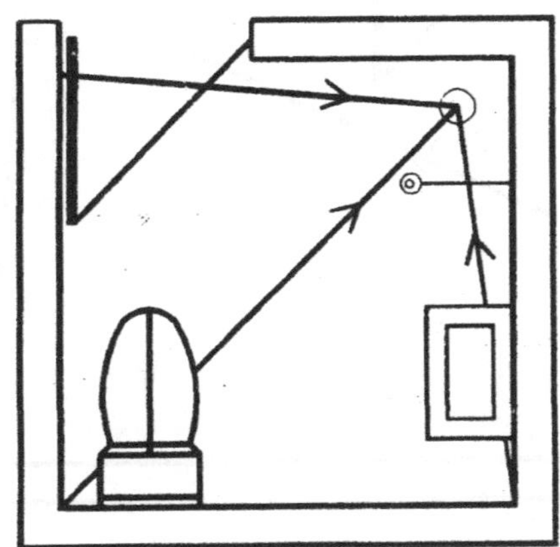

हस्तप्रक्षालन कुंड (वाशबेसिन) का शीशा/दर्पण
—पूर्व की ओर की दीवार में—शुभ
—फर्श का ढाल उत्तर-पूर्व की ओर—शुभ
—शौचालय-उत्तर/दक्षिणी धुरी में—शुभ

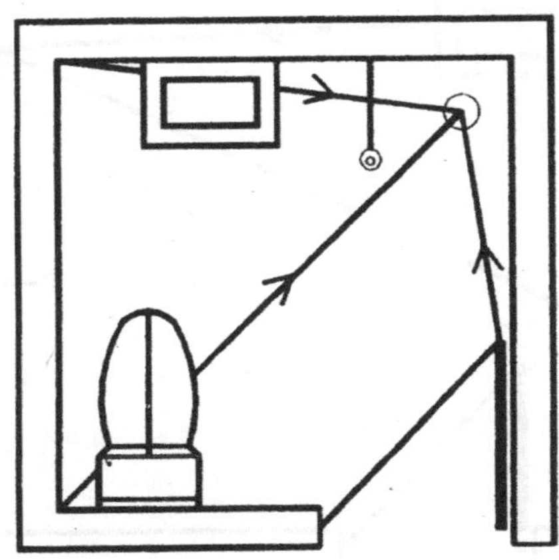

हस्तप्रक्षालन कुंड (वाशबेसिन), शीशा—उत्तरी दीवार में—शुभ
शौचालय, उत्तरी/दक्षिणी धुरी में —शुभ
फर्श का ढाल उत्तर—पूर्व की ओर —शुभ

शौचालय (ट्वायलेट्स) का विस्तृत रेखाचित्र

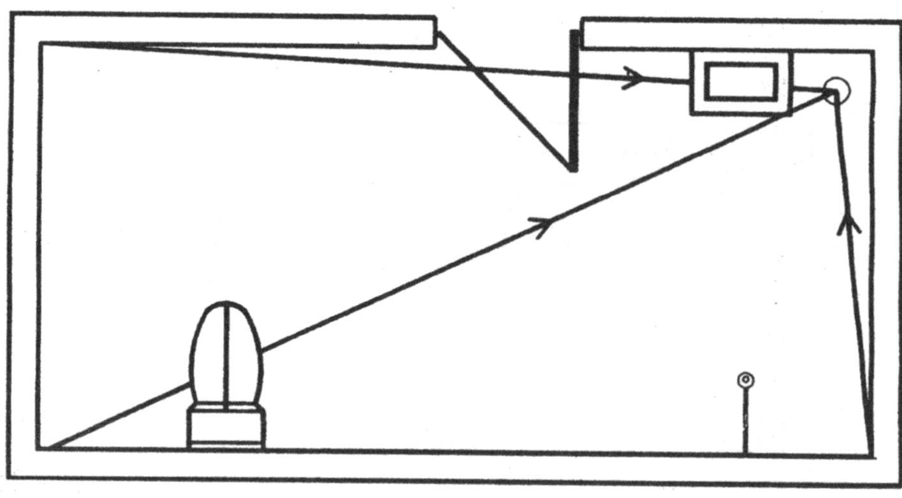

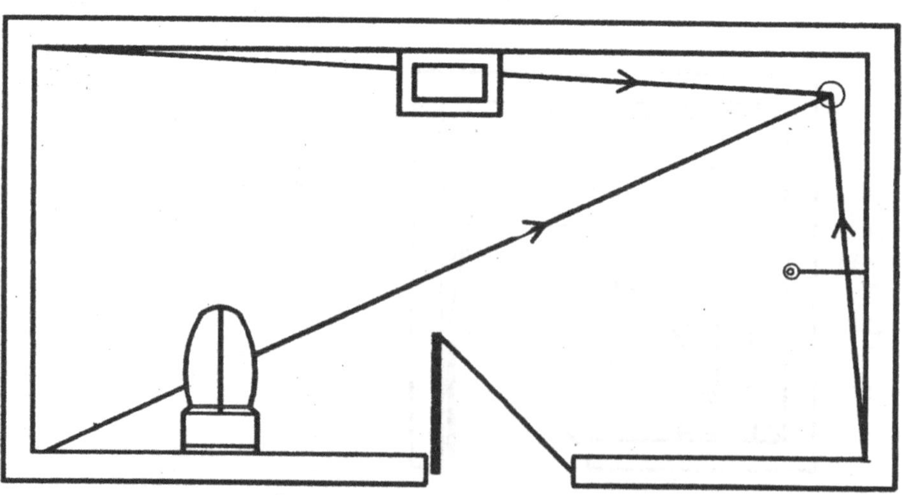

(वाशबेसिन) हस्तप्रक्षालन कुंड तथा दर्पण-उत्तर की दिशा में बनी दीवार में—शुभ
शौचालय—दक्षिणी दीवार—उत्तर/दक्षिण धुरी—शुभ
ढाल—उत्तर-पूर्वी किनारा—शुभ

शौचालयों का विस्तृत वर्णन
(TOILET DETAILS)

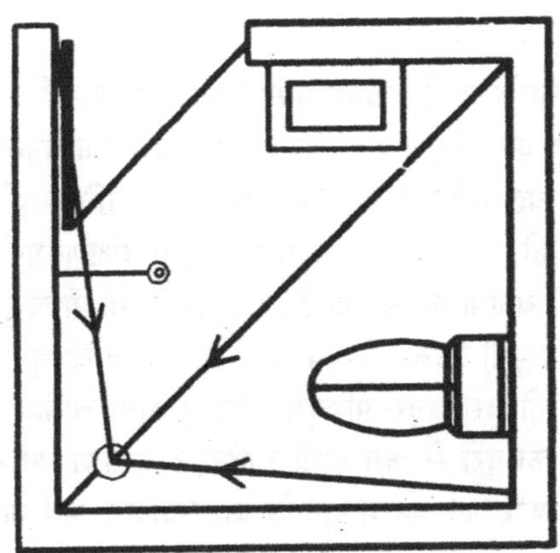

हस्त प्रक्षालन कुंड (वाश बेसिन) और दर्पण-उत्तरी दीवार में—शुभ
ढाल दक्षिण पश्चिम की ओर—अशुभ
शौचालय दक्षिण-पूर्वी दीवार की ओर—अशुभ

हस्त प्रक्षालन कुंड (वाशबेसिन) और दर्पण-दक्षिणी दीवार में—अशुभ,
शौचालय-पश्चिम के ओर की दीवार की ओर—अशुभ
ढाल में,-दक्षिण पूर्वी कोने की ओर—अशुभ

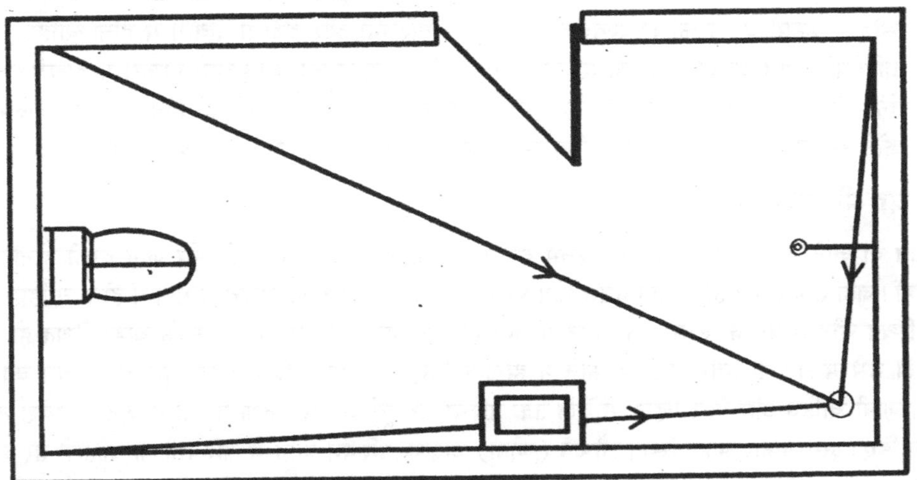

दक्षिण-पश्चिम (नैऋत्य) या उत्तर-पश्चिम दिशा के स्थान का (जो मकान से पर्याप्त दूर हों) उपयोग करने की सलाह दी जाती थी। दिन के समय लोग उत्तर दिशा के सामने और सायं तथा रात्रि के समय दक्षिण दिशा की ओर अपना मुख रखते थे। लेकिन अब शहरों और कस्बों में ऐसा संभव नहीं है, शौचालय मकान के अंदर या बाहर बनाये जाते हैं। किसी भी स्थिति में शौचालय की लंबाई की धुरी पूर्व-पश्चिम की ओर नहीं वरन् उत्तर-दक्षिण की ओर रहेगी अर्थात् उसका प्रयोग करने वाला उत्तर या दक्षिण की तरफ अपना मुख रखेगा: शौचालय के लिए दक्षिण-पश्चिम (नैऋत्य) कोना सर्वश्रेष्ठ होता है। जब शौचालय मकान के अंदर या बाहर स्थित हो तो जो प्रक्रिया स्नानागार के बारे में सुझायी गयी है उसे अपनाया जा सकता है सिवाय इसके कि यह कभी भी मकान या भूखंड के उत्तर-पूर्वी कोने में नहीं होना चाहिए जहां तक संभव हो पूर्व और उत्तर दिशा को भी बचाना चाहिए।

रसोई :

रसोई के लिए दक्षिण-पूर्वी (आग्नेय) कोना सर्वश्रेष्ठ होता है। खाना पकाने का स्लैब रसोई की पूर्वी दीवार की तरफ होना चाहिए, क्योंकि रसोई के दक्षिण-पूर्व किनारे में पूर्व की ओर मुख करके खड़े होकर खाना बनाने से अच्छे परिणाम प्राप्त किये जा सकते हैं। रसोई की उत्तरी दीवार की तरफ यह स्लैब बढ़ाया जा सकता है, लेकिन इसे दीवार का स्पर्श नहीं करना चाहिए। जब मकान में प्रवेश पूर्व और दक्षिण से हो, तो स्पष्ट कारणों से रसोई को दक्षिण-पूर्व कोने में बनाना कठिन होता है, ऐसी स्थिति में रसोई को उत्तर-पश्चिम कोने में बनाया जा सकता है। इस स्थिति में भी चबूतरे को उत्तर की दीवार का स्पर्श नहीं कराना चाहिए और रसोई के केवल दक्षिण पूर्वी किनारे में पूर्व की ओर मुख करते हुए भोजन पकाया जाएगा। जब रसोई मकान के बाहर पश्चिम की ओर स्थित हो, तो उसे उत्तर-पश्चिम कोने में होना चाहिए और रसोई तथा मकान के बीच की दूरी, रसोई और उत्तर के अहाते की बीच की दूरी से कम होनी चाहिए तथा फर्श का स्तर मकान के सामान्य फर्श के स्तर से कुछ अधिक ऊंचा होना चाहिए। इसी प्रकार जब यह मकान के बाहर दक्षिण-पूर्व कोने में हो तो रसोई और पूर्वी अहाते की दीवार के बीच खाली स्थान रहेगा और इसकी दूरी रसोई और मकान के बीच की दूरी से अधिक होगी। रसोई के फर्श का स्तर मकान के फर्श के स्तर से कुछ अधिक ऊंचा रहेगा।

निर्माण स्थल में उत्तर से प्रवेश, विशेष रूप से उत्तर-पूर्वी किनारे से प्रवेश, जिसमें रसोई दक्षिण-पूर्व में हो सर्वोत्तम होता है। यदि प्रवेश उत्तर या पश्चिम से हो, रसोई को दक्षिण-पूर्वी कोने में बनाया जा सकता है और उपर्युक्त प्रक्रिया को अपनाया जा सकता है। किसी भी दशा में रसोई को घर या भूखंड के उत्तर-पूर्वी कोने में नहीं होना चाहिए। यदि कोई ऐसा करने का प्रयत्न करता है, तो यह जीवन के हर क्षेत्र में अपने को जलाने के समान होगा।

यदि रसोई में अटारी बनाने की आवश्यकता हो, तो उसे पश्चिमी और दक्षिणी दीवारों में होना चाहिए, उत्तरी तथा पूर्वी दीवारों में नहीं। यदि आवश्यकता हो तो केवल उत्तर और पूर्वी दिवारों में नहीं वरन् चारों दीवारों में अटारी बना देनी चाहिए। रसोई में बर्तनों की सफाई के लिए (सिंक) छोटा कुंड बिलकुल उत्तर-पूर्व कोने में नहीं होना चाहिए , बल्कि पीने का पानी उत्तर-पूर्व कोने से आना चाहिए। यदि जल निकास का प्रवाह उत्तर-पूर्व से हो, तो अच्छा रहता है।

सोपान या सीढ़ियां :

सोपान या ज़ीने की सीढ़ियां पूर्व से पश्चिम की ओर तथा उत्तर से दक्षिण की ओर जाने वाली होनी चाहिए , इसके विलोम नहीं। जहां तक संभव हो सोपान वाला भाग भवन के दक्षिण या दक्षिणी-पश्चिमी भाग में होना चाहिए। भवन के बाहर या अंदर स्थित जीना भवन के उत्तर-पूर्वी कोने में नहीं होना चाहिए। यदि जीना मकान के बाहर स्थित हो और वह उत्तरी दिशा हो तो उसे मकान के उत्तर-पश्चिम कोने में होना चाहिए , उसकी सीढ़ियां पहले पूर्व से पश्चिम की ओर मध्यवर्ती स्थान तक जानी चाहिए और फिर पहली मंजिल तक पश्चिम से पूर्व की ओर तथा पहली मंजिल में प्रवेश उत्तर-पूर्वी कोने से होना चाहिए। इसी प्रकार बाहर स्थित सोपान (जीना) दक्षिण-पश्चिम कोने में पश्चिमी या दक्षिणी तरफ होना चाहिए , लेकिन सीढ़ियां उत्तर से दक्षिण की ओर तथा पूर्व से पश्चिम की ओर जाते हुए पहली मंजिल पर क्रमश: उत्तर-पश्चिम तथा दक्षिण-पूर्व कोने में समाप्त होनी चाहिए। यदि बाहर की ओर स्थित सीढ़ियां भवन के दक्षिण-पूर्व कोने में हों, तो सीढ़ियां

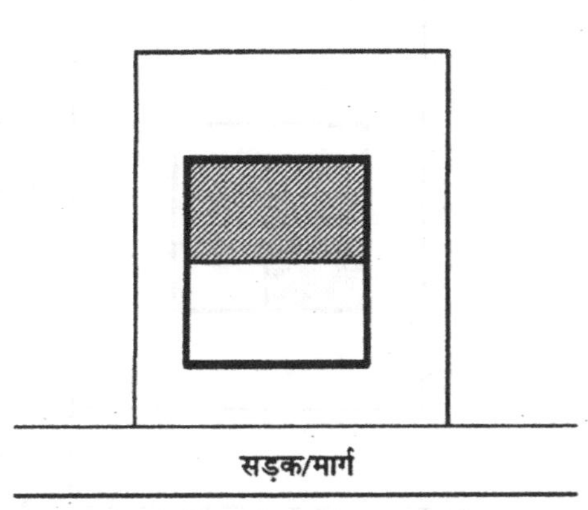

उत्तर में तहखाना (cellar) ठीक रहता है।

सड़क/मार्ग

सड़क/मार्ग

दक्षिण में तहखाना अशुभ होता है।

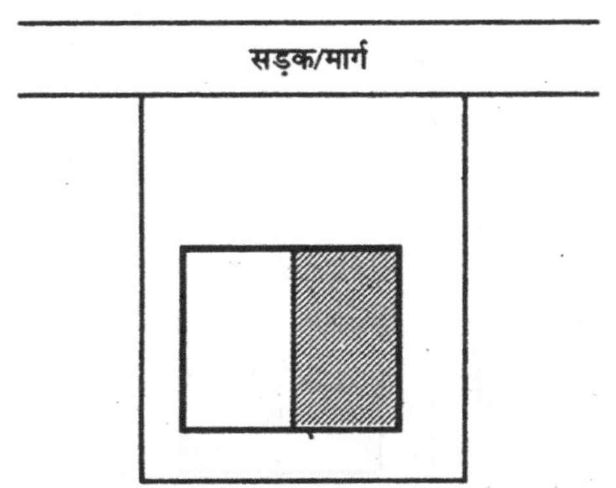

पूर्व में तहखाना (cellar) अच्छा रहता है।

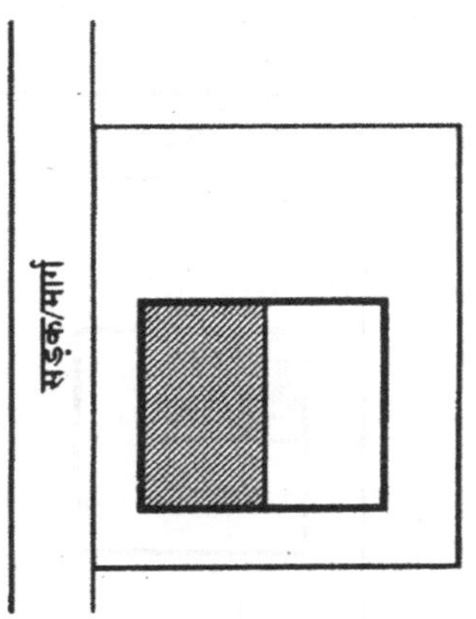

पश्चिम में तहखाना अशुभ होता है।

रेखाचित्र संख्या—20

तहखाने (cellar) का फर्श

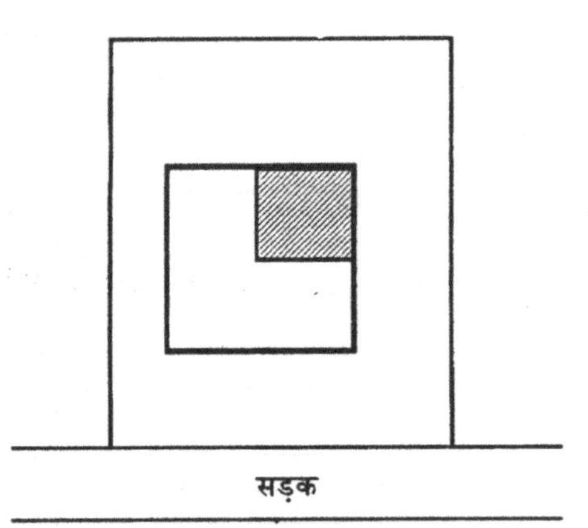

उत्तर-पूर्व में तहखाना शुभ होता है।

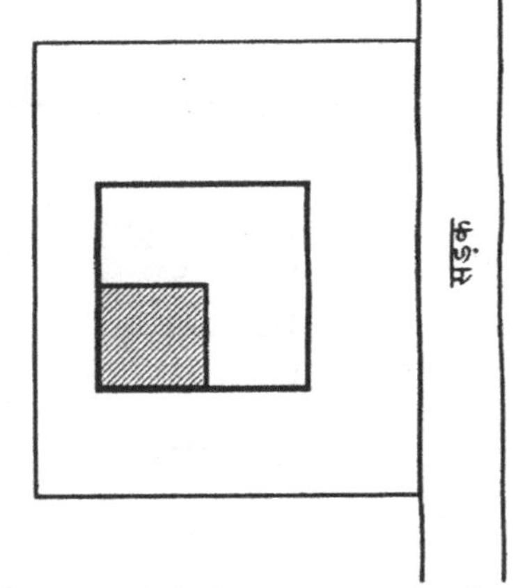

दक्षिण-पश्चिम में तहखाना अशुभ होता है।

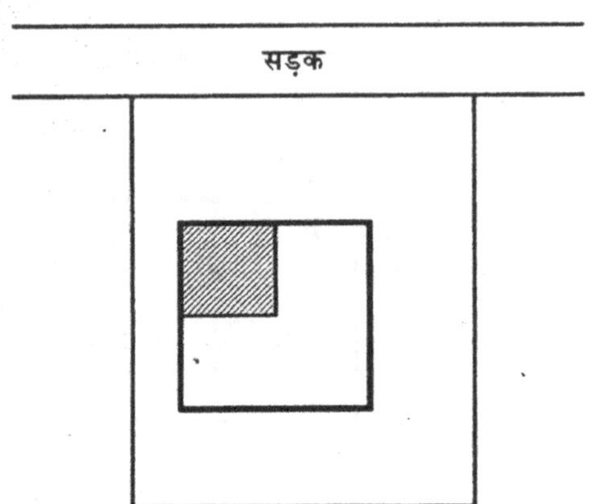

उत्तर-पश्चिम में तहखाना शुभ नही होता।

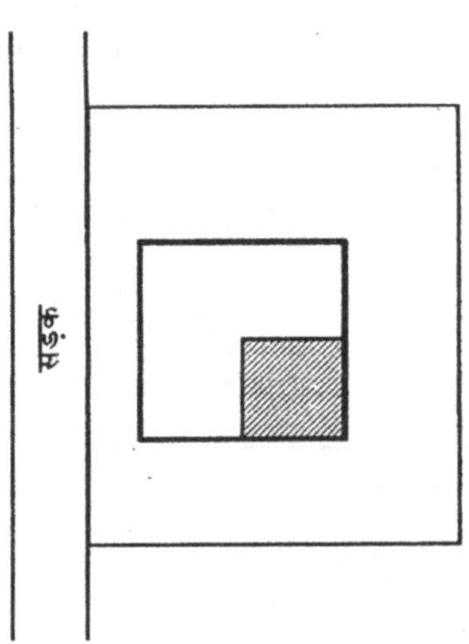

दक्षिण-पूर्व में तहखाना शुभ नहीं होता।

रेखाचित्र संख्या—21

उत्तर से दक्षिण की ओर होंगी, जो पहली मंजिल पर उत्तर-पूर्व कोने में समाप्त होंगी।

जहां तक संभव हो भीतरी और बाहरी सोपान को उत्तरी या पूर्वी तरफ की दीवार का स्पर्श नहीं करना चाहिए और कम से कम 3'' का खाली स्थान छोड़ना चाहिए। बाहरी सीढ़ियां हो,या अंदर की, उन्हें सदैव मध्यवर्ती अवतरण स्थान तक उत्तर से दक्षिण की ओर तथा पूर्व से पश्चिम की ओर जाना चाहिए और उसके बाद वे किसी भी दिशा की ओर जा सकती हैं, लेकिन ऊपरी मंजिल पर उन्हें अनुकूल दिशा में समाप्त होना चाहिए।

अनुकूल और प्रतिकूल स्थितियां (दाहिना पक्ष सदैव सही होता है)

भूमिखंड या भवन की हर दिशा में अनुकूल और प्रतिकूल स्थान एवं स्थितियां होती हैं। द्वार, प्रवेशद्वार और ऊपर की मंजिल में सीढ़ियां समाप्त होने के स्थान को निर्धारित करते समय इनका ध्यान रखना पड़ता है।

भवन अथवा भूमिखंड के पूर्वी तरफ जो क्षेत्र उत्तर से दक्षिण की ओर होता है, उसमें वह क्षेत्र अनुकूल होता है,जो मध्य से उत्तर की तरफ का होता है। मध्य से दक्षिण में जो क्षेत्र होता है वह प्रतिकूल होता है।

भवन अथवा भूमिखंड के दक्षिणी ओर जो क्षेत्र पूर्व से पश्चिम की ओर होता है, उसमें मध्य से पूर्व की ओर का भाग अनुकूल होता है तथा मध्य से पश्चिम का भाग प्रतिकूल।

भवन अथवा भूमिखंड के पंश्चिमी तरफ जो क्षेत्र उत्तर से दक्षिण की ओर होता है, उसमें मध्य से उत्तर का क्षेत्र अनुकूल होता है और मध्य से दक्षिण का क्षेत्र प्रतिकूल।

भवन अथवा भूमिखंड के उत्तरी ओर जो क्षेत्र पूर्व से पश्चिम की ओर होता है, उसमें मध्य से पूर्व का क्षेत्र अनुकूल होता है और मध्य से पश्चिम का क्षेत्र प्रतिकूल।

अतः द्वार, प्रवेशद्वार सीढ़ियों का अंत सदैव अनुकूल स्थान पर होना चाहिए लेकिन बिलकुल अंतिम सिरे पर नहीं। यदि सोपान/सीढ़ियों की स्थिति पश्चिम दक्षिण-पश्चिम या दक्षिण दक्षिण-पश्चिम कोने में होने के कारण पहली मंजिल में प्रवेश की सुविधा हेतु पश्चिम या दक्षिण में बरामदा (बालकनी) बनाना पड़े तो भवन के पूर्व और उत्तर की तरफ उससे बड़ा बरामदा बनाना होगा, विशेष रूप से उत्तर-पूर्व कोने में।

पहली मंजिल :

ठीक जैसे भूखंड का ढाल दक्षिण-पश्चिम कोने से उत्तर-पूर्व कोने की ओर होना चाहिए , उसीप्रकार भूमि स्तर की मंजिल का फर्श और उसकी छत का भी ढाल उत्तर-पूर्व की ओर होना चाहिए , चाहे इसे इस तरह बनाया जाये कि वह दिखाई न पड़े। जब भूमि स्तर की मंजिल (ग्राउंड फ्लोर) के पूरे क्षेत्र को ढकने के लिए पहली मंजिल बनाई जाए तो उसी ढाल को बनाए रखना होगा। यदि पहली मंजिल पर भवन का केवल एक भाग बनाना हो तब पश्चिम की ओर आधा भवन बनाना चाहिए अथवा पश्चिमी और दक्षिणी भाग। उत्तर-पूर्वी कोने को एक खुले (टेरस) चबूतरे के रूप में छोड़ देना बेहतर होता है। पहली मंजिल की ऊंचाई भूमि स्तर की मंजिल के बराबर या उससे कम होनी चाहिए , अधिक नहीं। पहली मंजिल में खिड़कियों और दरवाजों की संख्या भूमिस्तर की मंजिल से अधिक या कम होनी चाहिए , परंतु बराबर नहीं।

तहखाना या तलघर :

तहखाना (सेलर) या तलघर की मंजिल भूमिस्तर की मंजिल के उत्तरी या उत्तरी-पूर्वी भाग में होनी चाहिए , लेकिन दक्षिण या दक्षिण-पूर्वी भाग में नहीं। तलघर भूमि स्तर की मंजिल (ग्राउंड फ्लोर) के पूर्वी भाग में होना चाहिए पश्चिमी भाग में नहीं। (देखिये रेखाचित्र संख्या 20 और 21)

उत्तर-पूर्वी तलघर के पार्श्वों (बगलों) को अधिकतर खुला रखना चाहिए। जब भवन का पूरा क्षेत्र तलघर के लिए प्रयुक्त किया जाता है, तो तलघर के दक्षिणी-पश्चिमी भाग का उपयोग भारी चीजों का भंडार करने के लिए किया जा सकता है।

उत्तर-पश्चिमी और दक्षिणी पूर्वी भाग का उपयोग कार पार्किंग या नौकरों के कमरों के लिए किया जा सकता है। इन भागों का उपयोग भारी सामान का संग्रह करने के लिए नहीं करना चाहिए। तलघर के फर्श का ढाल थोड़ा-सा उत्तर-पूर्व कोने की ओर होना चाहिए।

यदि तलघर का उपयोग भूमिगत जलसंग्रह टंकी, जल शुद्धीकरण संयंत्र अथवा जल से संबंधित किसी भी कार्य के लिए करना हो, तो उत्तरी-पूर्वी कोने का उपयोग करना चाहिए। तलघर का दक्षिणी-पूर्वी कोना अंदरूनी ट्रांसफार्मर, इलेक्ट्रिकल पेनलबोर्ड अथवा आग या ताप से संबंधित किसी भी चीज के लिए उपयोग में लाया जा सकता है। तलघर में रपटा (रेम्प) बनाना एक कठिन समस्या है, क्योंकि वह भूमि स्तर नियमों के विरुद्ध होगा (नियमानुसार उत्तर-पूर्व को सबसे नीचा, उत्तर पश्चिम और दक्षिण-पूर्व को उससे कुछ ऊंचा तथा दक्षिणी-पश्चिमी कोने को सबसे ऊंचा होना चाहिए।) इस विशेष कारण के फलस्वरूप सड़क के सम्मुख पड़ने वाले तलघर के मध्य भाग से प्रवेश बनाना चाहिए, इससे वांछित परिणाम मिलते हैं।

किराये का मकान :

कुछ लोगों का विचार है कि वे अपने भूखंड पर जो अपना मकान बनवायेंगे केवल वही वास्तुशास्त्र के सिद्धांतों के अनुसार होना चाहिए। अपने रहने के लिए किराये के मकान अथवा वे मकान जहां वे स्थायी या अस्थायी रूप से कार्य करते हैं, उनका वास्तुशास्त्र के सिद्धांतों के अनुरूप होना या न होना कोई महत्त्व नहीं रखता। यह धारणा पूरी तरह गलत है। कोई भी भवन जहां एक व्यक्ति रहता अथवा कार्य करता है, यदि वास्तुशास्त्र के सिद्धांतों के अनुरूप बना है, तो उस संपत्ति के स्वामित्व से निरपेक्ष रहते हुए वह रहने वालों को सुख देगा।

भविष्योत्तर पुराण के एक श्लोक में अपने रहने के लिए अपना मकान बनाने की आवश्यकता पर बल दिया गया है:

परगेहकृता सर्वा श्रोतस्मार्त क्रिया शुभा।
निष्फला सर्वजीनीहि भूमीशः फलमश्नुते॥

प्रत्येक मनुष्य के पास एक उपयुक्त मकान रहने के लिए अवश्य होना चाहिए। दूसरों के मकान में (किराये के मकान में) निश्चित धार्मिक अनुष्ठानों और समारोहों को करने के बाद भी वांछित फल प्राप्त नहीं होता।

किराये पर देना :

यदि मकान के किसी भाग को किराये पर देना हो तो उत्तर, उत्तर-पूर्वी भाग को देना चाहिए। दक्षिणी भाग में मकान मालिक को स्वयं रहना चाहिए अथवा उसे खाली रखना चाहिए। किसी भी स्थिति में मकान को बहुत लंबी अवधि तक खाली नहीं छोड़ना चाहिए अर्थात् 3-4 महीने से अधिक नहीं। मकान की भूमि स्तर मंजिल (ग्राउंड फ्लोर) को खाली नहीं छोड़ना चाहिए, जबकि महली मंजिल को खाली रखा जा सकता है।

अवरोध और बहिर्गृह (बाहरी घर)

कुछ लोग वास्तुशास्त्र और उसके सिद्धांतों की बिना चिंता किए मुख्य घर के बाहर खुले स्थानों के भिन्न-भिन्न कोनों में तथा विशेष रूप से पीछे नौकरों के क्वाटर, उनके शौचालय, गैराज आदि और बाहरी घर (आउट हाउस) बनाते हैं। कोनों का अवरोध करना या उन्हें छिपा देना मुख्य घर में रहने वालों पर अच्छे और बुरे दोनों प्रकार के प्रभाव डालता है। इसी प्रकार अधिकांश लोग भूखंड के पिछली ओर पीछे की पूरी सीमा और दोनों ओर की सीमा को आंशिक रूप से स्पर्श करता हुआ मकान भी बनवाते हैं। ऐसे मकान आमतौर पर बहिर्गृह (आउट-हाउसेज) कहे जाते हैं। ये मकान भी मुख्य मकान तथा बहिर्गृह में रहने वालों पर अच्छा या बुरा प्रभाव डालते हैं। आइये! हम ऐसे मकानों के मामलों की विस्तार से परीक्षा करें।

गैराज : अवरोधक के रूप में

नगर निगमों द्वारा बिल्डिंग-बाई-लॉज बनाने के परिणामस्वरूप होने वाले अवरोध :

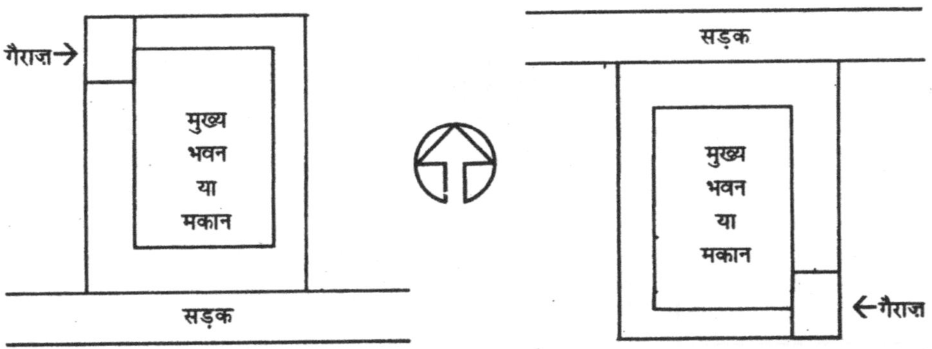

सड़क दक्षिण में, उत्तर-पश्चिम कोने में गैराज। यह अशुभ है, इसे सुधारा जा सकता है। उत्तर और पूर्व में खुला स्थान कम है, दक्षिण और पश्चिम में अधिक है, जो कि अशुभ है।

उत्तर में सड़क, दक्षिण-पूर्वी कोने में गैराज! यह अशुभ है पर सुधारा जा सकता है। उत्तर और पूर्व में खुली जगह अधिक है, दक्षिण और पश्चिम में कम है जो कि शुभ है।

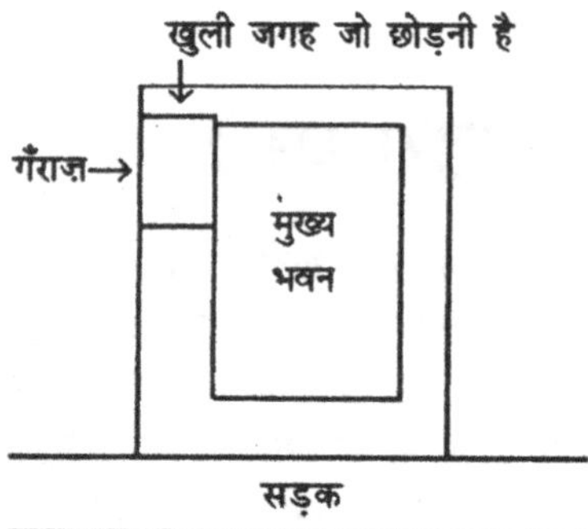

दक्षिण में सड़क, दक्षिण-पूर्वी कोने में गैराज़। उत्तर में खुली जगह छोड़ कर इसमें सुधार कर दिया गया है।

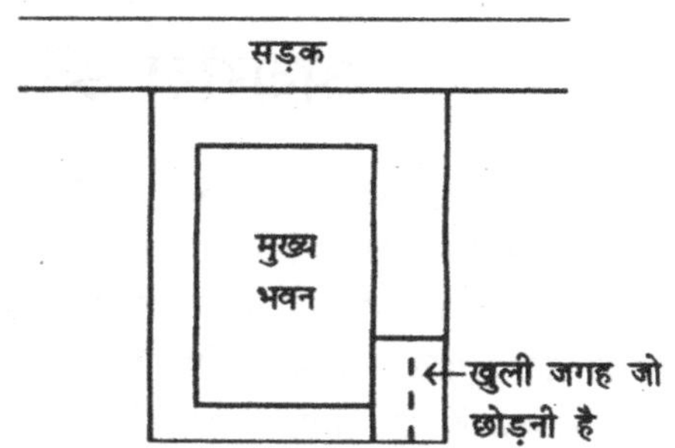

उत्तर में सड़क, दक्षिण-पूर्वी कोने में गैराज है जो अशुभ है। इसमें सुधार करना कठिन है क्योंकि पूर्व में स्थान छोड़ना होगा। योजना में पूरा परिवर्तन क़रने की आवश्यकता है।

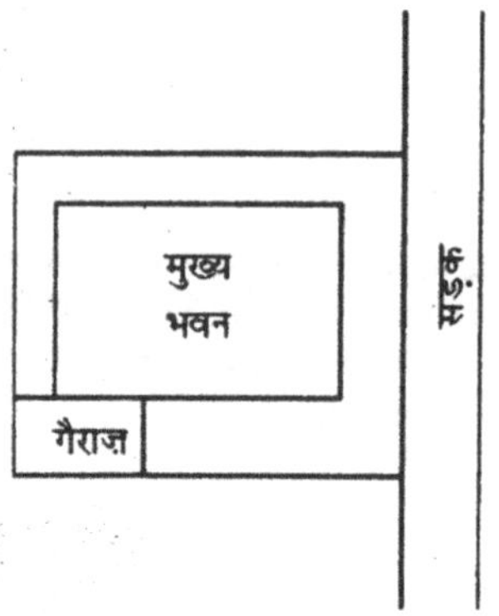

पूर्व में सड़क, दक्षिण-पश्चिम में गैराज़ है जो कि उचित है। उत्तर में खुला स्थान कम है, जो अशुभ है।

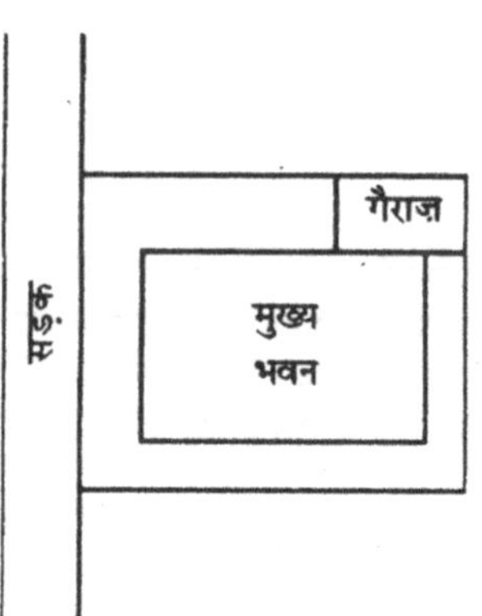

पश्चिम में सड़क, गैराज उत्तर-पूर्व में है जो अशुभ है। इसमें सुधार संभव नहीं है। पूरी योजना को फिर से सुधरा हुआ रूप देना होगा। पूर्व में खुला हुआ स्थान कम है, वह भी अशुभ है।

कोनों का अवरोध

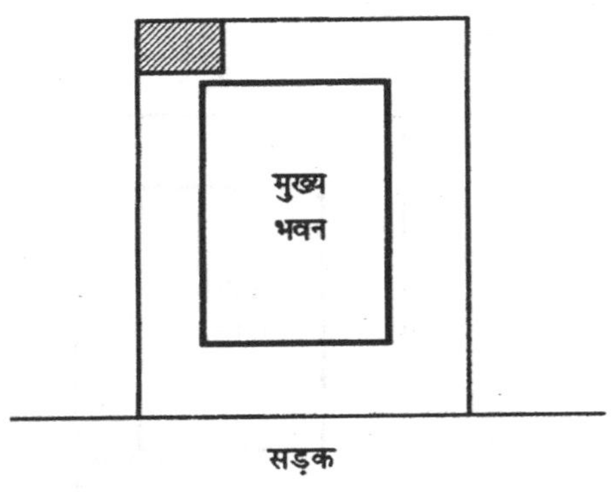

दक्षिण में सड़क—उत्तर-पश्चिम का अवरोध (रुकावट या रोक) शुभ नहीं है। लेकिन इसे सुधारा जा सकता है।

दक्षिण में सड़क—उत्तर-पूर्व का अवरोध बहुत अशुभ है। इस प्रस्ताव को अस्वीकृत करना है।

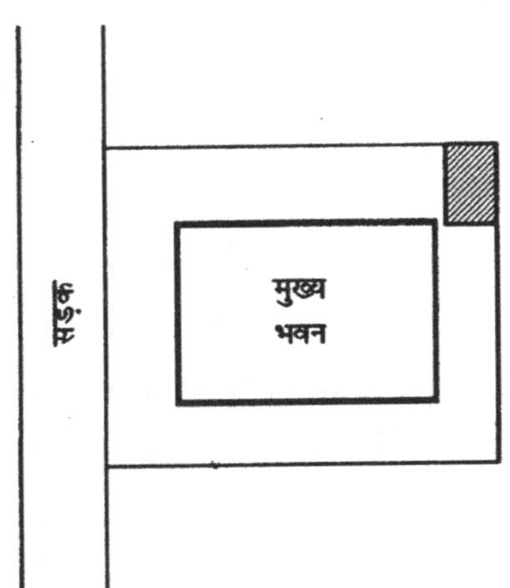

पश्चिम में सड़क—उत्तर-पूर्व का अवरोध बहुत अशुभ है। इस प्रस्ताव को अस्वीकार कर देना चाहिए।

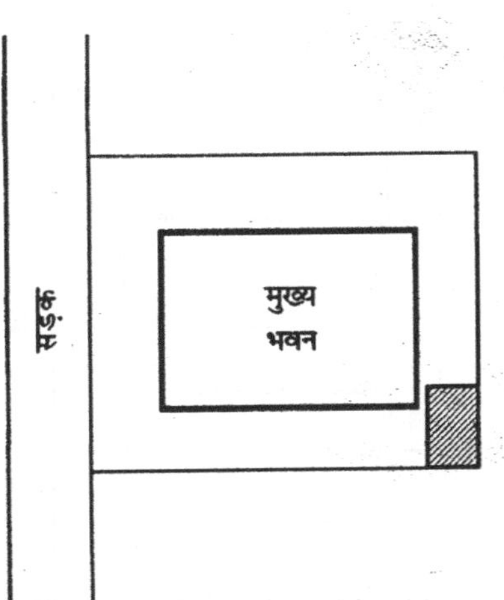

पश्चिम में सड़क। दक्षिण-पूर्व का अवरोध शुभ नहीं परंतु इसे सुधारा जा सकता है।

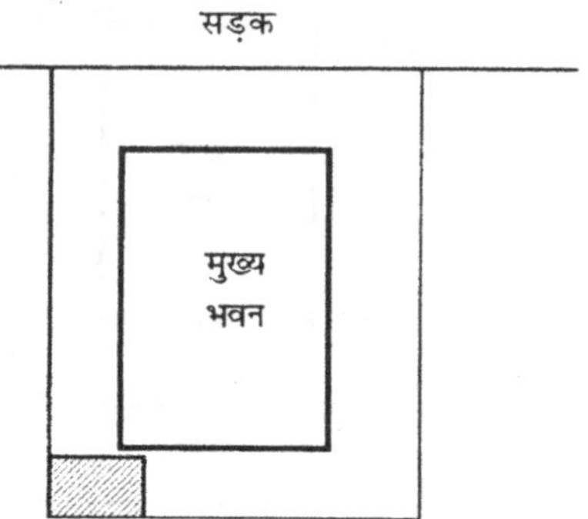

सड़क उत्तर में, दक्षिण-पश्चिम के अवरोध की अनुमति है।

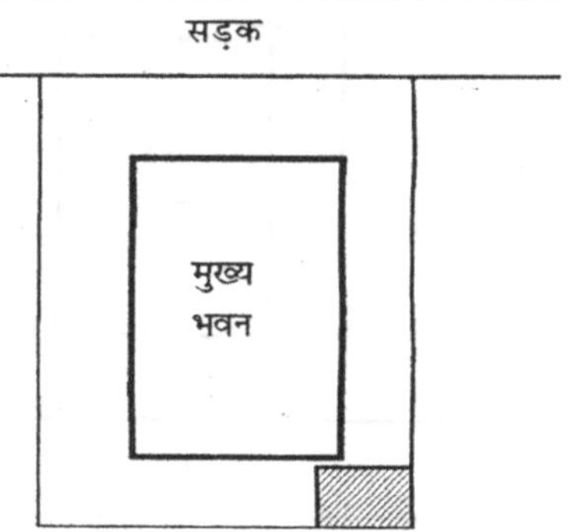

उत्तर में सड़क, दक्षिण-पूर्व का अवरोध अशुभ है। लेकिन इसमें सुधार किया जा सकता है।

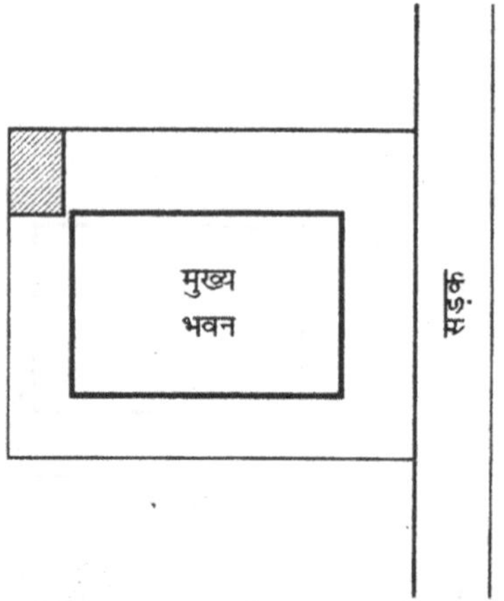

पूर्व में सड़क, उत्तर-पश्चिम का अवरोध शुभ नहीं, लेकिन इसे सुधारा जा सकता है।

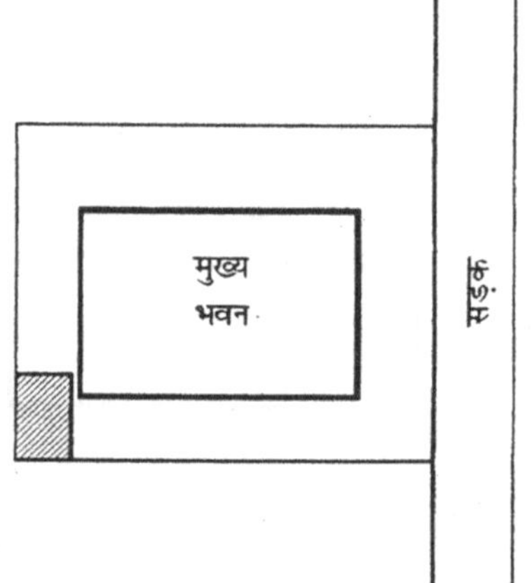

पूर्व में सड़क, दक्षिण-पश्चिम के कोने के अवरोध की अनुमति है।

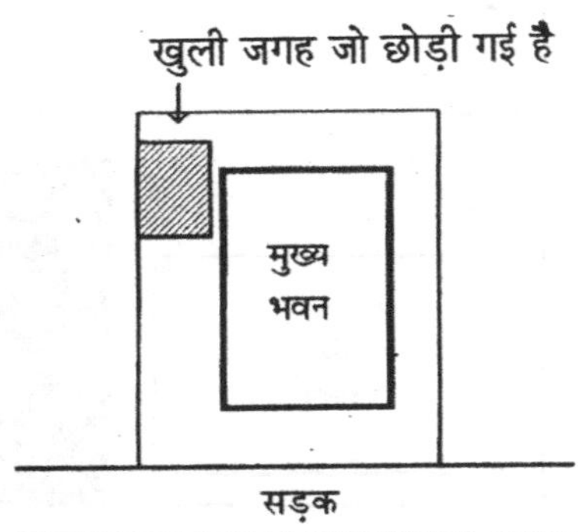

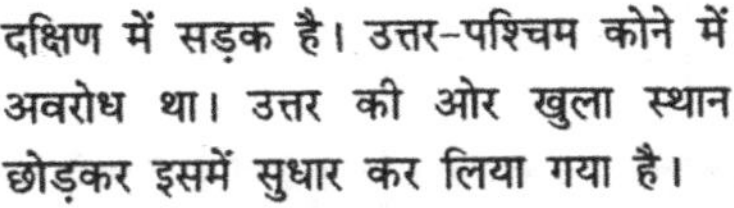

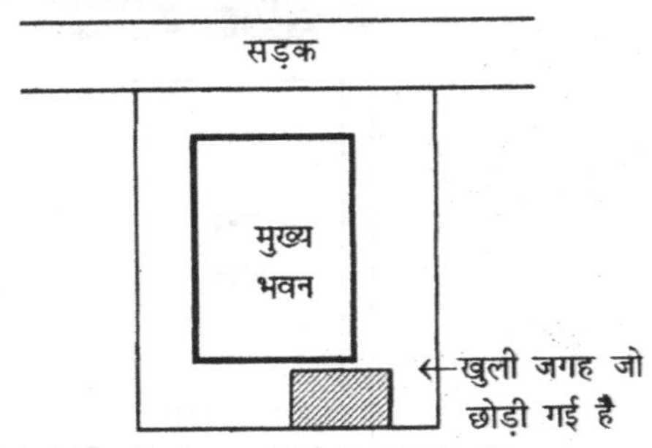

दक्षिण में सड़क है। उत्तर-पश्चिम कोने में अवरोध था। उत्तर की ओर खुला स्थान छोड़कर इसमें सुधार कर लिया गया है।

उत्तर में सड़क, दक्षिण-पूर्वी कोने में अवरोध था। पूर्व में खाली जगह छोड़कर सुधार किया गया।

बहिर्गृह (आउट हाउस)

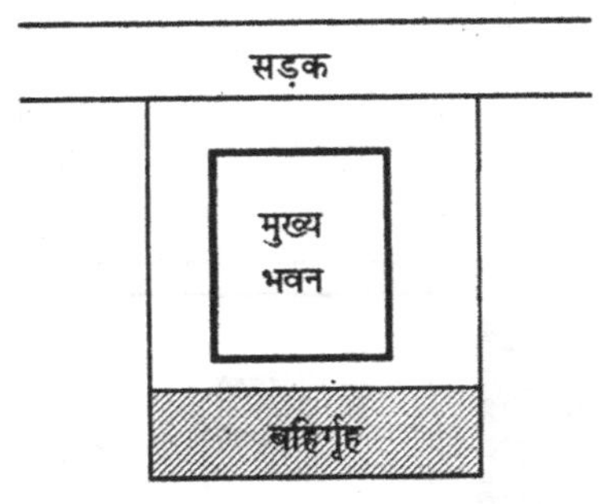

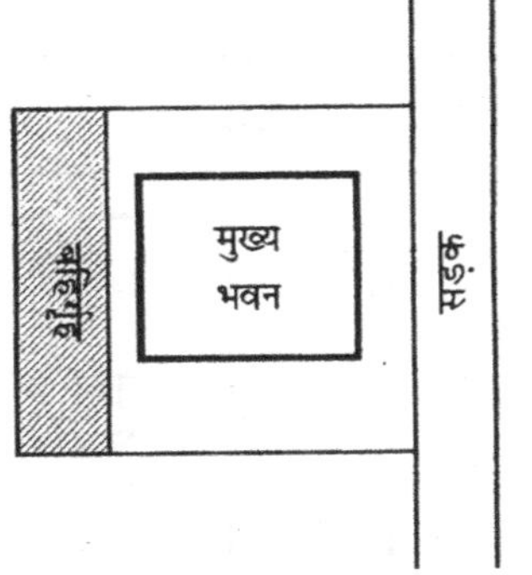

उत्तर में सड़क। बहिर्गह दक्षिण में स्थित। इसकी अनुमति है किंतु इसमें सुधार करना पड़ेगा क्योंकि दक्षिण-पूर्व में अवरोध है।

पूर्व में सड़क, बहिर्गह पश्चिम में। इसकी अनुमति है परंतु इसमें सुधार करना पड़ेगा क्योंकि उत्तर-पश्चिम में अवरोध है।

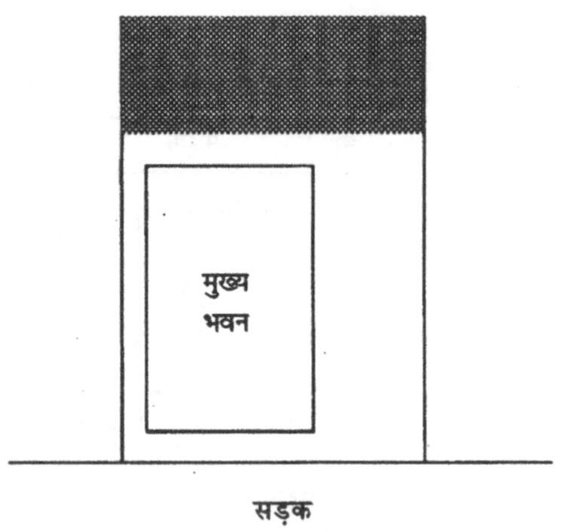

दक्षिण में सड़क है। उत्तर में बहिर्गृह है, जो कि बहुत अशुभ है, क्योंकि इससे उत्तर पूरी तरह अवरोधित ((रुक गया) हो गया है।

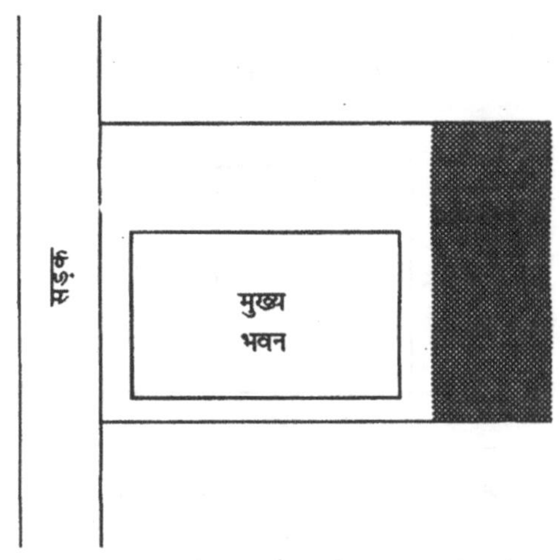

सड़क पश्चिम में है। बहिर्गृह पूर्व में है जिससे पूर्व का पूरा अवरोध कर लिया है जो कि बहुत अशुभ है।

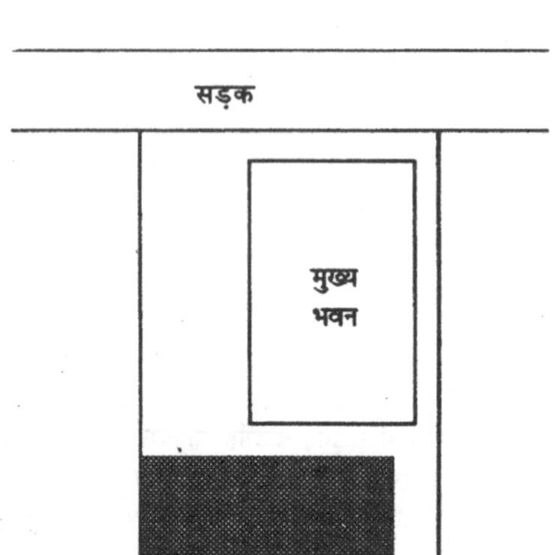

उत्तर में सड़क है। दक्षिण-पश्चिम कोने में बहिर्गृह है। इसकी अनुमति है।

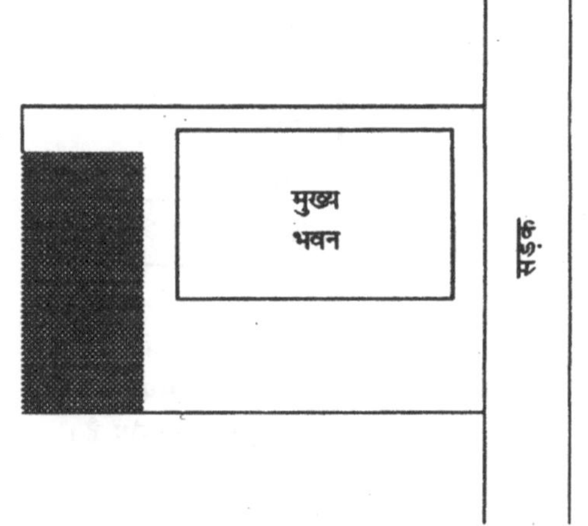

सड़क पूर्व में है। पश्चिम में बहिर्गृह है, जिसकी अनुमति है क्योंकि उत्तर-पश्चिम कोना खुला है।

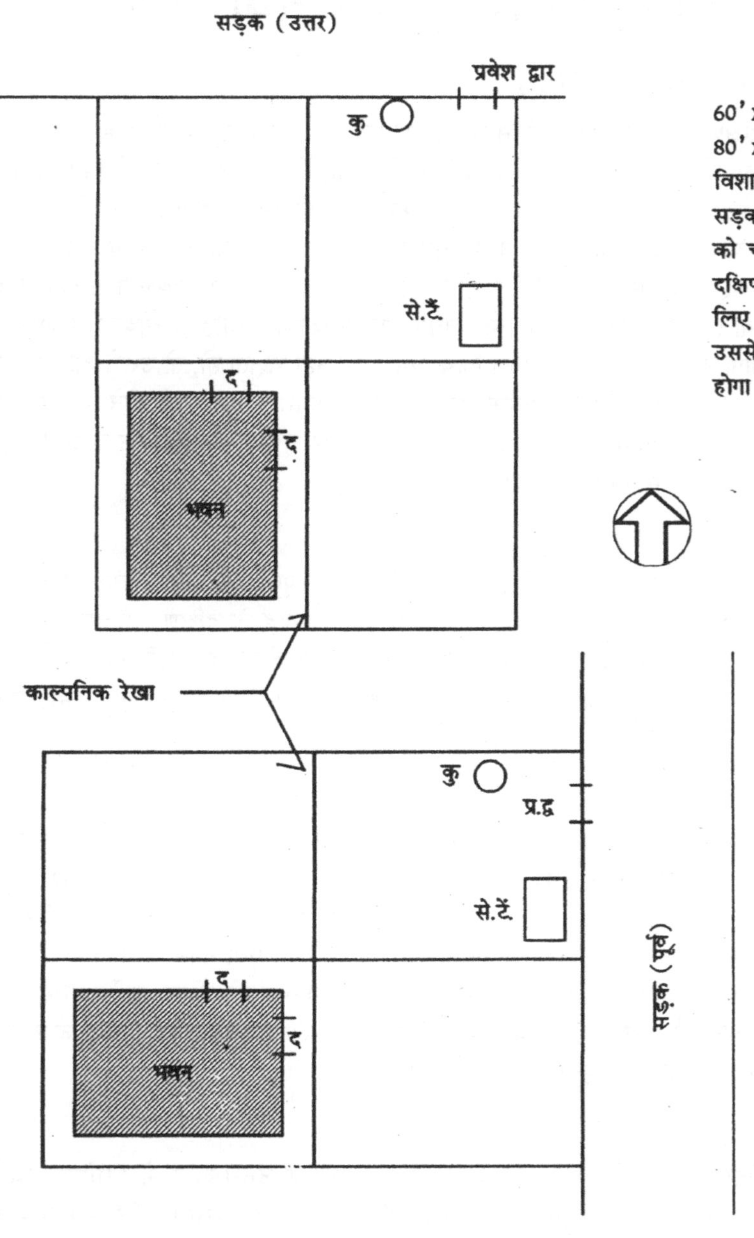

60' x 100' (18 x 30 मी०) या लगभग 80' x 120' (24 x 36 मी०) की नाप का विशाल आयताकार निर्माण-स्थल, जिसके साथ सड़क उत्तर या पूर्व में है। यदि निर्माणस्थल, को चार क्षेत्रों में विभाजित कर दिया जाए और दक्षिण-पश्चिमी क्षेत्र में आवास-भवन (रहने के लिए मकान) बनवाने के लिए, चुना जाए तो उससे सब प्रकार की संपन्नता तथा सुख प्राप्त होगा।

जल-संग्रह व्यवस्था, सेप्टिक टैंक तथा अन्य

ऊपर स्थित जल संग्रह टंकी (ओवर हेड टैंक)

ऊपर स्थित जल संग्रह टैंक को दक्षिण-पश्चिम कोने या टेरस के दक्षिणी पश्चिमी भाग में लगवाना चाहिए , उत्तर, पूर्व तथा उत्तर-पूर्व भाग में नहीं। अगर पानी की टंकी दक्षिणी-पश्चिमी कोने में स्थित हो तो यह सर्वोत्तम रहेगी और किसी भी स्थान पर कोई संरचना बनवाने की आवश्यकता नहीं है। यदि पानी की टंकी उत्तर-पश्चिम या दक्षिण-पूर्व कोने में स्थित हो तो टंकी के आकार से अधिक बड़ा कमरा दक्षिण-पश्चिम कोने में बनवाना चाहिए। इन टंकियों का निर्माण करवाते समय छत की पटिया (भूस्तर की मंजिल या पहली जो भी हो) में उसे रखने के लिए स्थान बनवाने की आवश्यकता नहीं, बल्कि उसे छत पर स्वतंत्र रूप से खंभों अथवा ईंटों की दीवार की सहायता लेकर उस पर बनवाना चाहिए। ओवर हैड वाटर टैंक कभी भी उत्तर-पूर्वी कोने में नहीं बनवाना चाहिए, लेकिन जब ऐसा किये बिना काम नहीं चलता हो, तो उससे अधिक ऊंचा, भारी और छोटा कमरा उत्तर-पश्चिम कोने में तथा उससे भी अधिक भारी और ऊंचा कमरा दक्षिण-पूर्वी कोने में; और सबसे भारी तथा ऊंचा कमरा दक्षिण-पश्चिम कोने में बनवाना चाहिए। इसके बावजूद यह ध्यान रखना चाहिए कि वाटर टैंक उत्तर और पूर्व की दीवारों का स्पर्श न करे वरन् उससे थोड़ा दूर रहे।

भूमिगत वाटर टैंक :

भूमिगत वाटर टैंक भूखंड के उत्तर-पूर्वी कोने में होने चाहिए लेकिन उन्हें उत्तर या पूर्वी अहाते की दीवार को नहीं छूना चाहिए। भूमिगत वाटर टैंक को उस काल्पनिक रेखा से कुछ दूर होना चाहिए जो भूमिखंड के दक्षिण-पश्चिम और उत्तर-पूर्वी कोनों को जोड़ती है और उस रेखा से, जो भवन के उत्तर-पूर्वी कोनें को भूमिखंड से जोड़ती है । भूमिगत (अंडरग्राउंड) वाटर टैंक कभी भी दक्षिण-पूर्वी कोने में नहीं बनाना चाहिए। अपरिहार्य परिस्थितियों में भूमि के ऊपर (नीचे नहीं) निर्मित वाटर टैंक को दक्षिण-पश्चिम और उत्तर-पश्चिम के क्षेत्रों में बनवाया जा सकता है।

सेप्टिक टैंक :

जब (पब्लिक सीवेज लाइंस) गंदा पानी और मल आदि बहा ले जाने वाली सार्वजनिक नालियों में शौचालयों तथा स्नानागार के पाइपों को जोड़ने की सुविधा प्राप्त न हो, तो सेप्टिक टैंकों को बनवाना पड़ता है, लेकिन इसमें स्नानागार, अथवा रसोई की नालियों को नहीं जोड़ना चाहिए। चूंकि सेप्टिक टैंक को भूमि स्तर से नीचा रखना पड़ता है इसलिए इसकी स्थिति के संबंध में सावधानी बरतनी चाहिए। वास्तुशास्त्र के अनुसार, उत्तर-पश्चिमी कोने को उत्तर-पूर्वी कोने से अधिक ऊंचा होना चाहिए, दक्षिण-पूर्वी कोने को उत्तर-पश्चिम से अधिक ऊंचा होना चाहिए और दक्षिण-पश्चिम को दक्षिण-पूर्वी कोने से अधिक ऊंचा। उत्तर-पूर्वी कोना पवित्र समझा जाता है, इसलिए सैप्टिक टैंक की स्थिति केवल पूर्व उत्तर-पूर्व अथवा उत्तर उत्तर-पूर्व क्षेत्र में हो सकती है, लेकिन वह भी ठीक उत्तर-पूर्वी कोने में नहीं होगी।

गोबर गैस (प्लांट) संयंत्र :

यह एक भूमिगत टैंक होता है, जिसमें केवल गैस बनती है, आग नहीं, इसे पूर्वी या उत्तरी कोनों में (सैप्टिक टैंक की भांति) अर्थात् उत्तर उत्तर-पूर्व या पूर्व उत्तर-पूर्व कोनों में निर्मित करवाना चाहिए। इसे उत्तर-पश्चिम, दक्षिण-पश्चिम क्षेत्रों में नहीं होना चाहिए , दक्षिण-पश्चिम तथा उत्तर-पूर्व कोने में तो कभी नहीं।

जल व्यवस्था (कुएं, बोरवेल आदि):

कुआं या बोरवेल उत्तर-पूर्वी क्षेत्र में स्थित होना चाहिए, इन्हें उत्तर-पूर्वी कोने की ओर लेकिन ठीक उत्तरी-पूर्वी कोने

में नहीं होना चाहिए। दूसरे शब्दों में इन्हें ठीक उस काल्पनिक रेखा पर नहीं होना चाहिए जो उत्तर-पूर्व और दक्षिण-पश्चिम कोनों को मिलाती हैं अथवा जो भवन के उत्तरी-पूर्वी कोने को भूखंड की रेखा से मिलाती है वरन् उसे इस रेखा के उत्तरी या पूर्वी ओर होना चाहिए। इसे उत्तर या पूर्व में सीमा रेखा से भी कुछ अंदर की ओर रहना चाहिए। अगर 'पंपरूम' बनवाया जाए तो उसे भी सीमा रेखा से कुछ अंदर की ओर होना चाहिए। कुएं को भवन का स्पर्श नहीं करना चाहिए और न भवन के अंदर होना चाहिए।

यदि उपर्युक्त विवरण के अनुसार, कुएं या बोरवेल की स्थिति रखना संभव न हो तो यह पूर्वी या उत्तरी ओर हो सकता है परंतु इसे दक्षिण-पूर्व या उत्तर-पश्चिम क्षेत्र में नहीं पड़ना चाहिए। कुएं से पानी खींचते समय व्यक्ति को उत्तर-दक्षिण की धुरी पर होना चाहिए। किसी भी दशा में कुआं भूखंड के दक्षिणी भाग में नहीं खोदना चाहिए क्योंकि यह मकान में रहनेवाली स्त्रियों के लिए विनाशकारी होगा। पश्चिमी भाग में होने पर परिवार के पुरुष सदस्यों का स्वास्थ्य खराब रहेगा और आर्थिक संकट उत्पन्न होगा। दक्षिण-पूर्व तथा दक्षिण-पश्चिम कोने में होने पर इसका प्रभाव महिलाओं के जीवन के सभी पक्षों पर खराब पड़ेगा, पुरुषों को इससे मरणांतक बीमारियां होंगी। कुआं उत्तर-पश्चिम में होने पर प्रत्येक से खराब संबंधों तथा महिलाओं के लिए अशांति का कारण बनेगा।

कस्बों और नगरों में, जहां जल आपूर्ति की सार्वजनिक व्यवस्था उपलब्ध है, कुओं के पानी की आवश्यकता अनुभव नहीं होती, लेकिन जहां इसकी आवश्यकता हो, वहां सही स्थान को खोजने के लिए विशेषज्ञ की सहायता लेनी चाहिए। जहां खुले कुएं के प्रदूषित होने की संभावना हो, वहां बोरवेल खुदवाया जा सकता है। इसके लिए शुभ समय का चुनाव करना चाहिए, कार्य प्रारंभ करने से पूर्व वास्तुपूजा करनी चाहिए और जब कुएं में पानी दिख जाये तो गंगा पूजन करना चाहिए। पूर्व और उत्तर से बहता हुआ जल शुभ और स्थायी स्रोत होता है। किसी मनुष्य या अन्य जीव की कुएं में मृत्यु होना अशुभ तथा वर्जित है, यदि ऐसा हो जाए तो सारा जल निकलवा देना चाहिए और उसके बाद आवश्यक धार्मिक अनुष्ठान करवाना चाहिए। इस बात का भी ध्यान रखना चाहिए कि कुएं की दीवार अपने आधार से ही गोलाकार हो।

प्रतिदिन सूर्योदय के बाद कुआं सूर्य किरणों को ग्रहण करने के लिए लगभग छह घंटे तक खुला रहे, ऐसी व्यवस्था करनी चाहिए। इसी प्रकार दूसरे जल भंडार भी सूर्य प्रकाश के लिए खुले रहने चाहिए। यदि परिवार की कोई महिला गर्भवती हो, तो कुआं उस अवधि में नहीं खुदवाना चाहिए।

यदि एक कुआं या बोरवेल खोदा जाता है और उसके दुष्प्रभावों के कारण गलती का पता चलता है तो नया कुआं सही स्थान पर खोदे जाने के बाद ही उसे बंद करना चाहिए। नये कुएं को सही स्थान पर समुचित अनुष्ठान करने के बाद ही खोदना चाहिए।

वास्तुशास्त्र के विशेषज्ञों द्वारा दिया गया एक महत्त्वपूर्ण सुझाव यह है कि जब कोई व्यक्ति अपने मकान का निर्माण करवाने के लिए कोई भूखंड खरीदता है (जो निश्चय ही इस शास्त्र के अनुरूप होना चाहिए) तो प्रथम कार्य सही स्थान पर कुआं या बोरवेल खुदवाने का करवाना चाहिए। यदि मकान का निर्माण इस कुएं या बोरवेल के पानी से किया जाएगा तो सारा परिवार पूरे जीवन भर स्वास्थ्य, संपत्ति और सुख प्राप्त करेगा।

कुएं में हिस्सेदारी : कुछ विशेष उदाहरणों में (भाइयों अथवा घनिष्ठ मित्रों) पास-पास स्थित भूखंडों के स्वामी ठीक अपनी एक-दूसरे से मिलती सीमा पर एक कुआं खोद लेते हैं ताकि दोनों उस कुएं के लागत मूल्य और उससे होने वाले लाभों में समान हिस्सेदारी कर सकें, लेकिन यथार्थ में वे अपने को एक परेशानी भरी स्थिति में डाल लेते हैं। नीचे दिये गये उदाहरण में अ भूखंड (प्लाट) के उत्तर-उत्तर पूर्वी कोने में कुआं होगा जो उसके स्वामी के के लिए शुभ है, लेकिन यही कुआं ब भूखंड के दक्षिण-दक्षिण पूर्वी कोने में पड़ेगा जो उसके स्वामी के लिए बहुत अशुभ है, (जैसा कि उदाहरण I में दिखाया गया है)। उदाहरण II में कुआं पश्चिम उत्तर-पश्चिम कोने में है, यह भी अशुभ है और इस स्थिति से हर मूल्य पर बचना चाहिए। कुछ भी हों अ भूखंड के स्वामी के लिए भी कुएं को अपनी संपत्ति की सीमा के अंदर

रखना समझदारी होगी।

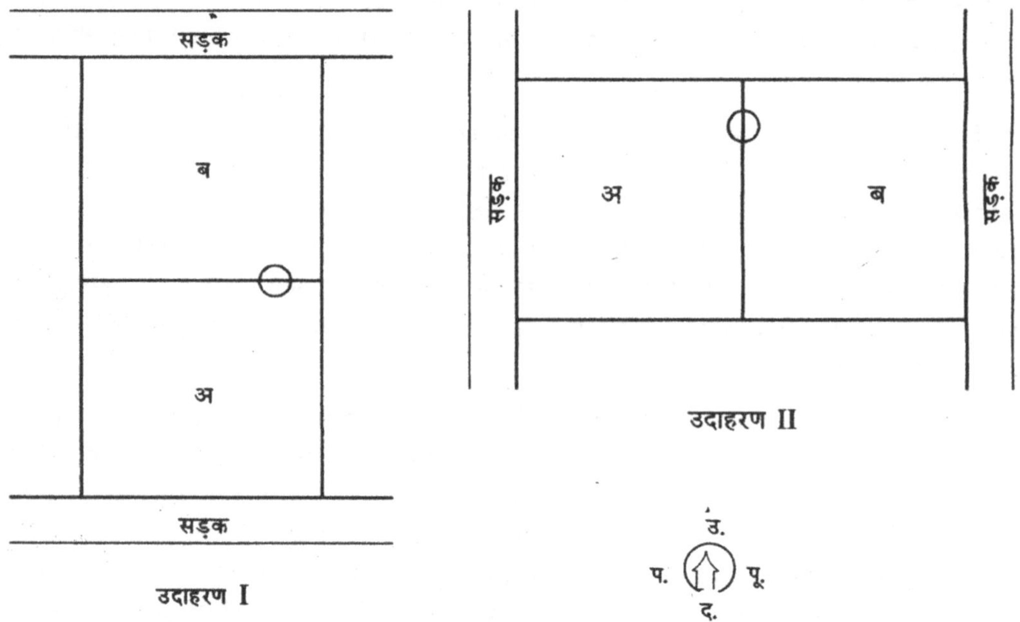

उदाहरण I

उदाहरण II

प्राचीन साहित्य में कुओं तथा अन्य जल संग्रह या स्रोत स्थानों को सर्वोच्च महत्त्व दिया गया था और संबंधित श्लोक निम्नलिखित है :

प्राच्यादिस्थेसलिले सुतहानिशिखिभयं रिपुभयंच।
स्त्रीकलह स्त्रीदोषं नेष्टं वित्तात्मजविवृद्धि॥
कूपं कुम्भगतं श्रेष्ठं मध्यमं मीनसंगतं।
अधमं मकरस्थ हि कूपान्येवं विनिर्दिशेत्॥
कुम्भमीनगतं कूपं लघुवारि सुशोभनम्।
मनो दुःखहरं-चैव पुत्रपौत्र विवर्धनम्॥

अर्थ : यदि कुआं पूर्व दिशा से प्रारंभ होकर पश्चिम, दक्षिण और उत्तर चारों दिशाओं में विद्यमान है तो उस मकान में रहने वालों को क्रमशः पुत्रों की हानि, आग लगने का भय, शत्रुओं का भय, स्त्रियों को भय, धन हानि तथा भाइयों की हानि होती है। अगर कुआं उत्तर तथा उत्तर-पूर्व के मध्य स्थित हो, तो यह एक बहुत आदर्श स्थिति होती है। यदि यह उत्तर-पूर्व में स्थित हो तो उसके परिणाम मध्यम होंगे।

यदि वह (कूप) ठीक उत्तर में हो तो बहुत अशुभ होता है। इसलिए कुएं को उत्तर उत्तर-पूर्व के मध्य में खुदवाना चाहिए। इस स्थान का पानी ऊंची गुणवत्ता का होगा और शीघ्र मिल जाएगा। उस स्थिति में वहां रहने वाले अपने दुखों से छुटकारा पाएंगे और माताओं को पुत्र की प्राप्ति होगी।

युग्म मकान और सामूहिक मकान
(ट्विन हाउसेज़ और ग्रुप हाउसिंग)

युग्म मकान ऐसे साथ-साथ लगे दो मकानों को कहते हैं जो अलग-अलग भूखंडों पर बने होते हैं, पर उन दोनों की एक सामान्य दीवार होती है। कुछ स्थानों पर यह केवल एक इकाई के रूप में हो सकते हैं या अनेक इकाइयों के हो सकते हैं जैसे (ग्रुप हाउसिंग) सामूहिक मकान। यद्यपि युग्म मकान किफायती होते हैं, परंतु वास्तुशास्त्र के सिद्धांतों के अनुसार, उनमें से एक लाभकर स्थान पर और दूसरा हानिकर स्थान पर होगा। उचित प्रकाश व्यवस्था और वायु के आवागमन आदि की समस्याएं इस तथ्य से अलग हैं। (देखिए रेखाचित्र युग्म मकान 1,2,3,4)

सामूहिक मकानों (ग्रुप हाउसिंग) में जहां अनेक मकान या उनकी सामूहिक इकाइयां बनाई जाती हैं, इसी प्रकार की समस्याएं उठेंगी। इस योजना की रूपरेखा के अंतर्गत बहुमंजिलों के मकानों के ब्लाक, भिन्न-भिन्न प्रकार की हाउसिंग कॉलोनियां, और एक पंक्ति में बनाये गये मकान आते हैं। अतः उचित यही है कि जहां तक संभव हो सामान्य दीवार न रखी जाय।

महत्त्व की बात यह है कि विभिन्न दिशाओं और भूमि के स्तर पर उचित ध्यान देते हुए मकानों की एक सही योजना बनायी जाए। वर्षा के पानी को पूर्व, उत्तर और उत्तर-पूर्व की ओर बहना चाहिए। सड़कें उत्तर-दक्षिण और पूर्व-पश्चिम की ओर होनी चाहिए ताकि प्रत्येक निर्माण स्थल आयताकार या चौकोर हो। यदि 'ले आउट' बहुत बड़ा है तो उसके मध्य में मंदिर या प्रार्थना भवन बनाने के लिए पर्याप्त स्थान छोड़ा जाना चाहिए। पानी का ओवरहेड वाटर टैंक योजना की रूपरेखा (लेआउट) में दक्षिण-पश्चिम कोने में बनाना चाहिए। कुएं, बोरवेल, भूमिगत टंकियां तथा तरण ताल (स्वीमिंग पूल) आदि की स्थिति उत्तर-पूर्वी क्षेत्र में रखनी चाहिए। बाजारों, स्कूलों, अस्पतालों आदि की स्थिति नगर योजना के प्राचीन शास्त्रों के अनुसार रखनी चाहिए।

युग्म मकान

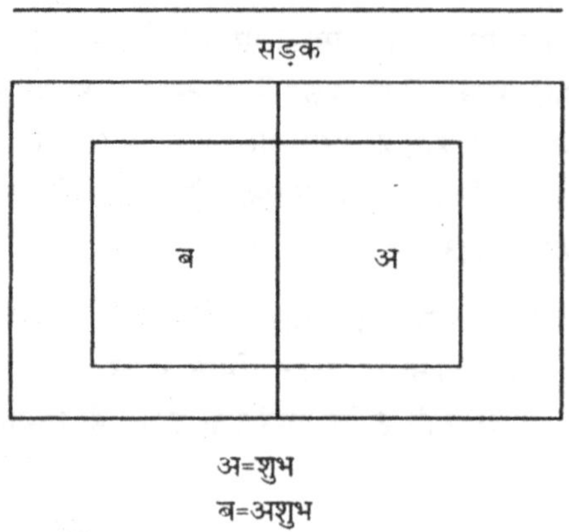

अ=शुभ
ब=अशुभ

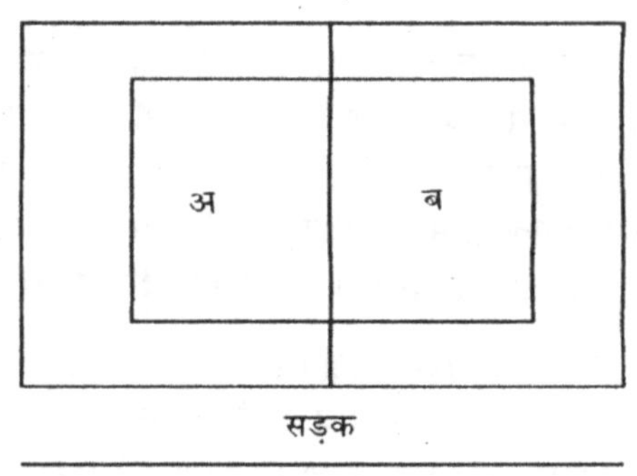

ब=शुभ
अ=अशुभ

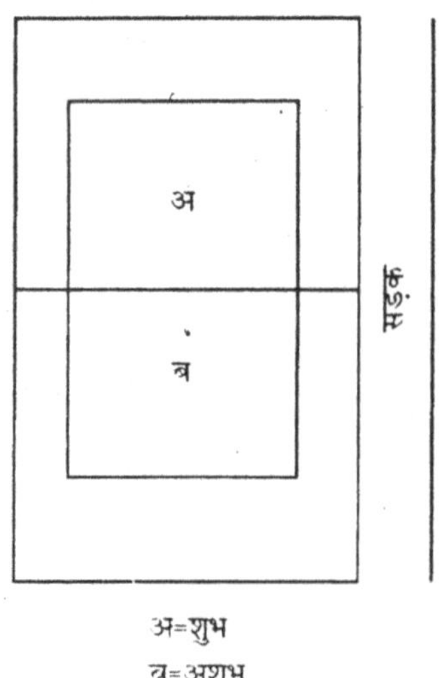

अ=शुभ
ब=अशुभ

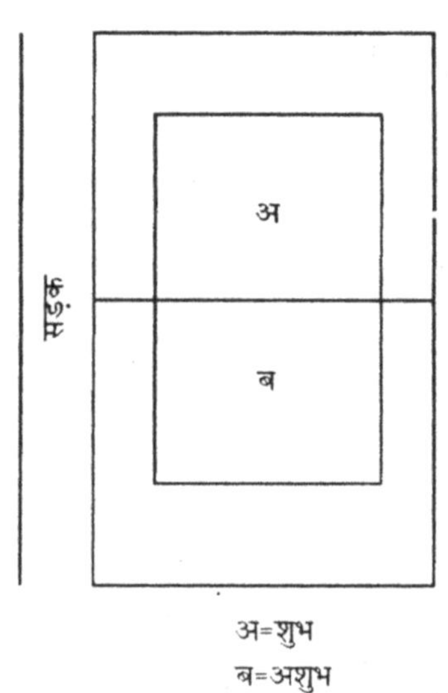

अ=शुभ
ब=अशुभ

सामूहिक मकान (ग्रुप हाउसिंग)

पंक्ति–अ

अ=पूर्व में अवरोध है, अतः अशुभ है।

सड़क

पंक्ति–ब

ब=पूर्वी और उत्तरी पार्श्व खुले हैं, अतः शुभ है।

सड़क

7	6	5	4	3	2	1

इसमें मकान संख्या 1 ही लाभकर स्थिति में है। मकान संख्या 7 को छोड़कर अन्य मकानों को केवल उत्तरी पार्श्व का ही लाभ है, अतः शुभ नहीं है।

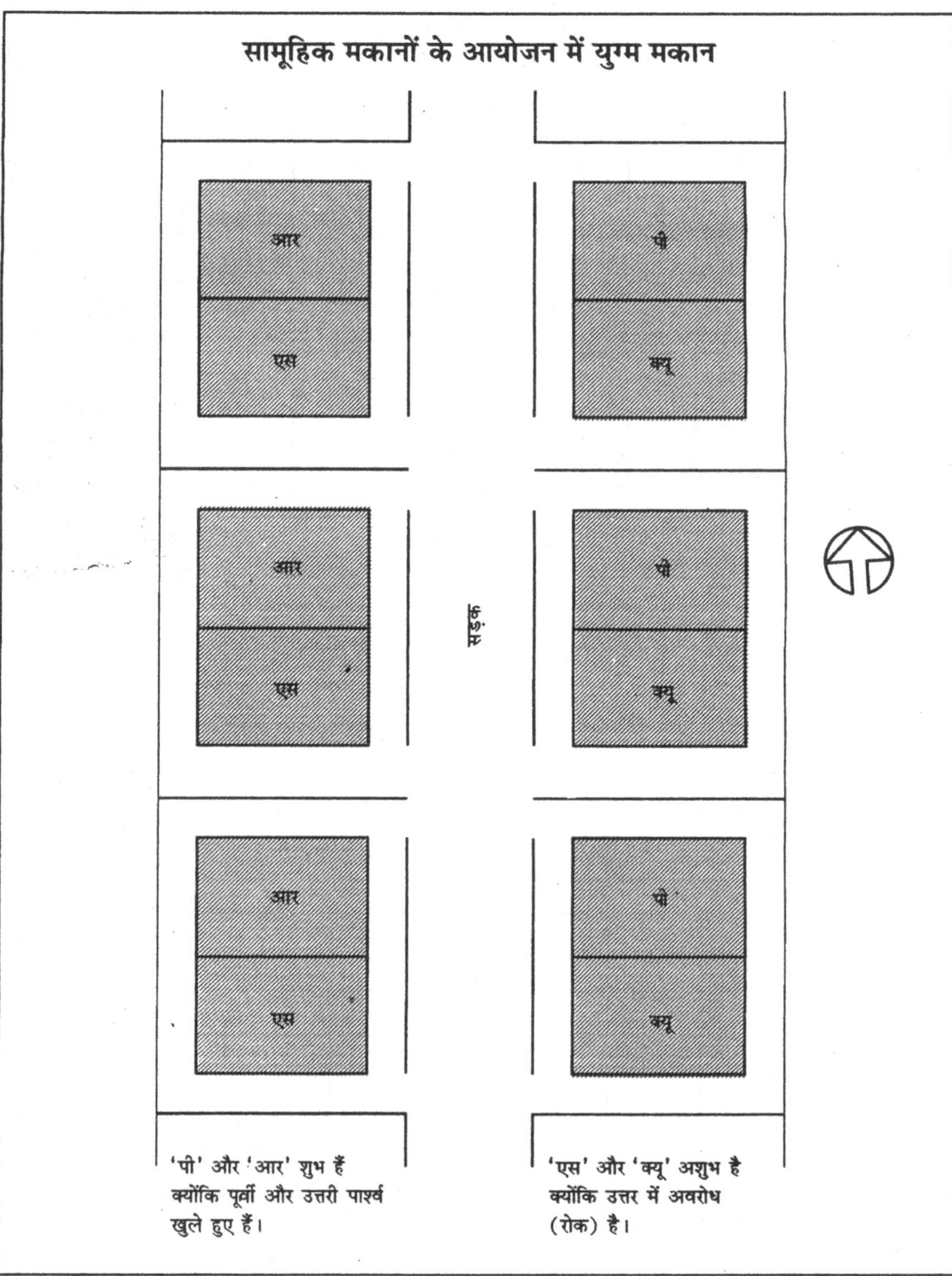
सामूहिक मकानों के आयोजन में युग्म मकान
आर
एस
पी
क्यू
आर
एस
सड़क
पी
क्यू
आर
एस
पी
क्यू
'पी' और 'आर' शुभ हैं क्योंकि पूर्वी और उत्तरी पार्श्व खुले हुए हैं।
'एस' और 'क्यू' अशुभ है क्योंकि उत्तर में अवरोध (रोक) है।

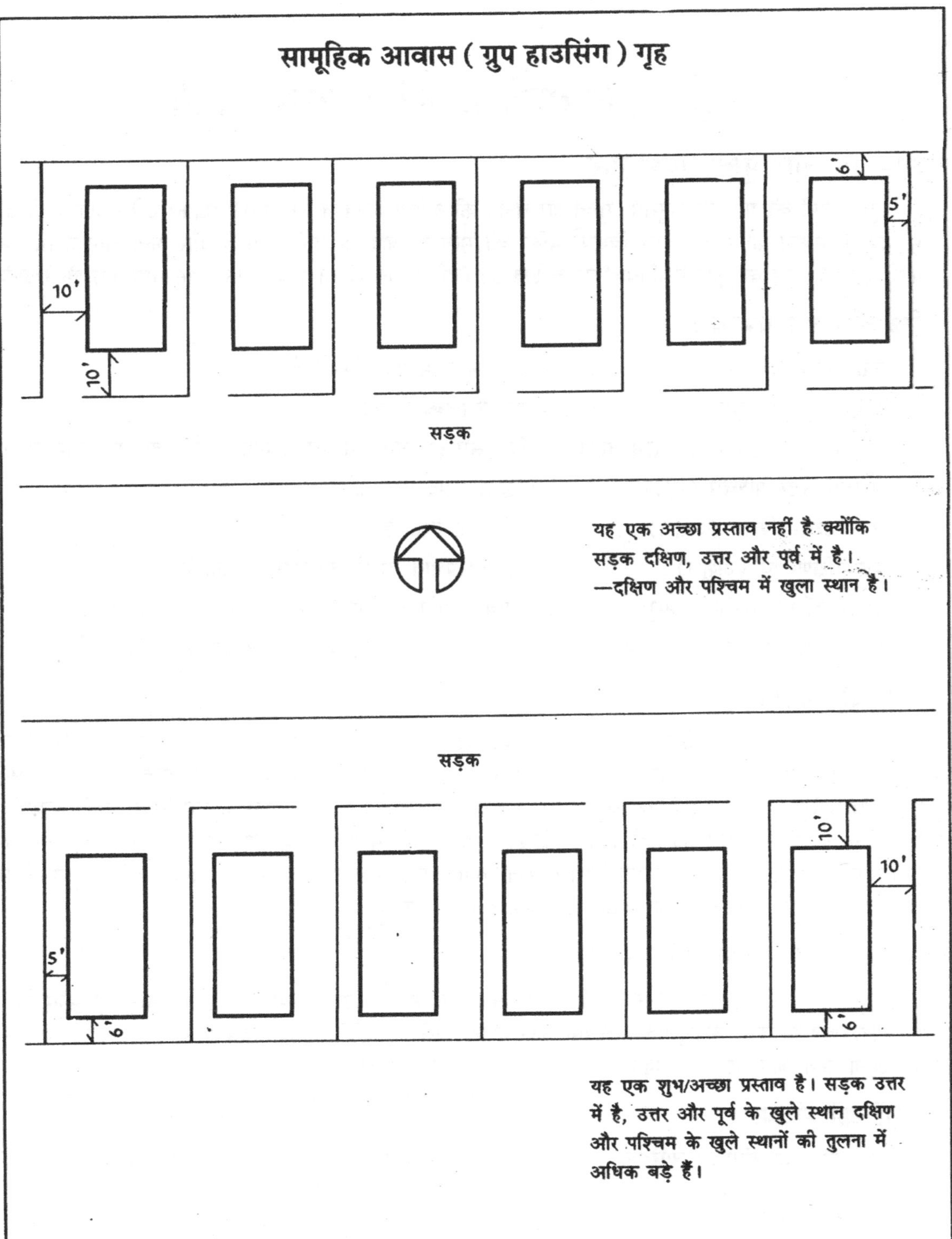
सामूहिक आवास (ग्रुप हाउसिंग) गृह
6'
5'
10'
10'
सड़क
यह एक अच्छा प्रस्ताव नहीं है क्योंकि सड़क दक्षिण, उत्तर और पूर्व में है।
—दक्षिण और पश्चिम में खुला स्थान है।
सड़क
10'
10'
5'
6'
6'
यह एक शुभ/अच्छा प्रस्ताव है। सड़क उत्तर में है, उत्तर और पूर्व के खुले स्थान दक्षिण और पश्चिम के खुले स्थानों की तुलना में अधिक बड़े हैं।

द्वार (दरवाज़े), स्तंभ, वृक्ष आदि

सिंह द्वार और मुख्य प्रवेश द्वार

गृह स्वामी की राशि के अनुसार, मुख्य द्वार बनाने की अपेक्षा अनुकूल स्थिति को देखकर उसे बनाना कहीं उचित है, क्योंकि मकान की संरचना उस विशेष व्यक्ति की मृत्यु के बाद भी बनी रहती है और अन्य लोग उसमें निवास करते रहते हैं। द्वार की शुभ स्थितियां निम्नलिखित है: (देखिए पृष्ठ संख्या 114, 115, 116 तथा 117 के रेखाचित्र)

स्थितियों का प्रभाव :

उत्तर उत्तर-पूर्व (शुभ)	= आर्थिक लाभ प्रदान करता है।
पूर्व उत्तर-पूर्व (शुभ)	= ज्ञान उपलब्ध कराता है।
दक्षिण दक्षिण-पूर्व (इतना शुभ नही।)	=यदि दूसरा द्वार उत्तर या पूर्व में लगाया जाय तो लाभदायक होता है।
पश्चिम उत्तर-पश्चिम (शुभ)	= सफलता प्रदान करता है।
उत्तर उत्तर-पश्चिम (अशुभ)	= अस्थिरता लाता है।
पूर्व दक्षिण-पूर्व (अशुभ)	= विपरीत प्रभाव डालने का कारण बनता है।
दक्षिण दक्षिण-पश्चिम (अशुभ)	= आर्थिक हानि तथा महिलाओं के लिए स्वास्थ्य हानि।
पश्चिम दक्षिण-पश्चिम (अशुभ)	= आर्थिक हानि तथा पुरुषों के पतन का कारण बनता है।

द्वारों की संख्या :

द्वारों की संख्या सम होनी चाहिए विषम नहीं, जैसे 2,4,6,8,12 आदि। द्वारों की 10 संख्या शुभ नहीं क्योंकि इसका अंत शून्य (0) में होता है। लेकिन यह गृहस्वामियों पर कोई अधिक गंभीर प्रभाव नहीं डाल सकता फिर भी इस संख्या से बचना ही उचित है। खिड़कियों और रोशनदानों की संख्या भी सम होनी चाहिए विषम नहीं। दरवाजे और खिड़कियां दीवार से मिली हुई नहीं होनी चाहिए। वे एक दूसरे से 3'' से 4'' दूर होनी चाहिए। कमरे के दरवाजे तथा खिड़कियां एक-दूसरे से विपरीत दिशा में होनी चाहिए तथा उन्हें उचित स्थान पर लगाना चाहिए। आमने-सामने बने दरवाजों और खिड़कियों की चौड़ाई एक समान होनी चाहिए।

शहतीरों और स्तंभों की संख्या :

एक मकान में शहतीर और स्तंभ भी 'सम' संख्या में होने चाहिए, विषम में नहीं। उत्तर-पूर्वी कोने के स्तंभ गोलाकार, षड्भुजाकार, अष्टभुजाकार अथवा बहुभुजाकार जैसे नहीं होने चाहिए। जब वास्तुशिल्प के उद्देश्य से स्तंभों को खुला रखा जाए, तो भी उनकी संख्या 'सम' होनी चाहिए 'विषम' नहीं।

वृक्षों की संख्या :

भू-संपत्ति की सीमा में नारियल, आम आदि के वृक्ष भी 'सम' संख्या में होने चाहिए, विषम में नहीं।

एक मुख्य द्वार :

जब केवल एक ही मुख्य द्वार हो तो उत्तर अथवा पूर्व की स्थिति सर्वोत्तम होती है। यह मध्य में नहीं, वरन् किसी अनुकूल

स्थान पर होनी चाहिए। दक्षिण में एक ही मुख्य द्वार होना बिलकुल शुभ नहीं है और पूर्व तथा उत्तर में दूसरा द्वार बनाने की व्यवस्था अवश्य करनी चाहिए। यद्यपि पश्चिम में एक द्वार का होना अशुभ नहीं होता तथापि पूर्व मे दूसरे द्वार की व्यवस्था कर लेना अधिक शुभ है।

दो द्वार :

जब दो द्वार लगाने हों, तो उनका जोड़ा इस प्रकार बनाना चाहिए :— उत्तर में मुख्य द्वार और पूर्व में उपद्वार; पूर्व मे मु० द्वार, दक्षिण मे उ० द्वार; पूर्व मे मु० द्वार, पश्चिम में उ० द्वार; पूर्व में मु० द्वार और उत्तर में उ० द्वार; दक्षिण में मुख्य द्वार और उत्तर में उ० द्वार; दक्षिण में मु० द्वार और पूर्व में उ० द्वार; लेकिन इसे निम्नलिखित रूप मे नहीं होना चाहिए:— दक्षिण में मु० द्वार, पश्चिम में उ० द्वार; पश्चिम में मुख्य द्वार, उत्तर में उ० द्वार; पश्चिम में मु० द्वार, दक्षिण में उ० द्वार। (मु०= मुख्य; उ०=उप या सहायक)। सर्वोत्तम स्थिति वह है, जिसमें मुख्य द्वार अनुकूल स्थान पर हो, पर सबसे अंत में नहीं।

तीन द्वार :

जब तीन द्वार लगाने हों, तो निम्नलिखित नियमों का ध्यान रखना चाहिए :

(1) पूर्व और उत्तर दिशा को छोड़कर अन्य तीन दिशाओं में तीन द्वार लगाना शुभ प्रस्ताव नहीं।

(2) दक्षिण या पश्चिम को छोड़कर अन्य तीन दिशाओं में दरवाजे या द्वार लगाना शुभ होता है।

चार द्वार :

चारों दिशाओं में एक-एक द्वार शुभ होता है। द्वार की अच्छी अथवा शुभ स्थिति के अतिक्ति इस तथ्य का ध्यान रखना आवश्यक है कि मकान के अहाते के अंदर द्वारवेध के ठीक सामने कोई द्वार जैसे वृक्ष, खंभा, कुआं, दीवार, जल धारा या नहर, मंदिर, भवन के भागों का कोई मिलन या संधि स्थल, लट्ठा या 'पोल' किसी भी दशा में नहीं होना चाहिए। इस विषय से संबंधित नियम (मत्स्य पुराण 255, 14 अग्नि, पृष्ठ 104 बी० एस० 53, 76 आदि) के अनुसार ''यदि द्वार वेध भवन की ऊंचाई से दुगनी दूरी पर हो, तो उसे 'वेध' नहीं माना जाता।''

द्वार में चारों फ्रेम (ऊपर-नीचे तथा दाहिनी और बायीं ओर के) लगवाना उचित होता है क्योंकि इससे फ्रेम केवल मजबूत ही नहीं होता वरन् छोटे-छोटे कीड़े-मकोड़ों, सांपों आदि को घर के अंदर नहीं आने देता। द्वार से (विशेष रूप से देहलीज से) संबंधित प्राचीन रीत-रिवाज़ों तथा धार्मिक अनुष्ठानों का प्रचलन उनकी वैज्ञानिक उपयोगिता के कारण था। इस तथ्य को सरलता से समझा जा सकता है। हल्दी के चूर्ण, कुमकुम आदि को दरवाजों (कपटों) के फ्रेम में लगाने से विभिन्न प्रकार की बीमारियों को फैलाने वाले कीटाणु मर जाते हैं और बुरी आत्माएं डरकर भाग जाती हैं। अत: कम-से-कम मुख्य द्वार, पूजाकक्ष और सभी बाहरी द्वारों पर दहलीज बनवाना बेहतर है। इससे अधिक अंतर नहीं पड़ता यदि दूसरे कमरों जैसे अध्ययनकक्ष, शयनकक्ष, रसोई, भंडारकक्ष आदि की देहलीज नहीं बनवाई जाए।

दरवाजे के लिए दो 'शटर' रखने की बजाय एक शटर रखना उचित है। सभी बाहरी दरवाजों की बेहतर मजबूती और सुरक्षा के लिए उनका बाहर की ओर खुलना उचित होता है। कलात्मकता की दृष्टि और अच्छी कुशलता के लिये मुख्य दरवाजे को घर के अंदर की ओर खुलना चाहिए और वह भी बांयी ओर, दाहिनी ओर नहीं।

द्वारों के संबंध में अन्य नियम :

(1) द्वार को मकान के अग्र भाग के मध्य में नहीं रखना चाहिये (स० सू० 48-58)

मध्ये द्वारं न कर्तव्यं मनुजानां कथञ्चन।
मध्ये द्वारे कृते तत्र कुलनाशः प्रजायते॥

अर्थ :

द्वार को कभी मध्य में नहीं रखना चाहिए। अगर द्वार को मध्य में बनाया जाता है तो पूरे कुल का नाश हो जाता है।

(2) ऊपरी मंजिल के द्वारों को नीचे की मंजिल के द्वारों के अनुरूप होना चाहिए। (स० सू० 41-44)

(3) आमने-सामने के दो भिन्न-भिन्न मकानों के मुख्य द्वारों को एक-दूसरे के ठीक सामने नही होना चाहिए।

(4) मानव आवास के लिए बने मकान के (दरवाजे) कपाट को पांच (फ्रेमस्) शाखाओं से अधिक का बनाने की अनुमति नहीं है। (स.सू. 28-15) इससे यह ज्ञात होता है कि कपाट (दरवाजे) में चार सामान्य शाखाओं के अतिरिक्त उसमें पांचवां भाग (वेन्टीलेटर) हवाकश के रूप में लगाया जा सकता है।

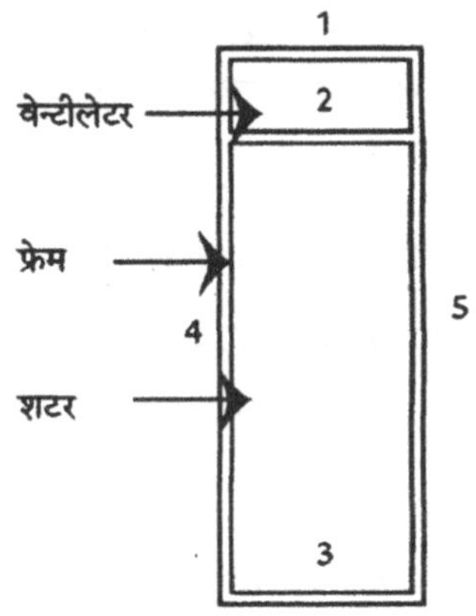

किवाड़ों (कपाट) के विभिन्न अंगों के तकनीकी नाम निम्नलिखित हैं :—

		प्राचीन शास्त्रों के अनुसार
1.	फ्रेम का शीर्ष भाग	देवी
2.	मध्य पट्टी	नंदिनी
3.	देहली	सुंदरी
4.	फ्रेम का बायां पार्श्व (बाजू)	प्रियानना
5.	फ्रेम का दाहिना पार्श्व (बाजू)	भद्रा

(5) यद्यपि सामान्य नियम् यह है कि दरवाजों की ऊंचाई उनकी चौड़ाई से दोगुनी होनी चाहिए तथापि विश्वकर्मा प्रकाश तथा बृहत् संहिता जैसे प्राचीन ग्रंथों में आवासीय भवनों के अनुसार द्वारों की ऊंचाई उनकी चौड़ाई से तीन गुनी अधिक होनी चाहिए।

(6) समरांगण सूत्रधार (स.सू.) के 24वें अध्याय में विभिन्न प्रकार के सौभाग्यशाली या संपन्न घरों के लिए सभी चारों दिशाओं में द्वार लगाने का परामर्श दिया है। इसी ग्रंथ के 39वें अध्याय में विभिन्न दिशाओं में द्वार लगाने के प्रभाव की निम्नलिखित व्याख्या की गई है :

पूर्वद्वारं तु माहेन्द्रं प्रशस्तं सर्वकामदम्।
गृहक्षतं तु विहितं दक्षिणेन शुभावहम्॥
गन्धर्वमथवा तथ कर्त्तव्यं श्रेयसे सदा।
पश्चिमेन प्रशस्तं स्यात् पुष्पदन्तं जयावहम्॥
भल्लाटमुत्तरे द्वारं प्रशस्तं स्याद् गृहेशितुः॥

'प्रत्येक अर्थ में पूर्व का प्रवेशद्वार, क्योंकि महेन्द्र का होता है और उसकी उपस्थिति से आलोकित रहता है, ऐसे घर में रहने वालों की समस्त इच्छाएं पूर्ण होंगी।

'यदि प्रवेशद्वार का मुख दक्षिण की ओर है तो उससे धन की हानि होगी और इसी कारण वह अशुभ समझा जाता है। अपरिहार्य परिस्थितियों में गंधर्व पूजा करने से कुछ राहत तथा संपन्नता मिलेगी।'

'पश्चिमी दिशा की ओर का प्रवेशद्वार पुष्पदत्त का होता है और यह सभी क्षेत्रों में सफलता सुनिश्चित करता है।'

'उत्तर की ओर का प्रवेश द्वार भल्लाट का होता है और इसे शुभ समझा जाता है, यह गृहवासियों को सब प्रकार की संपन्नता, नाम तथा यश प्रदान करता है।' स.सू. (39-11-17) में भवनों की चार प्रकार की श्रेणियां दी गई हैं, जिनमें द्वार की स्थिति के महत्त्व और निहित अर्थ की व्याख्या की गई है:

(1) **उत्संग :** जहां मकानों और निर्माण स्थलों (वास्तु) के द्वार समान दिशा में हैं।

(2) **हीनबाहु :** जब निर्माण स्थल (वास्तु) में प्रवेश करते हुए मकान दाहिनी ओर पड़ता है।

(3) **पूर्णबाहु :** जब निर्माण स्थल (वास्तु) में प्रवेश करते हुए मकान बायीं ओर पड़ता है।

(4) **प्रत्यक्ष :** वास्तुद्वार (गेट) मकान की पिछली ओर होता है। उपर्युक्त के अनुसार प्रथम और तृतीय सौभाग्यशाली होते हैं तथा दूसरे और चौथे अभाग्यशाली। इसी ग्रंथ के 39वें अध्याय 'द्वारगुणदोष' में द्वारों के गलत स्थानों पर लगाने के बुरे प्रभावों का वर्णन किया गया है।

द्वार/दरवाजे

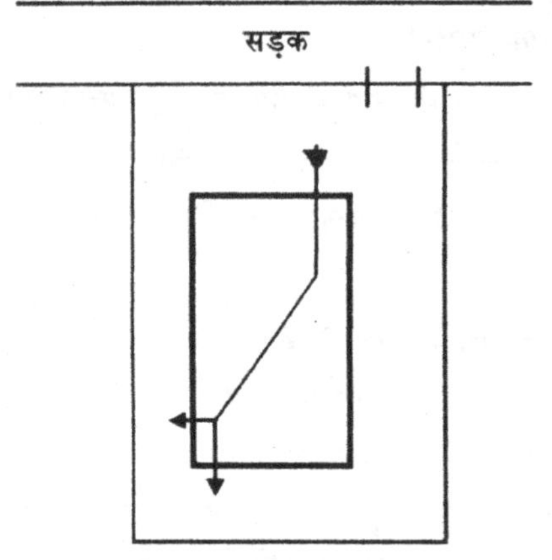

दरवाजे उत्तर उत्तर-पूर्व से दक्षिण दक्षिण-पूर्व को अशुभ।

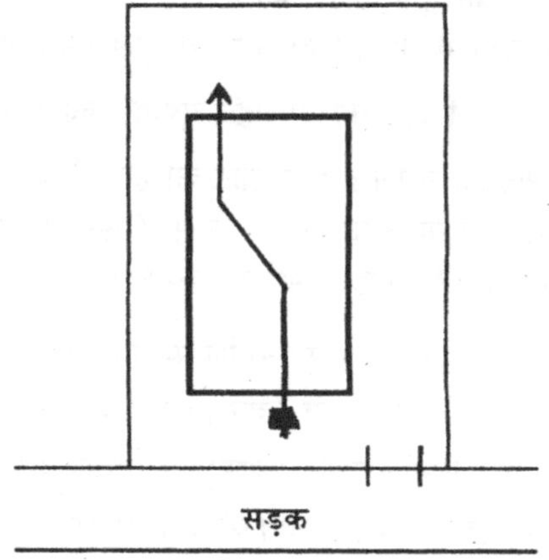

दरवाजे दक्षिण से उत्तर उत्तर-पश्चिम को बहुत अशुभ।

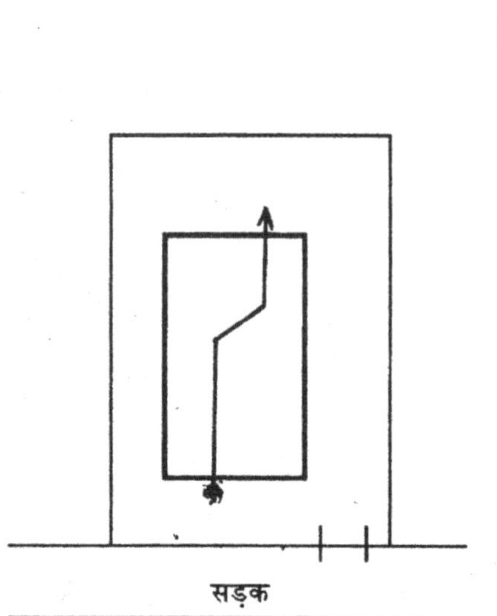

दरवाजे दक्षिण से उत्तर उत्तर-पूर्व को शुभ नहीं।
(मुख्य प्रवेश द्वार दक्षिण में पसंद नहीं किया जाता।)

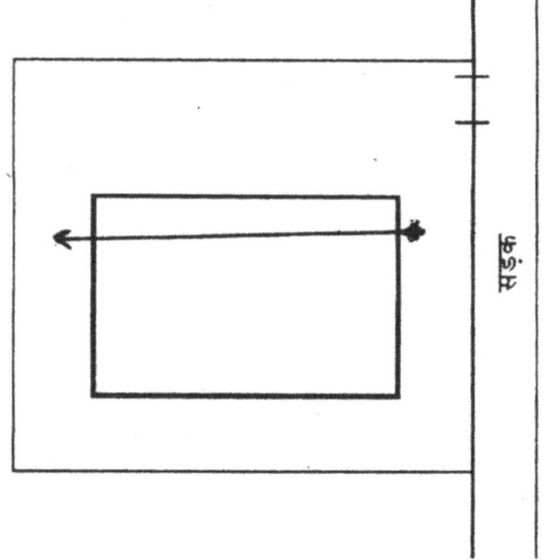

दरवाजे पूर्व उत्तर-पूर्व से पश्चिम उत्तर-पश्चिम को शुभ।

द्वार/दरवाजे

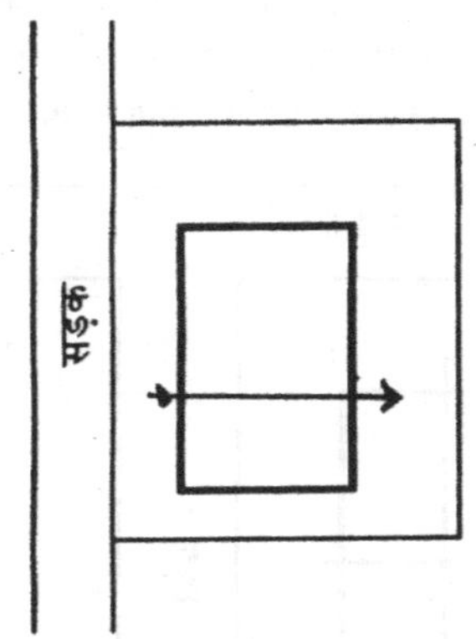

यह बहुत अशुभ है क्योंकि मुख्यद्वार पश्चिम दक्षिण-पश्चिम में है और उपद्वार पूर्व-दक्षिण-पूर्व में।

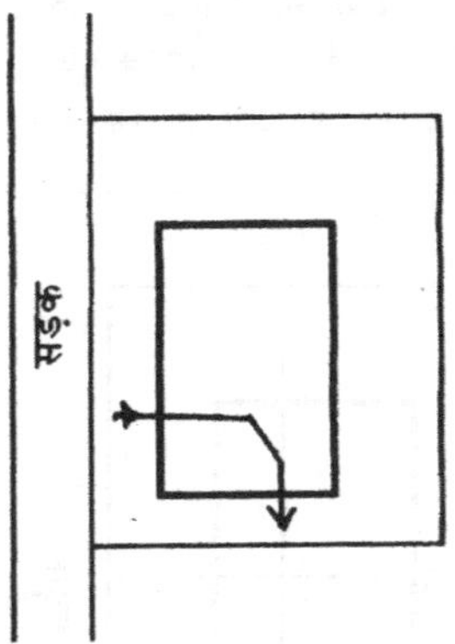

दरवाजे/द्वार दक्षिण दक्षिण-पूर्व से पश्चिम दक्षिण-पश्चिम को, जो बहुत अशुभ।

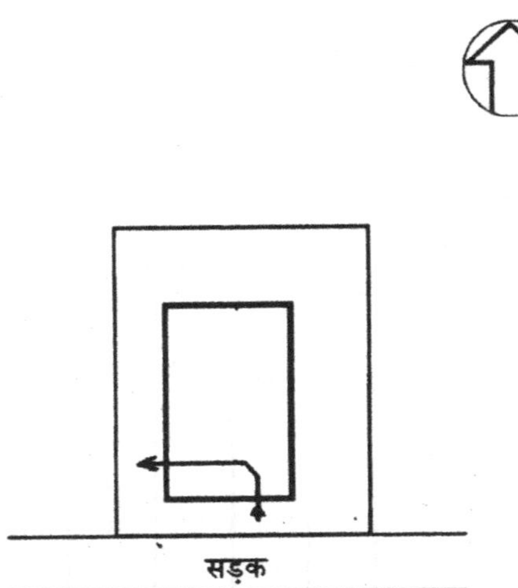

दरवाजा उत्तर से दक्षिण को तथा पूर्व उत्तर-पूर्व से पश्चिम उत्तर-पश्चिम को शुभ है।

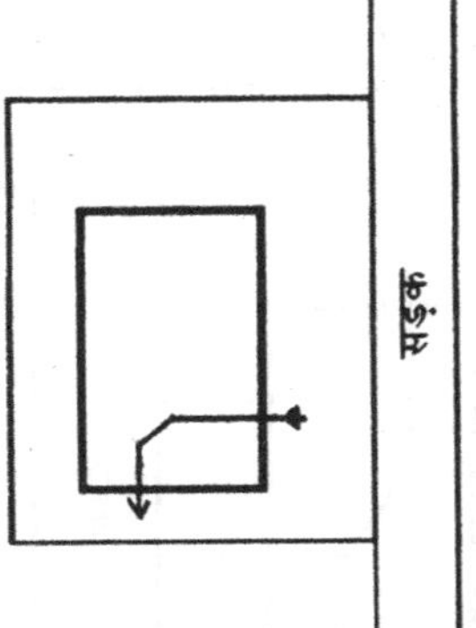

दरवाजे या द्वार पूर्व दक्षिण-पूर्व से दक्षिण दक्षिण-पश्चिम को, जो बहुत अशुभ है।

दरवाजे और द्वार

द्वार पूर्व से पश्चिम को और उत्तर उत्तर-पूर्व से दक्षिण दक्षिण-पूर्व को शुभ है। बेहतर हो कि पूर्वी द्वार मध्य में न होकर दक्षिण की ओर अधिक हो।

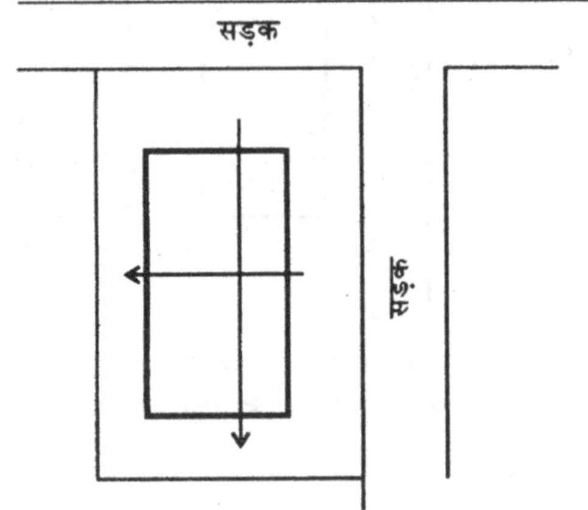

द्वार उत्तर से दक्षिण को और पूर्व से पश्चिम को शुभ होता है। बेहतर हो कि दरवाजों को मध्य में लगाने की बजाय अनुकूल स्थान पर लगाया जाये।

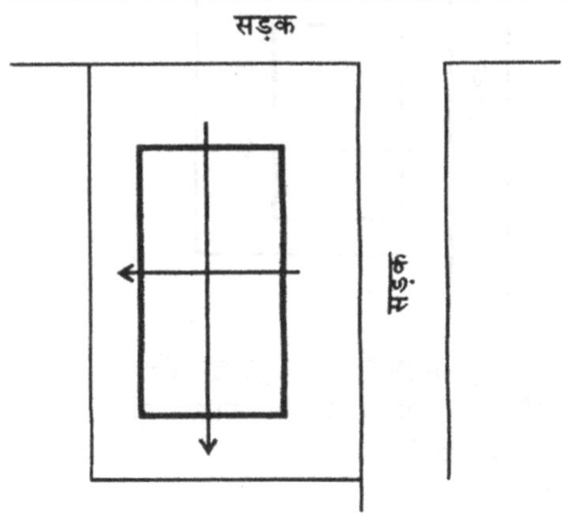

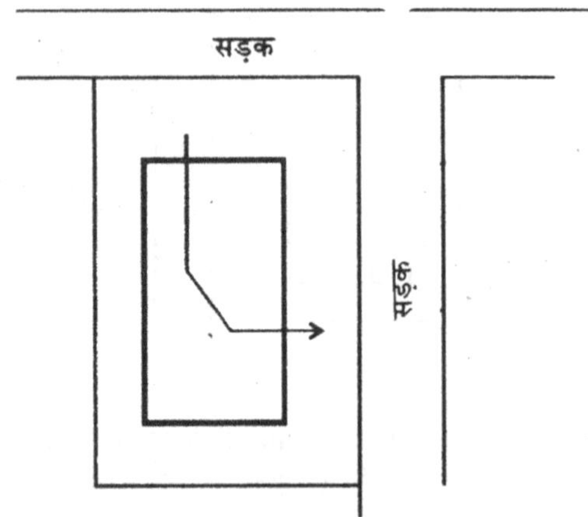

दरवाजा उत्तर उत्तर-पश्चिम से पूर्व दक्षिण-पूर्व को अशुभ है।

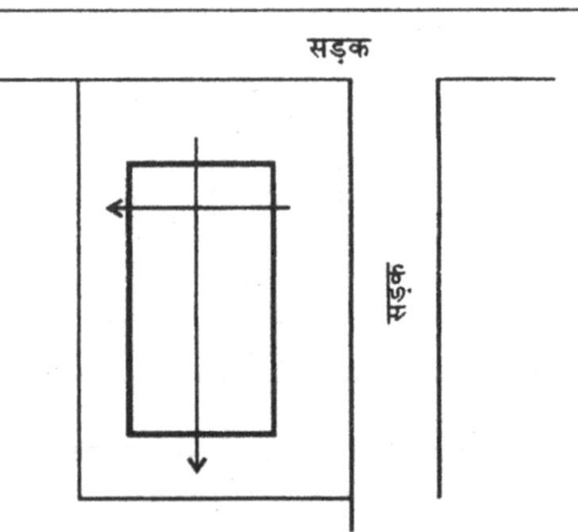

दरवाजा उत्तर से दक्षिण को तथा पूर्व उत्तर-पूर्व से पश्चिम उत्तर-पश्चिम को शुभ है।

उत्तर से दक्षिण दक्षिण-पूर्व को द्वार अशुभ है।

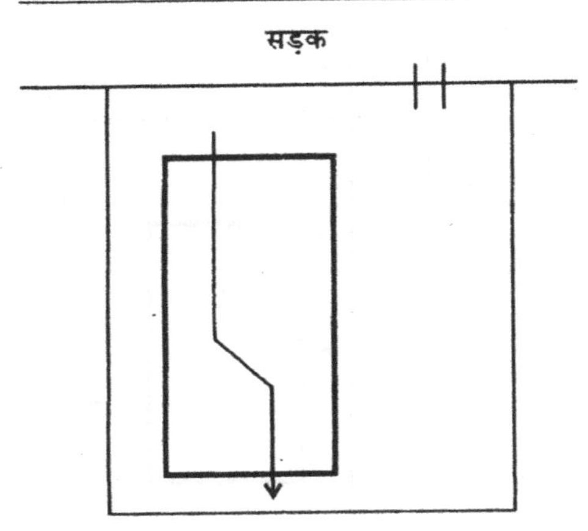

उत्तर से दक्षिण दक्षिण-पश्चिम को द्वार अशुभ है।

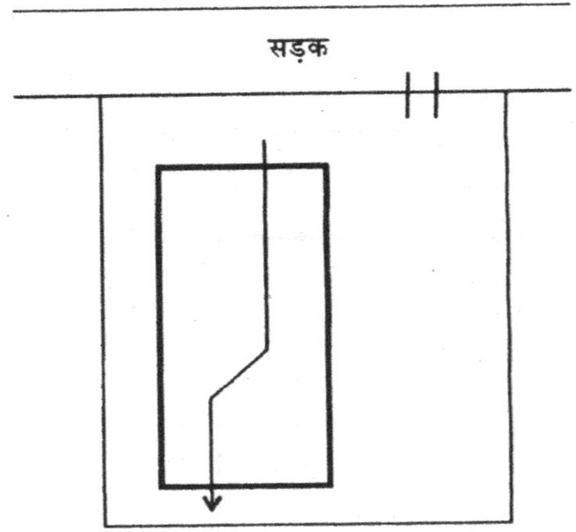

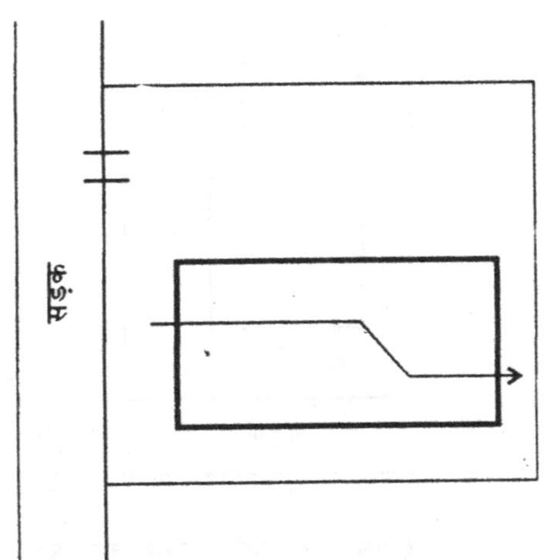

पश्चिम उत्तर-पश्चिम से पूर्व दक्षिण-पूर्व को द्वार अशुभ है।

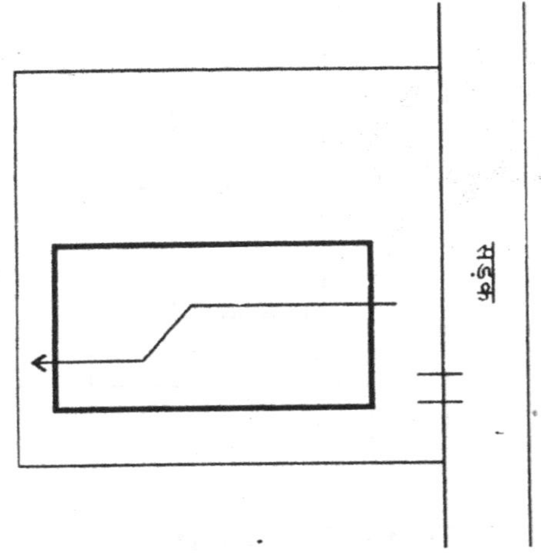

पूर्व उत्तर-पूर्व से दरवाजा पश्चिम दक्षिण-पश्चिम को अशुभ है।

भूगर्भ मंजिल या तलघर का फर्श (सेलर फ्लोर)

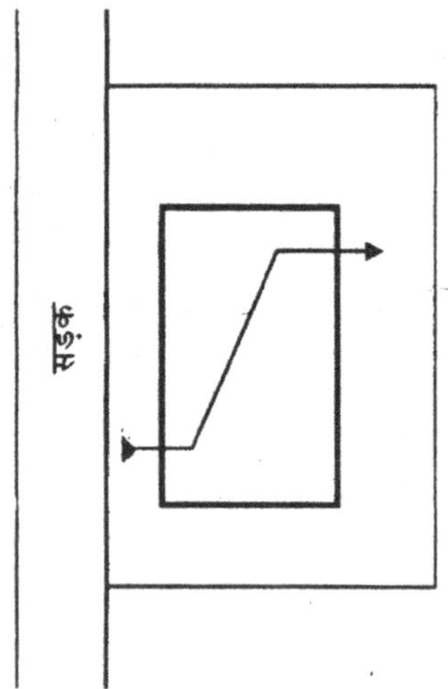

पश्चिम दक्षिण-पश्चिम से पूर्व उत्तर-पूर्व को द्वार अति अशुभ है।

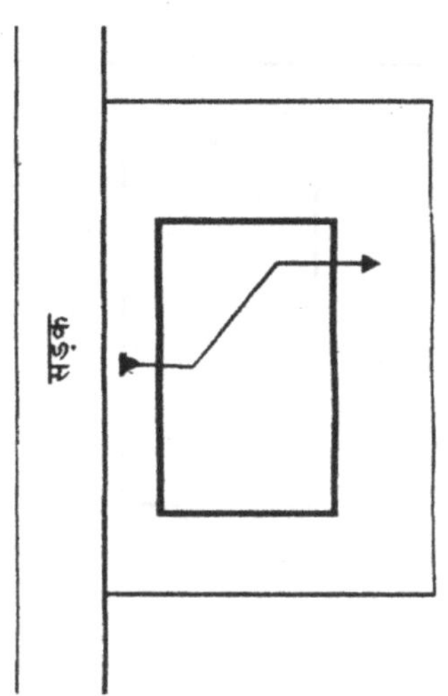

पश्चिम से पूर्व उत्तर-पूर्व को द्वार शुभ है।
—अधिक अच्छा हो कि यह अनुकूल स्थान पर हो।

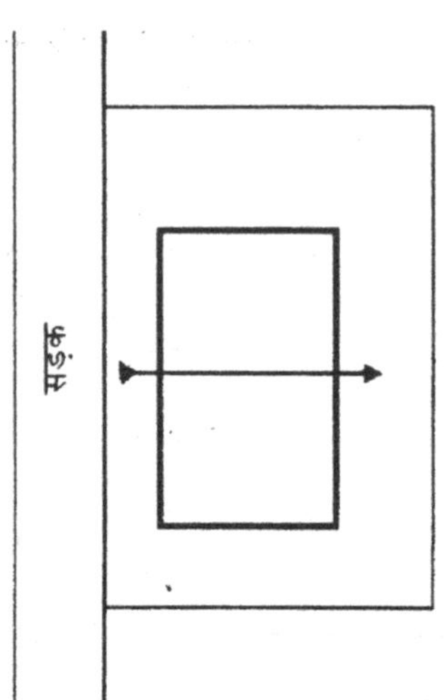

पश्चिम से पूर्व को द्वार शुभ।
—अधिक अच्छा हो कि यह अनुकूल स्थान पर हो।

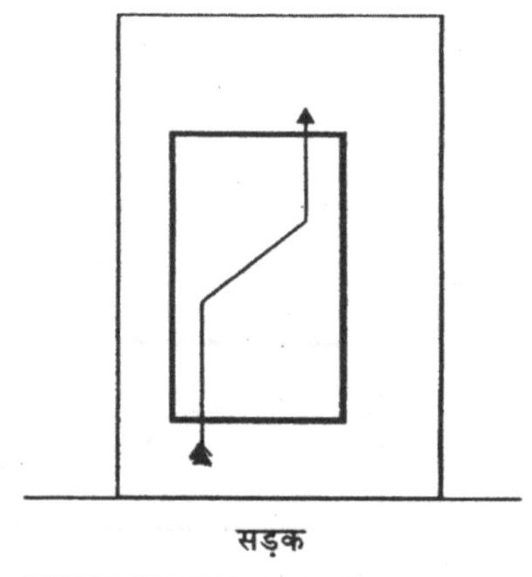

दक्षिण दक्षिण-पूर्व से उत्तर उत्तर-पूर्व को द्वार अति अशुभ है।

म.= खुले स्थान की मध्य रेखा
द.= छोटा द्वार

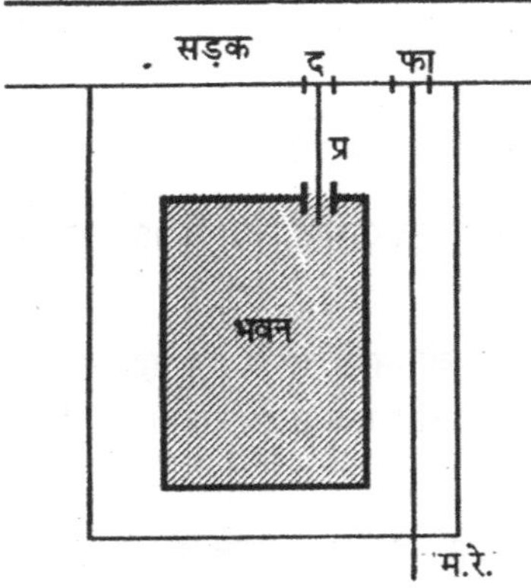

भवन के उत्तर उत्तर-पूर्व में प्रवेश द्वार है और द्वार उसके सामने है। इसके अतिरिक्त एक सिंह-द्वार उत्तर उत्तर-पूर्व में लगाना चाहिए।

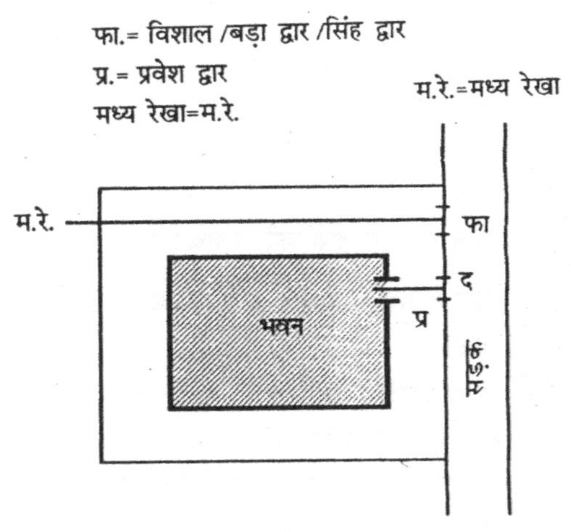

भवन के पूर्व उत्तर-पूर्व में प्रवेश द्वार है और दूसरा द्वार ठीक उसके सामने है। एक सिंह-द्वार पूर्व उत्तर-पूर्व में लगाना चाहिए।

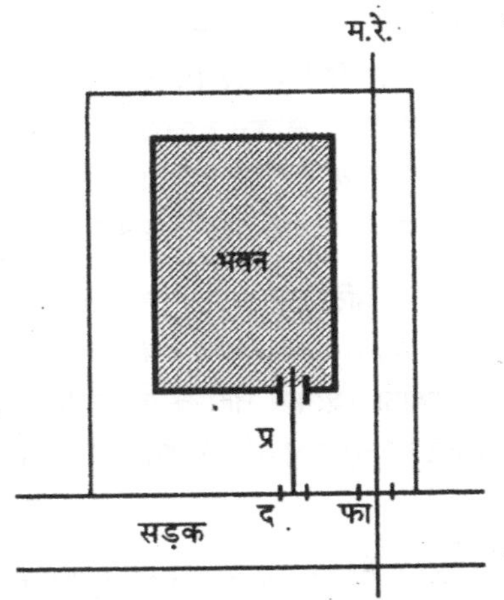

प्रवेश द्वार दक्षिण दक्षिण-पूर्व में है और एक द्वार उसके ठीक सामने है। इसके अतिरिक्त एक अन्य सिंह-द्वार दक्षिण दक्षिण-पूर्व में लगाना चाहिए।

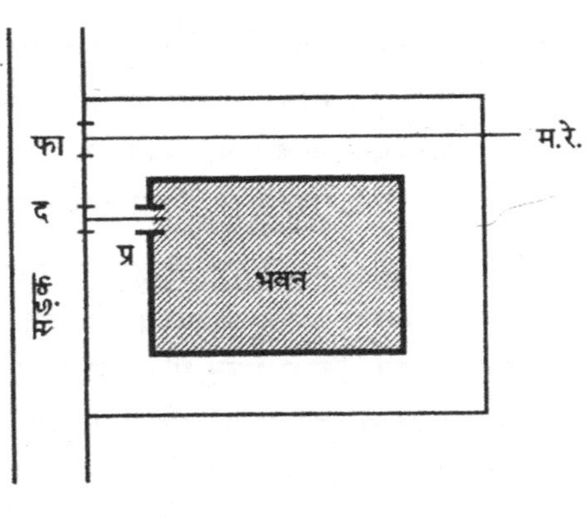

पश्चिम उत्तर-पश्चिम में प्रवेश द्वार, उसके ठीक सामने एक द्वार है। एक अन्य अधिक बड़ा द्वार (गेट) पश्चिम उत्तर-पश्चिम में लगाना चाहिए।

द्वार सज्जा

प्राचीन ग्रंथों में द्वारों की सजावट या सज्जा के लिए निम्नलिखित विषय बताये गये हैं :

(1) **कुल देवता :** परिवार के देवता की मूर्ति (या चित्र) यह लंबाई में एक हस्त अर्थात लगभग 18'' से अधिक नहीं होनी चाहिए।

(2) **दो प्रतिहारी (पहरेदार) :** दरवाजे के दोनों ओर एक-एक द्वार रक्षक/जो अच्छे वस्त्रों को पहने हुए हो, आभूषणों से सजा हो, यौवन और सौंदर्य से पूर्ण हो तथा जिसके हाथों में एक लाठी और एक तलवार हो। उन दोनों के साथ एक-एक महिला द्वार-रक्षिका भी होनी चाहिए।

(3) **धात्री (एक नाटी नर्स) :** इस धात्री के पीछे उसकी महिला सेविका, विदूषक आदि हों।

(4) **शंख और पद्मनिधि** जिनसे मुद्राएं (सिक्के) निकल रहे हों।

(5) **अष्टमंगल**-कमल के आसन पर, आठ शुभ प्रतीकों की पवित्र माला पहने हुए।

(6) **लक्ष्मी**-कमल के आसन पर वस्त्राभूषणों से भली प्रकार सजी-धजी, जिन्हें हाथी स्नान करा रहे हों।

(7) **गाय** अपने बछड़े सहित जिसे फूलों की मालाओं से भली प्रकार सजाया गया हो।

इस बात पर ध्यान दिया जाना चाहिए कि आज के लोग अपने अति उत्साह में कृष्ण, गणेश, विष्णु आदि देवताओं की मूर्तियों तथा अन्य निषेध किये गये भूलभाव चित्रों से अपने मकान की सजावट करते हैं। इससे बचा जाना चाहिए और केवल उन चित्रों/मूर्तियों और प्रतीकों का ही उपयोग किया जाना चाहिए जिनका हमारे प्राचीन ग्रंथों में उल्लेख किया गया है।

मुख्य प्रवेश द्वार के संबंध में प्राचीन ग्रंथों में भिन्नताएं

कुछ ग्रंथों में उल्लेख है कि दक्षिण की ओर मुख वाला द्वार शुभ और पश्चिमोन्मुखी शुभ नहीं होता है। लेकिन अनेक ग्रंथों में इसके विपरीत कहा गया है। इस विषय के अधिकांश विशेषज्ञों का मत है कि पश्चिम की ओर मुख वाले द्वार से कोई हानि नहीं है (वास्तव में यह पूर्व और उत्तर के बाद तीसरी श्रेष्ठ दिशा है।), लेकिन दक्षिण की ओर मुख वाले द्वार को लगाने से बचना चाहिए। वे अपने मत की पुष्टि में यह तर्क देते हैं कि हम कोई कार्य अथवा धार्मिक समारोह दक्षिण की ओर मुख करके नहीं करते हैं, सिवाय स्वर्गीय आत्मा का अंतिम संस्कार अथवा बरसी मनाने के।

इस तथ्य पर भी ध्यान देना चाहिए कि ऐसे विषयों में प्राचीन शास्त्रों के अतिरिक्त युगों पुरानी प्रचलित परंपराओं के पालन पर भी विचार करना आवश्यक हो जाता है। भारतीयों के अनुसार, दक्षिण दिशा, मृत्यु देवता यम की मानी गई है। अत: वे सामान्यत: किसी भवन में दक्षिण दिशा से प्रवेश करने का द्वार रखना स्वीकार नहीं करते। उपद्वार दक्षिण में होने पर कोई बुरा प्रभाव नहीं पड़ता। दक्षिण की ओर मुख वाले/खुलने वाले द्वार के बुरे प्रभावों को उत्तर-उत्तर-पूर्व या पूर्वोत्तर-पूर्व में दूसरा द्वार बनाकर यथेष्ट सीमा तक कम किया जा सकता है।

भवन के अग्रभाग में बाहरी द्वार किस स्थान पर हो, यह एक दूसरा विषय है, जिसके संबंध में मतभेद हैं। कुछ प्राचीन ग्रंथों के अनुसार यह मध्य में होना चाहिए। दूसरों का मानना है कि उस ओर के दोनों अंतिम बिंदुओं के क्षेत्र को आठ भागों में विभाजित किया जाना चाहिए और प्रथम, द्वितीय, सप्तम तथा अष्टम भागों को छोड़कर तृतीय से षष्टम, (छटे) भाग तक को मुख्य द्वार लगाने के लिए निश्चित किया जा सकता है। कुछ अन्य प्राचीन ग्रंथों का कथन है कि इस क्षेत्र को नौ भागों में बांटना चाहिए और प्रत्येक भाग को नौ ग्रहों के अनुसार (सूर्य, चंद्र से लेकर राहु-केतु तक) पड़े ग्रह से प्रभावित समझना

चाहिए और किसी विशेष स्थान के द्वार के लिए चुनाव करने से पूर्व उस ग्रह के अच्छे या बुरे प्रभाव को जान लेना चाहिए।

परंतु इस विषय के अधिकांश उद्‌भट विद्वानों के अनुसार मुख्य-प्रवेशद्वार कभी भी मध्य या केंद्र में नहीं वरन् उससे हटकर किसी अनुकूल स्थान पर (अर्थात उत्तर की ओर उत्तर-पूर्व में, पूर्व की ओर पूर्व-उत्तर-पूर्व में, पश्चिम की ओर पश्चिम-उत्तर-पश्चिम में) बनाना चाहिए। इसी प्रकार मुख्य द्वार कभी भी सबसे अंतिम कोने में नहीं होना चाहिए।

काष्ठकला के गुण और दोष :

प्राचीन ग्रंथों में उपयोग में लाई जाने वाली सामग्री, कारीगरी, लकड़ी के आकार, अनुपात, नाप, काष्ठकला (लकड़ी पर किया जाने वाला कलात्मक कार्य) और उसकी कलात्मक शैली को बहुत महत्व दिया गया है। ग्रंथ में काष्ठकला के उन लगभग 17 सम्भावित दोषों का विस्तार से वर्णन किया गया है, जिनसे बचना चाहिए। जो दरवाजे खुलने या बंद होने के समय आवाज करते हैं, उन्हें खराब समझा जाता है। जो दरवाजे स्वयं बंद हो जाते अथवा खुल जाते हैं, उन्हें भी अशुभ समझा जाता है। कपाटों या दरवाजों की सज्जा करने की परंपरा जो आज भी चली आ रही है, बहुत प्राचीन है क्योंकि सादा दरवाजों का उल्लेख अशुभ रूप में किया गया है। केवल दरवाजों की ही नहीं वरन् मकान की दीवारों, सभा भवनों और छतों आदि की भी सज्जा (सजावट) होती है। धर्मनिरपेक्ष वास्तुकला में लगभग उन सभी मूल भाव चित्रों (मोटिफ्स) का वर्णन किया गया है, जिनका सजावट करने के लिए उपयोग करने की अनुमति थी अथवा जिनका निषेध था। जिन मूलभाव चित्रों अथवा मूर्तियों का निषेध किया गया है, उनकी कुल संख्या लगभग उनचास है; जिनका उपयोग करने की अनुमति है, उनकी संख्या सत्रह है। यहां उनमें से कुछ चुने हुए मूलभाव-चित्रों (Motifs) का ही वर्णन किया जा रहा है।

मूलभाव-चित्र या मूर्तियां जिनका उपयोग करना मना है :

सभी देवता, गंधर्व, नाग गण, अप्सरायें नास्तिकगण। घायल, जले, पागल, नपुंसक, मूर्ख, नग्न लोग। अंधे, नाटे, हाथी पकड़ने वाले, दैत्यों और दानवों का युद्ध, शिकार करना, जंगल की अग्नि, आग में जलते मकान, फूल रहित वृक्ष, उल्लू, गिद्ध जैसे पक्षी। हाथियों, घोड़ों, भैंसों, सियारों आदि जैसे पशु।

मूलभाव-चित्र या मूर्तियां जिनका उपयोग करने की अनुमति है :

कुलदेवता, शंख सहित कोष निधियां, कमल आदि, लक्ष्मी, वैश्रवण (कुबेर), श्री, बैल, गाय अपने बछड़े सहित। हंस जैसे पक्षी। उद्यान, बाग-बगीचे, हंसों, सारसों आदि जल पक्षियों से घिरी बड़ी झीलों, नृत्य-गान करती महिलाएं, तोता, मैना, मोर, मुर्गी जैसे घरेलू पक्षी। अपनी विशेषताओं से युक्त विभिन्न ऋतुएं।

लकड़ी के लिए सामान :

प्राचीन ग्रंथों में इसका भी उल्लेख है कि लकड़ी के लिए बूढ़े और जवान वृक्षों का उपयोग नहीं करना चाहिए। इसका कारण ये है कि जब वृक्षों की आयु अधिक हो जाती है, तो उनकी लकड़ी का रंग हल्का पड़ने लगता है और उसमें निहित तैल तत्त्व भी कम हो जाता है, इसी प्रकार युवा वृक्षों की लकड़ी आवश्यक शक्ति और नाप की नहीं होती। काटे जाने वाले वृक्ष की उचित आयु 66 (छियासठ) वर्ष है।

निम्नलिखित वृक्षों को भवनों में उपयोग करने के लिए अनुचित समझा गया है :

(1) श्मशानों में उगे वृक्ष, गांवों की सड़कों पर उगे वृक्ष, तालाबों के किनारों और मंदिरों की सीमा में लगे वृक्ष।

(2) सूखे या (कमजोर) क्षीण हो गए वृक्ष, पेड़ जिनमें छेद हो गये हों, टेढ़े-मेढ़े या जले हुए वृक्ष, शाखाहीन वृक्ष, आकाशीय विद्युत से जले वृक्ष। ऐसे पेड़ जिन पर शहद की मक्खियों, सांपों, मांसाहारी पक्षियों आत्माओं आदि का वास हो, जिन पर मकड़ियों के जाले हों, जिन्हें जंगली पशुओं ने खुर्च डाला हो या हाथियों ने जिन्हें नुकसान पहुंचाया हो अथवा जो बीमार हों।

(3) ऐसे वृक्ष जिनसे भूमि की सीमा निर्धारित की गयी हो।

(4) बेमौसम के फल-फूल देने वाले पेड़।

(5) कांटेदार, स्वादिष्ट फल देने वाले, दूध जैसे और सुगंधित वृक्ष।

(6) पीपल, बेर, रेशमी रुई उत्पन्न करने वाले वृक्ष आदि की लकड़ी का उपयोग नहीं करना चाहिए।

वृक्षों को एक शुभ दिन और समय पर काटना प्रारंभ करना चाहिए लेकिन यदि पेड़ दक्षिण या पश्चिम दिशा में गिरे तो उचित धार्मिक अनुष्ठान तथा शांति-पाठ करके उसे छोड़ देना चाहिए और उसकी लकड़ी का उपयोग नहीं किया जाना चाहिए। इन सब तथ्यों से यह ज्ञात होता है कि हमारे पूर्वज वास्तुकला के प्रत्येक पक्ष पर कितनी गहराई से विचार करते थे।

यह जानना रोचक होगा कि वृक्षों का लिंग उनकी कोमल पत्तियों का परीक्षण करके ज्ञात किया जा सकता है। यदि पत्ती की दाहिनी ओर की कोमल नसों की संख्या 'सम' हो तथा बाईं ओर की कोमल नसों की संख्या 'विषम ' हो तो वृक्ष पुरुष होता है, इसके विपरीत होने पर 'स्त्री'। दोनों ओर की नसों की संख्या बराबर होने पर वृक्ष नपुंसक होता है। आश्रमों और मंदिरों आदि के निर्माण के लिए नपुंसक वृक्षों की लकड़ी पवित्र समझी जाती है।

इसी प्रकार कुशल शिल्पी (पत्थरों से मूर्तियां बनाने वाला) पत्थर पर विशेष औजार को मारकर उसकी ध्वनि सुनता है और उस ध्वनि से उसके लिंग का निर्धारण करता है। पुरुष पत्थर का उपयोग केवल पुरुषों की मूर्तियों के लिए किया जा सकता है और स्त्री पत्थर का उपयोग स्त्रियों की मूर्तियों के लिए, परंतु इसके विपरीत नहीं।

मकान के निर्माण के लिए देवदार, अशोक, श्री गंधा (चन्दन का वृक्ष) सफेद और लाल मत्ति, सागवान, नीम, साल, बोगी, किरल बोगी, कटहल आदि की लकड़ी अच्छी होती है। विल्ब, जयलि, सहजन, कल्लि , आम, बरगद, ताड़ आदि के वृक्षों की लकड़ी दूसरी श्रेणी की लकड़ी मानी जाती है। पीपल, नारियल, अत्ति आदि शुभ वृक्षों की लकड़ी का उपयोग भवन निर्माण में नहीं करना चाहिए।

स्वतंत्र आवासों के बहुमंजिली भवन
(अपार्टमेंट्स या फ्लेट्स)

1. वास्तुशिल्पशास्त्र के सिद्धांतों के अनुसार बहुमंजिली आवास भवन (अपार्टमेंट्स) बनाना सरल कार्य नहीं है। प्रत्येक मंजिल पर सामान्य दीवारों वाली अनेक इकाइयों का परिरूप बनाना, उनके स्नानागार, रसोई, शौचालय आदि को उचित स्थान पर बनाना, सही स्थान पर मुख्य प्रवेश-द्वार को रखना आदि विषय इस कार्य को शिल्पकार के लिए और कठिन बना देते हैं। लेकिन एक अनुकूल निर्माण-स्थल का चुनाव करके जिसमें जल संग्रह की व्यवस्था उत्तर पूर्व कोने में हो,पूर्वी और उत्तरी ओर अधिक खुला स्थान हो, पश्चिम तथा दक्षिण की ओर अधिक वृक्ष लगाये जाएं , दक्षिणी तथा पश्चिमी सीमा-दीवारों (कंपाउंड वाल्स) को अधिक ऊंचा बनाया जाए आदि उपायों को अपनाकर संतोषजनक परिणाम पाये जा सकते हैं।

एक अपार्टमेंट ब्लाक के परिरूप में निम्नलिखित सिद्धांतों का पालन करके उनके स्वामियों के लिए अधिकतम लाभ प्राप्त किये जा सकते हैं:—

(1) निर्माण स्थल आयताकार होना चाहिए , जिसमें दक्षिण-पश्चिम, उत्तर-पूर्व कोंण 90^0 या उससे कम का तथा दक्षिण-पूर्व और उत्तर-पश्चिम कोंण 90^0 या उससे अधिक का होना चाहिए। उत्तर-पूर्व कोने से दक्षिण-पश्चिम कोने तक की नाप (दूरी) दक्षिण-पूर्व से उत्तर-पश्चिम तक के कोने की नाप (दूरी) से अधिक होनी चाहिये। यह किसी भी स्थिति में कम नहीं होनी चाहिए।

(2) उत्तर या पूर्व में सड़क स्थित होना अथवा उत्तर और पूर्व दोनों ओर सड़क होना एक आदर्श स्थिति है। द्वार (गेट्स) उत्तर उत्तर-पूर्व में अथवा पूर्व उत्तर-पूर्व में जैसी भी स्थिति हो उसके अनुसार होने चाहिए। ऐसे भूखंड जिनके दक्षिण और पश्चिम में या उत्तर और पश्चिम में मार्ग (सड़क) हों शुभ होते हैं।

(3) ऐसे निर्माणस्थलों में जिनमें सड़कें उत्तर या पश्चिम में हों, द्वार (गेट) उत्तर उत्तर-पूर्व और पश्चिम उत्तर-पश्चिम कोने में क्रमशः होने चाहिए। जिस निर्माण स्थल में सड़कें दक्षिण तथा पश्चिम में हों, गेट और द्वार दक्षिण दक्षिण-पूर्व तथा पश्चिम उत्तर-पश्चिम कोने में क्रमशः होने चाहिए।

(4) निर्माण-स्थल का ढाल उत्तर-पूर्व कोने की ओर होना चाहिए और भूमि स्तर दक्षिण पश्चिम कोने में सबसे ऊंचा होना चाहिए।

(5) पूर्व तथा उत्तर की ओर अधिक खुला स्थान छोड़ा जाना चाहिए।

(6) छज्जे (बालकनी) पूर्व तथा उत्तर दिशा की ओर होने चाहिए, इन्हें दक्षिण और पश्चिम में बनाने से बचना चाहिए। यदि दक्षिण तथा पश्चिम में छज्जे बनाने से बचा नहीं जा सकता तो पूर्व और उत्तर की ओर उनसे अधिक बड़े छज्जे बनाये जाने चाहिए।

(7) रसोई का स्थान हर 'फ्लेट' के दक्षिण-पूर्व कोने में होना चाहिए। विकल्प के रूप में रसोई उत्तर-पश्चिम कोने में हो सकती है, लेकिन तब भोजन पकाने का स्लैब ऐसा बनाना चाहिए कि रसोई का उपयोग करने वाला केवल पूर्व की ओर मुख करके ही भोजन पका सके। किसी भी 'फ्लेट' के उत्तर-पूर्वी कोने में रसोई नहीं होनी चाहिए। दक्षिण-पश्चिम में रसोई होने पर वह उस फ्लेट के वासियों के लिए स्वास्थ्य संबंधी समस्याएं खड़ी कर सकती है।

(8) सीढ़ियां भवन के दक्षिण, पश्चिम अथवा दक्षिण-पश्चिम कोने में होनी चाहिए।

(9) निर्माण स्थल के उत्तरी तथा पूर्वी भाग में तलघर होना चाहिए। इसे दक्षिण और पश्चिम की ओर नहीं बनाना चाहिए। तलघर के उत्तरी तथा पूर्वी भाग का उपयोग 'कार पार्किंग' के लिए किया जाना चाहिए। दक्षिणी और पश्चिमी भाग का स्टोर रूम या नौकरों के कमरे के रूप में उपयोग करना चाहिए। यदि आवश्यकता हो और बाहर व्यवस्था नहीं हो पा रही हो तो दक्षिणी-पूर्वी कोने का उपयोग 'ट्रांस्फॉरमर' या 'जैनरेटर' के लिए किया जा सकता है।

(10) बोरवेल, भूमिगत पंप, कुआं तथा अन्य जल संग्रह स्थानों जैसे पोखर, तरण ताल आदि को भूखंड के उत्तर-पूर्व में स्थान देना चाहिए।

(11) प्रत्येक स्वतंत्र आवास इकाई या फ्लेट का प्रवेश उत्तर, पूर्व, दक्षिण और पश्चिम से होने पर मुख्य द्वार क्रमशः उत्तर उत्तर-पूर्व, पूर्व उत्तर-पूर्व, दक्षिण दक्षिण-पूर्व.पश्चिम उत्तर-पश्चिम से होना चाहिए। किसी भी दशा में प्रवेश मध्य से न होकर प्रत्येक 'फ्लेट' के अनुकूल स्थान से होना चाहिए।

(12) छोटे पौधों वाले बाग और घास के मैदान (लॉन) उत्तर और पूर्व की ओर उगाये जा सकते हैं परंतु बड़े वृक्ष और वृक्षों की पंक्तियां केवल दक्षिणी और पश्चिमी तरफ ही होनी चाहिए।

(13) (ओवर हेड वाटर टैंक) ऊपर स्थित जल टंकी छज्जे (टेरस) के दक्षिण अथवा दक्षिण-पश्चिम कोने में होनी चाहिए।

(14) रसोईघर, स्नानकक्ष, शयनकक्ष, फर्नीचर और वस्त्रों की अलमारी आदि से संबंधित अन्य विस्तृत नियम सामान्य मकानों की तरह ही होंगे।

(15) यदि सायबान बनाना हो तो उसे छज्जे के दक्षिण या दक्षिण-पश्चिम कोने में बनाना चाहिए।

(16) यदि अंतिम मंजिल पर भवन का केवल एक भाग बनाना हो तो उत्तर, पूर्व या उत्तर-पूर्व कोने में खुला छज्जा छोड़ देना चाहिए।

(17) जब जेनरेटर, ट्रांसफॉरमर आदि का स्थान मकान के बाहर बनाना हो तो उसे केवल दक्षिण-पूर्वी कोने के खुले स्थान में होना चाहिए। उत्तरी और पूर्वी ओर की अन्य खुली जगहों का उपयोग कार पार्किंग, लान, बाग आदि के लिए किया जा सकता है।

(18) खिड़कियों और दरवाजों की संख्या 'सम' होनी चाहिए 'विषम' नहीं।

(19) एक अपार्टमेंट ब्लाक में खंभों और शहतीरों की संख्या 'सम' होनी चाहिए 'विषम' नहीं, परंतु 10, 20, 30, 40 आदि सम संख्या में नहीं।

(20) लिफ्ट रूम, जीना दक्षिण, पश्चिम या दक्षिण-पश्चिमी कोने में होने चाहिए।

(21) वर्षा का पानी तथा जल के निकास को भूखंड के उत्तर-पूर्व कोने की दिशा में जाना या गिरना चाहिए।

(22) जब एक बड़े भूखंड में एक अपार्टमेंट ब्लाक से अधिक के लिए स्थान बनाना हो तो उत्तर और पूर्व की ओर अधिक खुली जगह छोड़नी चाहिए तथा पश्चिम और दक्षिण की ओर कम।

(23) अहाते की दीवार दक्षिण और पश्चिम की दिशा में उत्तर तथा पूर्व की दिशा से अधिक ऊंची होनी चाहिए।

(24) सुरक्षाकक्ष को अहाते की दीवारों का पूर्वी तथा उत्तरी ओर से स्पर्श नहीं करना चाहिए। यदि अहाते का (गेट) द्वार पूर्व उत्तर-पूर्व या उत्तर उत्तर-पूर्व से हो तो सुरक्षा-कक्ष उत्तर-पश्चिम तथा दक्षिण-पूर्व कोने में हो सकता है। यदि द्वार (गेट) दक्षिण दक्षिण-पूर्व और पश्चिम उत्तर-पश्चिम से हो तो सुरक्षाकक्ष दक्षिण-पश्चिम कोने में हो सकता है।

(25) यदि प्रत्येक अपार्टमेंट में एक उपासना या पूजा कक्ष अलग से नहीं बनाया जा सके तो उसमें कम-से-कम एक 'शटर' युक्त अलमारी उत्तर-पूर्व कोने में बनाई जानी चाहिए जिसमें भगवान या देवी-देवताओं की मूर्तियां तथा चित्र रखे जा सकें।

(26) मकान या भवन के रंग निम्नलिखित रखे जा सकते हैं :—

पूर्वोन्मुखी अपार्टमेंट या फ्लैट	: सफेद, हल्का सफेद।
दक्षिण-पूर्व की ओर मुख वाला अपार्टमेंट या फ्लैट	: हरा, गहरा हरा, रुपहला हरा।
दक्षिण की ओर मुख वाला अपार्टमेंट या फ्लैट	: लाल, गुलाबी,नारंगी आदि।
दक्षिण-पश्चिम की ओर मुख वाला अपार्टमेंट या फ्लैट	: हरा, तोते जैसा हरा, जैतूनी हरा।
पश्चिम की ओर मुख वाला अपार्टमेंट या फ्लैट	: नीला, तथा नीले रंग से मिलता-जुलता।
उत्तर-पश्चिम की ओर मुख वाला अपार्टमेंट या फ्लैट	: सफेद, हल्का सफेद।
उत्तर की ओर मुख वाला अपार्टमेंट या फ्लैट	: हरा या पीला।

यह रंग योजना किसी भी प्रकार के भवनों जैसे आवासीय, व्यापारिक, औद्योगिक, सार्वजनिक भवनों आदि के लिए उपयोग में लायी जा सकती है।

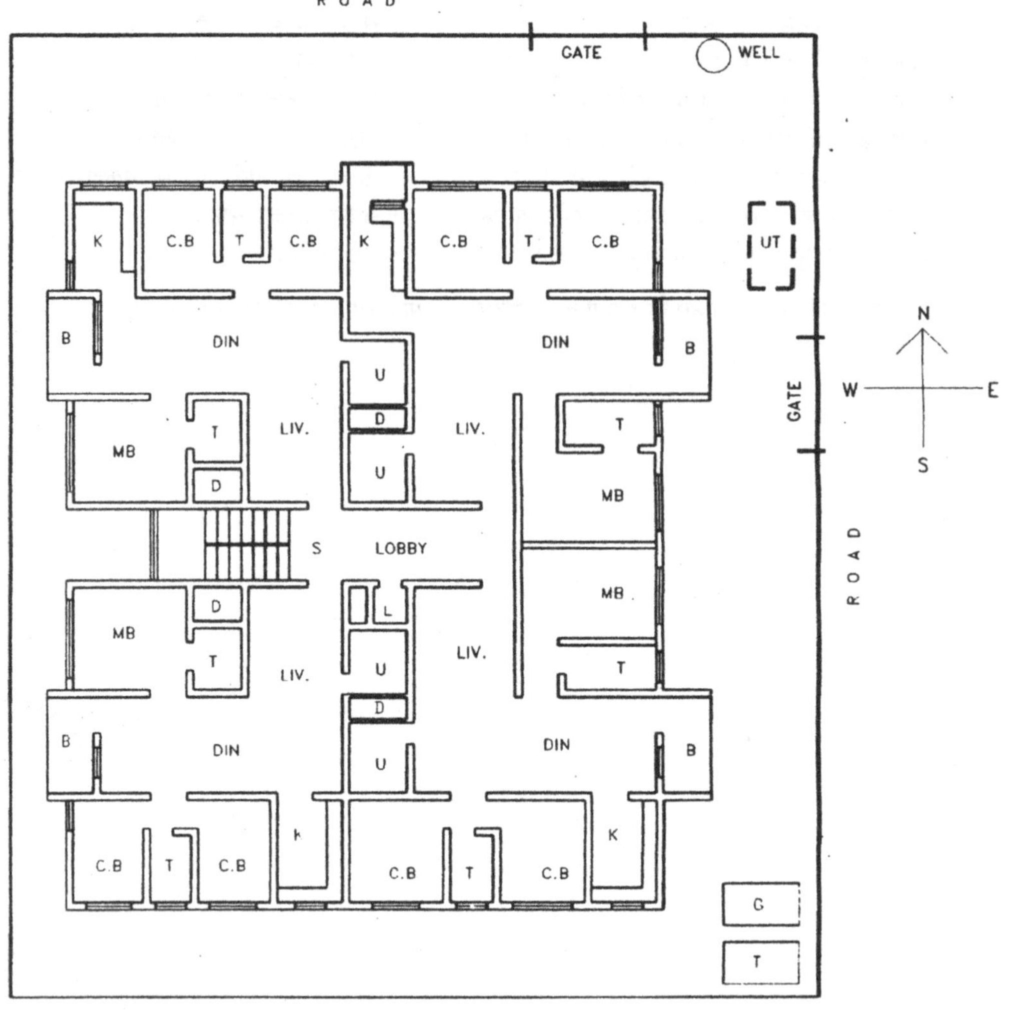

Road=सड़क
Gate=अहाते का मुख्य द्वार
Well=कुंआ
UT=Underground Tank=भूमिगत टैंक
K=Kitchen=रसोईघर
CB=Children Bed Room=बच्चों का शयनकक्ष
T=Toilet=ट्वायलेट
B=Balconyबालकनी
DN=Dining Room=भोजनकक्ष
MB=Master Bed Room=घर के मालिक का कमरा (मॉस्टर बैड रूम)

D=Door=द्वार
U=Utility=यूटिलिटी, वस्त्रागार आदि
S=Stairs=सीढ़ियां
L=Lift=लिफ्ट
Lobby=लॉबी

व्यापारिक भवन समूह, कार्यालय खंड, आच्छादित बाजार मार्ग आदि

(कॉमर्शियल कॉम्पलेक्स, ऑफिसेज, शॉपिंग आर्केड्स)

सामान्यत: निर्माण-स्थल का चुनाव करने, उसके आकार, सड़क आदि के सिद्धांत वही हैं जो फैक्टरी या अपार्टमेंट्स के हैं और जब कहीं निर्माण-स्थल वास्तुशास्त्र के अनुसार नहीं हो तो, उसे अधिकतम संभव सीमा तक सुधारा जाना चाहिए और यदि उसमें सुधार नहीं किया जा सके तो उसे त्याग देना चाहिए।

इस प्रकार की अधिकांश इमारते केवल बड़े नगरों में बनती हैं और भवन निर्माताओं को उनके संबंध में बने नगरपालिका या नगर निगमों के (बाई-लाज) उप-नियमों का पालन करना पड़ता है। स्थानों को खुला छोड़ देने का निषेध होता है। फ्लोर स्पेस इंडेक्स (फर्श के क्षेत्र का अनुपात) ऊंचाई आदि तथा कार पार्किंग और अन्य सुविधाओं के बारे में अनेक शर्तें होती हैं। ऐसी स्थिति में सभी क्षेत्रों में सर्वोत्तम परिणाम प्राप्त करने के लिए निम्नलिखित आचार-संहिता का पालन करना चाहिए।

(1) पूर्व, उत्तर, उत्तर-पूर्व में हरी घास के मैदान और छोटे पौधों से युक्त अधिक खुला स्थान छोड़ा जाना चाहिए।

(2) दक्षिण, दक्षिण-पश्चिम और पश्चिम में अधिक संख्या में ऊंचे पेड़ और अहाते की दीवार ऊंची होनी चाहिए और खुले स्थान का क्षेत्र कम होना चाहिए।

(3) जहां तक संभव हो नीचे की भूमिगत मंजिल में (बेसमेंट) कार पार्किंग का क्षेत्र पूर्व, उत्तर, उत्तर-पूर्व में होना चाहिए और उसमें बहुत सा खुला स्थान होना चाहिए।

(4) यदि भूमिगत मंजिल (बेसमेंट) के पूरे क्षेत्र को पार्किंग के लिए उपयोग में लाना हो तो पश्चिम, दक्षिण और दक्षिण-पश्चिम की सतह को पूर्व, उत्तर और उत्तर-पूर्व की सतह से ऊंचा रखने का प्रयत्न करें।

(5) मकान की ऊंचाई दक्षिण-पश्चिम कोने में अधिक होनी चाहिए।

(6) जीना और लिफ्ट को दक्षिण-पश्चिम, पश्चिम या दक्षिण में रखना चाहिए क्योंकि उस तरफ की ऊंचाई दूसरी जगहों से अधिक होगी।

(7) उत्तर, उत्तर-पूर्व और पूर्वी दिशा में अधिक छज्जे (बालकनी) और बरामदे बनाने चाहिए।

(8) केवल उत्तर-पूर्व क्षेत्र में भूमिगत टंकियां, बोरवेल, कुएं आदि रखने चाहिए।

(9) प्रत्येक मंजिल पर पीने के पानी की सुविधा उत्तर-पूर्वी कोने में दी जाएगी।

(10) पूजा-कक्ष या प्रार्थना करने के लिए छोटे से स्थान की व्यवस्था उत्तर-पूर्वी कोने में की जा सकती है।

(11) जैनरेटर, ट्रांस्‌फॉरमर् आदि को केवल दक्षिणी-पूर्वी कोने में रखना चाहिए।

(12) उत्तर और पूर्व में अधिक खिड़कियों की व्यवस्था होगी और दक्षिण तथा पश्चिम में कम।

(13) मकान के उत्तर-पूर्व से उत्तर-पश्चिम कोने की नाप दक्षिण-पूर्व से दक्षिण-पश्चिम कोने तक की नाप से अधिक रखनी है चाहे एक इंच ही हो, इससे दुकान के मालिक और (आवासीय भवन होने पर) मकान मालिक पर्याप्त लाभ पायेंगे।

(14) उत्तर-पूर्व में 'शो केसेज' नहीं लगाने चाहिए, लेकिन उन्हें दक्षिण तथा पश्चिम की तरफ लगाना चाहिए।

(15) अटारियां (लॉफ्ट) दक्षिण, पश्चिम की तरफ तथा दक्षिणी-पश्चिमी भाग में होनी चाहिए।

(16) भारोत्तोलन मशीनें, खराद मशीनें, स्टॉक और भारी चीजें दक्षिण, पश्चिम और दक्षिण-पश्चिम की तरफ रखनी चाहिये; उत्तर, पूर्व या उत्तर-पूर्व की तरफ कभी नहीं।

(17) शौचालय पश्चिम, दक्षिण और दक्षिण-पश्चिम में होने चाहिए।

(18) सार्वजनिक भवनों के अध्याय में दिये गये विस्तृत वर्णन के अनुसार मकान/भवन का आकार होना चाहिए।

आच्छादित मार्ग के बाजार से संबंधित वास्तुशास्त्र के सिद्धांत निम्नलिखित हैं :—

(आच्छादित मार्ग के बाजार का अर्थ एक ऐसे बाजार से है जिसमें दुकानें, सड़क या मार्ग के दोनों ओर बनी हों तथा वह मार्ग ऊपर से ढका हुआ हो)

(1) यदि दुकान का मुख पूर्व की ओर हो, फर्श को पश्चिम से पूर्व की ओर तथा दक्षिण से उत्तर की ओर हल्का सा ढालदार होना चाहिए। कैशियर को उत्तर की ओर मुख करके दक्षिण-पूर्वी कोने में बैठना चाहिए। उसकी पीठ दक्षिण की ओर होनी चाहिए तथा कैश बॉक्स उसकी बायीं तरफ होना चाहिए। यदि वह पूर्व की ओर मुख करके दक्षिण-पूर्वी कोने में बैठे तो कैश बॉक्स उसकी दाहिनी तरफ होना चाहिए। उसे कभी भी उत्तर-पूर्व या उत्तर-पश्चिम कोने में नहीं बैठना चाहिए। लेकिन वह पूर्व या उत्तर की ओर मुख करके दक्षिण-पश्चिम कोने में बैठ सकता है।

(2) दक्षिण की ओर मुख वाली दुकान में फर्श का ढाल उत्तर-पूर्व कोने की तरफ होना चाहिए। कैशियर पूर्व या उत्तर की ओर मुख करके दक्षिण-पश्चिम कोने में बैठ सकता है। कैशियर या खजांची का मुख पूर्व की ओर होने पर कैश बॉक्स उसके दाहिनी ओर होना चाहिए; उसका मुख उत्तर की ओर होने पर कैश बॉक्स उसके बायीं तरफ होना चाहिए। उसे दक्षिण-पूर्व या उत्तर-पश्चिम कोने में नहीं बैठना चाहिए।

(3) दुकान का मुख पश्चिम की ओर होने पर, ढाल उत्तर-पूर्व की तरफ होना चाहिए। खजांची उत्तर की ओर मुख करके दक्षिण-पश्चिम कोने में बैठ सकता है, वह अपना कैश-बॉक्स बायीं तरफ रख सकता है। खजांची का मुख पूर्व की ओर होने पर, कैशबॉक्स उसके दाहिनी तरफ होना चाहिए। खजांची (कैशियर) को कभी भी दुकान के उत्तर-पश्चिम, उत्तर-पूर्व और दक्षिण-पूर्व कोने में नहीं बैठना चाहिए।

(4) उत्तर की ओर दुकान का मुख होने पर, फर्श का ढाल उत्तर-पूर्व की तरफ होना चाहिए। खजांची को पूर्व की ओर मुख करके उत्तर-पश्चिम कोने में बैठना चाहिए, कैशबॉक्स उसके दाहिनी तरफ होना चाहिए। कैशियर/खजांची का मुख उत्तर की ओर होने पर कैशबॉक्स को उसके बायीं तरफ होना चाहिए। ऐसी दुकान में दक्षिण-पश्चिम कोने का उपयोग कैशियर द्वारा किया जा सकता है, परंतु दक्षिण-पूर्वी और उत्तर-पूर्वी का नहीं।

(5) सीढ़ियां दुकान की पूरी चौड़ाई में हो सकती है। पूर्व की ओर मुख वाली दुकान में सीढ़ियां उत्तर-पूर्वी भाग में होनी चाहिए। पश्चिम की ओर मुख वाली दुकान में सीढ़ियां उत्तर-पश्चिम की तरफ, दक्षिण की ओर मुख वाली दुकान में सीढ़ियां दक्षिण-पूर्व की तरफ तथा उत्तर की ओर मुख वाली दुकान में सीढियां उत्तर-पूर्व की तरफ होनी चाहिए। पूर्व तथा उत्तर की ओर मुख वाली दुकान में सीढ़ियां अथवा दुकान गोलाकार अथवा अर्ध गोलाकार नहीं होना चाहिए।

(6) एक कॉमर्शियल काम्पलेक्स की इमारत में प्रबंधक तथा स्वामी/मालिक को अपने कार्यालयकक्ष को दक्षिण-पश्चिम कोने में रखना चाहिए। लेकिन उन्हें पूर्व या उत्तर की ओर मुख करके बैठना चाहिए। कार्यालयकक्ष का द्वार उत्तर-पूर्व कोने या उत्तरी अथवा पूर्वी दीवार में होना चाहिए लेकिन कभी भी उत्तर-पश्चिम या दक्षिण-पूर्व कोने में नहीं।

(7) जब दुकानों में दो अथवा दो से अधिक शटर्स हों, तो निम्नलिखित निर्देशों का पालन करना चाहिए :—

पूर्व की ओर मुखवाली दुकान : पूर्व उत्तर-पूर्व शटर को खुला रखा जाना चाहिए तथा पूर्व दक्षिण-पूर्व शटर को बंद। इसके विपरीत नहीं रखना चाहिए। दोनों ही शटर्स को खुला रखा जा सकता है।

दक्षिण की ओर मुखवाली दुकान : दक्षिण दक्षिण-पूर्वी शटर को खुला रखा जाना चाहिए और दक्षिण दक्षिण-पश्चिम शटर को बंद। इसके विपरीत नही रखना चाहिए। दोनो शटर्स को खुला रखा जा सकता है।

पश्चिम की ओर मुखवाली दुकान : पश्चिम उत्तर-पश्चिम शटर को खुला रखा जाना चाहिए और पश्चिम दक्षिण-पश्चिम शटर को बंद। शटर्स की स्थिति इसके विपरीत नहीं रखनी चाहिए। दोनों शटर्स को खुला रखा जा सकता है।

उत्तरोन्मुखी दुकान : उत्तर की ओर मुखवाली दुकान में उत्तर उत्तर-पूर्व शटर को खुला रखा जा सकता है तथा उत्तर-उत्तर-पश्चिम को बंद, इसके विपरीत नहीं अथवा दोनों शटर्स को खुला रखा जा सकता है।

(8) दुकान में देवी-देवताओं की मूर्ति रखनी या लगानी हो तो उसे सदा उत्तर-पूर्व कोने में इस प्रकार रखना चाहिए कि पूर्व की ओर उसकी पीठ और पश्चिम की ओर मुख हो; उसकी पीठ उत्तर और मुख दक्षिण की ओर नहीं होना चाहिए।

(9) दुकान के उत्तर-पूर्व में पीने के पानी की टंकी या नल की व्यवस्था करनी चाहिए।

(10) अटारी (lofts) बनाने के लिए केवल दक्षिणी या पश्चिमी दीवारों का उपयोग करना चाहिए, उत्तरी या पूर्वी दीवारों का उपयोग करने से बचना चाहिए।

(11) दक्षिण तथा पश्चिम में शो केसेज, अलमारियां, भारी सामान आदि रखना चाहिए।

(12) जहां तक संभव हो विक्रेता को पूर्व या उत्तर की ओर मुख रखना चाहिए, ग्राहक/ग्राहकों का मुख पश्चिम या दक्षिण की ओर होना चाहिए और इसके अनुसार ही 'काउंटर' को रखना चाहिए।

दुकान के विभिन्न कोनों का विस्तार

अनेक उदाहरणों में हम देखते हैं कि भूखंड या भवन का विशेष आकार होने के कारण दुकानों के कोनों का विस्तार कर दिया जाता है। कोनों का इस प्रकार बढ़ाना या उनका विस्तार करना कुछ उदाहरणों में शुभ होता है और कुछ में अशुभ।

उदाहरण के लिए :

(shop = दुकान)

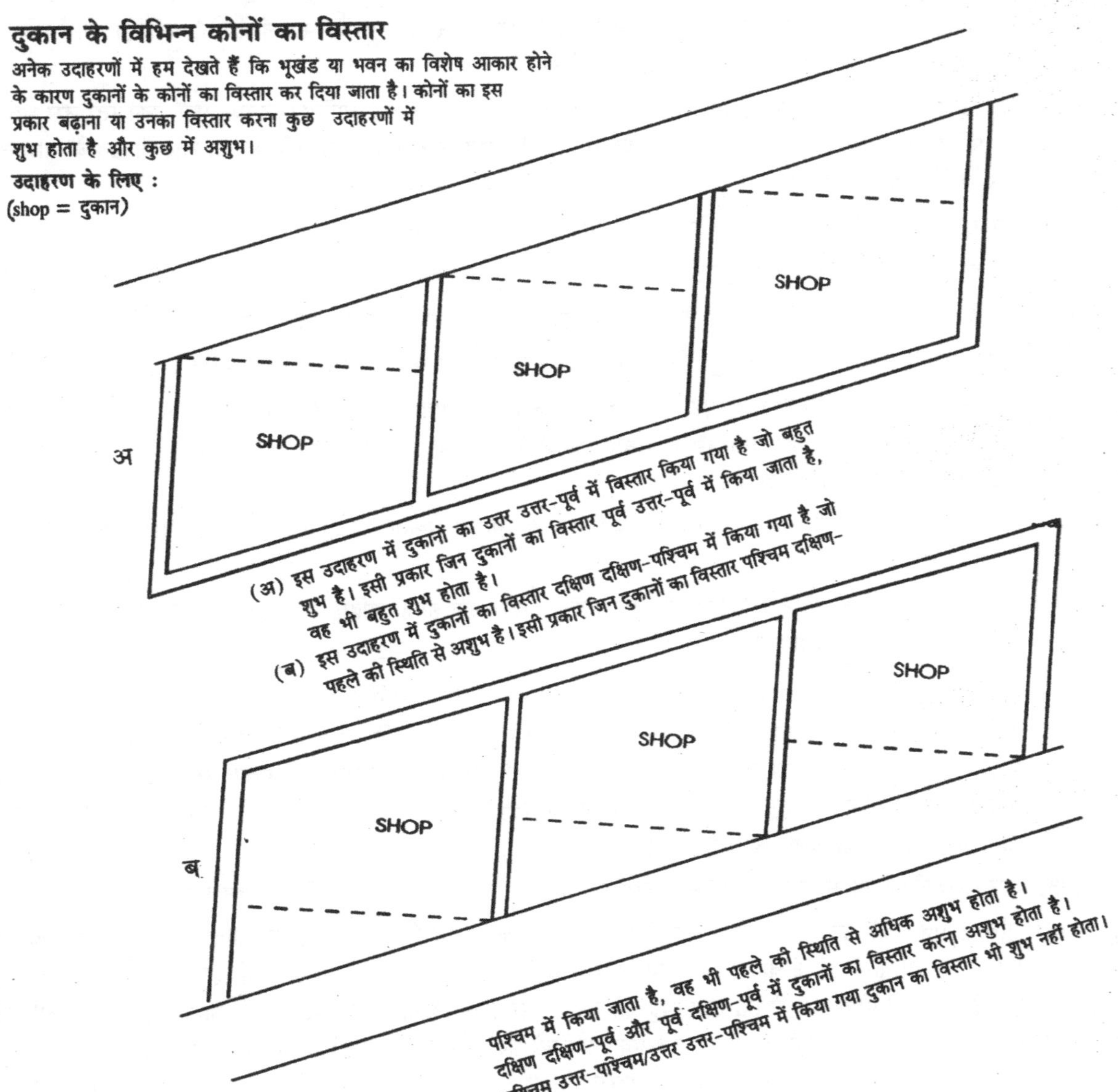

(अ) इस उदाहरण में दुकानों का उत्तर उत्तर-पूर्व में विस्तार किया गया है जो बहुत शुभ है। इसी प्रकार जिन दुकानों का विस्तार पूर्व उत्तर-पूर्व में किया जाता है, वह भी बहुत शुभ होता है।

(ब) इस उदाहरण में दुकानों का विस्तार दक्षिण दक्षिण-पश्चिम में किया गया है जो पहले की स्थिति से अशुभ है। इसी प्रकार जिन दुकानों का विस्तार पश्चिम दक्षिण-पश्चिम में किया जाता है, वह भी पहले की स्थिति से अधिक अशुभ होता है। दक्षिण दक्षिण-पूर्व और पूर्व दक्षिण-पूर्व में दुकानों का विस्तार करना अशुभ होता है। पश्चिम उत्तर-पश्चिम/उत्तर उत्तर-पश्चिम में किया गया दुकान का विस्तार भी शुभ नहीं होता।

भवनों के संबंध में वास्तुशास्त्र के विशिष्ट तथा विविध नियम

(1) दक्षिण की तुलना में उत्तर की ओर अधिक खुली हुई जगह छोड़ी जानी चाहिए। इसी प्रकार पश्चिम की तुलना से पूर्व में अधिक खुली जगह छोड़नी चाहिए।

(2) भवन की ऊंचाई दक्षिण और पश्चिम में अधिक होनी चाहिए। उत्तर और पूर्व के भाग नीचे होने चाहिए। भूगर्भ मंजिल केवल उत्तर, पूर्व या उत्तर-पूर्व कोने में होनी चाहिए।

(3) उत्तर और पूर्व में छज्जे (बालकनी) और (प्लेटफार्म) चबूतरे बनाये जाने चाहिए। उनके फर्श का स्तर उस भवन की मंजिलों के सामान्य स्तर से नीचा रखना बेहतर होता है। इसी भांति इनके ऊपर की छत का स्तर भी छत के सामान्य स्तर से नीचा होना चाहिए।

(4) 'टेरेस' उत्तर-पूर्व, उत्तर या पूर्वी ओर होना चाहिए, दक्षिण या पश्चिम में नहीं।

(5) पूर्व तथा उत्तर की तरफ दीवारें पतली बनानी चाहिए और दक्षिण तथा पश्चिम की तरफ दीवारें मोटी बनानी चाहिए।

(6) अहाते की दीवार उत्तर तथा पूर्व में नीची तथा पश्चिम और दक्षिण में ऊंची होनी चाहिए।

(7) मुख्य छत के स्तर से उत्तर और पूर्व के बरामदे के ऊपर की छत का स्तर नीचा होना चाहिए।

(8) कार गैराज, (आउटहाउसेज) बहिर्गृह और नौकरों के कक्ष आदि भूखंड के दक्षिण-पूर्व या उत्तर-पश्चिम कोनों में रखे जा सकते हैं परंतु उन्हें उत्तर तथा पूर्व में अहाते की दीवार या भवन का स्पर्श नही करना चाहिए और उसकी ऊंचाई मुख्य भवन से कम होनी चाहिए।

(9) द्वार मंडप (खुला) पूर्व, उत्तर या उत्तर-पूर्व की तरफ बनाया जा सकता है परंतु उसे अहाते की दीवार का स्पर्श नहीं करना चाहिए।

(10) वृक्षों अथवा वृक्षों की पंक्तियों को दक्षिण तथा पश्चिम की तरफ होना चाहिए, पूर्व तथा उत्तर की तरफ नहीं। पेड़ों की संख्या सम होनी चाहिए विषम नहीं।

(11) पूर्वी तथा उत्तरी तरफ बाहर निकलने के क्षेत्र पश्चिमी तथा दक्षिणी तरफ से अधिक होने चाहिए।

(12) दरवाजों और खिड़कियों की संख्या के बारे में यह ध्यान रखना चाहिए कि भूमि स्तर की मंजिल और पहली मंजिल में उनकी संख्या समान न हो, कम या अधिक हो सकती है। प्रवेशद्वार को कभी भी मकान के अग्र भाग के मध्य में नहीं बनाइए। उसे सदा अनुकूल स्थान पर होना चाहिए परंतु बिल्कुल अंतिम कोने में नहीं। ऊपरी मंजिल के द्वारों को नीचे की मंजिल के द्वारों के अनुरूप होना चाहिये।

(13) आर०सी०सी०फ्रेम्ड स्ट्रक्चर में, खम्भों, शहतीरों आदि की संख्या सम होनी चाहिए विषम नही।

(14) भूमि से भवन की ऊंचाई ऐसी होनी चाहिये कि खड़-पट्ट की संख्या विषम (1,3,5,7 आदि) रहें अर्थात यदि खड़-पट्ट 6'' हो तो कुर्सी की ऊंचाई 1'. 6'' या 2'.6'' होनी चाहिये, 1'.0'' या 2'.0' नहीं। इसी प्रकार प्रत्येक मंजिल की ऊंचाई ऐसी होनी चाहिये कि खड़-पट्ट की संख्या विषम रहे, यानी कि ऊंचाई 9'.6'' या 10'.6'' होनी चाहिए, 9' या 10'' नहीं। मान लीजिए कि एक व्यक्ति सीढ़ियों पर चढ़ते समय सबसे पहले अपना दाहिना पैर आगे बढ़ाता है और पहली सीढ़ी पर चढ़ता है तो उसे पहली मंजिल के फर्श का स्पर्श दाहिनें पैर से ही करना चाहिए। इसका

मुख्य कारण यह है कि दाहिने पैर (पार्श्व) को लाभ देने वाला तथा बायें पैर (पार्श्व) को हानि देने वाला समझा जाता है।

(15) बड़े कमरे या रसोई के दाहिनी या पश्चिमी ओर अटारियां (लॉफ्टस्) बनायी जानी चाहिए।

(16) ऑफिस या अध्ययन कक्ष आदि में मेज पश्चिमी या दक्षिणी तरफ रखी जानी चाहिए ताकि बैठने वाले का मुख पूर्व या उत्तर की ओर रहे। उत्तर-पूर्व की ओर मुख करके बैठना ध्यान की उच्च स्थिति पाने के लिए बहुत अच्छा है। कोई भी अलमारी या फर्नीचर आदि उत्तरी या पूर्वी दीवार का स्पर्श करते हुए नहीं रखना चाहिए। यदि ऐसा करने की विवशता ही आ जाए तो भी उसे कम-से-कम 3'' से 6'' की दूरी पर रखना चाहिए।

(17) भवन अथवा निर्माण स्थल के उत्तरी-पूर्वी कोने में कोई भी गंदगी या किसी भी प्रकार के कूड़े का ढेर नहीं लगाना चाहिए। उसे सदा खुला तथा स्वच्छंद रखना चाहिए।

(18) मकान अथवा कमरे के उत्तर-पूर्व कोने में दरवाजे या खिड़कियां लगायी जा सकती हैं।

(19) रहने वाले कमरे या कक्ष में फर्नीचर, सोफासेट्स आदि को पश्चिम और दक्षिण की तरफ अधिक होना चाहिए। मकान मालिक को पूर्व या उत्तर की ओर मुख करके बैठना चाहिए और अतिथियों को सोफे पर पश्चिम या दक्षिण की ओर मुख करके बैठना चाहिए।

(20) कैशबॉक्सेज या नकद राशि रखने वाले संदूकों (कोष) को उत्तर की ओर वाले कमरे में रखना चाहिए, लेकिन यदि संदूक बहुत भारी हो, तब उसे दक्षिण, पश्चिम अथवा दक्षिण-पश्चिम कोने में रखा जाना चाहिये और 'लॉकर' को खोलते समय मुख उत्तर की ओर रहना चाहिए।

(21) सभी भारी घरेलू सामान पश्चिम, दक्षिण तथा दक्षिणी-पश्चिमी ओर रखना चाहिए।

(22) रसोई में ग्राइंडर, फ्रिज, अलमारी तथा अन्य भारी सामान दक्षिण तथा पश्चिम की दीवार के तरफ होना चाहिए। भंडार-कक्ष (स्टोर रूम) तक में अलमारियों के खाने दक्षिण और पश्चिम की दीवारों मे बनाने चााहिए। उत्तर तथा पूर्व की दीवारों को स्वतंत्र रखना चाहिए।

(23) सभी दर्पणों (शीशों) को उत्तर या पूर्व की दीवारों में लगाना चाहिए, उन्हें दक्षिण अथवा पश्चिम की दीवार मे नहीं लगाना है। इसके फलस्वरूप शौचालयों में भी हाथों को धोने का कुंड (वाशबेसिन) उत्तर और पूर्व की दीवारों में लगाया जाएगा। फर्श के ढाल का झुकाव उत्तर-पूर्व की ओर रहेगा।

(24) भोजन कक्ष में खाना खाते समय खानेवाले का मुख पूर्व या पश्चिम की ओर रहना चाहिए।

(25) किसी भी दरवाजे में एक 'शटर' होना चाहिए, दो नहीं। उसे बायीं ओर खुलना चाहिए, दाहिनी ओर नहीं।

(26) ड्राइंग रूम, लिविंग रूम या किसी भी कमरे में टेलीविजन को दक्षिण-पूर्वी कोने में लगाना चाहिए।

(27) पलंग या चारपाई को इस तरह बिछाना चाहिए कि सोने वाले का सिर दक्षिण, पूर्व या पश्चिम की तरफ रहे; सिर कभी भी उत्तर की ओर नहीं रहना चाहिए।

(28) सौर ऊर्जा से चलनें वाले 'हीटर' को छज्जे (टेरेस) के दक्षिणी-पूर्वी भाग में लगाना चाहिए। ऊपर लगाई जाने वाली जलटंकी छज्जे के दक्षिणी-पश्चिमी कोने में लगाई जानी चाहिए। जीना और लिफ्टरूम को दक्षिण, पश्चिम या दक्षिण-पश्चिम कोने में स्थान देना उचित है।

(29) बरसात के पानी का प्रवाह पश्चिम से पूर्व को, दक्षिण से उत्तर को और अंत में उसका निकास भूखंड के उत्तर-पूर्व कोने से होना चाहिए'

(30) उत्तर और पूर्व के दरवाजों और खिड़कियों में अतिरिक्त 'शटर' या मच्छरों से बचने की जाली नहीं लगाना चाहिए।

(31) अहाते के द्वारों (गेट्स) और मुख्य द्वारों को भूखंड या भवन के उत्तर उत्तर-पूर्व, पूर्व उत्तर-पूर्व, दक्षिण दक्षिण-पूर्व,

पश्चिम उत्तर-पश्चिम कोनों में क्रमशः बनवाना चाहिए।

(32) पूजाकक्ष उत्तर-पूर्व में, रसोईकक्ष दक्षिण-पूर्व में तथा शयन-कक्षों को दक्षिण, पश्चिम या दक्षिण-पश्चिम कोने में बनाना चाहिए। उत्तर-पूर्व के फर्श का स्तर दक्षिण-पूर्व के स्तर से नीचा रखना चाहिए।

(33) अहाते के अंदर उगाये गये लाल रंग के फूलों को बाहर से नहीं दिखना चाहिए।

(34) पाषाण मूर्तिकला, रॉक गार्डेन आदि को दक्षिण-पश्चिम कोने में रखना चाहिए क्योंकि वे अपने क्षेत्र के भार को बढ़ा देते हैं।

(35) मुख्यद्वार के ठीक सामने कोई कोना, जोड़, खंभा अथवा किसी प्रकार की रुकावट या अवरोध नहीं होना चाहिए।

(36) कुआं, बोरवेल, भूमिगत हौदी आदि जैसी जल संग्रह की व्यवस्था भूखंड के उत्तर-पूर्व क्षेत्र में होनी चाहिए।

(37) जल संबंधी कोई व्यवस्था मकान के किसी प्रवेश-द्वार के सामने नहीं होनी चाहिए।

(38) भूखंड का स्तर उत्तर-पूर्व में सबसे नीचा और दक्षिण-पश्चिम कोने में सबसे ऊंचा होना चाहिए।

(39) दो भिन्न-भिन्न मकानों के कोई भी प्रवेश-द्वार ठीक आमने-सामने नहीं होने चाहिए।

(40) भूखंड के दोनों ओर उप-पथ नही होना चाहिए।

(41) एक आवासीय मकान में भिन्न-भिन्न कमरे और साथ में बरामदा भी होना चाहिए। (स०सू०48-18)

(42) द्वारों, दीवारों या छतों पर निषेध किये गये मूलभाव चित्र (मोटिफ) या मूर्तियां नहीं होनी चाहिए।

सार्वजनिक भवन या इमारतें

सार्वजनिक भवन जैसे स्कूल, होस्टल, अस्पताल, विद्यालय, कान्वेंट्स आदि जिन्हें सामान्यत: विशाल भूखंड जैसे 150'×200' (45×60 मी०) 200'×300' (60×90 मी०) आदि की आवश्यकता होती है, के परिरूप (डिजाइन) बनाते समय ही वास्तुशास्त्र का पालन किया जाना चाहिये।

यह देखा गया है कि इन भवनों के परिरूप बनाते समय एक विशेष आकार जैसे L, O, C आदि का उपयोग किया जाता है। इनके लाभ तथा हानियां निम्नलिखित हैं :—

(1) यह एक अशुभ प्रस्ताव है क्योंकि पूर्व, उत्तर, उत्तर-पूर्व में अवरोध है तथा दक्षिण-पश्चिम की तरफ को खुला रखा गया है, और इसीलिये यह अस्वास्थ्यकर है, यह रहने वालों की असामयिक मृत्यु का कारण बन सकता है। (देखिए रेखाचित्र सं० 22 ए)

(2) यह भी एक अशुभ प्रस्ताव है, क्योंकि उत्तर-पूर्व भारी है, पूर्व और दक्षिण-पूर्व कोने खुले छोड़ दिये हैं, इससे असंख्यों समस्याएं उत्पन्न हो सकती हैं। (देखिये रेखाचित्र सं० 22 बी)

(3) यह एक शुभ प्रस्ताव है, क्योंकि यह उत्तर-पूर्व की ओर खुला है और भवन पश्चिम तथा दक्षिण-पश्चिम में भारी है। (देखिए रेखाचित्र सं० 22 सी)

(4) यह एक अशुभ प्रस्ताव है, क्योंकि यह पूर्व की ओर बंद है और पूर्व तथा उत्तर में भारी है। उत्तर-पश्चिम तथा पश्चिम की तरफ खुला है और भार में हल्का है। अत: रहनेवालों को कोई संपन्नता नहीं मिल सकती। (देखिये रेखाचित्र सं०22 डी)

कुछ लोग रहने के लिए मकानों को भी इन्ही नमूनों में बनाते हैं और उनका प्रभाव वही पड़ेगा, जिसका वर्णन ऊपर किया गया है। इसके अतिक्ति दूसरे छोटे उपयोगी मकान जैसे गउओं का सायबान, रसोई, स्टोर, नौकरों के क्वाटर्स, गैराज या रसोई और भोजन-कक्ष का अलग खंड आदि भी मुख्य भवन के चारों ओर के खुले स्थान में सामान्यत: बनाये जाते हैं। इसमें भी वास्तुशास्त्र के सिद्धांतों का पालन किया जाना चाहिए अर्थात उत्तर, उत्तर-पूर्व और पूर्व में खुली जगहें स्वतंत्र छोड़ देनी चाहिए। रसोई दक्षिण-पूर्व में, गैराज और नौकरों के क्वाटर्स दक्षिण-पश्चिम, दक्षिण-पूर्व और उत्तर-पश्चिम आदि में होने चाहिए परंतु उन्हें पूर्व तथा उत्तर में अहाते की दीवार का स्पर्श नहीं करना चाहिए।

दूसरे उदाहरणों मे जहां U आकार को अपनाया गया है, उसके गुण-दोष अधोलिखित हैं :—

(1) यह शुभ है, उत्तर की ओर खुला है लेकिन पूर्व में दक्षिण और पश्चिम से अधिक स्थान होना चाहिए। पहली और दूसरी मंजिलों का निर्माण किया जा सकता है। लेकिन यदि अंतिम मंजिल पर टेरस बनाकर उत्तरी-पूर्वी कोने को हल्का कर दिया जाये तो बेहतर रहेगा। दक्षिण तथा दक्षिण-पश्चिम मे ज़ीना बनाकर, ओवरहेड वाटरटैंक आदि बनाकर अवश्य ही भारी करना चाहिए (देखिये रेखाचित्र संख्या 22 ई)

(2) यह शुभ नहीं है क्योंकि उत्तर में अवरोध है और दक्षिण को खुला छोड़ दिया गया है। इससे पेंचीदगियां या परेशानियां उत्पन्न होंगी। (देखिये रेखाचित्र संख्या 22 एफ)

(3) यह शुभ है क्योंकि पूर्व मे खुला स्थान है लेकिन उत्तर में दक्षिण से अधिक खुली जगह होनी चाहिए जिसके परिणाम अच्छे निकलेंगे। (देखिये रेखाचित्र संख्या 22 जी)

सार्वजनिक भवन या इमारतें

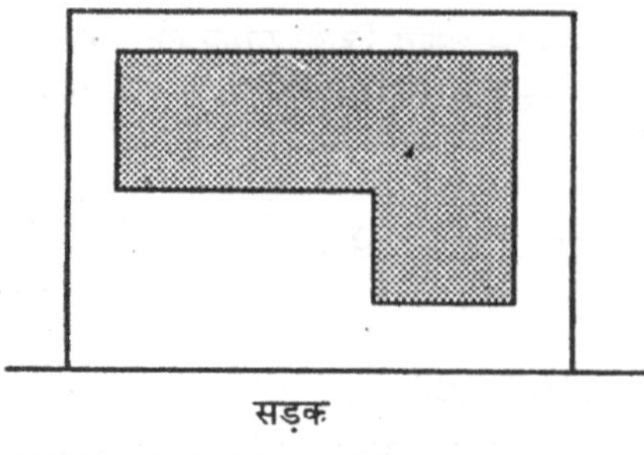

रेखाचित्र संख्या 22 ए
पूर्व तथा उत्तर में अवरोध-अशुभ।

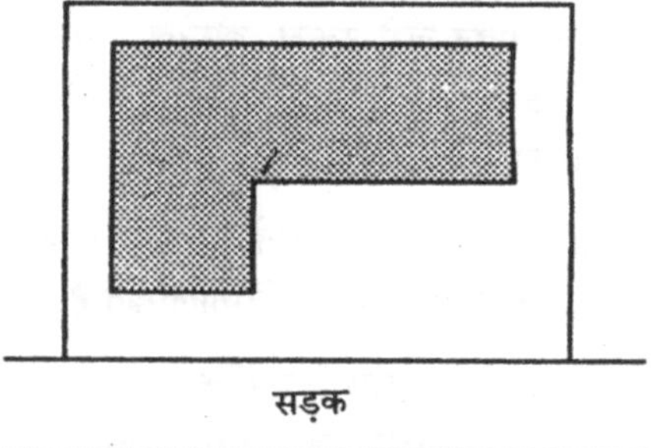

रेखाचित्र संख्या 22 बी
उत्तर में अवरोध-अशुभ।

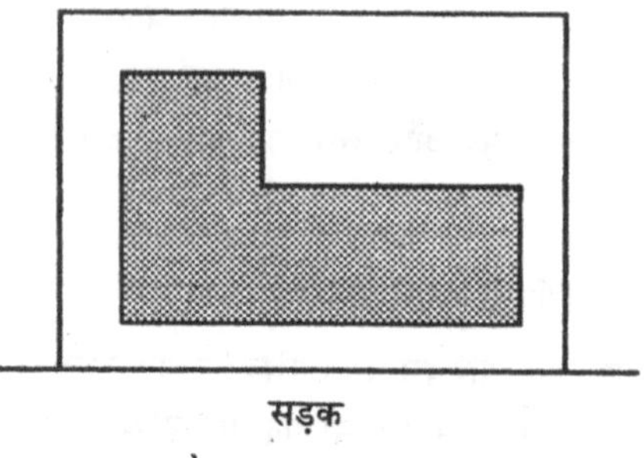

रेखाचित्र संख्या 22 सी
उत्तर पूर्व में खुला-शुभ।

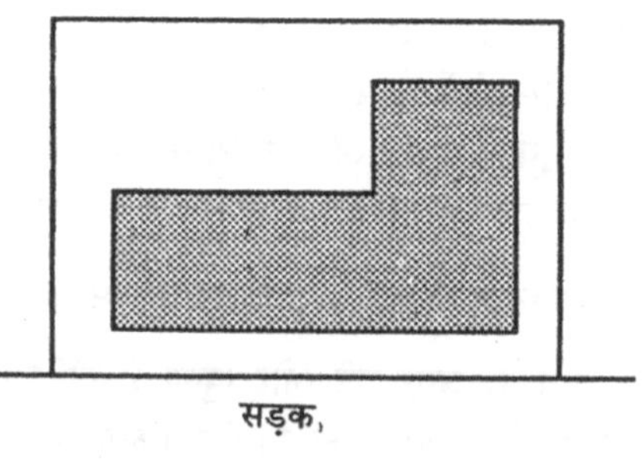

रेखाचित्र संख्या 22 डी
पूर्व में अवरोध-अशुभ।

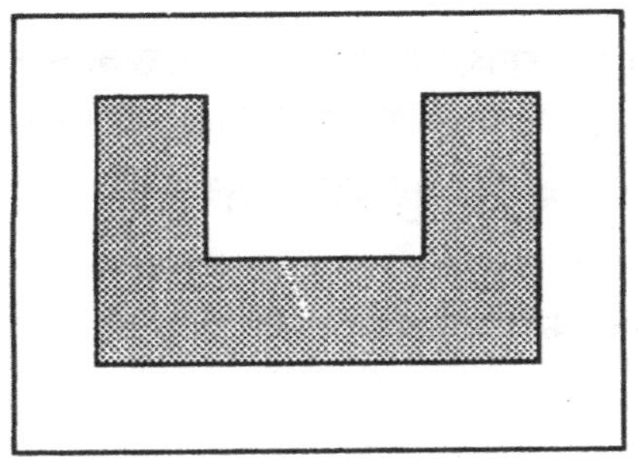

सड़क

रेखाचित्र संख्या 22 ई
उत्तर में खुला है-शुभ।

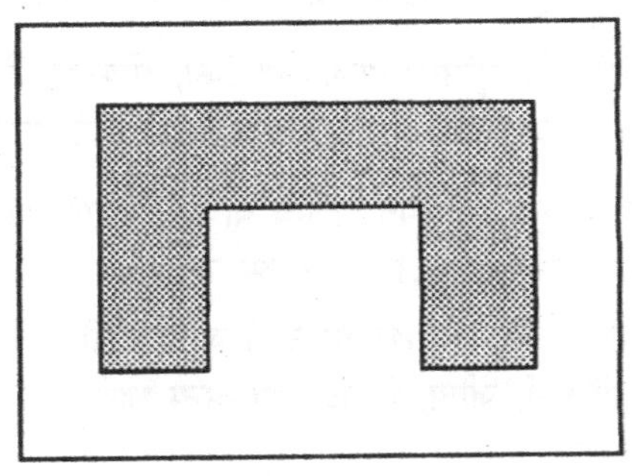

सड़क

रेखाचित्र संख्या 22 एफ
उत्तर और पूर्व में अवरोध-अशुभ।

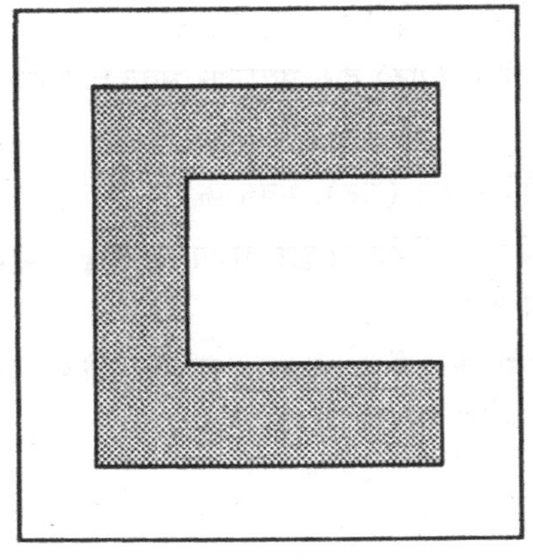

सड़क

रेखाचित्र संख्या 22 जी
पूर्व में खुला है-शुभ।

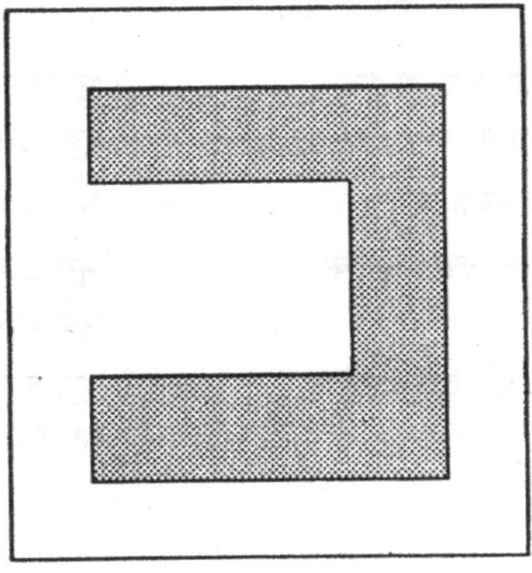

सड़क

रेखाचित्र संख्या 22 एच
उत्तर और पूर्व दोनों में अवरोध-अशुभ।

(4) यह अशुभ है क्योंकि पूर्व में अवरोध है और पश्चिम खुला है। इसके परिणामस्वरूप इसमे आवास करने वालों पर बुरे प्रभाव पड़ेंगे। (देखिये रेखाचित्र संख्या 22 एच)

कुएं, बोरवेल, भूमिगत तालाब या टंकी, ओवरहेड टैंक, ज़ीना, लिफ्ट, रसोई, भोजनकक्ष, बरामदा, छज्जा आदि वास्तुशास्त्र के सिद्धांतों के अनुसार होने से उस भवन में रहने वालों के लिये एक अच्छा जीवन सुनिश्चित हो जाता है।

—	कुएं या कूप, भूमिगत तालाब या टंकी तरण-ताल, पोखर, झरने तथा अन्य जल व्यवस्था	भूखंड के उत्तर पूर्व कोने में होने चाहिए।
—	ओवरहेड टैंक या छत पर रखी जाने वाली पानी की टंकियां, जीना, लिफ्ट तथा अन्य भारी तथा ऊंचे भाग	भवन के दक्षिण-पश्चिम कोने में रखिये।
—	पाकशाला या रसोईघर, ट्रांसफॉर्मर, जेनरेटर या कोई भी वह स्थान जहां आग जलाई जाती है अथवा ताप उत्पन्न किया जाता है।	भूखंड या भवन के दक्षिणी-पूर्वी कोने में स्थित होना चाहिए।
—	प्रार्थना सभाभवन, पूजाकक्ष, ध्यान करने का कक्ष, चैपल आदि	भवन के उत्तर-पूर्व कोने में बनाने चाहिए।
—	भोजन कक्ष, अध्ययन कक्ष (स्टडी रूम)	भवन के पश्चिमी भाग में होने चाहिए।

किसी भी स्थिति में भवन या भूखंड का उत्तर-पूर्वी कोना शौचालय के लिये उपयोग में नहीं लाना चाहिए।

मकान के बाहरी अहाते के द्वार (गेट) तथा मुख्य द्वार इस प्रकार स्थित होंगे :—

उत्तर की तरफ सड़क अथवा मार्ग	—	भूखंड के उत्तर उत्तर-पूर्व कोने में (गेट) द्वार, प्रवेशद्वार भवन के उत्तर-पूर्व अथवा पूर्व-उत्तर-पूर्व कोने में।
पूर्व की तरफ सड़क	—	भूखंड के पूर्व उत्तर-पूर्व कोने में द्वार (गेट), भवन के पूर्व कोने में प्रवेशद्वार।
दक्षिण की तरफ सड़क	—	भूखंड के दक्षिण दक्षिण-पूर्व कोने में गेट या द्वार, भवन के दक्षिण दक्षिण-पूर्व या पूर्व उत्तर-पूर्व कोने में प्रवेश-द्वार।
पश्चिम की तरफ सड़क	—	भूखंड के पश्चिम उत्तर-पश्चिम कोने में गेट या द्वार, भवन के पश्चिम उत्तर-पश्चिम या उत्तर उत्तर-पूर्व कोने में प्रवेश द्वार।

औद्योगिक भवन अथवा इमारतें

औद्योगिक भवनों का परिरूप (डिजाइन) बनाते समय वास्तुशास्त्र के सिद्धांतों का पर्याप्त ध्यान रखना चाहिए क्योंकि इनके स्वामियों द्वारा भूमि,भवन, मशीनों और उपकरणों पर एक विशाल धन राशि व्यय की जाती है। इसके अतिरक्त वे उत्पादन में सर्वोत्तम परिणाम पाने, अच्छी प्रबंध व्यवस्था करने, दुर्घटनाओं, हड़तालों तथा तालाबंदी कम-से-कम करने, अग्नि से होने वाले विनाश से बचने के लिए भी अच्छी धनराशि खर्च करते हैं ताकि लाभ कमा सकें।

पानी, बिजली और भवन के ढांचे के निर्माण से संबंधित सुविधाओं की उपलब्धि को सुनिश्चित करने के अतिरिक्त निर्माण-स्थल का चुनाव सबसे पहला महत्त्वपूर्ण कार्य होता है। जहां तक संभव हो भूखंड का आकार, सड़क से उसका संबंध, ढाल और निर्माणस्थल की भूमि का स्तर या सतह (बाहरी और आंतरिक) वास्तुशास्त्र के सिद्धान्तों के अनुसार होनी चाहिए।

(1) ऐसे भूखंडों (प्लाट) का अनुमोदन किया जाता है जिनके साथ उत्तर, दक्षिण या उत्तर तथा दक्षिण दोनों ओर सड़कें हों और पूर्व उत्तर-पूर्व या उत्तर उत्तर-पूर्व में द्वार (गेट) हों।

(2) ऐसे निर्माण-स्थल भी अशुभ नहीं होते जिनके साथ उत्तर और पश्चिम में सड़कें हों या पश्चिम और दक्षिण में सड़कें हों।

(3) सिक्योरिटी गार्ड का कमरा दक्षिण-पूर्व में हो सकता है, अगर (गेट) द्वार पूर्व में हो; उत्तर में द्वार (गेट) होने पर इसे उत्तर-पश्चिम की तरफ रखा जा सकता है; द्वार पश्चिम में होने पर इसे दक्षिण-पश्चिम में बनाया जा सकता है; दक्षिण में द्वार होने पर यह दक्षिण-पश्चिम में स्थित हो सकता है, लेकिन इसे अहाते (बाउंड्री) से दूर होना चाहिए।

(4) उत्तर और पूर्व में दक्षिण और पश्चिम की ओर से अधिक खुली जगह छोड़ी जानी चाहिए।
पश्चिम और दक्षिण में जहां बड़े-बड़े वृक्ष और वृक्षों की पंक्तियां होती हैं, कम जगह छोड़ी जानी चाहिए। अहाते की दीवार दक्षिण और पश्चिम में अधिक ऊंची होनी चाहिए। सामान के (स्टोर) भंडार के लिए पूर्व, उत्तर-पूर्व और उत्तर में खुली जगह रखी जा सकती है। परंतु उत्तर और उत्तर-पूर्व कोने को केवल हल्का सामान रखने के लिए उपयोग में लाना चाहिए। भारी सामान का भंडार उत्तर-पश्चिम, दक्षिण-पूर्व तथा दक्षिण-पश्चिम में करना चाहिए। कार पार्किंग का खुला स्थान उत्तर, उत्तर-पूर्व या पूर्व में हो सकता है।

(5) भवन की ऊंचाई दक्षिण-पश्चिम में अधिक होनी चाहिए। फर्श का स्तर भी दक्षिण-पश्चिम में ऊंचा होना चाहिए। यह क्षेत्र भारी सामान को स्टोर करने के लिए इस्तेमाल में लाया जा सकता है, जो सामान्यतः पूरे वर्ष भली प्रकार भरा रहे।

(6) केंद्रीय प्रशासकीय कार्यालय खंड उत्तर या पूर्व में हो सकता है लेकिन इसकी ऊंचाई मुख्य फैक्ट्री के भवन से कम होनी चाहिए।

(7) कर्मचारियों के क्वाटर, नौकरों के क्वाटर, शौचालय खंड आदि दक्षिण-पूर्व या उत्तर-पश्चिम में हो सकते हैं लेकिन इन भवनों की ऊंचाई मुख्य भवन की ऊंचाई से कम होनी चाहिये। यदि इन क्वाटरों के लिए बहुमंजिली इमारत हो, तो दक्षिण-पश्चिम कोने को चुनना चाहिये। इसके लिए दक्षिण-पूर्व कोने के उपयोग से बचना ही उचित है। हर स्थिति में इसे मुख्य भवन और अहाते की दीवार से दूर रखना चाहिये।

(8) कुएं या कूप, बोरवेल, भूमिगत हौदी, तालाब आदि केवल उत्तर-पूर्वी क्षेत्र में होने चाहिए।

(9) ओवरहेड टैंक चाहे स्वतंत्र रूप से रखे जायें अथवा भवन के ऊपर, उन्हें पश्चिम, दक्षिण या दक्षिण-पश्चिम में होना चाहिए और भवन के उत्तर-पूर्व कोने से अधिक ऊंचे होने चाहिए।

(10) भारी मशीनें पश्चिम, दक्षिण और दक्षिण-पश्चिम में रखी जानी चाहिये। जब मशीनों को फर्श के स्तर से नीचे रखना हो, तब उत्तर या पूर्व की ओर (पार्श्व) का उपयोग किया जा सकता है लेकिन इन मशीनों का भार हल्का होना चाहिए।

(11) कच्चे माल का भंडार यदि फैक्ट्री के अंदर हो तो उसे दक्षिण, दक्षिण-पश्चिम या पश्चिम की ओर होना चाहिए।

(12) उत्पादित वस्तुओं को प्रवेश-द्वार के निकट रखना चाहिए ताकि उन्हें शीघ्र बाहर भेजा जा सके। लेकिन इससे इमारत के पूर्व, उत्तर और उत्तर-पूर्व के फर्श पर पश्चिम, दक्षिण और दक्षिण-पश्चिम के फर्श से अधिक भार नहीं पड़ना चाहिए।

(13) तेल भंडार टंकियों के भूमि के अंदर होने की स्थिति में उन्हें उत्तर-पूर्व क्षेत्र में होना चाहिए। यदि उन्हें भूमि के ऊपर रखना हो तो उत्तर-पूर्व कोने में नहीं रखना चाहिए। इसके लिए अन्य कोना उपयोग में लाया जा सकता है। लेकिन इनकी ऊंचाई अत्यधिक नहीं होनी चाहिए।

(14) ट्रांसफॉर्मर, जंनरेटर, ब्वायलर, भट्ठियां या अन्य इंजिन जिसमें आग का उपयोग होता है, केवल दक्षिणी-पूर्वी कोने में होने चाहिए।

(15) सेप्टिक टैंक को पूर्व या उत्तर में रखना चाहिए लेकिन उत्तर-पूर्व कोने में और दक्षिण-पश्चिम क्षेत्र में नहीं। इसी प्रकार जल शुद्ध करने और निस्सारी (एफ्लुयेंट) संयंत्रों को उत्तरी और पूर्वी ओर रखा जा सकता है।

(16) जब औद्योगिक इकाई बड़ी हो और पूजाकक्ष या छोटे से मंदिर का निर्माण करने का विचार हो तब उसे पश्चिम की ओर मुख किये हुए पूर्व में निर्मित करना चाहिए।

(17) भवन या इमारत के चारों ओर खुला हुआ स्थान छोड़ा जाना चाहिए। उत्तर और पूर्व की ओर खुला हुआ स्थान अधिक होना चाहिए। निर्माण-स्थल का ढाल उत्तर-पूर्व कोने की ओर होना चाहिए। (देखिए-रेखाचित्र संख्या: 23)

(18) यदि भूखंड का आकार वास्तुशास्त्र के सिद्धांतों के अनुसार नहीं हो अर्थात् दक्षिण पूर्व, दक्षिण पश्चिम और उत्तर-पश्चिम कोनों में विस्तार हो, तो उसे पूर्व अध्यायों में दिये गये उपायों के अनुसार सुधार लेना चाहिए, क्योंकि भूखंड के आकार के बारे में कोई समझौता नहीं किया जा सकता।

(19) फैक्ट्री की इमारत के दक्षिण-पश्चिम कोने का उपयोग फैक्ट्री मालिक या मैनेजिंग डायरेक्टर के कार्यालय के लिये किया जा सकता है, इस विशेष स्थान की स्थिति के कारण वह बहुत शक्तिशाली हो जायेगा।

(20) चिमनी का स्थान निर्धारित करने पर विशेष ध्यान देना चाहिए क्योंकि उसे आग के स्थान के पास बनाना होगा। यह स्थान दक्षिण-पूर्व में होगा और इसलिये भवन की एक अन्य कोई अधिक ऊंची इकाई दक्षिण-पश्चिम कोने में बनानी होगी और यह ओवरहैड टैंक की हो सकती है।

नोट: पृष्ठ संख्या 139 पर दिखाये उद्योग की एक इमारत के रेखाचित्र में प्रयुक्त अंकों के अर्थ:

सूची

1. बोरवेल
2. भूमिगत पानी की टंकी
3. जल शुद्धीकरण संयंत्र
4. सेप्टिक टैंक
5. वे ब्रिज
6. ब्वायलर हाउस
7. ट्रांसफॉर्मर
8. एल.टी.रूम
9. डीजल स्टोर
10. जनरेटर

11-12. भूमि के ऊपर स्थित तेल, एसिड स्टोर, रिफायनरी स्टोर

13. ओवरहैंड टैंक (नीचे शौचालय)
14. मंदिर
15. प्रशासन
16. कैन्टीन
17. रसोई
18. शौचालय
19. (लॉन) घास मैदान
20. हल्के सामान रखने का स्थान
21. कारों और साइकिलों के स्थान
22. कारों और साइकिलों के स्थान
23. उत्पादित वस्तुओं के रखने का स्थान
24. हल्की मशीनों के रखने का स्थान
25. मध्यम भार की मशीनों के रखने का स्थान
26. भारी मशीनों/स्टोर का स्थान
27. डाक विभाग (डिस्पैच)
28. कच्चे माल का स्थान
29. श्रमिकों के प्रवेश का स्थान
30. कार्यालय के कर्मचारियों के प्रवेश का स्थान
31. सुरक्षा (सिक्योरिटी)
32. बड़े-बड़े वृक्ष

एक कारखाने (उद्योग) का मानचित्र

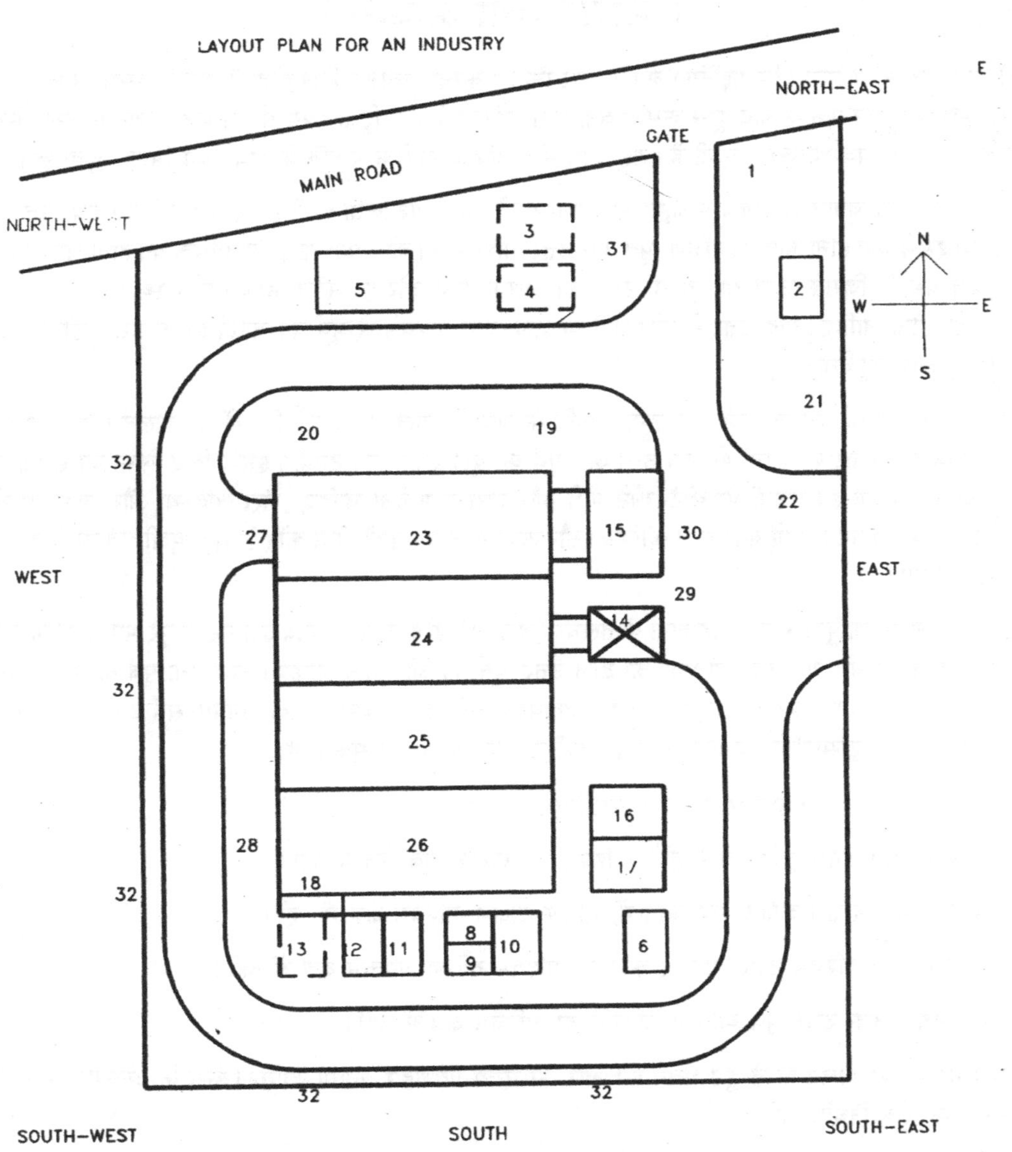

होटल और रेस्टोरेंट भवन
(भोजन तथा आवास)

होटल भवन का परिरूप (डिजाइनिंग) बनाना और निर्माण करना अत्यंत जटिल होता है क्योंकि इसमें अनेक शयन कक्ष शौचालय और स्नानागार एक के बाद दूसरे क्रम से बनाये जाते हैं। इसके अतिरिक्त इसमें भोजन कक्ष, स्वागत-कक्ष (रिसेप्शन) रसोई आदि की भी व्यवस्था करनी होती है। यह आवासीय और व्यापारिक प्रकृति के भवन का मिला-जुला रूप होता है।

निर्माण स्थल के चुनाव के संबंध में बहुत सावधानी रखने की आवश्यकता होती है। दक्षिण-पश्चिम तथा उत्तर-पूर्व का कोण 90^0 या इससे कम होना चाहिए। दक्षिण-पूर्व और उत्तर-पश्चिम का कोण 90^0 या इससे अधिक का होना चाहिए। सर्वोत्तम निर्माण स्थल वह है, जिसके उत्तर या पूर्व में सड़क हो अथवा दोनों ओर ही सड़क हो। निर्माण स्थल का ढाल उत्तर-पूर्व कोने की ओर होना चाहिए। यदि उत्तर में कोई नदी या जल-धारा पश्चिम से पूर्व को बहती हो तो उससे होटल के स्वामी को अत्यधिक लाभ पहुंचेगा।

खुले हुए स्थानों को छोड़ने, बड़े वृक्ष लगाने आदि के बारे में पहले बताये गये निर्देशों का पालन करना चाहिए। यदि कार पार्किंग केवल भूस्तर पर करनी हो, तब उत्तर और पूर्व के खुले स्थानों का उपयोग इसके लिए किया जा सकता है। यदि ऐसा नहीं करना हो, तो इन स्थानों पर छोटे-छोटे पौधे और घास लगा देनी चाहिए। जल व्यवस्था और जल साधनों आदि के बारे में पहले बताये गये नियमों का पालन कीजिए। सौर ऊर्जा से चलने वाले हीटर को (टेरेस) खुली छत पर केवल दक्षिण-पूर्व कोने में लगाएं।

भवन के उत्तरी तथा पूर्वी भाग में तहखाना या तलघर (बेसमेंट) होना चाहिए। यदि तल घर के पूरे भाग को 'कार पार्किंग' के लिए बनाना तथा प्रयोग करना हो तो फर्श का ढाल उत्तर-पूर्व की ओर होना चाहिए। उत्तर तथा पूर्व के पार्श्व खुले रखने चाहिए अथवा उस ओर अधिक रोशनदान होने चाहिए। तलघर के दक्षिण-पश्चिमी भाग का उपयोग सर्वेन्ट क्वाटर्स तथा दक्षिण-पूर्वी भाग का उपयोग ट्रांसफॉर्मर, जेनरेटर या ब्वायलर्स के लिए किया जा सकता है।

प्रवेश द्वार का स्थान निम्न प्रकार से होना चाहिए :

पूर्वोन्मुखी : पूर्व उत्तर-पूर्व कोने मे होने चाहिए , पूर्व दक्षिण-पूर्व क्षेत्र में नहीं।

दक्षिणोन्मुखी : दक्षिण दक्षिण-पूर्व कोने में, दक्षिण दक्षिण-पश्चिम क्षेत्र में नहीं।

पश्चिमोन्मुखी : पश्चिम उत्तर-पश्चिम कोने में, पश्चिम दक्षिण-पश्चिम क्षेत्र में नहीं।

उत्तरोन्मुखी : उत्तर उत्तर-पूर्व कोने में, उत्तर-उत्तर-पश्चिम क्षेत्र में नहीं।

इसी सिद्धान्त का पालन करते हुए भवन की ओर का मुख्य प्रवेशद्वार बनाया जाएगा। इसी के अनुसार स्वागतकक्ष या प्रतीक्षा-कक्ष का क्षेत्र निर्धारित होगा।

रिसेप्शन काउंटर का मुख पूर्व की ओर होना चाहिए अथवा उत्तर की ओर; पश्चिम की ओर मुख वाले काउंटर को अंतिम विकल्प के रूप में ही स्वीकार करना चाहिये अन्यथा नहीं। काउंटर का मुख दक्षिण की ओर कभी नहीं होना चाहिए।

स्वागत-कक्ष या प्रतीक्षा-कक्ष (लॉबी) में हॉल के पश्चिम या दक्षिण की ओर परछत्ती होनी चाहिये, उत्तरी या पूर्वी तरफ नहीं। किसी भी हॉल में ज़ीना उत्तरी या पूर्वी दीवार से कम से कम 3'' दूर होना चाहिए। इसे पूर्व से पश्चिम की ओर या

होटल की इमारत (भवन)

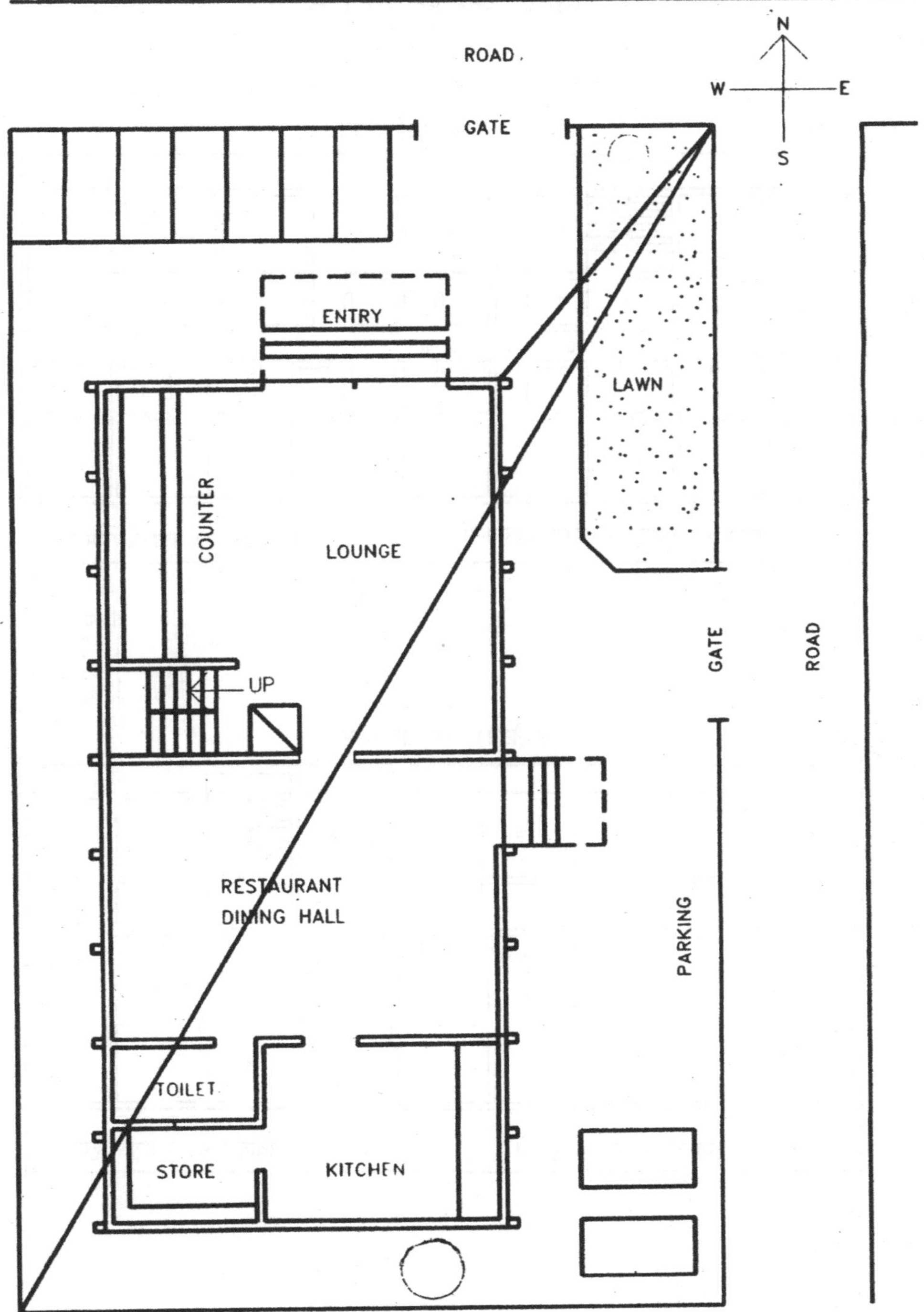

रेखाचित्र संख्या: 24

होटल की इमारत (भवन)

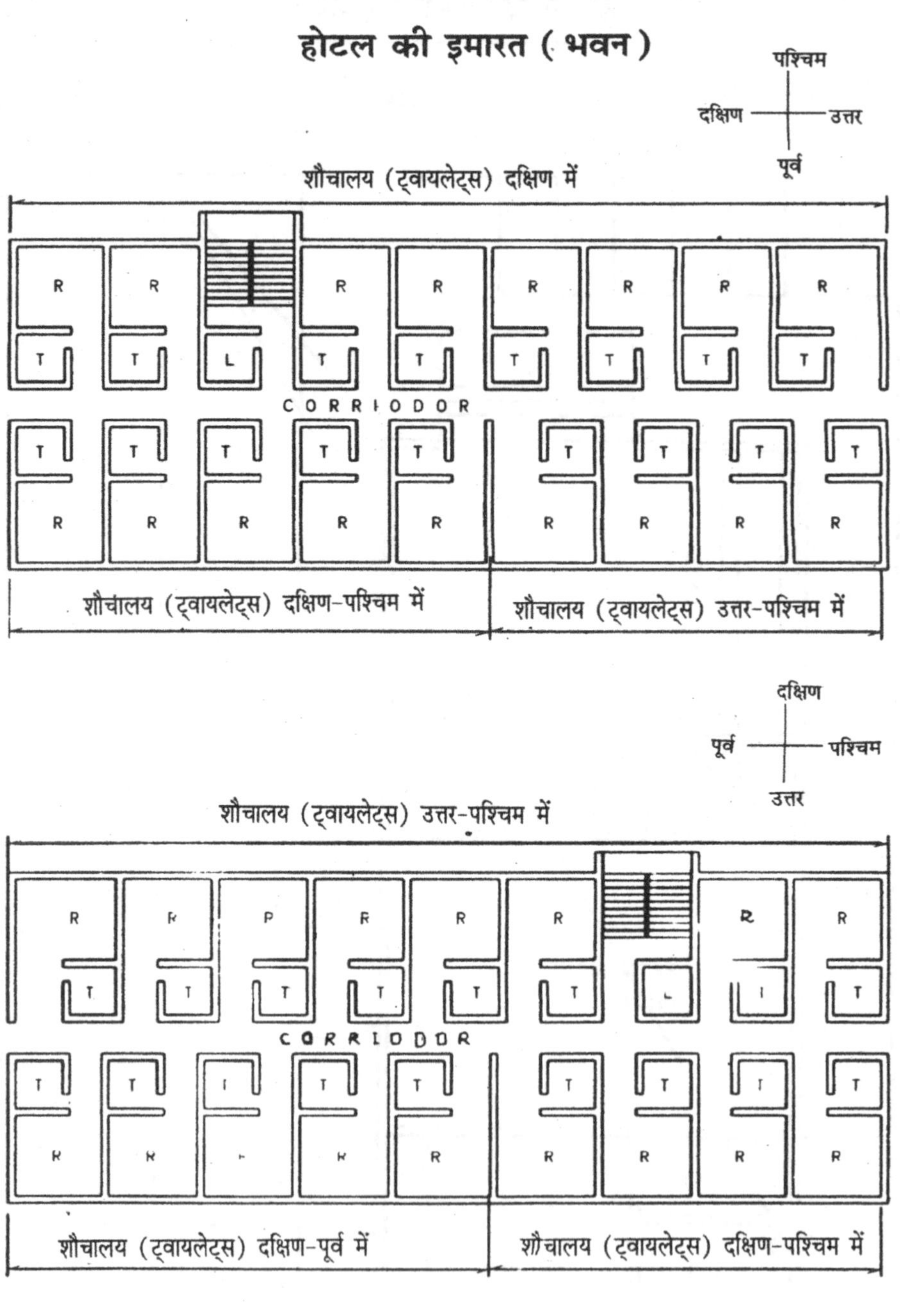

R = ROOM
L = LIFT
T = TOILET

उत्तर से दक्षिण की ओर होना चाहिए तथा किसी भी स्थिति में दक्षिण से उत्तर की ओर या पश्चिम से पूर्व की ओर नहीं होना चाहिए। दरवाजों, खिड़कियों, (बालकनी) छज्जों तथा बरामदों के बारे में इस अध्याय से पहले बताये गये नियम ही लागू होंगे।

शयनकक्षों की योजना इस प्रकार बनानी चाहिए कि अतिथिगण अपना सिर पश्चिम की ओर करके सोयें। सिर पूर्व या उत्तर की ओर भी रखना ठीक है लेकिन दक्षिण की ओर कभी नहीं होना चाहिए। कमरों से संलग्न शौचालयों को इस प्रकार बनाना चाहिए कि वे प्रत्येक कमरे के उत्तर-पश्चिम या दक्षिण-पश्चिम कोनों में रहें और कभी भी किसी कमरे के उत्तर-पूर्वी कोने में नहीं। अपरिहार्य स्थितियों में प्रत्येक कमरे के दक्षिण-पूर्वी कोने का उपयोग शौचालय के रूप में किया जा सकता है।

आग लगने पर भागने का जीना (फायर इस्केप) दक्षिण, पश्चिम अथवा दक्षिण-पश्चिम की तरफ पूर्व से पश्चिम या उत्तर से दक्षिण की ओर सीधा या घुमाव देकर जाता हुआ होना चाहिए। ट्रांसफॉर्मर, ब्वायलर, जनरेटर आदि के बारे में पूर्व वर्णित नियम ही रहेंगे।

जब सेंट्रल 'ए.सी.' संयंत्र लगाना हो, तब उसका यूनिट दक्षिण-पूर्व कोने में रखना चाहिए। यदि प्रत्येक कमरे में ए.सी. की अलग-अलग यूनिट लगानी हों तो उन्हें कमरों के दक्षिण-पूर्व, दक्षिण-पश्चिम, उत्तर-पश्चिम कोनों में लगाना चाहिए। इन्हें कमरे के उत्तर-पूर्व कोने में नहीं लगाना चाहिए।

जहां तक संभव हो जलपानगृह, भोजन-कक्ष पश्चिम की तरफ होने चाहिए और पाकशाला या रसोई दक्षिण-पूर्व कोने में। रसोई में चूल्हा इस प्रकार लगाया जाना चाहिए कि रसोइए का मुख सदैव पूर्व की तरफ रहे। रसोई के भारी उपकरण, जैसे चक्की, फ्रिज, सामान की अलमारी आदि दक्षिण, पश्चिम अथवा दक्षिण-पश्चिम कोने में होना चाहिए। पीने के पानी का नल रसोई के उत्तर-पूर्व कोने में होना चाहिए। रेस्त्रां अथवा रसोई के लिए परछत्ती बनाने की आवश्यकता होने पर उसे दक्षिण या पश्चिम की तरफ बनाना चाहिए। शौचालय आदि उत्तर-पश्चिम या दक्षिण-पश्चिम कोने में होने चाहिए।

रसोई या स्टोर में दक्षिण तथा पश्चिम में अटारियां होनी चाहिए। (वॉशबेसिन) प्रक्षालन-कुंड और शीशे, पूर्व या उत्तर की दीवारों में लगाये जा सकते हैं। कैश काउंटर एक ऊंचे चबूतरे पर स्थित हो सकता है, उसके बारे में दुकानों से संबंधित अध्याय में वर्णन किया जा चुका है। नित्य पूजा करने के लिए देवता की मूर्ति पूर्व की ओर मुख किये हुए उत्तर-पूर्व कोने में होनी चाहिए। यह पश्चिम या उत्तर की ओर मुख किये हुए दूसरे कोने में रखी जा सकती है, लेकिन मूर्ति का मुख कभी भी दक्षिण की ओर नहीं होना चाहिए। रेस्त्रां या जलपान-गृह में प्रवेश केवल पूर्व उत्तर-पूर्व, उत्तर उत्तर-पूर्व, पश्चिम उत्तर-पश्चिम अथवा दक्षिण दक्षिण-पूर्व कोनों से ही होना चाहिए। (रेखाचित्र संख्या 24 देखिए)

यदि कोई नदी, नाला या जलधारा निर्माणस्थल के पूर्व या उत्तर में उत्तर-पूर्व कोने की दिशा में बहती है तो होटल बहुत लोकप्रियता प्राप्त करेगा एवं व्यापार में बढ़ोत्तरी होगी। होटल के स्वामी या प्रबंध-निदेशक का कार्यालय भवन की भूस्तर मंजिल (ग्राउंड फ्लोर) में दक्षिण-पश्चिम कोने में होना चाहिए। उसके कक्ष की ओर जाने वाला दरवाजा उत्तर-पूर्व कोने में पूर्व या उत्तर से होना चाहिए। उसके कमरे में कैश बॉक्स को दक्षिण की ओर मुख करके उत्तर में रखा जाना चाहिए। होटल के स्वामी या प्रबंध-निदेशक को उत्तर की ओर मुख करके दक्षिण-पश्चिम कोने में बैठना चाहिए। पूर्व की ओर मुख करके बैठना भी उचित है, लेकिन उत्तर की ओर मुख रखना सर्वोत्तम है।

आवास तथा जलपान गृह दोनों का प्रबंध एक ही स्वामी के द्वारा होने पर यह सुनिश्चित कर लेना चाहिए कि दोनों विभागों की ओर प्रवेश अनुकूल स्थिति से हो। यदि ऐसा संभव नहीं है, तो इनमें से एक विभाग का स्वामित्व बदल देना चाहिए, ताकि दोनों अनुकूल स्थान पर बने प्रवेशद्वारों से अंदर आ सकें।

दाहिना पक्ष सदा सही पक्ष

प्रवेशद्वार, द्वार या गेट आदि का अनुकूल स्थान निश्चित करने की एक सादा-सरल रीति है। सूर्य पूर्व में उदय होता है, पश्चिम की ओर आगे बढ़ता है और पश्चिम में ही अस्त हो जाता है। परंतु सूर्यास्त के साथ ही यह आशा शेष रहती है कि वह पुनः दूसरे दिन पूर्व में उदय होगा। पूर्व दिशा सूर्य किरणों का द्वार है और पश्चिम आशा भरे संसार का। इस विश्व की ऊपरी सीमा, उत्तर के स्वामी विश्व देवता हैं। एक भूखंड या भवन में अनुकूल स्थान तथा सही क्षेत्र पता लगाने की उचित रीति पश्चिम या उत्तर की ओर मुख करके अपनायी जा सकती है, उदाहरणार्थ :

(1) रेखा चित्र 25 ए में दिखाये गये निर्माण-स्थल में (गेट) द्वार के लिए अनुकूल स्थान का पता लगाने के लिए कोई व्यक्ति 'ए-बी' सड़क के मध्य में खड़ा हो जाये, उसका मुख पश्चिम की ओर रहे। इस व्यक्ति के दाहिनी ओर का क्षेत्र (वाई-ए.) सदा शुभ होगा। भवन के संबंध में भी यदि कोई व्यक्ति उसके सामने वाले भाग 'इ-फ' के मध्य में पश्चिम की ओर मुंह करके खड़ा हो जाए, तो उसके दाहिनी ओर का क्षेत्र (एक्स-ई) हर प्रकार से अच्छा या अनुकूल होगा।

(2) इसी प्रकार दूसरे निर्माणस्थल के रेखाचित्र संख्या 25 बी में यदि एक व्यक्ति बी-ए सड़क के मध्य में उत्तर की ओर मुख करके खड़ा हो जाये, तो उसके दाहिनी ओर का क्षेत्र 'वाई-ए' अच्छा होगा। भवन के संबंध में, उसके सामने वाले भाग 'एफ-ई' के मध्य में उत्तर की ओर मुख करके खड़ा होने पर उस व्यक्ति के दाहिनी ओर का (एक्स-ई) क्षेत्र हर प्रकार से अच्छा होगा।

(3) रेखाचित्र 25 सी में, कोई व्यक्ति 'सी-बी' के मध्य में उत्तर की ओर मुख करके खड़ा हो जाये तो उसके दाहिनी ओर का क्षेत्र 'वाई-बी' अच्छा होगा। भवन के संबंध में भी वह 'जी-एच' के मध्य में खड़ा हो जाए तो उसके दाहिनी ओर का क्षेत्र (एक्स-एफ) हर प्रकार से अच्छा या शुभ होगा।

(4) निर्माणस्थल के रेखा-चित्र 25 डी में, कोई व्यक्ति सी-डी के मध्य में पश्चिम की ओर मुख करके खड़ा हो जाये तो उसके दाहिनी ओर का क्षेत्र (वाई-डी) सदा शुभ या अच्छा होगा। भवन के संबंध में, व्यक्ति 'जी-एच' के मध्य में पश्चिम की ओर मुख करके खड़ा हो जाए तो उसके दाहिनी ओर का क्षेत्र (एक्स-एच) सब प्रकार से अच्छा या अनुकूल होगा।

यद्यपि व्यक्ति के लिए दोनों हाथ महत्वपूर्ण होते हैं परंतु दाहिना हाथ निश्चित रूप से बाएं हाथ से भिन्न होता है और अधिकांश कार्यों के लिए दाहिने हाथ का उपयोग किया जाता है। इसी प्रकार शरीर का दाहिना भाग बाएं भाग से बिल्कुल भिन्न प्रकार से कार्य करता है। कुछ अपवादों को छोड़कर यह सामान्यतः दाहिना पैर होता है जो सीढ़ियों पर चढ़ने या पूजा-कक्ष में जाने के लिए पहले आगे बढ़ता है, यही एक उचित तथा प्राकृतिक तरीका समझा जाता है। सीढ़ियों के आगे बढ़ने की दिशा जहां तक संभव हो घड़ी की सुइयों की तरह अर्थात् बायीं से दाहिनी ओर को होनी चाहिए और जब उसके साथ केवल एक ओर रेलिंग लगानी हो, तो उसे दाहिनी ओर लगाना चाहिए। यह जानना रोचक होगा कि चीता भी अपने द्वारा मारा हुआ वह शिकार नहीं खाता, जो उसकी बायीं ओर गिरता है। इसलिए अधिकांश लोगों द्वारा मान्य यह विश्वास बहुत महत्वपूर्ण है कि दाहिना पक्ष सदा सही पक्ष होता है।

मुख्य प्रवेशद्वार को लगाते समय यह ध्यान रखा जाना चाहिए कि वह अनुकूल क्षेत्र (रेखाचित्र में दिखायी गयी दाहिनी तरफ) में हो, लेकिन इसे भवन के बिल्कुल मध्य में या बिल्कुल सिरे पर नहीं होना चाहिए।

दाहिना पक्ष सदा सही पक्ष

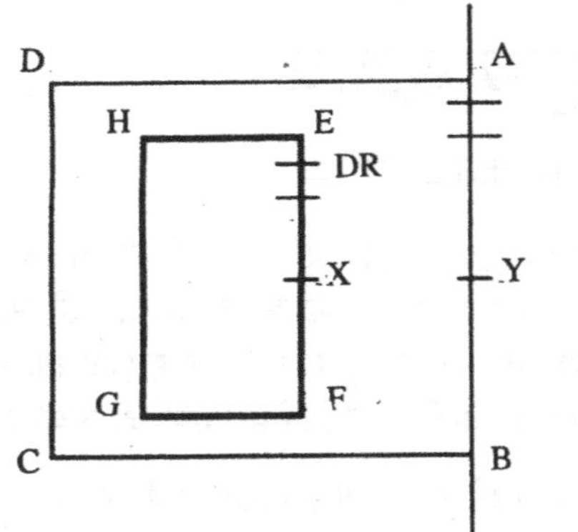

रेखाचित्र संख्या 25 ए
सर्वोत्तम प्रस्ताव।

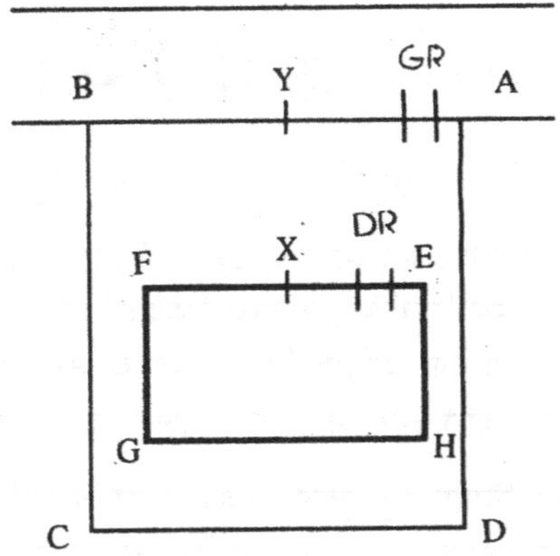

रेखाचित्र संख्या 25 बी
सर्वोत्तम प्रस्ताव।

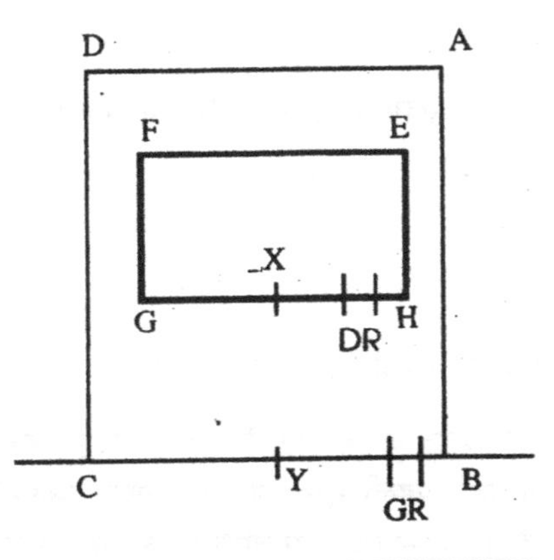

रेखाचित्र संख्या 25 सी
उतना शुभ नहीं।

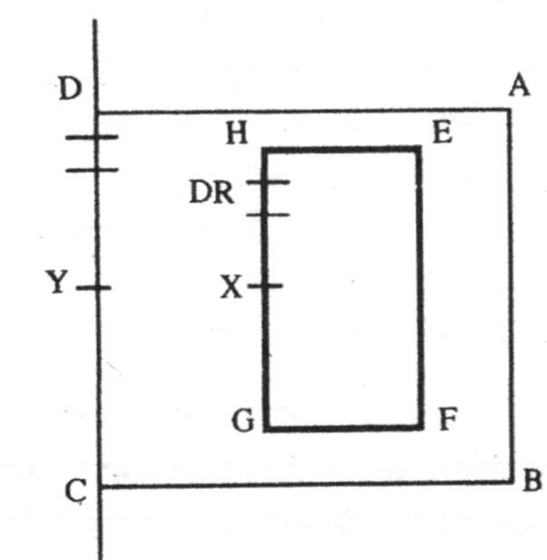

रेखाचित्र संख्या 25 डी
शुभ प्रस्ताव।

कार्य शुभारंभ संबंधी कुछ सुझाव

भवन निर्माण करने से पूर्व कुछ निश्चित अनुष्ठान करने पड़ते हैं जो निम्नलिखित हैं :—

शंकुस्थापना : यह वह तकनीकी विधि है जिसके द्वारा उत्तर-दक्षिण और पूर्व-पश्चिम की दिशाओं की जानकारी प्राप्त की जाती है। इसे 'पूर्वाभिमुखीकरण सिद्धांत' भी कहते हैं। इससे पूर्व निर्माणस्थल को स्वच्छ कराने के साथ ही भूमि का स्तर ठीक करवा देना चाहिए। निर्माणस्थल के उत्तर-पूर्व कोने में वास्तुपूजा और गणपति पूजा करनी चाहिए। इसके पश्चात ही खुदाई का कार्य और शिलान्यास (शिला की प्रतिष्ठा पूजा के दौरान कर दी जाती है) समारोह किया जा सकता है।

भवन के निर्माण हेतु खुदाई का कार्य उत्तर-पूर्व कोने से प्रारंभ करना चाहिए। इसे उत्तर-पूर्व से दक्षिण-पूर्व को और दक्षिण-पूर्व से दक्षिण-पश्चिम को करना चाहिए। इसके साथ-साथ यह कार्य उत्तर-पूर्व से उत्तर-पश्चिम को तथा उत्तर-पश्चिम से दक्षिण-पश्चिम को किया जा सकता है। खुदाई कार्य की अवधि में किसी भी समय उत्तर-पूर्व को छोड़कर अन्य कोई स्थान नीचा नहीं होना चाहिए।

स्तंभ आधार डालना, 1:4:8 का कंकरीट आधार डालना, शिलान्यास के लिए उसके आकार का स्थान बनाना आदि निर्माण-कार्य केवल दक्षिण-पश्चिम कोने से प्रारंभ किए जाने चाहिए और उसके बाद विपरीत दिशा की ओर बढ़ने चाहिए तथा किसी भी समय उत्तर-पूर्व क्षेत्र को दक्षिण-पश्चिम क्षेत्र से ऊंचा नहीं होना चाहिए।

पुराने भवनों को गिराने का कार्य उत्तर-पूर्व कोने से प्रारंभ किया जाना चहिए, उत्तर-पूर्व का स्तर दूसरे क्षेत्रों से सदैव नीचा रहना चाहिए। पुराने भवनों की सामग्री की गुणवत्ता की गारंटी ली जा सके तो उसका उपयोग नये भवनों के निर्माण में किया जा सकता है।

भवन निर्माण की अवधि में वास्तु पूजा तीन बार की जानी चाहिए : (1) प्रारंभ से पूर्व, (2) मुख्य द्वार को लगाते समय, बीच में (3) अंत में, गृहप्रवेश की अवधि में।

भिन्न-भिन्न राशियों में सूर्य की स्थिति के अनुसार खुदाई कार्य अलग-अलग कोनों से किया जा सकता है।
सूर्य—सिंह, कन्या, तुला में होने पर दक्षिण-पूर्व से।
सूर्य—वृश्चिक, धनु, मकर में होने पर उत्तर-पूर्व से।
सूर्य—कुंभ, मीन, मेष में होने पर उत्तर-पश्चिम से।
सूर्य—वृषभ, मिथुन, कर्क में होने पर दक्षिण-पश्चिम से।
(किसी ज्योतिषाचार्य या पंडित से विचार-विमर्श करके इस बारे में निर्णय लिया जा सकता है।)

इसी प्रकार मुख्यद्वार लगाने और गृह-प्रवेश के लिए एक शुभ दिन निश्चित करना होता है। भवन के हर प्रकार से पूरी तरह बन जाने के बाद ही गृह-प्रवेश समारोह करना चाहिए, उससे पहले नहीं। पहली भूस्तर मंजिल (ग्राउंड फ्लोर) का पूरी तरह निर्माण हो जाने के बाद भी अगर दूसरी मंजिल पूरी नहीं हो पाई है तो गृह-प्रवेश उस तारीख तक नहीं करना चाहिए, जब तक पूरा भवन न बन जाए।

इन सब उद्देश्यों के लिए ज्योतिष के पंडित की सहायता से पचांग, जन्मपत्री, खगोलशास्त्र आदि का अध्ययन कर एक शुभ समय चुनना पड़ता है। समारोह उत्तरायण (16 जनवरी से 15 जुलाई तक) शुभ माह, शुभवार, शुभ तिथि और शुभ मुहूर्त में करना चाहिए।

I. हिन्दू कलैंडर के निम्नलिखित महीनों में ही भवन निर्माण का कार्य प्रारंभ करना चाहिए।

(1) वैशाख, (2) श्रावण, (3) मार्गशीर्ष (4) पौष, (5) फाल्गुन। (विस्तार के लिए स.सू. 26 देखिए)

II. मुख्य प्रवेश-द्वार को निम्नलिखित महीनों की अवधि में लगाया जा सकता है।

(1) उत्तर में श्रावण (अगस्त), कार्तिक (नवम्बर) शुक्ल पक्ष में।

(2) पूर्व में कार्तिक (नवंबर), माघ (फरवरी) शुक्ल पक्ष में।

(3) पश्चिम में वैशाख (मई), श्रावण (अगस्त) शुक्ल पक्ष में

(4) दक्षिण में वैशाख (मई) या माघ (फरवरी) शुक्ल पक्ष में।

III कार्य प्रारंभ के लिए निम्नलिखित वार शुभ हैं :—
सोमवार, बुधवार, बृहस्पतिवार, शुक्रवार।

IV **शुभ नक्षत्र :** मृग, रोहिणी, अनुराधा, उत्तराषाढ़ा, शिरा, घनिष्ठा, रेवती, श्रवण, उत्तराभाद्र, शतभिषा, उत्तरा।

शुभ लग्न : वृषभ, सिंह, कुंभ, वृश्चिक।

शुभ तिथि (दिन) : द्वितीय, पंचमी, सप्तमी, नवमी, एकादशी, त्रयोदशी।

अन्य स्मरणीय बातें : समारोह से पूर्व घर के अंदर किसी प्रकार का भोजन नहीं पकना चाहिए अर्थात् कोई चूल्हा या स्टोव नहीं जलना चाहिए। किसी के भी द्वारा घर के अंदर स्नानागार या शौचालय का उपयोग (ये कार्य किसी अन्य घर में किए जाने चाहिए) गृह-प्रवेश समारोह से पूर्व नहीं किया जाएगा।

समारोह के लिए घर की भली प्रकार सफाई करके उसे सजा देना चाहिए, विशेष रूप से प्रवेश द्वार की सज्जा केले के पौधे, आम की पत्तियों, सुगंधित पुष्पों आदि से होनी चाहिए। समारोह से पूर्व की रात्रि को वास्तुशांति अर्थात वास्तुपूजा, वास्तुहोम, बलिदान (या वास्तुबलि), रक्षाहोम, सुदर्शनहोम आदि किए जाएंगे। इसके पहले गाय और बछड़े को घर में प्रवेश कराकर तथा पवित्र जल से पूरे घर को शुद्ध किया जाएगा। गृहप्रवेश के दिन एक सफेद कपड़े से (जिसे हल्दी से रंगकर सुखा लिया गया हो) मुख्यद्वार को ढांक दिया जाएगा और द्वारपूजा की जाएगी। गृह प्रवेश करने के बाद पूजा-कक्ष में देवता की मूर्ति प्रतिष्ठा तथा अन्य औपचारिकताएं तथा अनुष्ठान जैसे दूध उबालना, गण-होम, नवग्रह होम, सत्यनारायण की पूजा, अतिथियों और कार्यकर्ताओं को स्वादिष्ट भोजन कराना, भवन निर्माण कार्य में लगे कारीगरों को उपहार देना आदि कार्य पूरे किए जाएंगे। समारोह के बाद पूरे घर को भली प्रकार प्रकाश से आलोकित किया जाएगा और उसीदिन से परिवार उस घर में निवास करना प्रारंभ कर देगा। कुछ लोग समारोह के बाद घर में ताला लगाकर अपने मूल स्थान पर चले जाते हैं जोकि अनुचित है। यदि किसी कारणवश वे नये घर में नहीं रह सकें तो गृहप्रवेश समारोह को स्थगित कर देना चाहिए।

गृहप्रवेश के बाद गृहस्वामी को चाहिए कि वह दैनिक पूजा करे। पूजा-कक्ष या अन्य स्थान पर प्रतिष्ठित मूर्ति का मुख पश्चिम, पूर्व और उत्तर की ओर होना चाहिए, पूजा करने वाले का मुख क्रमानुसार पूर्व, पश्चिम या दक्षिण की ओर होना चाहिए। दैनिक पूजा में धार्मिक ग्रंथों में दिए गए निम्नलिखित नियमों का पालन किया जाएगा :

(1) स्नान द्वारा शरीर को शुद्ध करके स्वच्छ वस्त्र पहनने के बाद पूजा करनी चाहिए। पूजा-कक्ष में बिना हाथ-पैर धोए प्रवेश नहीं करना चाहिए। पैरों को एक-दूसरे से रगड़कर साफ करने की बजाय बायें हाथ से साफ करना चाहिए तथा दाहिने हाथ का उपयोग पानी डालने के लिए होना चाहिए।

(2) पूजा-कक्ष में पीतल के बर्तनों का उपयोग करना मना है। केवल तांबे के बर्तनों का उपयोग करना है, विशेष रूप से जब पानी का प्रयोग करना हो। तुलसी तथा फूल आदि भी तांबे की तश्तरी में ही एकत्रित किए जाएंगे।

(3) तेल के दीपक अथवा तेल संबंधी कार्यों के लिए पीतल का उपयोग किया जा सकता है। चांदी या सोने की चीजों का उपयोग किसी भी कार्य के लिए हो सकता है परंतु लोहा, स्टेनलैस स्टील और अंडी के तेल का उपयोग वर्जित है।

(4) पूजा में उपयोग किया जाने वाला जल कुएं या बोरबेल से लेना बेहतर है, जल बहुत स्वच्छ हो और उसे उंगली के नाखूनों के स्पर्श से प्रदूषित न किया गया हो। प्याले में लिए जाने वाले जल से वाहक व्यक्ति का पैर न छुआ गया हो, इस बात का भी ध्यान रखें।

(5) देवता या परमात्मा की मूर्ति को अर्पित किए जाने वाले सभी फूल पानी से साफ किए जाएंगे। एक ही तश्तरी में तुलसी के साथ दूसरे फूलों को नहीं रखना है। तुलसी को पानी से साफ नहीं करना है। तुलसी को सायं या रात्रि में नहीं तोड़ना है, वरन् उषा काल में सूर्य का उसपर प्रकाश पड़ने से पहले तोड़ना है। चुराये गये फूलों का उपयोग पूजा में बिल्कुल नहीं किया जाता।

(6) सभी फूलों या किसी भी फूल का उपयोग करने की बजाय केवल चुने हुए और अच्छी सुगंध वाले फूलों का उपयोग किया जाएगा। गले हुए या क्षतिग्रस्त फूलों का उपयोग नहीं होगा।

(7) लाल फूलों (सिवाय गुलाब, कमल आदि अच्छी गंध वाले फूलों को छोड़कर) का उपयोग नारायण की पूजा के लिए नहीं किया जाता। दुर्गाजी की पूजा में एक विशेष प्रकार के लाल फूलों (जवा कुसुम, गुड़हल) का उपयोग अन्य फूलों के साथ किया जाता है।

(8) यद्यपि भारत में भिन्न-भिन्न प्रकार के लोग अपने देवी-देवता की पूजा अलग-अलग रीति से करते हैं तथापि तुलसी, शंख, घंटी, गंध (चंदन की लकड़ी के लेप) के बिना पूजा सामान्यत: अधूरी सामझी जाती है। धूप, आरती, दीप, पूजा अग्नि आदि को मुंह से फूंक मारकर नहीं बुझाया जाता।

(9) पूजा के समय अनावश्यक बातचीत करना, शरीर का स्पर्श करना, बालों, पैरों, सिर, नाक आदि को हाथ से छूना मना है। इस समय बच्चे से खेलने या क्रोध करने का भी निषेध है।

(10) मूर्ति के ऊपर बायें हाथ से पानी नहीं डालना चाहिए। बर्तनों, तश्तरियों आदि को उठाते या रखते हुए आवाज नहीं होना चाहिए।

(11) देवता या भगवान को अर्पित की जाने वाली वस्तु को मूर्ति का भोग लगाने से पहले सूंघना या चखना नहीं चाहिए। मूर्ति के सामने दंडवत् प्रणाम करने के बाद अपने कपड़ों को झाड़ना नहीं चाहिए।

(12) पूजा के समय अपना सारा ध्यान परमात्मा पर लगा देना चाहिए और परमात्मा से कुछ मांगने के लिए पूजा नहीं करनी चाहिए।

(13) रंगोली बनाने के लिए केवल चावल के आटे का उपयोग करना चाहिए, सफेद पत्थर या ऐसे ही अन्य पदार्थ से बनाए गये पाउडर या चूर्ण का नहीं।

(14) घर में कबूतरों को नहीं वरन् तोता, मैना, मुर्गा, हंस, बतख आदि पक्षियों को पालना चाहिए। पशुओं में कस्तूरी-बिल्ली, चीता, नकुल (नेवला) आदि जैसे जीव पाले जा सकते हैं।

(15) घर में लगे बर्रों के छत्तों को नष्ट कर देना चाहिए परंतु इस प्रकार कि उसके अंदर किसी कीड़े की मृत्यु न हो।

यह जानना रोचक होगा कि प्राचीन भारतीयों के दैनिक जीवन और धार्मिक अनुष्ठानों में तांबे के बर्तनों और तश्तरियों आदि का खूब उपयोग होता था। इसका वैज्ञानिक कारण तांबे का औषधीय महत्व है क्योंकि (1) तांबे में बहुत जल्दी दाग पड़ जाते हैं और उन्हें क्षार या तेजाबी वस्तु से साफ करते रहना जरूरी होता है। इसके फलस्वरूप वे स्वच्छ रहते हैं। (2) आयुर्वेद के अनुसार, यदि कोई प्रात:काल उठते ही तांबे के बर्तन में रात भर रखे तुलसी की पत्तियां पड़े पानी को नियमित रूप से पीता है, तो वह अवश्य ही एक स्वस्थ तथा दीर्घ जीवन प्राप्त करता है।

प्राचीन धर्मग्रंथों के अनुसार दूसरी महत्वपूर्ण तथा याद रखने योग्य बात यह है कि दीपक या अग्नि को मुंह से फूंक मार कर बुझाना मना है। अत: पश्चिमी रीति-रिवाजों का पालन करने वाले जो भारतीय अपने जन्म दिवस पर जलती हुई मोमबत्तियों को फूंक मारकर बुझाते हैं वह एक गलत कार्य करते हैं। हिन्दू पंचांग के अनुसार इस विशेष दिन को अपनी राशि तथा नक्षत्रों के अनुसार मनाना कहीं उचित, लाभदायक तथा प्रसन्नतापूर्ण होगा।

दोष और उनके सुधार

भवन के दोष मूल रूप से निम्नलिखित कारणों से होते हैं:—

(1) धार्मिक ग्रंथों में लिखित निर्देशों का पालन नहीं करना।

(2) घर की महत्त्वपूर्ण इकाइयों जैसे पूजाकक्ष, रसोई, शौचालय, (जीना) सोपान, शयनकक्ष आदि को, द्वारों के स्थानों को, उनकी सज्जा या असज्जा को पारंपरिक रीतियों से नहीं बनाना।

(3) वेध (अवरोध या रुकावट) के सिद्धांत का पालन न करना।

(4) वैदिक वास्तुकला के रहस्यमय विचार की उपेक्षा करना।

(5) भवन के अंगभूत भागों जैसे मेहराब, स्तंभ, शहतीर, दीवार, नींव, छत, सरदल आदि-आदि में भंग (टूट-फूट) होना।

जब वास्तुकला संबंधी, धर्मग्रंथों के नियमों से संबंधित अथवा भवन के ढांचे संबंधी दोष होते हैं, तो उनके परिणामस्वरूप उसमें निवास करने वालों को भांति-भांति के दुष्प्रभावों का, जैसे बीमारी, दुर्भाग्य, परिवार के सदस्यों की मृत्यु, आपसी झगड़ा, अनावश्यक मुकद्दमेबाजी, व्यवसाय, उद्योग या राजनीति में हानि आदि का सामना करना पड़ता है। अंत में, जब इनका वास्तविक कारण पता चले तो तत्काल इनको दूर करने के लिए पूरे मनोयोग से प्रयत्न करना और सुधार या मरम्मत का कार्य पूरा करना आवश्यक हो जाता है।

इन दोषों को दूर करने के लिए वास्तुशिल्प हमें एक परिपूर्ण नियमावली प्रदान करता है, जिसे हम आधुनिक शब्दावली में (द बिल्डिंग बाई लाज) भवन निर्माण के उपनियम कहते हैं। लेकिन यह देखना है कि सत्ताधारी अपने दृष्टिकोण में परिवर्तन करके और पूरा सहयोग देकर तथा शिक्षा क्षेत्र के नियंता वास्तुशिल्प को पाठ्यक्रम का एक भाग बनाकर कहां तक अपना योगदान देते हैं।

भवन का दोष चाहे वह वास्तुकला, ढांचे या धर्मग्रंथ से संबंधित हो बिना अधिक कठिनाई के विशेषज्ञों की सलाह लेकर और उनसे विचार-विमर्श करके काफी हद तक दूर किया जा सकता है। लेकिन जब कोई कुआं खोदा जाता है या बोरवेल के लिए छिद्र बनाया जाता है और बाद में पता चलता है कि वह स्थान गलत था तो इसके फलस्वरूप मानसिक दुख और क्लेश का अनुभव होता है। ऐसी स्थिति में कुएं या बोरवेल को मिट्टी से भरकर ही सुधार कार्य समाप्त नहीं हो जाता।

क्योंकि जैसा कि धर्मग्रंथों में उल्लेख है कि अगर एक वृक्ष कटने के बाद दक्षिण अथवा पश्चिम की ओर गिरे तो उसे भवन के निर्माण कार्य में उपयोग करने योग्य नहीं समझा जाता है और उसे शांति अनुष्ठान तथा अन्य आवश्यक अनुष्ठान करने के बाद ही छोड़ा जाता है। उसी प्रकार अनुपयुक्त समझे जाने वाले कुएं या बोरवेल को आवश्यक धार्मिक अनुष्ठान करने तथा सही स्थान पर शुभ समय में दूसरा कुआं या बोरवेल खोदकर उसका उपयोग करने के बाद ही मिट्टी से बंद करना चाहिए। इसका कारण यह है कि कुआं या बोरवेल जल प्राप्त करने के स्रोत हैं, जल हमारे जीवन के लिए एक आवश्यक वस्तु है और भौतिक संसार के पांच महाभूतों में से एक है।

कुछ उदाहरणों का अध्ययन

आगे के पृष्ठों में कुछ ऐसे उदाहरण दिये गये हैं, जिनमें उनके दोषों और उन्हें दूर करने के उपायों पर प्रकाश डाला गया है। जहां इस प्रकार के दोष हों जैसे उत्तर तथा पूर्व में खुला स्थान कम होना, जीने का स्थान ठीक न होना आदि और उन्हें सुधारा नहीं जा सके, तब, उस विशेष पहलू को स्पर्श न करना ही बेहतर होगा लेकिन ऐसे दोषों के दुष्प्रभावों को दूर करने के लिए कुछ अन्य सुधार के उपाय अपनाने जरूरी होंगे।

(रेजीडेंशियल बिल्डिंग)

North
UT
GR
8'
OH
W
10'
West
5'
East
LL
12'
g
South - Road

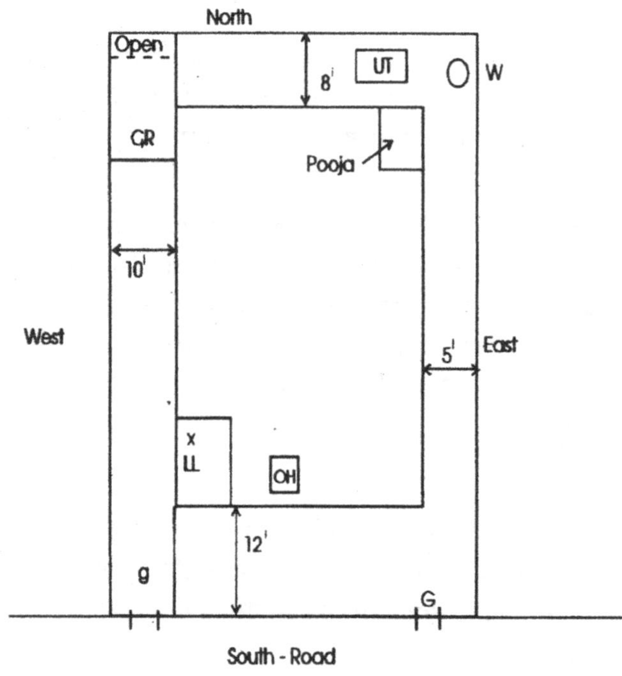

North=उत्तर, South=दक्षिण, West=पश्चिम, East=पूर्व, Road=सड़क/मार्ग, Open=खुला।

प्रयुक्त सांकेतिक अक्षरों के हिंदी समानार्थी:

UT=Underground Tank = भूमिगत टंकी
GR=Garage = गैराज
OH=Overhead Tank = ऊपर स्थित टंकी
LL=Low Level = निम्नस्तर या नीची सतह
W=Well = कुआं
P=Pooja Room = पूजा कक्ष
G=Gate = द्वार या गेट

दोष :

1. पूर्व और उत्तर में पश्चिम तथा दक्षिण की तुलना से खुला स्थान कम है।
2. भूखंड में प्रवेश दक्षिण दक्षिण-पश्चिम से है।
3. भवन में प्रवेश पश्चिम दक्षिण-पश्चिम से है।
4. UT अर्थात् भूमिगत टंकी गैराज के अंदर उत्तर-पश्चिम में है।
5. OH अर्थात् ऊपर स्थित टंकी उत्तर में है।
6. गैराज उत्तर की कंपाउंड दीवार को छू रहा है और उत्तर पश्चिम कोने का अवरोध कर रहा है।
7. कुआं ठीक उत्तर पूर्व कोने में है अर्थात् भूखंड के उत्तर-पूर्व कोने को मकान के कोने से जोड़ने वाली काल्पनिक रेखा पर।
8. भवन के दक्षिण-पश्चिम कोने में भूस्तर नीचा है।

सुझाव :

1. उत्तर और पूर्व में खुला स्थान कम होने के संबंध में कुछ नहीं किया जा सकता।
2. दक्षिण-पश्चिम में लगे (गेट) द्वार से बड़ा द्वार दक्षिण दक्षिण-पूर्व में लगाना चाहिए।
3. प्रवेश दक्षिण दक्षिण-पूर्व कोने से होना चाहिए।
4. उत्तर पश्चिम में बनी भूमिगत टंकी बंद कर देनी चाहिए और उसे उत्तर-पूर्व में बनाना चाहिए।
5. ऊपर स्थित टंकी (ओवर हैंड टैंक) को दक्षिण-पश्चिम में स्थानांतरित कर देना चाहिए।
6. गैराज का उत्तर-पश्चिम कोना खोल दिया जाना चाहिए।
7. दक्षिण-पश्चिम की निचली सतह में मिट्टी भरवा देनी चाहिए। (x)
8. भूस्तर की मंजिल (ग्राउंड फ्लोर) में उत्तर-पूर्व कोने में बने कमरे को पूजाकक्ष के रूप में बदल देना चाहिए।

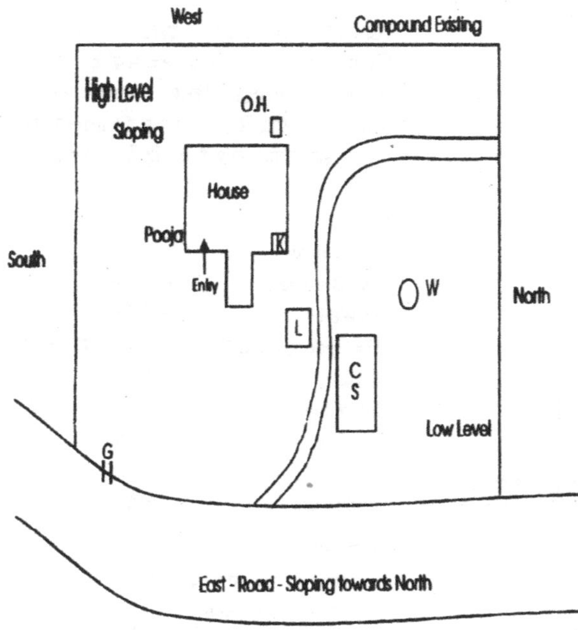

रेखाचित्र में प्रयुक्त अंग्रेजी शब्दों के समानार्थी: East=पूर्व, West=पश्चिम, North=उत्तर, South=दक्षिण, High level=ऊंची सतह, Low level नीची सतह, Sloping=ढाल, House=मकान, Pooja=पूजा, Entry=प्रवेश, East-Road, Sloping Towards North=पूर्व-सड़क, उत्तर की ओर ढाल, Proposed Fencing Compound=प्रस्तावित बाड़ा/हाता Compound Existing=वर्तमान अहाता।

प्रयुक्त सांकेतिक अक्षरों के हिंदी समानार्थी:

OH-Overhead Tank = ऊपर स्थित टंकी
L=Latrine = शौचालय
K=Kitchen = रसोई
W=Well = कूप/कुआं
CS = गउओं का सायबान

दोष:

1. दक्षिण और पश्चिम में उत्तर तथा पूर्व की तुलना में खुला स्थान अधिक है।
2. प्रवेशद्वार तथा दरवाजा दक्षिण-पश्चिम में है।
3. रसोई उत्तर-पूर्व में है।
4. शौचालय (L) उत्तर-पूर्व में है।
5. गउओं का सायबान उत्तर-पूर्व में है।
6. पूजाकक्ष दक्षिण-पूर्व में है।
7. ऊपर स्थित टंकी उत्तर-पश्चिम में है।
8. ब्वायलर युक्त स्नानागार उत्तर-पूर्व में है।

सुझाव:

1. पश्चिम तथा दक्षिण की तरफ के खुले स्थान को कम करने के लिए एक बाड़ा/अहाते की दीवार बना दें।
2. द्वार (गेट) और प्रवेश द्वार को उत्तर-पूर्व में ले जाएं।
3. रसोई को दक्षिण-पूर्व में ले जाएं।
4. पूजाकक्ष को उत्तर-पूर्व में ले जाएं।
5. शौचालय, गउओं का सायबान, स्नानागार उत्तर-पश्चिम में ले जाएं।
6. ऊपर स्थित टंकी (ओवर हैड टैंक) दक्षिण-पश्चिम में ले जाएं।

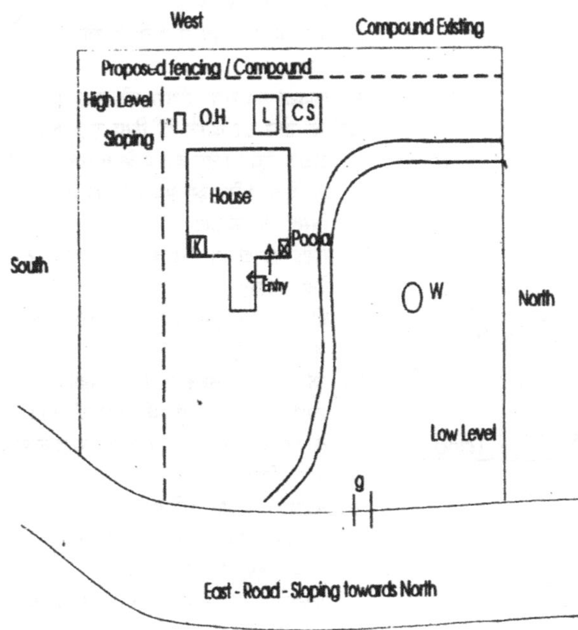

अ और ब दो भिन्न लोगों के स्वामित्व में हैं पर दोनों मिलकर एक इकाई बनाते हैं।

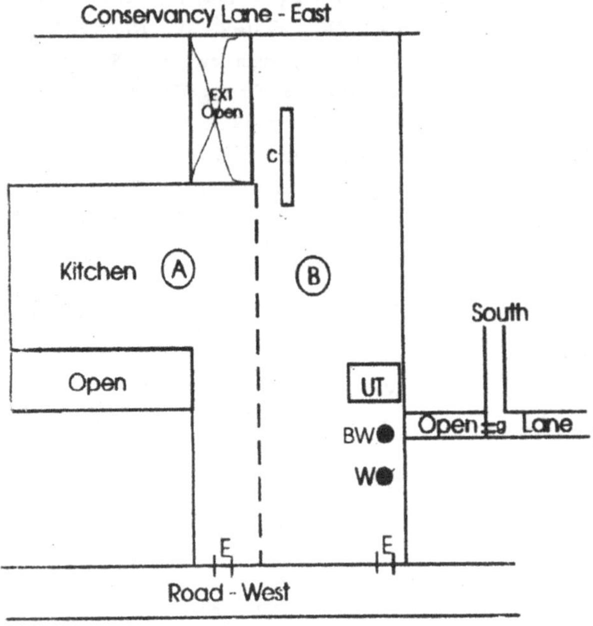

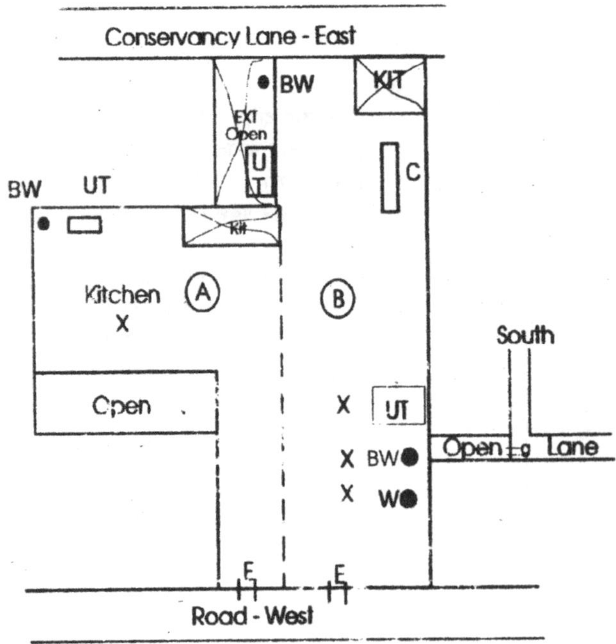

रेखाचित्र में प्रयुक्त अंग्रेजी शब्दों के समानार्थी:

Conservancy Lane=सफाई गली, East=पूर्व, West=पश्चिम, South=दक्षिण, Kitchen=रसोई, Road=सड़क, Open=खुला।

प्रयुक्त सांकेतिक अक्षरों के हिंदी समानार्थी:

A=अ

B=ब

E=Entrance	= प्रवेश
BW=Borewell	= बोरवेल
W=Well	= कुंआ
UT=Underground Tanks	= भूमिगत टंकियां
G=Gate	= द्वार
C=Counter	= काउंटर
Ext=Extension	= विस्तार
Open	= खुला
South East	= दक्षिण-पूर्व

अ के दोष :

1. उत्तर और पूर्व की तरफ अवरोध है तथा पश्चिम का वाम भाग खुला है।
2. दक्षिण-पूर्व में विस्तार है।
3. रसोई उत्तर-पूर्व कोने में है।

ब के दोष :

1. प्रवेश, कुआं, बोरवैल, भूमिगत टंकी, द्वार और खुली जगह का विस्तार सभी दक्षिण-पश्चिम में है जो बहुत अशुभ है।
2. फर्श का स्तर पूर्व में ऊंचा है और पश्चिम में कम।
3. काउंटर का मुख दक्षिण की तरफ है।

'अ' के दोष दूर करने के लिए सुझाव :

1. दक्षिण-पूर्व विस्तार को ब के विस्तार द्वारा कम कर देना चाहिए इस प्रकार ब का उत्तर-पूर्व में विस्तार हो सकेगा।
2. रसोई को दक्षिण-पूर्व कोने में स्थानांतरित कर देना चाहिए।
3. बोरवेल और भूमिगत टंकी को उत्तर-पूर्व में ले जाना चाहिए।

'ब' के दोष दूर करने के लिए सुझाव :

1. रसोई को दक्षिण-पूर्व में स्थान दीजिए।
2. काउंटर को बदलिए और उसका मुख उत्तर की ओर कीजिए।
3. बोरवेल, कुआं, भूमिगत टंकी को दक्षिण-पश्चिम में बंद कर दीजिए और उसे उत्तर-पूर्व में बढ़े हुए क्षेत्र में बनाइए।
4. दक्षिण-पश्चिम में स्थित (गेट) द्वार को बंद कर दीजिए।
5. दक्षिण-पश्चिम के स्तर को ऊंचा उठाइए।
6. दक्षिण-पश्चिम में स्थित 'प्रवेश' को पश्चिम-दक्षिण में ले जाइए।

औद्योगिक भवन
(इंडस्ट्रियल बिल्डिंग)

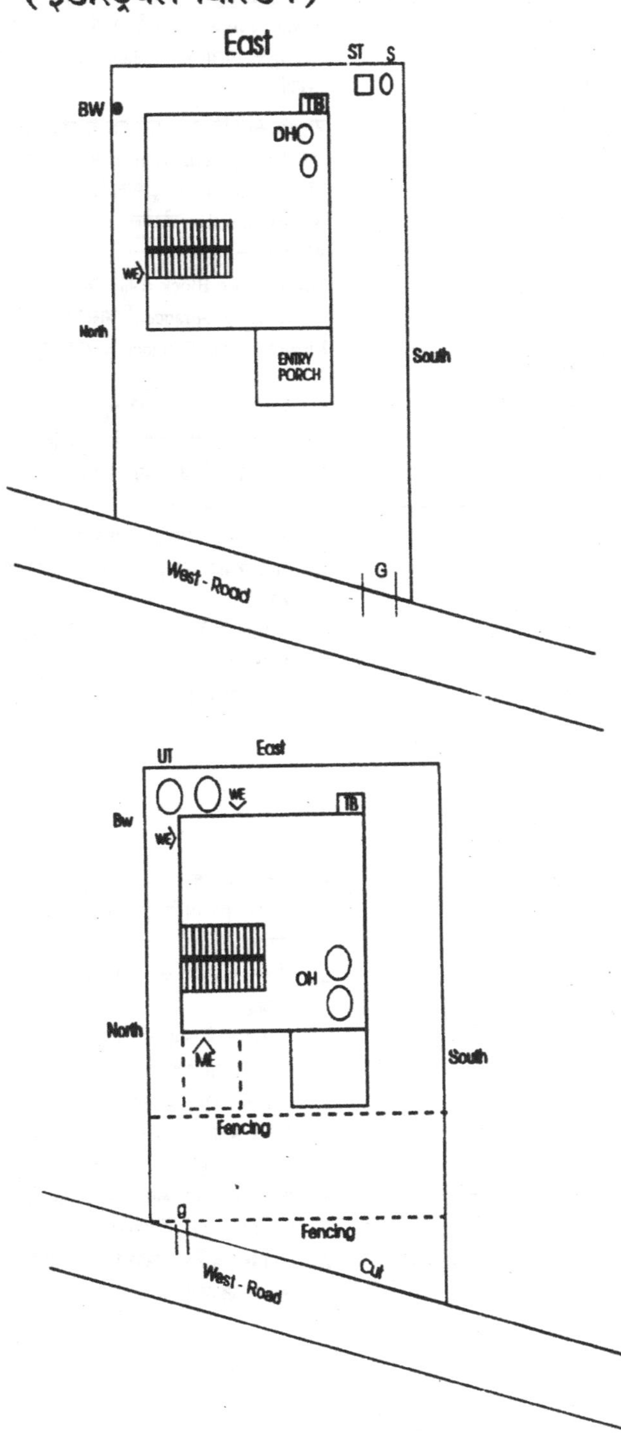

रेखाचित्र में प्रयुक्त अंग्रेजी शब्दों के समानार्थी:

East=पूर्व, West=पश्चिम, North=उत्तर, South=दक्षिण, Fencing=बाड़ा, Road=सड़क, Entry Porch=प्रवेश-द्वार/मंडप।

प्रयुक्त सांकेतिक अक्षरों के हिंदी समानार्थी:

St.=Septic Tank = सैप्टिक टैंक

S Pit=Soakage Pit = सोकेज पिट

WE = कारीगरों के प्रवेश करने का द्वार

SE = स्टोर में प्रवेश करने का द्वार

OH=Overhead Tank=ऊपर स्थित जल संग्रह टंकियां

ME = फैक्टरी में मजदूरों के प्रवेश करने का द्वार

BW=Borewell = बोरवेल

G=Gate = गेट/द्वार

निरीक्षण में पाये गये दोष :

1. सैप्टिक टैंक (ST) और सोकेज पिट (S) दक्षिण-पूर्व कोने में है, जो अशुभ है।
2. फैक्टरी के मुख्य द्वार का दक्षिण-पश्चिम कोने से होना अशुभ है।
3. कारीगरों के प्रवेश करने का द्वार और स्टोर में प्रवेश करने का द्वार उत्तर-पश्चिम से है, जो अशुभ है।
4. दक्षिण-पूर्व कोने में ऊपर स्थित टंकी (ओवर हैड टंकी) अशुभ है।
5. दक्षिण-पूर्व कोने का विस्तार किया गया है, जो अशुभ है।
6. (गेट) द्वार का स्थान दक्षिण-पश्चिम में है, जो अशुभ है।
7. पूर्व और उत्तर की ओर खुला स्थान है जो कि दक्षिण और पश्चिम के खुले स्थान से कम है।

सुधार के लिए सुझाव :

1. सैप्टिक टैंक और सोकेज पिट के दुष्प्रभावों को दूर करने के लिए दो गोलाकार और गहरी जल संग्रह टंकियां उत्तर-पूर्व में बननी चाहिए। ये भूमि के अंदर बनेंगी। (UT)
2. फैक्टरी में प्रवेश करने का द्वार उत्तर-पश्चिम की तरफ ले जाएं। इसके सामने द्वार-मंडप भी बनाएं। (ME)
3. कारीगरों का प्रवेशद्वार और स्टोर का प्रवेशद्वार उत्तर-पूर्व कोने में जाएगा।
4. ऊपर स्थित टंकी (ओवर हैड टैंक) दक्षिण-पश्चिम कोने में ले जाएं।
5. दक्षिण-पश्चिम में बढ़े हुए कोने को बाड़ लगाकर काट दीजिए।
6. दक्षिण और पश्चिम की तरफ के खुले स्थान को कम करने के लिए रेखाचित्र के अनुसार दूसरी बाड़ लगाइए।
7. द्वार (गेट) को उत्तर-पश्चिम कोने में ले जाइए।

(बोर्डिंग और लॉजिंग)

दोनों एक व्यक्ति के स्वामित्व में

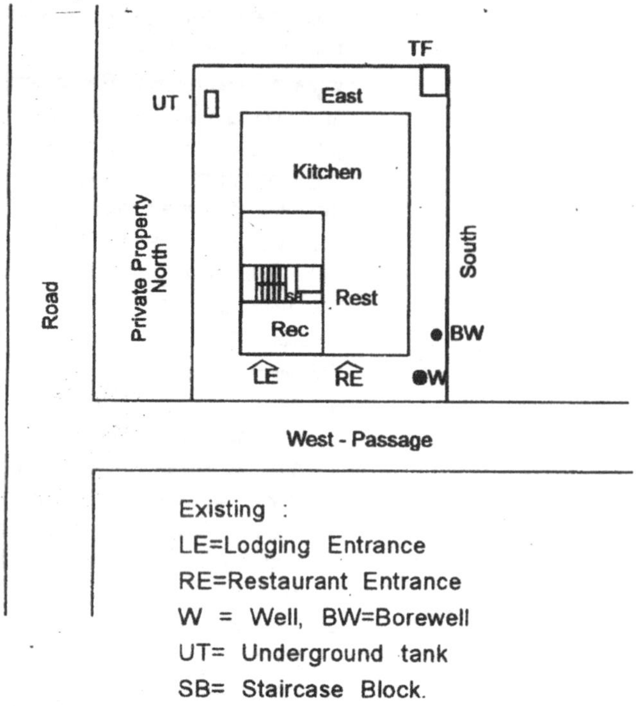

TF
UT
East
Kitchen
Private Property North
Road
South
SB
Rest
Rec
BW
LE
RE
W
West - Passage

Existing :
LE=Lodging Entrance
RE=Restaurant Entrance
W = Well, BW=Borewell
UT= Underground tank
SB= Staircase Block.

रेखाचित्र में प्रयुक्त अंग्रेजी शब्दों के समानार्थी:
East=पूर्व, West=पूर्व, North=उत्तर, South=दक्षिण, Private Property=निजी संपत्ति, Road=सड़क, Passage=पथ/रास्ता, Kitchen = रसोई, Restaurant =रेस्त्रां।

प्रयुक्त सांकेतिक अक्षरों के हिंदी समानार्थी:
UT=Underground Tank = भूमिगत टंकी
TF=Transformer = ट्रांसफार्मर
BW=Borewell = बोरवेल
W=Well = कुआं
SB=Staircase Block =जीने का खंड
LE=Lodging Entrance=निवास स्थान का प्रवेश द्वार
RE=Restaurant Entrance = रेस्त्रां में प्रवेश द्वार

1. उत्तर में भूमिगत टंकी शुभ है।
2. दक्षिण-पूर्व में ट्रांसफार्मर शुभ है।
3. कुएं और बोरवैल का दक्षिण-पश्चिम में होना बहुत अशुभ है।
4. जीने/सीढ़ियों का खंड उत्तर की ओर शुभ नहीं।
5. निवासस्थान का प्रवेश उत्तर-पश्चिम से है जो शुभ है।
6. रेस्त्रां का प्रवेश दक्षिण-पश्चिम से है, जो बहुत अशुभ है।
7. ऊपर स्थित टैंक उत्तर-पूर्व क्षेत्र में है।

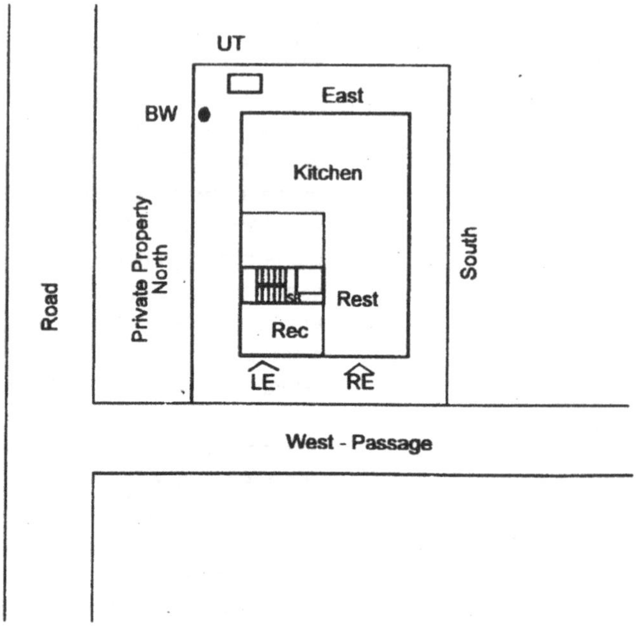

UT
BW
East
Kitchen
Private Property North
Road
South
SB
Rest
Rec
LE
RE
West - Passage

सुधार हेतु सुझाव :

1. दक्षिण-पश्चिम के खुले कुएं को बंद करवा देना चाहिए।
2. दक्षिण-पश्चिम के बोरवेल को बंद करवा दीजिए।
3. उत्तर-पूर्व में नया बोरवेल खुदवाइए।
4. जीना बदला नहीं जा सकता।
5. रेस्त्रां के स्वामित्व को बदलना होगा और उसे स्वतंत्र बनाना होगा ताकि उसका प्रवेश उत्तर-पश्चिम से हो।
6. रसोई घर, विशेष रूप से भोजन पकाने वाले भाग को दक्षिण-पूर्व में करना होगा।
7. (ओवर हैड टैंक) ऊपर स्थित टंकी को पश्चिमी क्षेत्र में ले जाइए।

व्यापारिक भवन
(कमर्शियल बिल्डिंग)

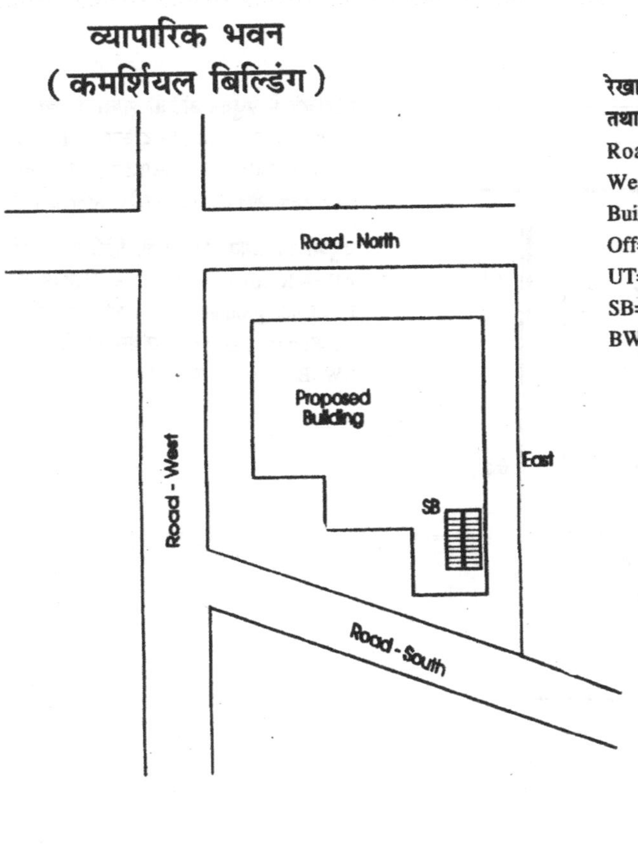

रेखाचित्र में प्रयुक्त अंग्रेजी शब्दों के समानार्थी तथा अंग्रेजी संकेत अक्षरों के हिंदी समानार्थी:
Road=सड़क, North=उत्तर, East=पूर्व, West=पश्चिम, South=दक्षिण, Proposed Building=प्रस्तावित भवन, Fencing=बाड़, Cut Off=कटा भाग।
UT=Underground Tank =भूमिगत टंकी
SB=जीना खंड
BW=Borewell=बोरवेल

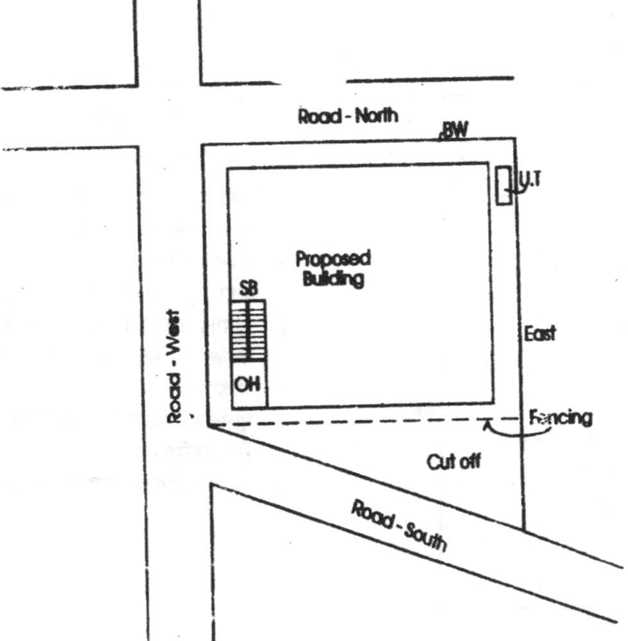

दोष :

1. भूखंड दक्षिण-दक्षिण-पूर्व की ओर बढ़ा हुआ है जो बहुत अशुभ है।
2. बनायी गयी योजना में भी भवन के दक्षिण दक्षिण-पूर्वी भाग का विस्तार किया गया है।
3. जीना/सोपान दक्षिण-पूर्व में है।

सुधार के सुझाव :

1. दक्षिण दक्षिण-पूर्व के बढ़े हुए भाग में बाड़ लगाकर उसे काट दीजिए।
2. भवन को आयताकार रूप देने के लिए उसकी योजना में परिवर्तन कीजिए।
3. दक्षिण और पूर्व की तुलना में उत्तर तथा पूर्व में अधिक खुला स्थान रखना है।
4. बोरवेल को उत्तर पूर्व में खुदवाए।
5. उत्तर-पूर्व में भूमिगत टंकी को बनाइए।
6. सोपान खंड और ऊपर स्थित टंकी को दक्षिण-पश्चिम कोने में रखें।

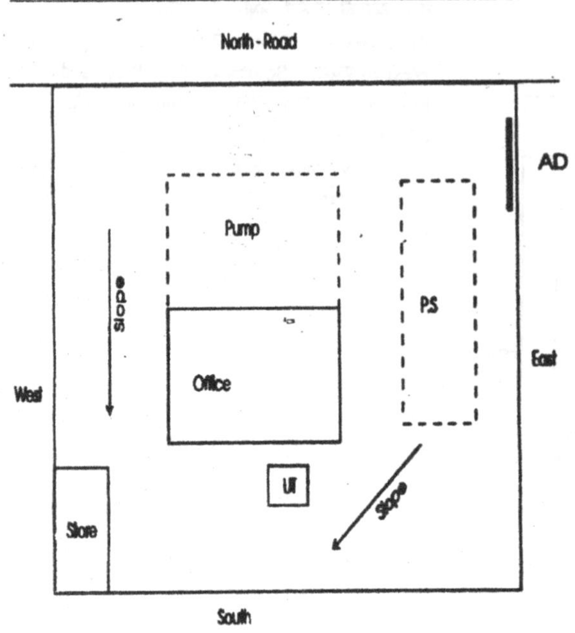

रेखाचित्र में प्रयुक्त अंग्रेजी शब्दों के समानार्थी:
North=उत्तर, South=दक्षिण, East=पूर्व, West=पश्चिम, Road=सड़क, Pump=पंप, Office=कार्यालय, Store=स्टोर, Slope=ढाल

प्रयुक्त सांकेतिक अक्षरों के हिंदी समानार्थी:
AD=Advertisement Board = विज्ञापन बोर्ड
UT=Underground Tank = भूमिगत टंकी
SS=Service Station = सर्विस स्टेशन
BW=Borewell = बोरवेल

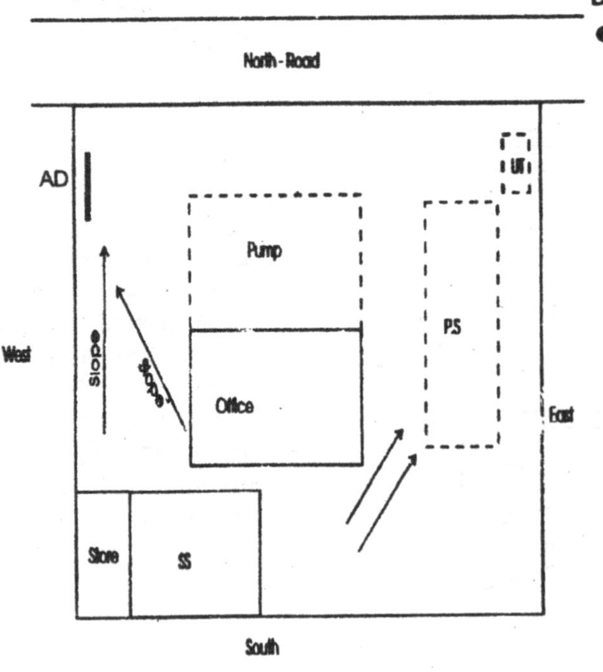

दोष :

1. उत्तर में दक्षिण की तुलना में खुला स्थान कम है।
2. भूमिगत जल टंकी दक्षिण में है।
3. भूमि का ढाल दक्षिण-पश्चिम की ओर है।
4. विज्ञापन का बड़ा बोर्ड (AD) उत्तर-पूर्व में है।

दोषों को दूर करने के लिए सुझाव :

1. खुले स्थान को कम करने के लिए दक्षिण-पश्चिम में सर्विस स्टेशन (SS) का सायबान बनाया जा सकता है।
2. भूमिगत टंकी को उत्तर-पूर्व में ले जाइए।
3. बोरवेल (BW) को उत्तर-पूर्व में खुदवाना चाहिए।
4. भूमिखंड का ढाल उत्तर और उत्तर-पूर्व की ओर होना चाहिए।
5. विज्ञापन बोर्ड को पश्चिम में ले जाइए।

शुभ वृक्ष और पौधे

हमें उन पेड़ों के बारे में अवश्य कुछ जानना चाहिए जो हमारे देशवासियों की जीवन शैली तथा परंपराओं में महत्वपूर्ण स्थान रखते हैं।

(1) **अश्वत्थ : (पीपल का वृक्ष):** यह सबसे अधिक शुभ और दिव्य वृक्ष माना जाता है। पूरे देश में इसकी पूजा की जाती है। भगवान श्री कृष्ण ने कहा, 'वृक्षों में, मैं अश्वत्थ हूं'। आधुनिक वैज्ञानिकों ने भी यह स्वीकार किया है कि इस वृक्ष द्वारा उत्पन्न ऑक्सीजन बहुत शक्तिशाली, भारी और शाखाओं के नीचे घनी होती है। सूर्योदय से पूर्व इस वृक्ष के चारों ओर चक्कर लगाना स्वास्थ्य के लिए बहुत लाभदायक माना जाता है। भारतीय परंपरा के अनुसार इसे प्रत्येक मंदिर के निकट लगाना आवश्यक होता है। इसकी जड़ें बहुत दूर तक फैल जाती हैं। इनकी आयु बहुत लंबी होती है और इनके काटने का भी निषेध है, इसलिए इसे किसी भी मकान आदि से पर्याप्त दूरी पर लगाना चाहिए।

(2) **तुलसी :** प्रत्येक घर और मंदिरों में तुलसी के पौधे बहुतायत से होते हैं। तुलसी के बिना दैनिक पूजा या कोई धार्मिक समारोह नहीं होता। इसमें तीव्र और प्रेरणापूर्ण सुगंध होती है। यह विश्वास किया जाता है कि इससे अनेक रोग ठीक हो जाते हैं। इस पौधे का वैज्ञानिक, औषधीय तथा आध्यात्मिक महत्व है। इसमें 27 खनिज होते हैं और यह आयुर्वेद की 300 औषधियों से भी अधिक को बनाने में उपयोग की जाती है। यह जहरीले कीटाणुओं तथा रोग फैलाने वाले कीटाणुओं को नष्ट कर देती है। दमा, यक्ष्मा, कोढ़ आदि रोगों में इसका उपयोग किया जाता है। यह रक्त को शुद्ध करती है तथा पाचन प्रणाली का सुधार करती है।

वैज्ञानिकों ने पता लगाया है कि यदि तुलसी की पत्तियों के रस की 15 बूदें एक लीटर पैट्रोल में मिला दी जाए तो वाहन की गति को 20% तक बढ़ाया जा सकता है। सूखे पौधों का हस्तकला के कार्यों तथा तुलसी की पवित्र माला बनाने में उपयोग किया जाता है। इसकी अनेक किस्में होती हैं जैसे कृष्ण तुलसी, सफेद तुलसी, लाल और काली तुलसी, श्री तुलसी लाल, राम तुलसी आदि। पूजा के लिए तुलसी को केवल सूर्योदय से पूर्व तोड़ा जाता है, तोड़ने में अंगुलियों के नाखूनों का उपयोग नहीं किया जाता। तुलसी के गमलों को 'वृंदावनी' कहते हैं। इनको भूखंड के उत्तर-पूर्व कोने में लगाया जाता है और नित्य पूजा की जाती है। इस दिव्य पौधे की तुलना दूसरे पौधों या वृक्षों से नहीं की जा सकती।

(3) **नीम :** इस वृक्ष का बहुत अधिक औषधीय महत्व है। यह कीटनाशी के रूप में भी कार्य करता है। नीम तेल का उपयोग भौतिक चिकित्सा में किया जाता है। इसकी पत्तियां स्वाद में बहुत कड़वी होती हैं। चूर्ण रूप में इसके बीज जल को शुद्ध करते हैं। समारोहों और पवित्र दिनों के अवसर पर नीम की पत्तियों को प्रवेशद्वार पर बांधना मांगलिक समझा जाता है। गुड़ और नीम की पत्तियों का मिश्रण उगादि के दिन भेंट में दिया जाता है जो इस शपथ को लेने का प्रतिनिधित्व करता है कि जीवन के सुख-दुख को समान भाव से ग्रहण करना है।

(4) **आम :** इस वृक्ष के अधिकांश भाग औषधीय महत्व के हैं। इसकी पत्तियां कीटनाशी की भांति कार्य करती हैं और दांतों को मांजने के काम आती हैं। आम स्वास्थ्य के लिए अच्छा और बहुत स्वादिष्ट होता है। इसका बीज अनेक रोगों को ठीक करने के काम आता है। आमों से अनेक प्रकार के अचार तैयार किए जा सकते हैं। समारोहों और त्योहारों पर इसकी पत्तियों से बंदनवार बनाकर द्वारों पर लटकाई जाती हैं तथा कलशपूजा के अवसर पर कलश के चारों ओर इसकी पत्तियां बांधकर उसे सजाया जाता है। इस वृक्ष के तने से लकड़ी के पटरे बनाए जाते हैं जो आर.सी.सी. केंद्रण तथा अन्य कार्यों में प्रयुक्त होते हैं। मृतक के शरीर को जलाने के लिए आम की लकड़ियां शुभ समझी जाती हैं। आम के वृक्ष की आयु भी बहुत अधिक होती है, ऐसे अनेक वृक्ष हैं जो 500-600 वर्षों से भी अधिक काल से जीवित हैं और अब भी फल दे रहे हैं।

(5) **कटहल :** आम के वृक्ष की तरह इसका भी अनेक रूपों में उपयोग होता है और इसका अपना महत्व है। इस वृक्ष की आयु लंबी होती है। यह अपने मौसम में फल देता है जो आकार में बड़ा होता है। इसके अतिरिक्त इसके पेड़ की लकड़ी सुंदर पीले रंग की होती है जो दरवाजे, खिड़कियां और फर्नीचर बनाने के काम आती है। इसकी पत्तियां शुभ समझी जाती हैं और आम की पत्तियों के विकल्प के रूप में इनका उपयोग कलश को सजाने के लिए किया जाता है।

(6) **केला :** इसके पौधे समारोहों में संपन्नता तथा धन के प्रतीक की तरह घरों के प्रवेशद्वार, पंडाल आदि सजाने के काम में लाए जाते हैं। इसकी पत्तियों पर भोजन रखकर खाना स्वास्थ्यकर समझा जाता है और इसका काफी प्रचलन है। कच्चे केलों का सब्जियों के तथा पके केलों को फल के रूप में उपयोग किया जाता है। अनेक मंदिरों में कपास के धागे में बंधे फूलों का निषेध है लेकिन वहां केले के धागे से बंधे फूल स्वीकार कर लिए जाते हैं। केला वर्ष भर उपलब्ध रहता है इसलिए भगवान को चढ़ाने वाले भोग में इसका एक महत्वपूर्ण स्थान है।

(7) **नारियल :** यह कल्पवृक्ष के रूप में भी प्रसिद्ध है। अश्वत्थ (पीपल) की भांति यह भी एक पवित्र वृक्ष समझा जाता है। इसकी आयु 100 से 150 वर्षों तक की होती है। इसको काटने का निषेध है। इसका हर अंग मनुष्य के काम में आता है। यह वर्ष भर उपलब्ध रहता है। इसलिए भगवान को भेंट चढ़ाने और कलश को सजाने वाली वस्तुओं में इसका मुख्य स्थान है। देवी-देवताओं की मूर्तियों को कच्चे नारियल के पानी से नहलाया जाता है। नारियल का पानी स्वास्थ्यवर्धक पेय है। इसके फल से तेल निकाला जाता है। नारियल का छिलका आग जलाने के लिए उच्च श्रेणी की लकड़ी के रूप में उपयोग किया जाता है। इसके अन्य भागों के उत्पाद हैं—झाड़ू, नारियल की चटाई, दरी आदि।

(8) **पान का पत्ता :** देवी-देवताओं पर भेंट चढ़ाने में सुपाड़ी तथा पान के पत्ते का उतना ही महत्व है जितना नारियल, केले, फूलों और अगरबत्तियों का। ये वस्तुयें वर्ष भर उपलब्ध रहती हैं। ये पाचन शक्ति को बढ़ाती हैं और इसीलिए भरपूर भोजन करने के बाद पान का बीड़ा खाने की सलाह दी जाती है।

(9) **सुपाड़ी :** भगवान को चढ़ाए जाने वाले भोग का एक महत्वपूर्ण भाग पान तथा सुपाड़ी का जोड़ा होता है। सुपाड़ी के कोमल फूलों को सभी धार्मिक समाराहों में बहुत शुभ समझा जाता है। नाग पूजा में प्रयुक्त वस्तुओं में ये अपना महत्वपूर्ण स्थान रखती है।

(10) **बिल्व वृक्ष (बेल) :** विष्णु भगवान की पूजा के लिए तुलसी की पत्तियों का उपयोग होता है और शंकर भगवान की पूजा के लिए बिल्व की पत्तियों का। गणेश जी की पूजा में दूर्वा (एक प्रकार की कोमल घास) का उपयोग किया जाता है। बिल्व वृक्ष की शाखाओं का विभिन्न धार्मिक समारोहों में उपयोग किया जाता है। आयुर्वेद के अनुसार तुलसी, बिल्व और नीम की पत्तियों के मिश्रण को एक विशेष अनुपात में उपयोग करने से लगभग सभी रोगों में लाभ होता है।

(11) **चंदन की लकड़ी :** चंदन के सुगंधित लेप के बिना कोई पूजा या धार्मिक समारोह नहीं होता। विभिन्न हस्तशिल्पों में भी इसका उपयोग होता है। इसके तेल से अगरबत्तियां बनाई जाती हैं। इसके अतिरिक्त चंदन के तेल का बहुत व्यापारिक महत्व है।

(12) **हल्दी और कुमकुम :** इन्हें मंगल द्रव्यों के नाम से भी पुकारा जाता है। इनका उपयोग सभी धार्मिक समारोहों और दैनिक पूजा में किया जाता है। इन्हें नित्य देहली पर भी छिड़का जाता है क्योंकि यह विश्वास किया जाता है कि इनसे कीड़े-मकोड़े, कीटाणु और बुरी आत्माएं तक भाग जाती हैं। हल्दी का चूर्ण खाना बनाने में खूब प्रयोग किया जाता है, क्योंकि यह भोजन को सरलता से पचा देता है। इसके अनेक औषधीय उपयोग है। हल्दी का पीला चमकीला रंग और सुगंधि चित्ताकर्षक होती है। स्नान से पूर्व हल्दी के चूर्ण (पाउडर) को नारियल के तेल में मिलाकर पूरे शरीर में लगाने से त्वचा के अनेक रोग दूर हो जाते हैं। त्वचा के रंग में निखार भी आता है।

'कलश' पवित्र जल होता है, जो व्यक्ति अथवा घर के शुद्धीकरण के लिए उपयोग किया जाता है। इस पवित्र कार्य में निम्नलिखित वृक्षों की पत्तियों का उपयोग होता है :— अश्वत्थ (पीपल), आम, (औदुंबरा) अत्ति, किरुगोली (पलाश), गोली (न्योग्रोध) या बरगद का पेड़। इन वृक्षों के पत्तों को पंच पल्लव के नाम से जाना जाता है। कटहल की पत्तियों का धार्मिक अनुष्ठानों में एक विकल्प के रूप में उपयोग होता है, वैसे धार्मिक ग्रंथों में इसका कोई उल्लेख नहीं मिलता।

सूक्ष्मजीवी और पांच वध-स्थल

प्राचीन धर्मशास्त्रों के अनुसार, एक गृहस्थ के घर में ये पांच वध-स्थल होते हैं :— चूल्हा, चक्की, झाड़ू, सिल और बट्टा, पानी के बर्तन, इनका उपयोग करने से वह पाप के बंधनों से बंध जाता है। इन पांच माध्यमों के उपयोग से मिलने वाले पापों से मुक्त होने के लिए हमारे महान ऋषियों ने नित्य पांच महान यज्ञ अथवा बलिदान करने का निर्देश दिया है। (इन पांच यज्ञों अथवा बलिदानों के संबंध में 'धर्मशास्त्र के उद्धरण' अध्याय में प्रकाश डाला गया है।)

इस विषय का सूक्ष्म अध्ययन करने के बाद ही हमें अपने प्राचीन महात्रऋषियों के अथाह ज्ञान तथा महानता का पता चल सकता है। परमात्मा ने इस सांसार में अनंत जीवों की रचना की है और प्रत्येक जीव के जीवन का एक निश्चित लक्ष्य है तथा वह अपने इस लक्ष्य को पूरा करने के लिए बाध्य है। सूक्ष्म जीव भी परमात्मा द्वारा रचे ऐसे ही जीव हैं। ये विभिन्न श्रेणियों में विभाजित हैं और लगभग सभी स्थानों पर हैं। धरती पर वे सर्वप्रथम प्रकट हुए थे। वे इतनी विशाल संख्या में हैं और आकार में इतने सूक्ष्म हैं कि उन्हें नंगी आंखों से नहीं देखा जा सकता। यदि कोई वस्तु .01 एम.एम. की हो तो उसे आंखों से नहीं देखा जा सकता। आधुनिक वैज्ञानिकों को सूक्ष्मदर्शी यंत्र का आविष्कार होने से पहले इस सूक्ष्मजीव जगत की जानकारी नहीं थी। परंतु ऐसा प्रतीत होता है कि हमारे प्राचीन महात्रऋषियों को इसका ज्ञान था।

आधुनिक काल में डच व्यापारी ए.वी. लीयूवेनहोएक (A.V Leeuwenhoek) ने सन् 1876 में इस सूक्ष्म जीव जगत की खोज की। उन्होंने एक सादा सूक्ष्मदर्शी यंत्र बनाया जो प्रत्येक वस्तु को उसके आकार से 300 गुना बड़ा दिखा सकता था। आज हम जिन एक कोषीय सूक्ष्म जीवों के बारे में जानते हैं उनमें से मुख्य के बारे में सर्वप्रथम लीयूवेनहोएक ने ही बताया था। उन्होंने पानी, सिरका, दांतों के मैल में पर्याप्त संख्या में पाए जाने वाले सूक्ष्म जीवों का निरीक्षण कर उनका वर्णन किया है।

साधारण मनुष्य जीवाणुओं के महत्व को उनसे होने वाली बीमारियों से समझता है जो पौधों, पशुओं और मनुष्यों को हो जाती है। परंतु सूक्ष्म जीवों का केवल एक छोटा-सा भाग ही बीमारियां उत्पन्न करता है। उनमें से अधिकांश मिट्टी, पानी और हवा में रहते हैं। अनेक सूक्ष्मजीव लंबे समय से घरेलू और औद्योगिक प्रक्रिया में महत्वपूर्ण भूमिका निभाते आ रहे हैं तथा वे अनिवार्य बन चुके हैं। उनका उपयोग कृषि उत्पादनों के प्रवर्धन से लेकर रासायनिक प्रतिक्रियाओं के उत्प्रेरक के रूप में होता है। भोजन, मादक पेयों आदि को तैयार करने में सूक्ष्मजीवों की प्रक्रिया का उपयोग मानव इतिहास-पूर्वकाल से ही करता आ रहा है परंतु गत शताब्दी से ही उसने इस प्रक्रिया में सम्मिलित सूक्ष्म जीवों के बारे में ज्ञान प्राप्त करना शुरू किया। लुईस पासचर ने किंणवन तकनीक में सर्वप्रथम कार्य प्रारंभ किया और संरक्षण करने की एक विधि का आविष्कार किया। सूक्ष्मजीव विज्ञान संबंधी तकनीकों का व्यापारिक रूप से भोज्य पदार्थों, मादक पेय पदार्थों, औषधीय उत्पादनों, रासायनिक पदार्थों और यहां तक कि रेशों के निर्माण तक में उपयोग किया जाता है। सन् 1929 में की गई अपनी प्रथम एन्टीबायोटिक खोज द्वारा ऐलेक्जेंडर फ्लेमिंग ने आधुनिक विज्ञान में नई क्रांति ला दी थी।

प्राचीन भारतीय महर्षियों ने बिना किसी यंत्र की सहायता से इन सूक्ष्म जीवों की उपस्थिति, उपयोगिता तथा महत्व को जान लिया था। विश्व रचंयिता पर उनके विश्वास और इस सूक्ष्म ज्ञान ने उन्हें यह घोषित करने के लिए प्रेरित किया कि पहले बताई गई पांच वस्तुओं का उपयोग करते हुए मनुष्य जान-बूझकर अथवा अनजाने में दिखाई पड़ने वाले अथवा अदृश्य जीवों को नष्ट कर देता है। इस प्रकार वह महान पाप करता है और इन पापों का प्रायश्चित करने के लिए पांच महान यज्ञों या बलिदानों को करने की व्यवस्था की गई।

पढ़ना और पढ़ाना वह बलिदान है जो ब्रह्मा को भेंट किया जाता है। आश्रितों को दी गई भोजन और जल की भेंट को 'तर्पण' कहा जाता है, अग्नि को भेंट की गई आहुति देवताओं को दी जाती है, बलि भूतों को अर्पित की जाती है और अतिथियों को दिया गया स्वागत-सत्कार मनुष्यों को अर्पित किया जाता है। जो व्यक्ति इन पांच बलिदानों की उपेक्षा नहीं करता, वह पूर्व वर्णित पांच वस्तुओं से किये गये पापों से ग्रस्त नहीं होता।

भारतीय परंपराएं तथा धर्मशास्त्र

इतिहास से प्रकट होता है कि हमारा प्राचीन भारत शक्ति, धन, संस्कृति तथा परंपराओं में कितना महान था। लेकिन तब उसका पतन कैसे हुआ? जहां एक ओर हमें उन आदर्शों को जानना तथा स्वीकार करना चाहिए , जिन्होंने हमें महान बनाया वहीं दूसरी ओर हमें उन कारणों का भी पता लगाना चाहिए जिनसे हमारा पतन हुआ। आज हम प्रत्येक तथ्य को विज्ञान की कसौटी पर परखते हैं और जो विज्ञान द्वारा सही सिद्ध नहीं होता उसे अंधविश्वास कहकर अस्वीकार कर देते हैं, लेकिन अपने भूतकाल की पूरी तरह उपेक्षा कर देना भी वैज्ञानिक दृष्टि नहीं है। हम यह ज्ञात करने का प्रयत्न क्यों नहीं करते कि उसमें क्या अच्छाइयां थीं और वह कौन सा तथ्य था जिसने हमें हजारों वर्षों से एक राष्ट्र के रूप में जीवित रखा है?

एक हिरन जिस प्रकार अपनी नाभि में कस्तूरी का ज्ञान न होने के कारण उसकी सुगंध की खोज में इधर-उधर भटकता है, उसी प्रकार हमें भी अपने धर्मग्रंथों में निहित उस ज्ञान की उपेक्षा नहीं करनी चाहिए जो उन्नति तथा प्रसन्नता का स्रोत है।

हमारी पवित्र मातृभूमि धर्म एवं दर्शन की भूमि है। इसने महान आध्यात्मिक पुरुषों को जन्म दिया है। यह सच है कि वेदों का अध्ययन करना बहुत कम हो गया है क्योंकि उसके द्वारा कोई व्यक्ति जीविकोपार्जन का प्रतिष्ठापूर्ण साधन नहीं प्राप्त कर सकता। यदि यह प्रवृत्ति ऐसी ही बनी रही तो इसके परिणामस्वरूप हम नष्ट हो जाएंगे। हमारे सभी धर्मग्रंथ संस्कृत में हैं और उनका गहन ज्ञान प्राप्तकर ही हम अपने धर्म के मूल आधारों तथा अपनी विरासत को समझ सकते हैं। इसलिए यह आवश्यक हो जाता है कि इस भाषा को उचित महत्व दिया जाए।

ग्रंथों में बंद पड़ा ज्ञान व्यर्थ है। इसलिए हमें जाग उठना चाहिए और वेदों तथा धर्मग्रंथों में छिपे हुए सत्य का प्रसार करने का प्रयत्न करना चाहिए।

यह भय कि वेदों ने जाति व्यवस्था का प्रचार कर समाज को विभाजित किया है पूरी तरह निराधार है। प्राचीन संत तथा ऋषि जिनका चिंतन समस्त संकुचित सीमाओं के पार चला गया था, किसी एक विशेष समुदाय की उन्नति करने का प्रचार नहीं कर सकते थे। यदि ऐसा न होता तो विश्वामित्र ब्राह्मण और परशुराम क्षत्रिय कैसे बन जाते । यह एक ध्यान देने योग्य महत्त्वपूर्ण तथ्य है कि प्राचीन भारत के महानतम व्यक्तित्व राम, कृष्ण और बुद्ध जिनकी पूरे देश में ही नहीं, विदेशों में भी पूजा की जाती है, वे सभी क्षत्रिय थे। रामायण के लेखक वाल्मीकि कौन थे? चन्द्रगुप्त अपनी बाल्यावस्था में कौन था और वह राजाओं को बनाने और बिगाड़ने वाला चाणक्य क्या था? यह सभी को ज्ञात होना चाहिए कि हमारे धर्म में कोई जाति नहीं है और जिसे जाति कहा जाता है वह केवल सामाजिक संस्था है। अत: भारतीय अपने अतीत की जानकारी को जितना बढ़ाएंगे, उनका भविष्य उतना ही उज्ज्वल बनेगा।

भारत का पतन इस कारण नहीं हुआ कि प्राचीन लोगों के कानून और रीति-रिवाज बुरे थे वरन् इसलिए हुआ कि उनमें निहित उचित उद्देश्यों को पूरा नहीं किया गया। केवल जनशिक्षा द्वारा ही इस अंधकारमय आवरण को हटाया जा सकता है और इसलिए वर्तमान शासकों द्वारा इसे सर्वोच्च प्राथमिकता दी जानी चाहिए। सभी का उद्देश्य जनता की धार्मिक भावनाओं को बिना आहत किए उसका उत्थान करना तथा उन्हें धर्म, अर्थ, काम, मोक्ष प्राप्त करने के अपने अधिकार में सहायता देना होना चाहिए। 'धर्म' का विस्तृत आशय 'वैदिक आदेशों का कठोरतापूर्वक पालन' करने से है और महान महाकाव्य रामायण में इसका विस्तार से वर्णन है।

प्रत्येक राष्ट्र का इतिहास सबसे अच्छे और सबसे खराब समय से गुजरता है। उसी प्रकार एक समय था जब भारत भौतिक

सम्पन्नता तथा आध्यात्मिक गौरव के सर्वोच्च स्तर पर था और उसके बाद ऐसा समय आया जब वह गरीबी और अनैतिकता के गहरे गर्त में गिर गया। तथापि जब भी भारत का सामाजिक और आध्यात्मिक पतन हुआ, हमारी मातृभूमि में आध्यात्मिक दृष्टि वाले शक्तिशाली पुरुषों का उदय हुआ जिन्होंने उसका पुनः उत्थान कर उसे खोई हुई शक्ति तथा अपनी संस्कृति का गौरव प्रदान किया।

महर्षि वेदव्यास ऐसे ही एक आध्यात्मिक महामानव थे जो अपने समय में व्याप्त विखंडन की शक्तियों के विरुद्ध लड़े और वेदों को संकलित कर महाभारत तथा पुराणों जैसे धार्मिक साहित्य का सृजन कर राष्ट्र को पुनर्जीवित किया लेकिन समय चक्र जैसे-जैसे आगे बढ़ता गया, देश में बिखराव के चिह्न पुनः दिखने लगे और तब भगवान बुद्ध प्रकट हुए जिन्होंने अपने अहिंसा तथा दया के दिव्य संदेश से जनता के दुखों को दूर किया। इसके बाद युग पुरुष महावीर, शंकराचार्य, माधवाचार्य और अन्य महापुरुषों ने देश और उसकी संस्कृति में जनजीवन का संचार किया ।

धर्मशास्त्रों के उद्धरण

यदि भारत मर जाता है तो इस संसार से सब आध्यात्मिकता, नैतिकपूर्णता, सारी आदर्शवादिता और धर्म के लिए संपूर्ण आध्यात्मिक मधुरता समाप्त हो जाएगी तथा उसके स्थान पर वासना एवं विलासिता की द्वैत्यात्मकता दो देवियों की भांति धन को अपना पुरोहित बनाकर राज्य करेंगी; जालसाजी, शक्ति तथा अनुचित प्रतियोगिता के अनुष्ठान होंगे और उनमें मानव आत्मा की आहुति दी जाएगी। ऐसा कभी न होने दो। भारत को अवश्य ही उत्थान करना होगा लेकिन शारीरिक शक्ति से नहीं वरन् आध्यात्मिकता से, विनाश से नहीं वरन् शांति तथा प्रेम के ध्वज से, लोगों में फूट डाल कर नहीं वरन् उनमें एकता लाकर। ऋग्वेद में कहा गया है "तुम सब एक मन के बनो, तुम सब एक विचार रखो" हमें एक आदर्श राज्य बनाना चाहिए जिसमें वैदिक युग का ज्ञान, संस्कृति तथा परंपरायें हों, अनुशासन, लगन और सेना जैसी कर्त्तव्य भावना हो और जिसमें व्यापारिक जगत की बुराइयों से रहित उसकी वितरण भावना तथा समानता का आदर्श हो। हमें अपनी गहरी निद्रा को त्यागकर जागृत होकर यह देखना है कि हमारी मातृभूमि पुनः शक्ति से पूर्ण होकर अपने शाश्वत सिंहासन पर विराजमान हो और वह पहले से भी अधिक गौरव को प्राप्त करे।

आइये! पुस्तक के अंतिम भाग में हम चिरन्तन धर्मशास्त्रों की कुछ झांकियां देखें जिनमें मानव जाति के जन्म से लेकर मृत्यु तक के सम्पूर्ण जीवन पथ का निर्धारण किया गया है। लेकिन यह एक अत्यंत विस्तृत विषय है, अतः यहां हम उनके कुछ उद्धरणों को ही प्रस्तुत कर रहे हैं। प्रत्येक परिवर्तन और सुधार तभी संभव है जब उसका कम से कम विरोध हो और यह धर्म के मार्ग द्वारा ही होगा जो हमारे देश के जीवन, विकास तथा कल्याण का मार्ग है।

पवित्र नियमों का प्रथम स्रोत वेद है और उसके पश्चात परंपराएं और पवित्र मनुष्यों एवं वेदों के ज्ञाता व्यक्तियों का व्यवहार तथा आत्म-संतोष। **सतयुग का मुख्य गुण तपस्या करना, त्रेता युग का दिव्य ज्ञान पाना, द्वापर का त्याग करना और कलियुग का दान करना बताया गया है।**

इस विश्व की रक्षा के लिए परम आदरणीय परमात्मा ने अपने शरीर से उत्पन्न सभी लोगों के लिए विभिन्न कर्त्तव्य तथा व्यवसाय निर्धारित किए हैं। धर्मग्रंथ में पवित्र नियम का पूरा विवरण दिया गया है। इसके साथ ही मनुष्य के सद्कार्यों तथा बुरे कार्यों का वर्णन करते हुए सभी के द्वारा पालन करने योग्य व्यवहार का अविस्मरणीय नियम भी बताया है। जो व्यक्ति धर्मग्रंथों में दिये गये नियमों का पालन करता है वह इस संसार में यश पाता है और मृत्यु के बाद अनंत आनंद। श्रुति का अर्थ वेदों से होता है और स्मृति (परंपराएं) का पवित्र नियमों की संहिता से। इन दोनों के द्वारा पवित्र नियम की अभिव्यक्ति होती है, अतः उनके बारे में कोई प्रश्न नहीं उठाना चाहिए।

प्रारंभ और ब्रह्मचर्य :

पिता को बच्चे का जन्म हो जाने के बाद दसवें या बारहवें दिन नामधेय (शिशु का नामकरण संस्कार) करवाना चाहिए। यह किसी शुभ चंद्रदिवस पर शुभ मुहूर्त और शुभ नक्षत्र में किया जाता है। चतुर्थ माह में शिशु का निष्क्रमण (पहली बार घर छोड़कर जाना) किया जाना चाहिए, छठें माह में अन्नप्राशन (प्रथम बार चावल खाना) तथा परिवार की रीति के अनुसार अन्य शुभ समारोह।

अध्यात्मिक लाभ के लिये पहले या तीसरे वर्ष बच्चे का मुंडन अवश्य करवाना चाहिये और आठवें, ग्यारहवें या बारहवें वर्ष परिवार की रीति के अनुसार बच्चे की प्रारंभिक शिक्षा (दीक्षा) संस्कार करवाना चाहिए। विशिष्टता पाने की इच्छा होने पर इसे जन्म के बाद पाचवें, छठें या आठवें वर्ष भी किया जा सकता है।

दीक्षा पाने वाले बालक को निर्धारित नियमों के अनुसार सबसे पहले अपनी मां या बहन अथवा मामी या अन्य महिला से भिक्षा मांगनी चाहिए। जिस भी महिला से भिक्षा मांगी जाए उसे भिक्षा देने से मना नहीं करना चाहिए। सभी लोगों से आवश्यकतानुसार भोजन प्राप्त करने के बाद उसे अपने गुरु को बताकर और उनसे आज्ञा लेकर पूर्व दिशा में मुख करते हुए अपना भोजन करना चाहिए तथा पानी पीकर अपने को पवित्र करना चाहिए।

उसे सदैव अपने भोजन की पूजा करनी चाहिए और बिना किसी अवहेलना के उसे ग्रहण करना चाहिए। भोजन देख उसे प्रसन्नता अनुभव करनी चाहिए और प्रसन्न मुख से प्रार्थना करनी चाहिए कि वह सदैव भोजन प्राप्त करने के योग्य रहे। जिस भोजन की सदैव पूजा की जाती है अर्थात उसे प्रेम तथा प्रसन्नता से खाया जाता है वह शक्ति तथा पौरुष प्रदान करता है लेकिन अनादर से खाया गया भोजन खाने वाले तथा खाने दोनों को नष्ट कर देता है। भूख से अधिक खाना स्वास्थ्य, प्रसिद्धि, स्वर्ग में मिलने वाले आनंद तथा आध्यात्मिक शक्ति को हानि पहुंचाता है।

वेदपाठ के प्रारंभ तथा अंत में ओम् का उच्चारण करने से वह भली प्रकार समझ में आ जाता है और याद रहता है। कुश पर पूर्व दिशा की ओर मुंह करके बैठने के बाद तीन बार कुंभक प्रणायाम करने के बाद शिक्षार्थी ओम् का उच्चारण करने का पात्र हो जाता है। जो वृद्धजनों को स्वत: प्रणाम करता है और उनका बराबर आदर करता है उसको दीर्घायु, ज्ञान, यश तथा शक्ति की प्राप्ति होती है। गाड़ी में जाने वाले व्यक्ति, नब्बे वर्ष की आयु के व्यक्ति, महिला, रोगग्रस्त मनुष्य, भार ले जाने वाले आदमी, स्नातक, वर (दूल्हा) और राजा के लिए मार्ग छोड़ देना चाहिए।

दीक्षा प्राप्त आर्य (ब्रह्मचारी) को नियमित रूप से हवन करना चाहिए , भिक्षा मांगना चाहिए , भूमि पर सोना चाहिए और गुरु के लिए जो भी लाभदायक हो वह करना चाहिए। वे सभी कार्य उसे उस समय तक करने हैं जब तक वह अपने घर वापिस जाकर समावर्तन नहीं करता।

जब तक पूछा न जाए किसी व्यक्ति को कुछ बताना नहीं चाहिए अथवा जो व्यक्ति अनुचित रूप से प्रश्न करता है उसे उत्तर नहीं देना चाहिए, बुद्धिमान व्यक्ति को दूसरे लोगों के साथ एक मूर्ख की तरह घूमना चाहिए और प्रश्न का उत्तर जानने के बावजूद भी उसे बताना नहीं चाहिए। वे दोनों व्यक्ति जो अनाधिकार रूप से किसी चीज की व्याख्या करते हैं और वह जो अनाधिकारी होकर कोई प्रश्न पूछता है, उनमें से एक या दोनों मृत्यु को प्राप्त होते हैं अथवा दूसरे की शत्रुता मोल लेते हैं।

जहां गुण और धन अध्यापन द्वारा नहीं प्राप्त किये जाते और न आज्ञापालन द्वारा,वहां ज्ञान उसी प्रकार नहीं देना चाहिए जैसे बंजर भूमि में अच्छा बीज नहीं डाला जाता। वेद का ज्ञान देने वाले को संकट के समय में भी अपने ज्ञान को कुपात्र को देने की बजाय अपने ज्ञान सहित मर जाना श्रेयस्कर है।

अपने बच्चों के जन्म के समय माता-पिता जो कष्ट और पीड़ा अनुभव करते हैं, सौ वर्षों में भी उसकी क्षतिपूर्ति नहीं की जा सकती। माता-पिता को जो स्वीकार्य हो और जिससे गुरु प्रसन्न होता हो, संतान को वही करना चाहिए। जब ये तीनों प्रसन्न होते हैं तो उसे वे सभी पुरस्कार मिल जाते हैं जो तपस्या करने से मिलते हैं।

विष से भी अमृत प्राप्त किया जा सकता है, बच्चे से भी अच्छी सलाह मिल सकती है, शत्रु तक से सद्व्यवहार का पाठ सीखा जा सकता है और अपवित्र वस्तु से भी स्वर्ण प्राप्त किया जा सकता है। श्रेष्ठ पत्नियां, नयी जानकारी, विधि (कानून), का ज्ञान, पवित्रता का नियम, अच्छी सलाह और विभिन्न कलाएं किसी से भी प्राप्त की जा सकती हैं।

मोह लेने वाली कामुक वस्तुओं के सामने इंद्रियां उच्छृंखल हो जाती हैं, अत: बुद्धिमान व्यक्ति को अपनी इंद्रियों को उसी प्रकार नियंत्रण में रखना चाहिए जैसे सारथी अपने घोड़ों को रखता है। अपनी इंद्रियों पर (विषय वासना के सुख के लिए) आसक्ति के कारण व्यक्ति निस्संदेह पापग्रस्त होगा लेकिन यदि वह अपनी इंद्रियों को पूर्ण नियंत्रण में रखता है तो उसे अपने सभी लक्ष्यों को पाने में सफलता प्राप्त होगी।

गुरु, माता-पिता और बड़े भाई चाहे कोई गंभीर आघात पहुंचा दें परंतु उनसे अनादर का व्यवहार नहीं करना चाहिए। गुरु ब्रह्म की मूर्ति है, पिता प्रजापति की, माता धरती मां की और बड़ा भाई अपने आप की मूर्ति। वह जो गृहस्थ बन जाने के बाद भी इनकी उपेक्षा नहीं करता तीनों लोकों पर विजय पा लेगा और देवता की भांति तेजस्वी बनेगा तथा स्वर्ग में आनंद भोगेगा।

गृहस्थ

पिता, भाई, पति, देवर जो कल्याण की कामना रखते हैं, उन्हें स्त्रियों का सम्मान करना तथा उनका शृंगार करना चाहिये। जहां स्त्रियों का सम्मान होता है वहां से देवता प्रसन्न रहते हैं, लेकिन जहां उनका सम्मान नहीं होता वहां कोई भी पवित्र धार्मिक अनुष्ठान अपना शुभ फल नहीं देते। जिस परिवार की स्त्रियां दुखी रहती हैं वह पूरा परिवार शीघ्र नष्ट हो जाता है, लेकिन जिस परिवार में वे दुखी नहीं रहतीं वह सदैव संपन्न रहता है।

जिस परिवार में पति अपनी पत्नी से प्रसन्न रहता है और पत्नी अपने पति से वहां निश्चित रूप से सुख का सदैव वास रहता है।

विवाह के अवसर पर जलायी गयी अग्नि की ज्योति से एक गृहस्थ नियमानुसार गृहस्थी के अनुष्ठान तथा पांच यज्ञ (या बलिदान) करता है और उससे अपना दैनिक भोजन पकाता है।

एक गृहस्थ जो नित्य व्यक्तिगत रूप से वेदों का पाठ करता है, देवताओं को भेंट चढ़ाता है, जो यज्ञों को करने में कुशल है, वह चल और अचल सभी जीवों की सहायता करता है। अग्नि को उचित रूप से अर्पित की गई (होम की गई) सामग्री सूर्य को पहुंचती है, सूर्य से वर्षा होती है, वर्षा से भोजन और उससे जीवित प्राणी अपना निर्वाह करते हैं।

एक सद्‌गृहस्थ के घर में चार वस्तुएं सदैव उपलब्ध रहती है— कुश, विश्राम के लिए कक्ष, जल और प्रेमपूर्ण वाणी। वह देवताओं, ऋषिओं, मनुष्यों, पूर्वजों और कुल देवता को सादर भोग लगाने के बाद ही जो शेष रहता है उसे खाता है।

गृहस्थ और निर्वाह का साधन

व्यक्ति को अपने निर्वाह का एक ऐसा साधन अवश्य खोजना चाहिए जिससे दूसरों को कोई पीड़ा न पहुंचे या कम से कम पीड़ा हो। उसे केवल संकट के समय को छोड़कर अपना जीवन इसी साधन से चलाना चाहिए। वह जीवन की न्यूनतम आवश्यकताओं की पूर्ति के लिये अपने लिये निर्धारित उचित व्यवसायों को अपनाकर संपत्ति एकत्रित कर सकता है। परंतु ऐसा करते हुए उसे अपने शरीर को अनुचित रूप से थकाना नहीं चाहिए। उसे अपने निर्वाह के लिये कभी भी संसार के गलत तरीकों (जिनसे दूसरों को हानि पहुंचे) को नहीं अपनाना है। उसे पवित्र, स्पष्ट तथा ईमानदारी का जीवन व्यतीत करना चाहिए।

जो व्यक्ति सुख की कामना करता है उसे आत्मनियंत्रण रखना चाहिए तथा पूर्ण रूप से संतुष्ट रहने का प्रयत्न करना चाहिए। चाहे कोई धनवान हो अथवा कष्ट में हो उसे मनुष्यों का अहित करनेवाले साधनों से धन नहीं कमाना चाहिए, न निषिद्ध व्यवसायों को अपनाना चाहिए। किसी भी व्यक्ति की भेंट को, चाहे वह कोई भी हो, स्वीकार नहीं करना चाहिए।

उसे सुख पाने की कामना से विषय भोगों में आसक्त नहीं होना चाहिए तथा सावधानीपूर्वक उनकी व्यर्थता पर विचार कर उनसे मुक्त रहना चाहिए।

अपनी सामर्थ्य के अनुसार अतिथियों को जलपान, भोजन, विश्राम तथा आदर देना चाहिए। लेकिन निषिद्ध व्यवसायों को करने वाले, समाज को हानि पहुंचाने वाले और दुष्ट व्यक्तियों का अभिवादन तक नहीं करना चाहिए।

एक सद्‌गृहस्थ अपने बालों, नाखूनों और दाढ़ी को काटकर रखता है, अपनी वासनाओं पर संयम का अंकुश रखता है, श्वेत वस्त्र पहनता है और अपने को पवित्र रखता है। सदा वेदों के अध्ययन और अपने कल्याण के कार्यों में संलग्न रहता है।

आग को मुंह की फूंक से न बुझायें, न उसमें कोई अपवित्र वस्तु डालें और न उससे अपने पैर सेकें। चारपाई या ऐसी ही शयन में काम आने वाली वस्तु के नीचे अग्नि न रखें, न उसे फलांगें। सोते समय आग को पैताने की तरफ न रखें। जीवों को सतायें नहीं, सांध्य अथवा उषाकाल में भोजन न करें, न यात्रा करें और न सोयें।

दूसरों के द्वारा उपयोग किये गये जूते, पोशाकें, आभूषण, जनेऊ, माला अथवा जलपात्र (पानी का बरतन) का इस्तेमाल न करें। पूर्ण उदय हो जाने के बाद सुबह के सूर्य को न देखें तथा मृतक की चिता से उठते हुये धुंएं से दूर रहें। दांतों से नाखूनों या बालों को न काटें। अपने बालों के ऊपर माला न पहनें। गाय तथा बैल के ऊपर बैठना भी एक दोष पूर्ण कार्य है।

सूर्यास्त के बाद तिलहन से युक्त भोजन न करें, कभी पूर्ण नग्न होकर न सोयें, भोजन करने के बाद बिना स्वच्छ हुये कहीं न जायें। अनुष्ठानिक रूप से पैर धोने के बाद, भीगे पैरों से ही भोजन करें। **इस प्रकार जो भोजन करता है वह दीर्घ आयु प्राप्त करता है।**

दोनों हाथों को मिलाकर अपना सिर खुजलाना नहीं चाहिए। गंदे हाथों से सिर का स्पर्श न करें और बिना सिर को भिगोये स्नान न करें। क्रोध आने पर अपने या दूसरे के बालों को न पकड़ें और न सिर पर चोट करें। सिर से नहाने के बाद अपने किसी अंग में तेल का स्पर्श न करें।

वेद पाठ करने के नियम जानने वालों का कहना है कि वर्षा ऋतु में दो अवसरों पर वेदपाठ नहीं करना चाहिए— जब रात्रि में हवा चलने की आवाज सुनाई देती हो और जब दिन में धूल भरी हवा चक्कर काटती हुई ऊपर उठती हो। जब गांव में लाश पड़ी हो अथवा अनुचित रीति से धन उपार्जन करने वाले की उपस्थिति में या जब रोने की आवाज सुनाई देती हो तथा आदमियों की भीड़ में वेदपाठ अवश्य बंद कर देना चाहिए।

भोजन करने के तुरंत बाद या जब बीमार हो अथवा अर्धरात्रि में, अथवा पूरे वस्त्रों को पहनकर स्नान न करें। जिस तालाब के बारे में पूरी जानकारी न हो उसमें न नहायें।

यह एक शाश्वत नियम है कि सत्य बोलो मधुर बोलो, अप्रिय सत्य न बोलो और न प्रिय असत्य बोलो।

उन लोगों पर कोई विपत्ति नहीं आती जो शुभ रीति-रिवाजों तथा उचित व्यवहार के नियमों का पूरे मन से पालन करते हैं, जो पवित्र रहने पर ध्यान देते हैं तथा जो वेदपाठ और हवन करते हैं।

घर पर आये सज्जनों को आदर से प्रणाम करें, उन्हें अपना आसन दें, उनके पास हाथ जोड़कर बैठें और जब वे जाएं तो उनके पीछे चलें।

ऐसे सभी कार्यों से दूर रहें जिनकी सफलता दूसरों पर निर्भर करती है; लेकिन ऐसे कार्यों को पूरे मनोयोग से करें जिनकी सफलता अपने आप पर निर्भर करती हो। दूसरों पर निर्भर रहने वाली वस्तुएं या कार्य दुख देते हैं, और अपने पर निर्भर कार्य सुख देते हैं; सुख और दुख की यह संक्षिप्त परिभाषा है।

जो व्यक्ति झूठ बोलकर, दूसरों को हानि पहुंचाकर अथवा गलत तरीकों से धन-संपत्ति प्राप्त करता है वह इस संसार में कभी सुख प्राप्त नहीं कर सकता। अनुचित कार्य करने वाले का शनैः शनै सर्वनाश हो जाता है।

दूसरों के तालाब में बिना अनुमति प्राप्त करके नहाने से पाप का भागी होना पड़ता है। दूसरों की गाड़ी या वाहन, शय्या, आसन, कुआं, बाग, मकान आदि का बिना उसके स्वामी की अनुमति प्राप्त किये उपयोग करने से उस वस्तु के मालिक के चौथाई पाप का भागी होना पड़ता है।

शुद्धीकरण

सांसारिक जीवों को शुद्ध करने वाले तत्त्व हैं—आतमसंयम का ज्ञान, अग्नि, पवित्र भोजन, आंतरिक अंगों का संयम, जल,

गोबर लेपन, वायु , धार्मिक अनुष्ठान, सूर्य तथा समय। शुद्धीकरण की समस्त विधियों में से धन को शुद्ध विधि से प्राप्त करने को सर्वोत्तम माना गया है। अपने को मिट्टी और पानी से शुद्ध करने वाला व्यक्ति शुद्ध नहीं है वरन् वास्तव में वह व्यक्ति शुद्ध है जो दूसरों का अहित किये बिना धन उपलब्ध करता है। शरीर जल से शुद्ध होता है, आंतरिक अंग सच्चाई से, व्यक्ति की आत्मा पवित्र ज्ञान और संयम से और बुद्धि सच्चे ज्ञान से।

घास, लकड़ी और भूसा जल से शुद्ध होता है, मकान सफाई, गोबर लेपन अथवा कलई करने से, मिट्टी का बरतन दोबारा आग पर रखने से। मिट्टी का जो बरतन स्प्रिट-युक्त शराब, मूत्र, लार, मवाद, खून, मल से अशुद्ध हो जाता है वह आग पर दोबारा गर्म किये जाने पर भी शुद्ध नहीं होता।

अशुद्ध वस्तु के रहने के कारण जब तक किसी बरतन में उसकी दुर्गन्ध रहती है और उससे बना दाग नहीं छूटता तब तक उस वस्तु को मिट्टी तथा पानी से साफ करते रहना चाहिए।

निष्कर्ष

एक अपूर्ण व्यक्ति सांसारिक सुखों के पीछे भागते-भागते जब थक जाता है, परमात्मा के संबंध में विचार करना प्रारंभ करता है और अपनी सामाजिक आवश्यकताओं की पूर्ति के लिए परमात्मा की कृपा पाने का प्रयत्न करता है। इसके लिए वह बार-बार प्रयत्न करता है और इस प्रकार अपनायी गई प्रक्रिया को 'धर्म' कहा जाता है। यह विचार करने, अनुभव करने तथा कार्य करने की एक व्यवस्था है जिसका एक समूह द्वारा पालन किया जाता है और जो अपने सदस्यों को भक्ति की एक विषयवस्तु तथा आचारसंहिता प्रदान करता है। ऋगवेद में कहा गया है—''सत्य एक है, ज्ञानी जन उसका विविध रूप से वर्णन करते हैं।'' धर्म अपने अनुयायियों द्वारा पूरी सच्चाई के साथ उचित मूल्यों का कठोरता से पालन करने और नैतिक आचार-संहिता में निषिद्ध माने गये कार्यों को न करने का आग्रह करता है।

इस भौतिक संसार में अनेक लोग बिना पूरी तरह यह जाने कि सारा संसार परमात्मा का है और मनुष्य ने इस संसार में कुछ कर्तव्यों को पूरा करने के लिये परमात्मा के ट्रस्टी के रूप में जन्म लिया है, सुख पाने की अपनी खोज में चल और अचल संपत्ति प्राप्त करने का प्रयत्न करते हैं। प्रत्येक व्यक्ति को इस सत्य का अनुभव करने के लिये प्रयत्न करना चाहिए कि भूमि प्राप्त करना, रहने और कार्य करने के स्थानों का निर्माण करना ही केवल महत्वपूर्ण नहीं है वरन् प्राचीन ग्रंथों, परंपराओं और धर्मशास्त्रों के अनुसार दृढ़ता से जीवन व्यतीत करना, जीविकोपार्जन करना तथा कार्य करना भी महत्त्वपूर्ण है।

परमात्मा के द्वारा रचित जीवों में, पशु-पक्षियों में अच्छे-बुरे का भेद करने की शक्ति नहीं है जबकि केवल मनुष्य को इस शक्ति का उपहार प्राप्त है कि वह अपनी बुद्धि का उपयोग कर गलत कार्यों से बच सकता है। निःसंदेह मनुष्य और अन्य जीवों में मकान बनाने का कार्य एक मूल शारीरिक प्रवृत्ति है। अनेक प्रकार के जीवधारी विभिन्न उद्देश्यों के लिये अपने मकान बनाते हैं। पक्षीगण अपने घोंसले, चीटियां अपनी बांबी, चूहे अपने लिए बिल, मकड़ियां जालें बनाती हैं ताकि वे अपने भक्षकों से बच सकें, बच्चों को जन्म दे सकें और शिकार को पकड़ सकें। यह प्रकृति का आश्चर्य है और एक रहस्य भी, कि पशु-पक्षियों तथा जीवधारियों की एक पीढ़ी से दूसरी पीढ़ी में किस प्रकार अपने निवास स्थान बनाने का गुण चला जाता है। एक टेलर नामक पक्षी द्वारा आज बनाया हुआ घोंसला ठीक वैसा ही होता है जैसा उसके पूर्वज युगों पहले बनाते थे।

मनुष्य भी पशुओं की भांति अनेक कारणों से अपने मकान बनाता है तथापि उन दोनों में एक मौलिक भेद होता है। मनुष्य अब जो मकान बनाता है वे उनके पूर्वजों द्वारा सौ वर्षो पूर्व बनाये जाने वाले मकानों से बहुत भिन्न होते हैं। यही नहीं वरन् दस वर्ष पूर्व जो मकान बनाये जाते थे उनसे आज के मकान भिन्न प्रकार के होते हैं। नई से नई टेकनॉलोजी को अपना कर मनुष्य ने मकानों की गुणवत्ता तथा सज्जा में सुधार कर लिया है। मनुष्य का पहले से बेहतर मकान बनाने का कारण उसकी योग्यता है; उसके विश्लेषणात्मक विचार करने की शक्ति, सामान और औजारों को बनाने और उपयोग करने की योग्यता, टेकनॉलोजी का विकास तथा इंजीनियरिंग की विधियों का आविष्कार करने और प्राकृतिक साधनों का उपयोग करने की बुद्धि है। लेकिन जो युगों से निरंतर और निर्विरोध जीवित रहे हैं, वे हैं भारत के महान धर्मग्रंथ तथा हमारे वास्तुशास्त्र के मूल सिद्धांत।

लेकिन हमारे वर्तमान शासक तथा योजना निर्माता अपनी तकनीकी विरासत को पूरी तरह विस्मृत कर पश्चिम की ओर ज्ञान तथा मार्गदर्शन पाने के लिये देखते हैं। हमारा स्थापत्य बहुत अधिक वैज्ञानिक और विशाल था। उसने भवन निर्माण के किसी भी पक्ष को नहीं छोड़ा था। हमारी योजना का मूल आधार शुद्धता था और इस शुद्धता में स्वच्छता, प्रकाश और वायु के आने-जाने की व्यवस्था सम्मिलित थी, जो कि जीवन की प्रमुख आवश्यकताएं हैं। समरांगण सूत्रधार के अनुसार बनाई गई भवन की परियोजना में इन सबकी भली प्रकार व्यवस्था की जा सकती है।

अनेक लोग यह प्रश्न कर सकते हैं कि आज जब परिस्थितियां पूरी तरह बदल चुकी हैं तब प्राचीन धार्मिक साहित्य में निहित भवन निर्माण करने के नियमों, अच्छे मानवीय व्यवहार तथा अन्य नियमों की क्या उपयोगिता है? वे पूछ सकते हैं कि ऋषि-मुनियों द्वारा दिये गये निर्देश आज कैसे उचित हो सकते हैं?

इन तर्कों के उत्तर में कहा जा सकता है कि इस प्रकार के आदेश जैसे—"सत्य बोलो", "माता-पिता तथा गुरुओं की आज्ञा का पालन करो", "नैतिकता के नियम का आदर करो" युगों-युगों तक महत्त्वपूर्ण रहते हैं। धर्मयुद्ध से संबंधित नियम भी निरर्थक नहीं कहे जा सकते। उस समय जब न्याय का स्पष्ट उल्लंघन होता था, शासक का प्रतिनिधि अन्याय को रोकने के लिये हस्तक्षेप करता था। इसकी आज भी उपयोगिता और औचित्य है। रामायण और महाभारत वैदिक ज्ञान को विस्तार से प्रकट करते हैं और आचारसंहिता के नियमों का पालन करने से होने वाले शुभ परिणामों को दर्शाते हैं।

इन महाकाव्यों में राजनीति, प्रशासन, भाइयों के आपसी संबंध, और एक व्यक्ति के कर्तव्यों के बारे में विशाल ज्ञान निहित है। भरत ने उस राज्य को [illegible] करने से अस्वीकार कर दिया जिसे उसकी मां ने बड़े भाई राम को वंचित करके उसके लिये प्राप्त किया था। भरत और राम संवाद द्वारा दो भाइयों के बीच का गहरा स्नेह प्रकट होता है। राम भरत की योग्यता के बारे में इस भांति पूछते हैं—

"क्या तुमने ऐसे व्यक्तियों को मंत्री बनाया है जिन पर पूरी तरह विश्वास कर सको, जो दृढ़, राजनीति में कुशल, आत्मसंयमी, सच्चे तथा कुलीन परिवार के हैं? मुझे विश्वास है कि तुम हजार विचारहीन पुरुषों की तुलना में एक बुद्धिमान सलाहकार रखना पसंद करते हो, क्योंकि संकटपूर्ण स्थिति में ऐसा बुद्धिमान व्यक्ति असीमित अच्छाई कर सकता है।"

रामचंद्र जी के अन्य महत्त्वपूर्ण वचन हैं— कर एकत्रित करने में कोई अनुचित कठोरता नहीं बरतनी चाहिए, सेनापति को चरित्रवान, बुद्धिमान, वफादार और संतुष्ट होना चाहिए; यदि सेना को सामग्री तथा वेतन मिलने में देरी होगी तो वह असंतुष्ट हो जायेगी; खेती करने वालों, पशुओं का पालन करने वालों और व्यापारियों के साथ अच्छा व्यवहार करना चाहिए; जब व्यापार की उन्नति होगी, लोग सुखी रहेंगे, अन्याययुक्त रूप से दोषी व्यक्ति के आंसू भोगों में आसक्त शासक के पुत्रों तथा पशुओं को नष्ट कर देते हैं; आदरणीय वरिष्ठ सज्जनों के विचारों को ध्यान से सुनना चाहिए।

जब भरत जी ने रामचंद्र जी से वापस लौटकर अयोध्या के सिंहासन पर बैठने के लिये प्रार्थना की तो भगवान ने उसे अस्वीकार कर दिया क्योंकि वे किसी भी मूल्य पर धर्म के मार्ग को नहीं त्यागना चाहते थे। क्या ये बातें और आदर्श आधुनिक युग के लिये उपयोगी नहीं है?

मानव सभ्यता अपनी उन्नति के शिखर पर पहुंच चुकी है पर उसने अपने गौरव, आत्म-साक्षात्कार के गौरव को प्राप्त नहीं किया है। वह अपने लक्ष्य से बहुत दूर है और मार्ग की दिशा बदल जाने के कारण अब संघर्ष भी अधिक कठोर होगा। अपने धर्मग्रंथों तथा परंपराओं पर ध्यान देने की आवश्यकता का अर्थ यह नहीं है कि आधुनिक युग में हमनें जो उन्नति कर ली है उसे त्याग दिया जाए। आवश्यकता केवल अपने दृष्टिकोण में परिवर्तन करने की है। आज भारत में अनेक छोटे-बड़े नगरों की योजना पूरी तरह पश्चिमी नमूनों पर बनायी जाती है और देश की प्रतिभा पर कोई ध्यान नहीं दिया जाता। निर्णय लेने वाले व्यक्ति अपने निहित स्वार्थों और दूसरे कारणों से प्राचीन शैली की वास्तुकला तथा संरचना को अस्वीकार कर सकते हैं लेकिन सांस्कृतिक कारणों से वे इसे लंबी अवधि के लिये पूरी तरह भुला नहीं सकते।

परमात्मा, युगों से मानव जाति को पथ भ्रष्ट होने से बचाने और जीवन को निरुद्देश्य व्यतीत करने के बजाय सही और सुरक्षित पथ पर आगे बढ़ने की प्रेरणा देने के लिये अपने प्रतिनिधियों को उनके मध्य जन्म देता रहा है। साधु-महात्मा, ऋषि और आध्यात्मिक नेतृत्व करने वाले अपनी भक्ति, विद्वत्तापूर्ण गुणों, पवित्र व्यवहार तथा दूसरों का मार्गदर्शन करने की योग्यता के कारण साधारण लोगों से विशिष्ट होते हैं, इसलिए मानवजाति को शांति, सुख और संपन्नता पाने के लिए उनके विचारों तथा साहित्य के अनुसार चलना चाहिएं।

भगवद्गीता में भगवान कृष्ण कहते हैं :—

यः शास्त्रविधिमुत्सृज्य वर्तते कामकारतः।
न स सिद्धिमवाप्नोति न सुखं न परां गतिम्। (अध्याय 16-23)

अर्थ :

लेकिन वह जो शास्त्रों की अवहेलना करता है ओर अपनी इच्छाओं के अनुसार कार्य करता है न पूर्णता और सुख प्राप्त करता है और न ही सर्वोच्च उद्देश्य (परम गति)। [भगवद्गीता-अध्याय 16-23]

तस्माच्छास्त्रं प्रमाणं ते कार्याकार्यव्यवस्थितौ।
ज्ञात्वा शास्त्रविधानोक्तं कर्म कर्तुमिहार्हसि॥ (24)

अर्थ :

इसलिए कौन से कर्म करना चाहिए और कौन सा नहीं करना चाहिए, इसका निर्णय करने के लिए शास्त्रों को अपना मार्गदर्शक बनायें। शास्त्रों में जो विधान किया गया है उसे समझने के बाद आप इस संसार में अपना कर्म करने के पूर्ण योग्य हो जाते हैं। (भगवद्गीता अध्याय 16-24)

प्राचीन भारतीय ज्ञान जिसे सामान्यतः वेदों के रूप में जाना जाता है, इन शताब्दियों में समय की तीक्ष्ण परीक्षा को इतनी कुशलता से सहन कर चुका है कि इसमें कोई संदेह नहीं कि अब वह किसी भी प्रकार के क्षरण से प्रभावित नहीं हो सकता। वेद मानव की महान विरासत हैं और विश्वबंधुत्व की भावना को विश्वव्यापी बनाते हैं। वे (वेद) धर्म, दर्शन, नैतिकता, विज्ञान, साहित्य और वास्तुकला सबको एक में सम्मिलित किये हुये मानव के सबसे प्राचीन स्मारक हैं। ज्ञान के सबसे प्राचीन दस्तावेज के रूप में वे अपनी अपील और महत्त्व में विश्वव्यापी हैं और सभी समय के लिए पूरी मानवता के हैं। वैदिक साहित्य पूरी मानवता की प्रगति के लिए ध्रुव तारे की तरह दिव्य आलोक विकीर्ण करता हुआ सबसे अलग तथा अनूठा है।

भवनों की योजना के मानचित्र (प्लान्स)

इस पुस्तक के अंतिम पृष्ठों में वास्तुशिल्प योजना के अन्य पक्षों के संक्षेप में और विस्तार में जाये बिना भवनों के मानचित्र दिये गये हैं जिनमें विभिन्न कक्षों (कमरों), प्रवेश द्वार और दरवाजों, ज़ीना, पूजाकक्ष, रसोई, शौचालय आदि की सामान्य स्थिति को दिखाया गया है। वे अपनी प्रकृति में प्रतिनिधात्मक हैं और भवन योजना के इन मानचित्रों को सकारात्मक रूप देने के लिए भूखंड (प्लाट) के माप, स्थानीय उप-नियमों (बाई लॉज), सामग्री और साधनों तथा एक वास्तुशिल्पी के विशिष्टतापूर्ण कौशल के योग्यतापूर्ण सामंजस्य की निश्चित रूप से आवश्यकता है। इसमें किसी पर एक विशेष विचार थोपने की इच्छा नहीं है और न इस व्यवसाय मे लगे अपने साथी वास्तुशिल्पकारों की प्रतिभा तथा योग्यता पर प्रश्न करने का प्रयत्न है।

लेकिन यह केवल एक सुझाव मात्र है कि जब मकान या भवन को कार्यशील बनाना है; तो उसे बदलते हुए पर्यावरण की आवश्यकताओं के अनुकूल होना चाहिए और उसे हमारी जलवायु तथा संस्कृति की विशिष्ट आवश्यकताओं को प्रतिबिंबित एवं संतुष्ट करना चाहिये; तथा उसे आधुनिक वास्तुकलात्मक योजना अवधारणाओं पर आधारित होना चाहिए; इन सबके अतिरिक्त विज्ञान और धर्म पर आधारित वास्तुशिल्प से संबंधित हमारे प्राचीन धर्मग्रंथों पर भी उचित ध्यान दिया जाना आवश्यक है।

यह जीवन को केवल सुनिश्चित करने और कामकाजी आवश्यकताओं को सुंदर बनाने में ही सहयोग नहीं देगा, वरन जीवन को और ऊंची गुणवत्ता प्रदान करने में सहयोग देगा जिसकी अनुपस्थिति हम शुरू से अनुभव करते आ रहे हैं और वह है—आध्यात्मिकता तथा आत्मसाक्षात्कार का सर्वोच्च गौरव।

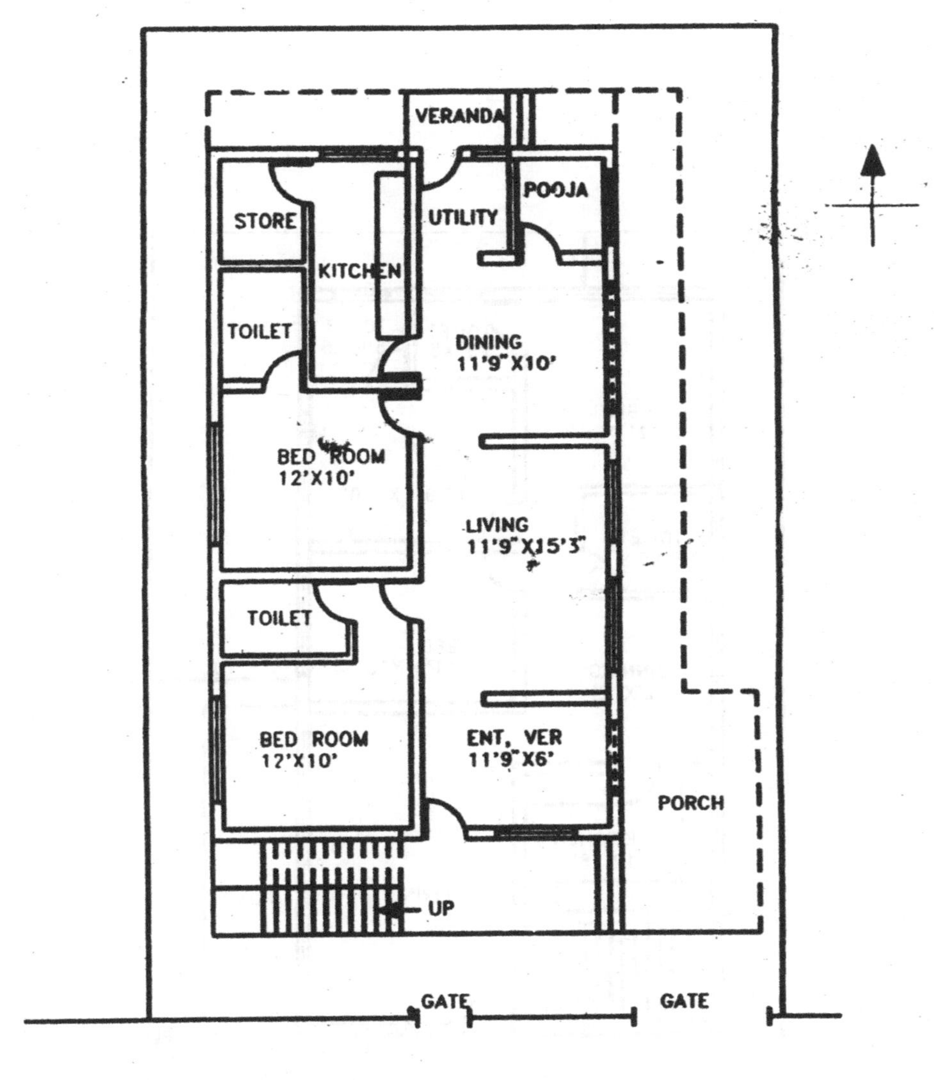

भू स्तर मंजिल का मानचित्र
2 शयन कक्षों का मकान
सड़क दक्षिण की ओर
निर्माण स्थल: लगभग 40'×60'

GROUND FLOOR PLAN
2BED ROOM HOUSE
SOUTH SIDE ROAD
SITE-40'x60' (APPROX)

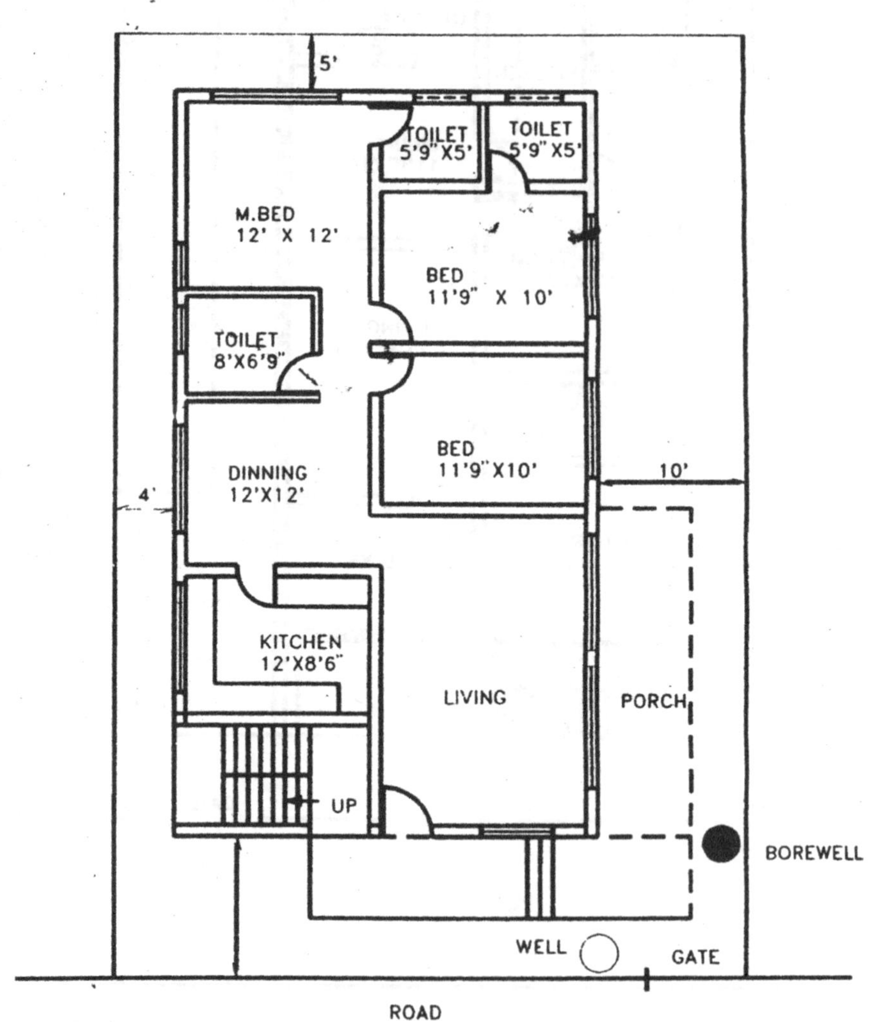

भू स्तर मंजिल
3 शयन कक्षों का भवन
सड़क पूर्व में
निर्माण स्थल- (अधिकतम) 40'×60'

GROUND FLOOR
3BED ROOM
EAST SIDE ROAD
SITE-40'x60' (APPROX)

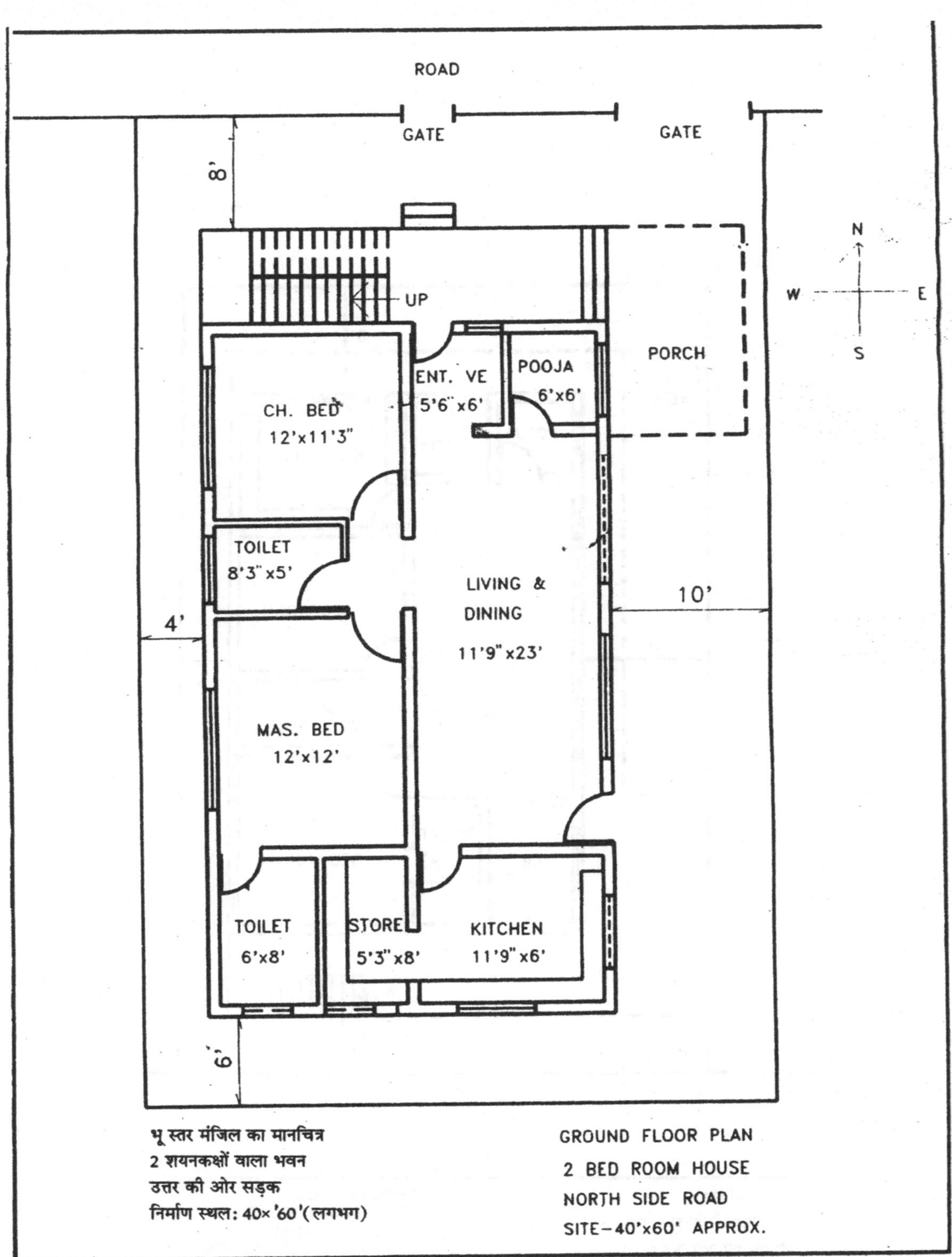

भू स्तर मंजिल का मानचित्र
2 शयनकक्षों वाला भवन
उत्तर की ओर सड़क
निर्माण स्थल: 40×'60'(लगभग)

GROUND FLOOR PLAN
2 BED ROOM HOUSE
NORTH SIDE ROAD
SITE–40'x60' APPROX.

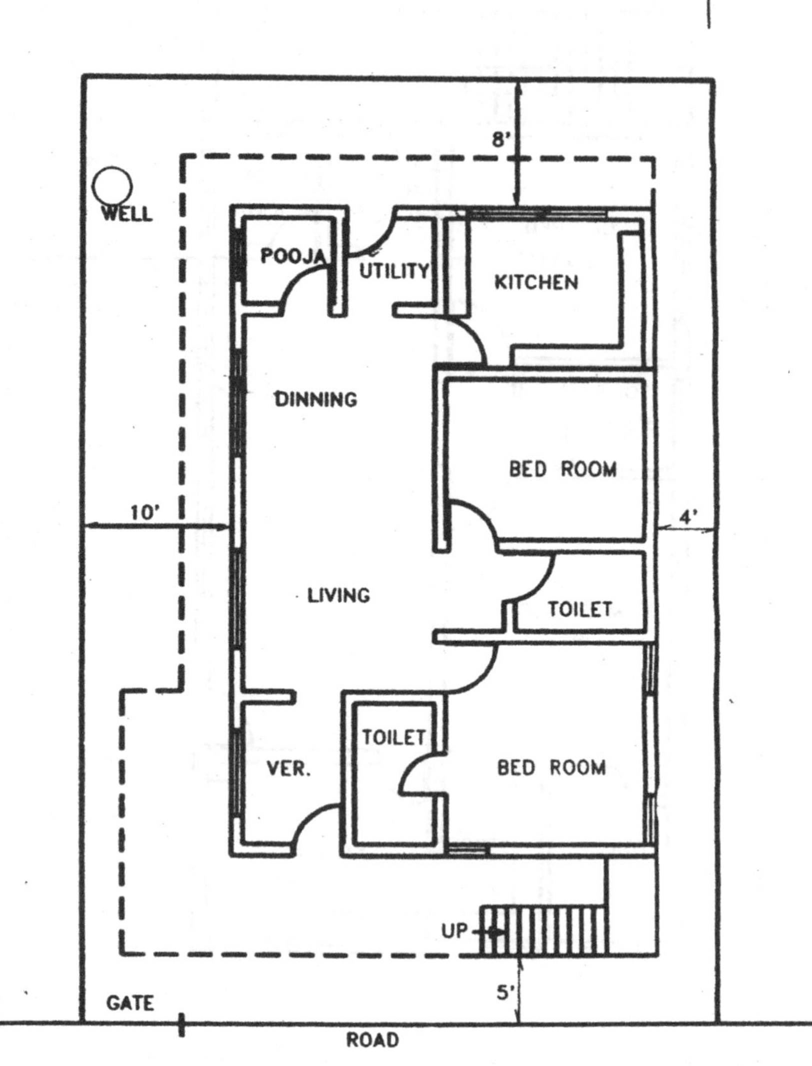

भू स्तर मंजिल
दो शयनकक्षों वाला भवन
पश्चिम की ओर सड़क
निर्माण स्थल: (लगभग) 40'×60'

GROUND FLOOR
2BED ROOM HOUSE
WEST SIDE ROAD
SITE 40' X 60' (APPROX.)

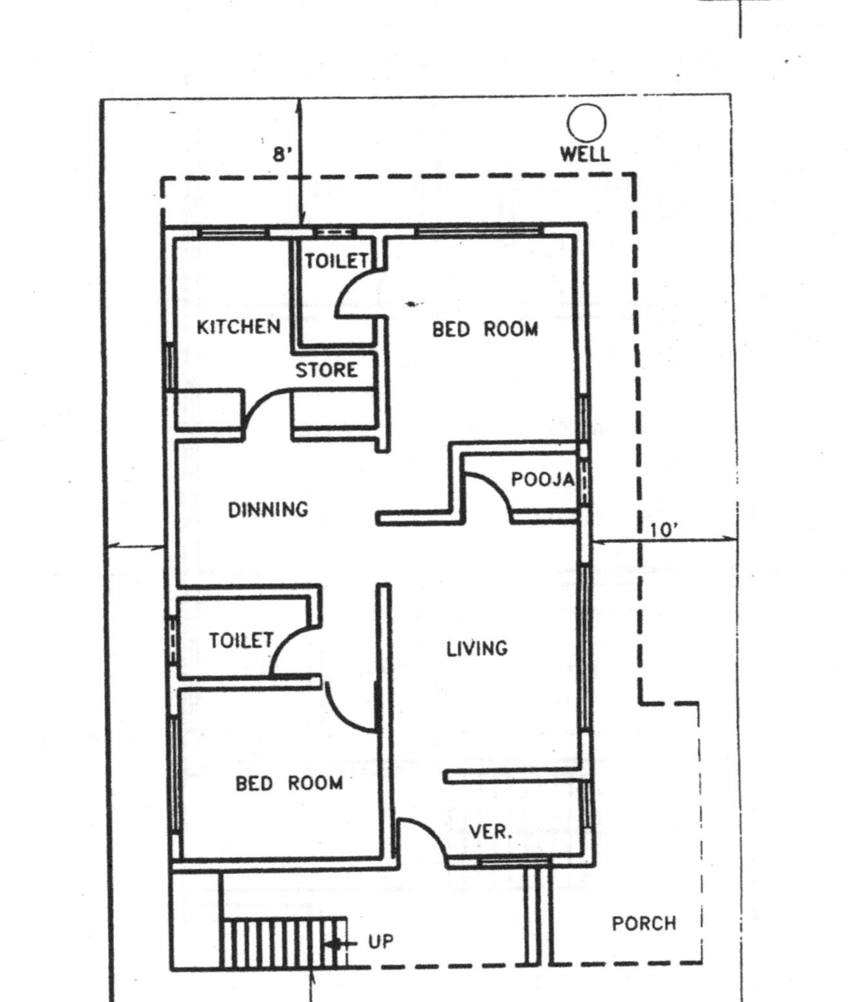

भू स्तर मंजिल
दो शयनकक्षों का भवन
दक्षिण की ओर सड़क
निर्माण स्थल: 40'×60' (लगभग)

GROUND FLOOR
2 BED ROOM HOUSE
SOUTH SIDE ROAD
SITE 40' X 60' (APPROX.)

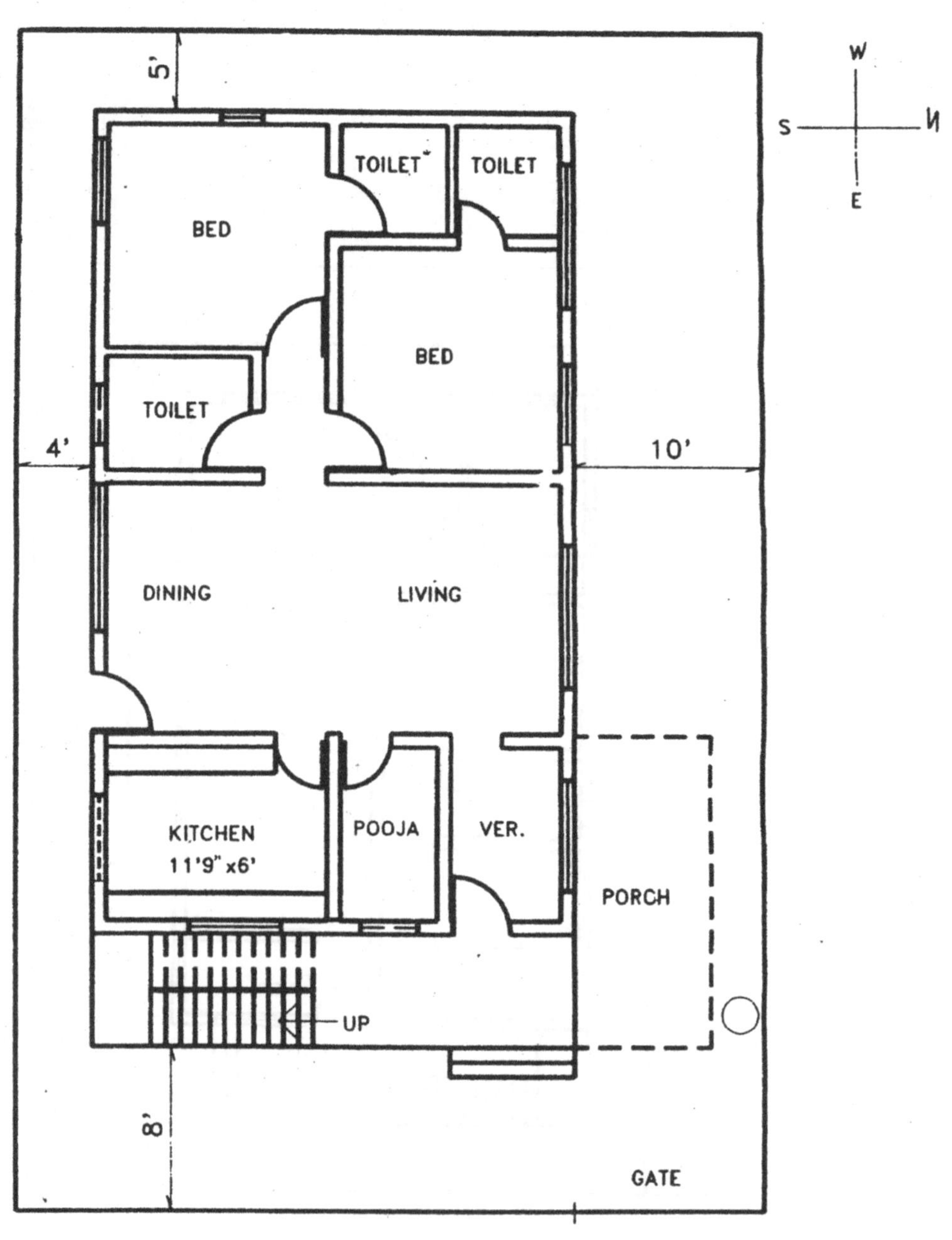

भू स्तर मंजिल
दो शयनकक्षों का मकान
पूर्व की ओर सड़क, निर्माण-
स्थल: (लगभग) 40'×60'

GROUND FLOOR PLAN
2 BED ROOM HOUSE
EAST SIDE ROAD
SITE–40'x60' APPROX.

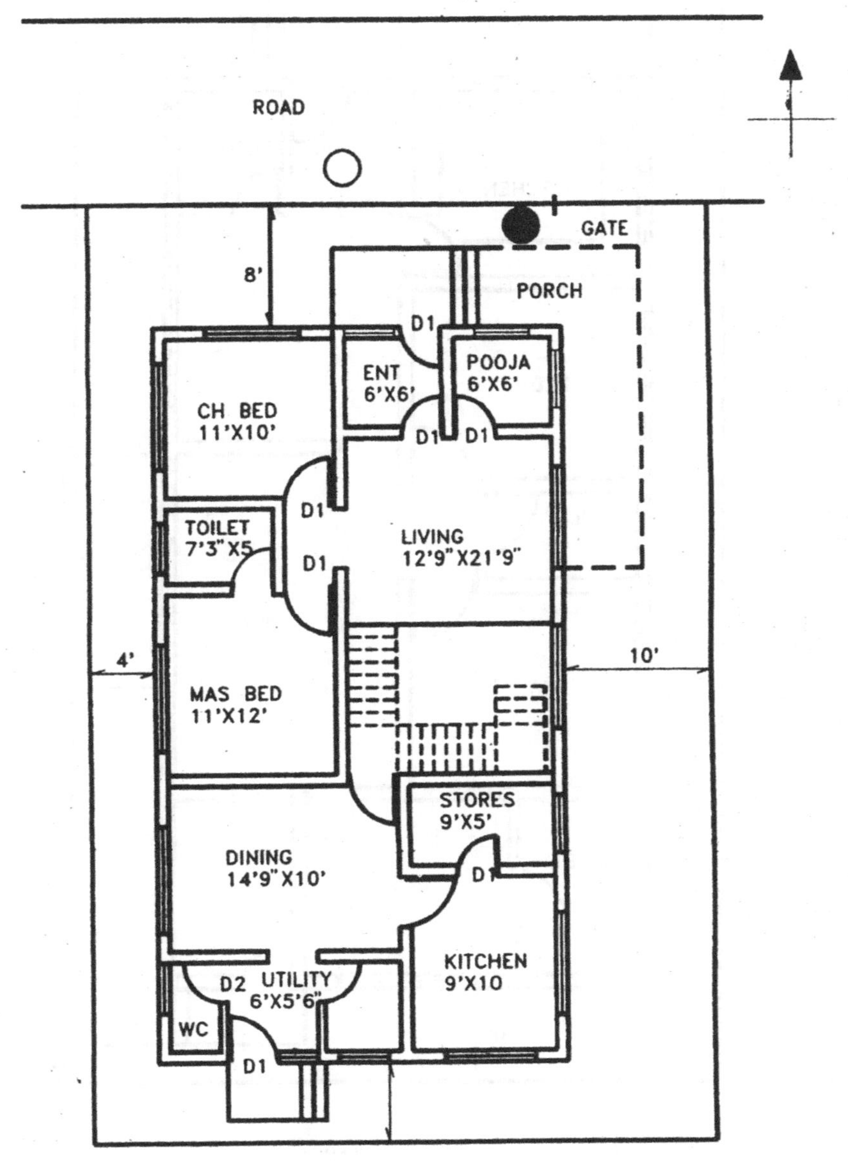

भू स्तर मंजिल, दो शयनकक्षों का मकान, उत्तर की ओर सड़क, निर्माण स्थल: (लगभग) 40'×60'

GROUND FLOOR PLAN 2 BED ROOM HOUSE NORTH SIDE ROAD SITE-40 x 60 APPROX.

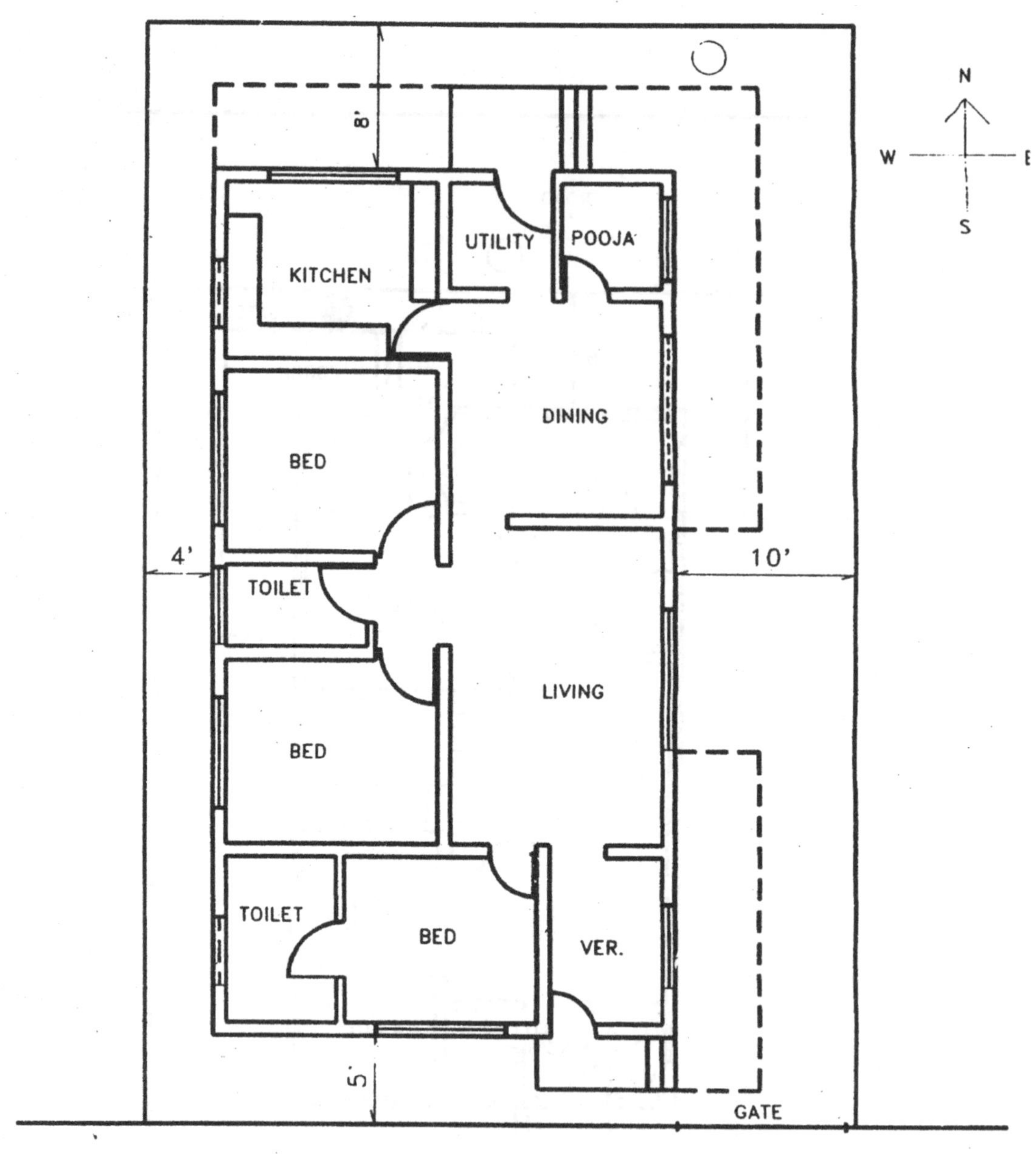

भू स्तर मंजिल
तीन शयनकक्षों का मकान,
दक्षिण की ओर सड़क,
निर्माण स्थल: (लगभग) 40'x60'

GROUND FLOOR PLAN

3 BED ROOM HOUSE
SOUTH SIDE ROAD
SITE–40'x60' APPROX.

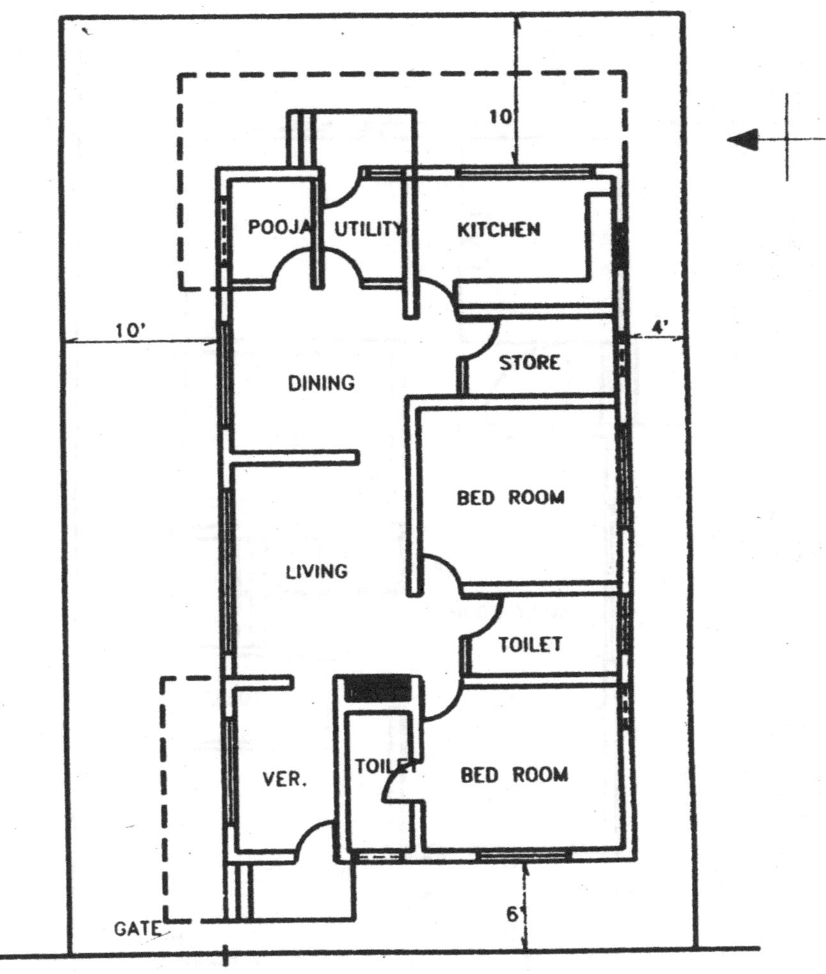

भू स्तर मंजिल मानचित्र
दो शयनकक्षों का मकान
पश्चिम की ओर सड़क,
निर्माण स्थल: (लगभग) 40'x60'

GROUND FLOOR PLAN
2 BED ROOM HOUSE
WEST SIDE ROAD
SITE – 40'X60' APPROX.

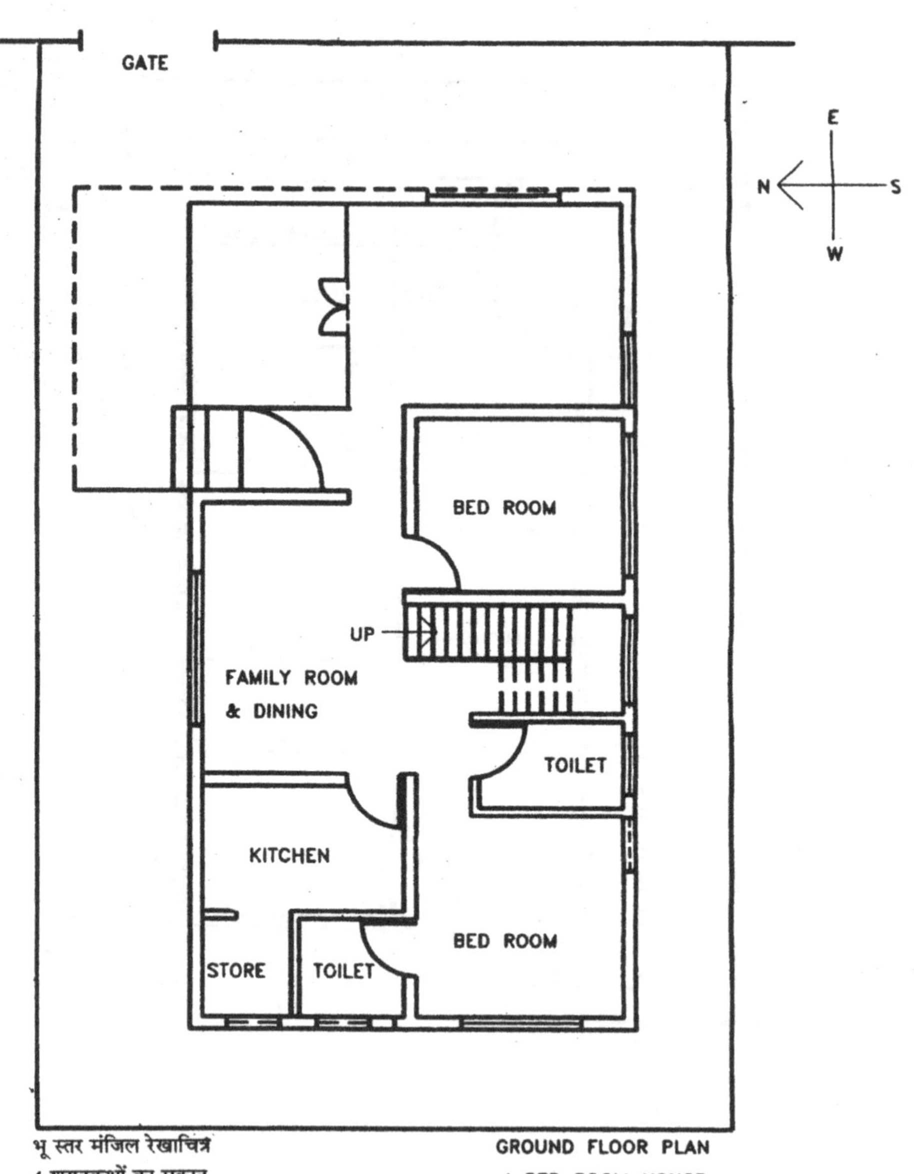

भू स्तर मंजिल रेखाचित्र
4 शयनकक्षों का मकान
सड़क पूर्व की ओर,
निर्माण स्थल: (लगभग)
40'×60'

GROUND FLOOR PLAN
4 BED ROOM HOUSE
EAST SIDE ROAD
SITE–40'x60' APPROX.

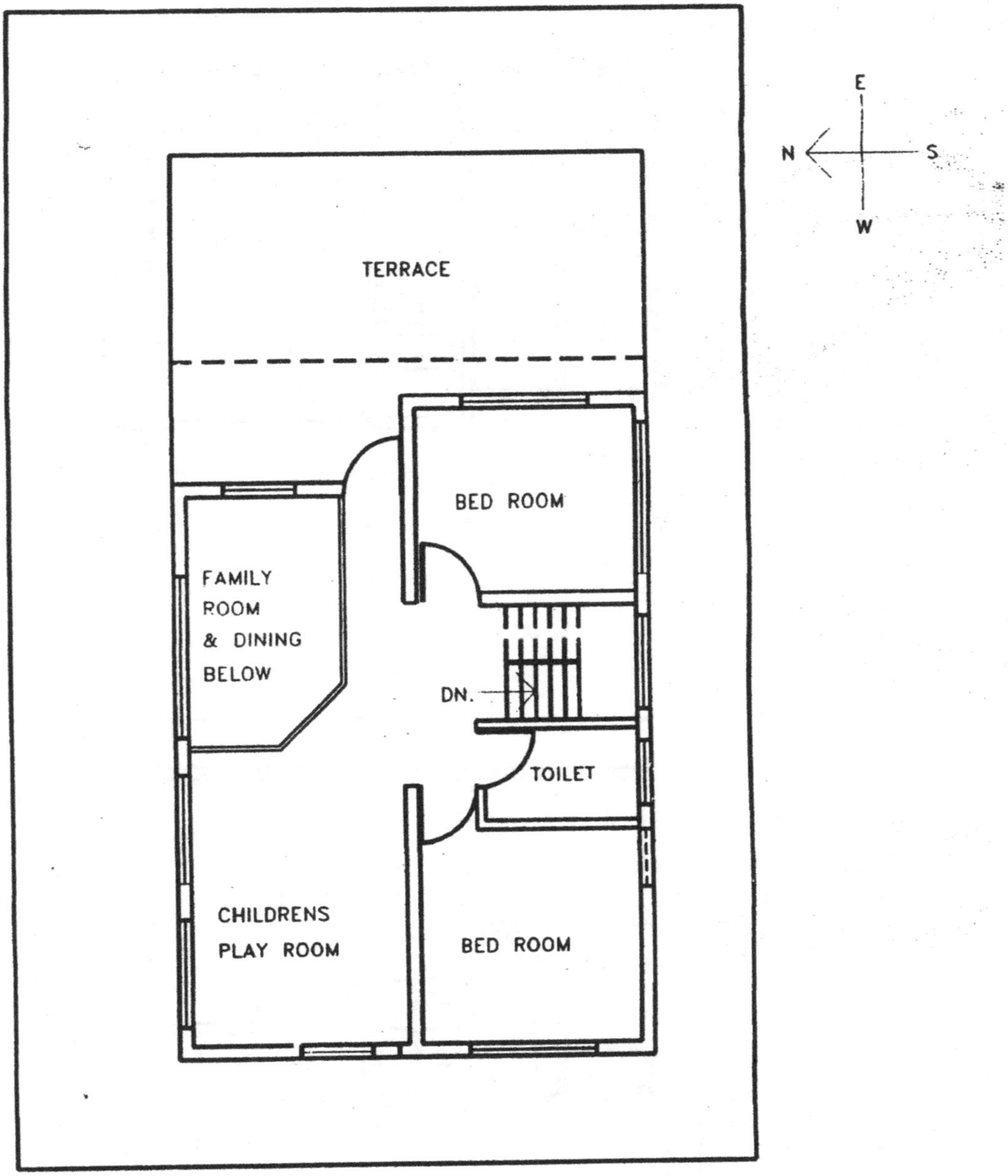

TERRACE

BED ROOM

FAMILY ROOM & DINING BELOW

DN.

TOILET

CHILDRENS PLAY ROOM

BED ROOM

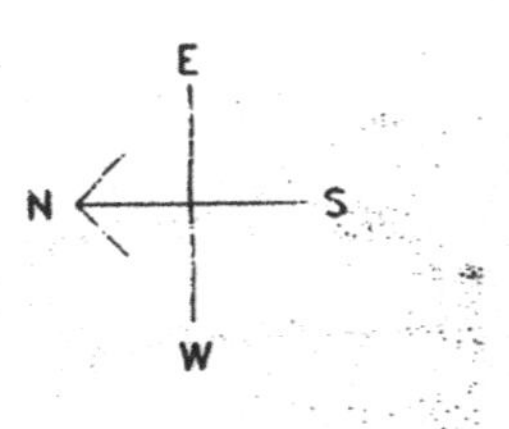

पहली मंजिल का मानचित्र
4 शयन कक्षों का मकान,
सड़क पूर्व की ओर,
निर्माण स्थल: (लगभग)
40'×60'

FIRST FLOOR PLAN

4 BED ROOM HOUSE
EAST SIDE ROAD
SITE–40'x60' APPROX.

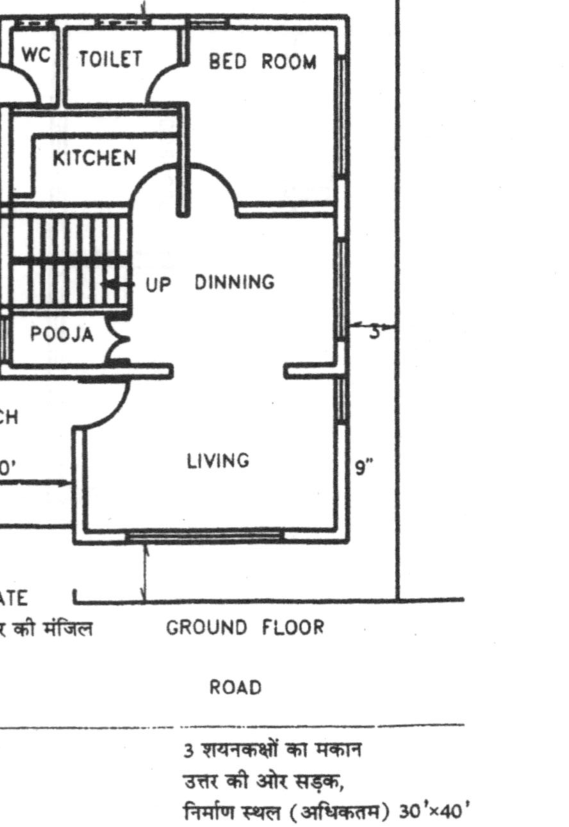

3 शयनकक्षों का मकान
उत्तर की ओर सड़क,
निर्माण स्थल (अधिकतम) 30'×40'

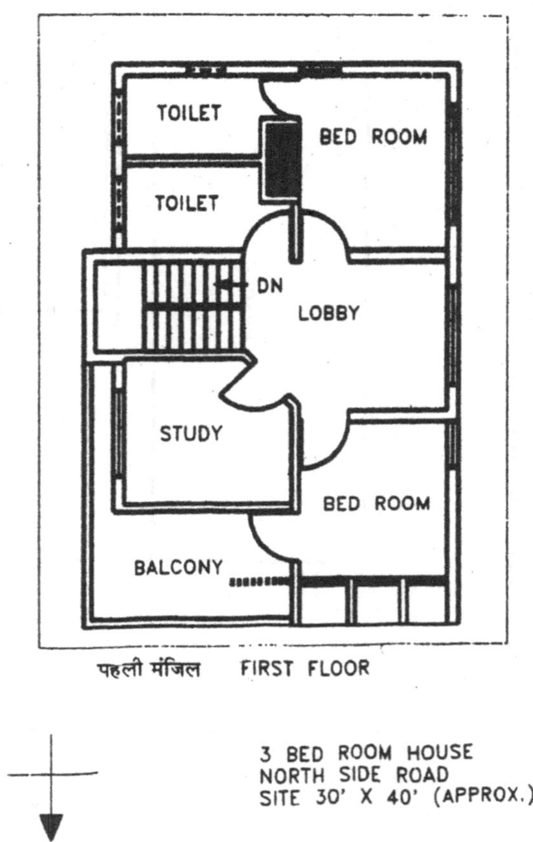

3 BED ROOM HOUSE
NORTH SIDE ROAD
SITE 30' X 40' (APPROX.)

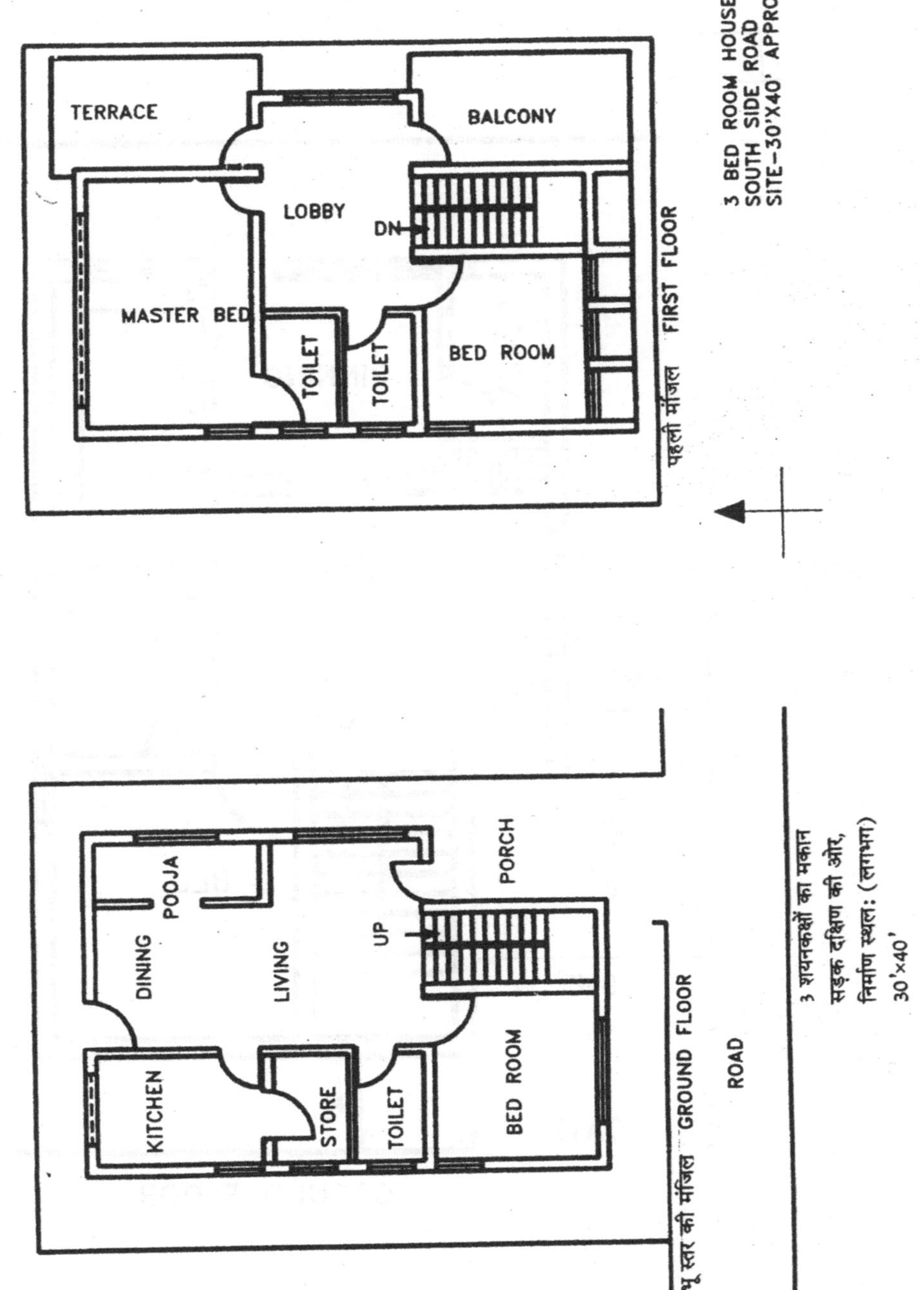
TERRACE
BALCONY
LOBBY
DN
MASTER BED
TOILET
TOILET
BED ROOM
FIRST FLOOR
पहली मंजिल
3 BED ROOM HOUSE
SOUTH SIDE ROAD
SITE-30'X40' APPROX.
PORCH
POOJA
DINING
LIVING
UP
KITCHEN
STORE
TOILET
BED ROOM
GROUND FLOOR
भू स्तर की मंजिल
ROAD
3 शयनकक्षों का मकान
सड़क दक्षिण की ओर,
निर्माण स्थल: (लगभग)
30'×40'

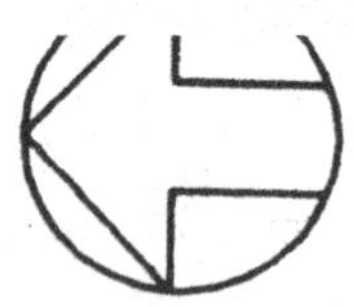

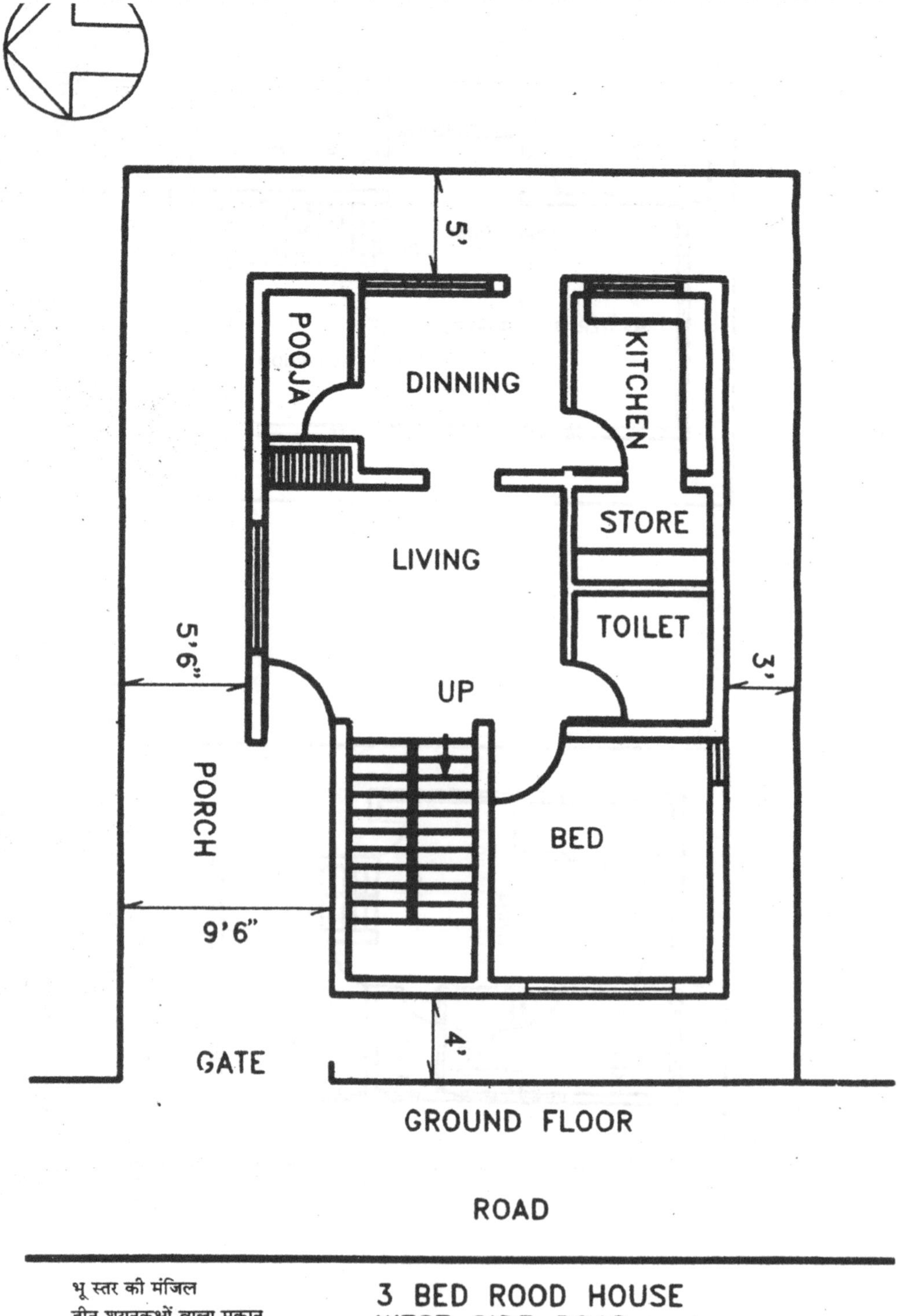

5'

POOJA

DINNING

KITCHEN

STORE

LIVING

TOILET

5'6"

3'

UP

PORCH

BED

9'6"

4'

GATE

GROUND FLOOR

ROAD

भू स्तर की मंजिल
तीन शयनकक्षों वाला मकान
पश्चिम की ओर सड़क,
निर्माण स्थल : (अधिकतम) 30'×40'

3 BED ROOD HOUSE
WEST SIDE ROAD
SITE – 30' X 40' (APPROX.)

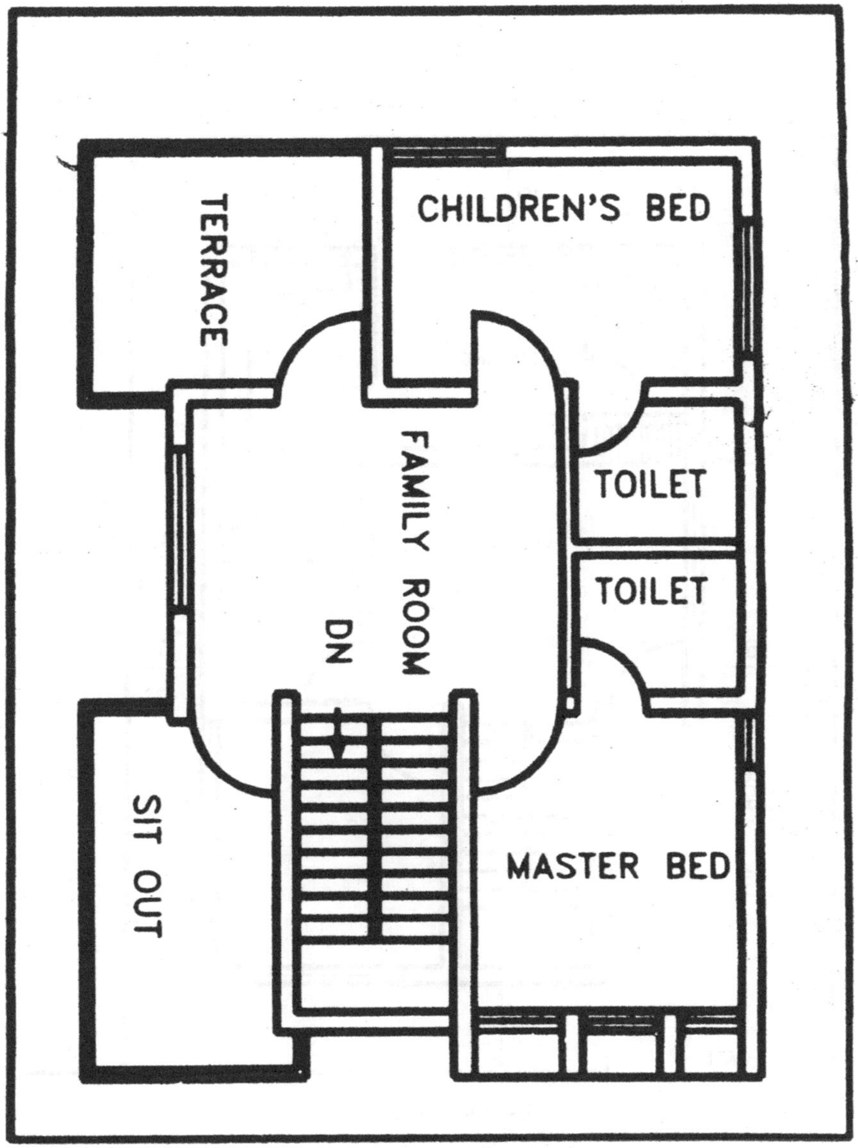

TERRACE

CHILDREN'S BED

FAMILY ROOM

DN

TOILET

TOILET

SIT OUT

MASTER BED

पहली मंजिल
3 शयनकक्षों का मकान
सड़क पश्चिम की ओर,
निर्माण स्थल : (अधिकतम) 30'×40'

FIRST FLOOR

3 BED ROOM HOUSE
WEST SIDE ROAD
SITE – 30' X 40' (APPROX.)

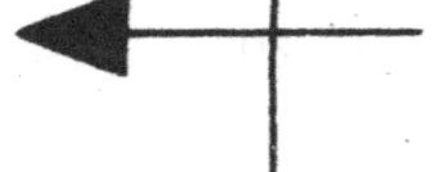

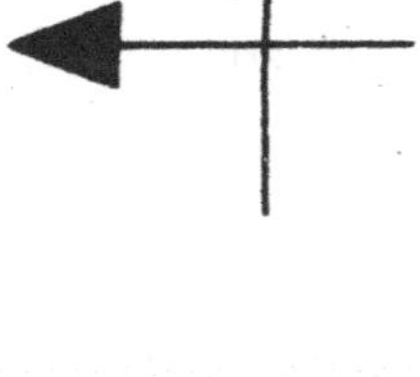

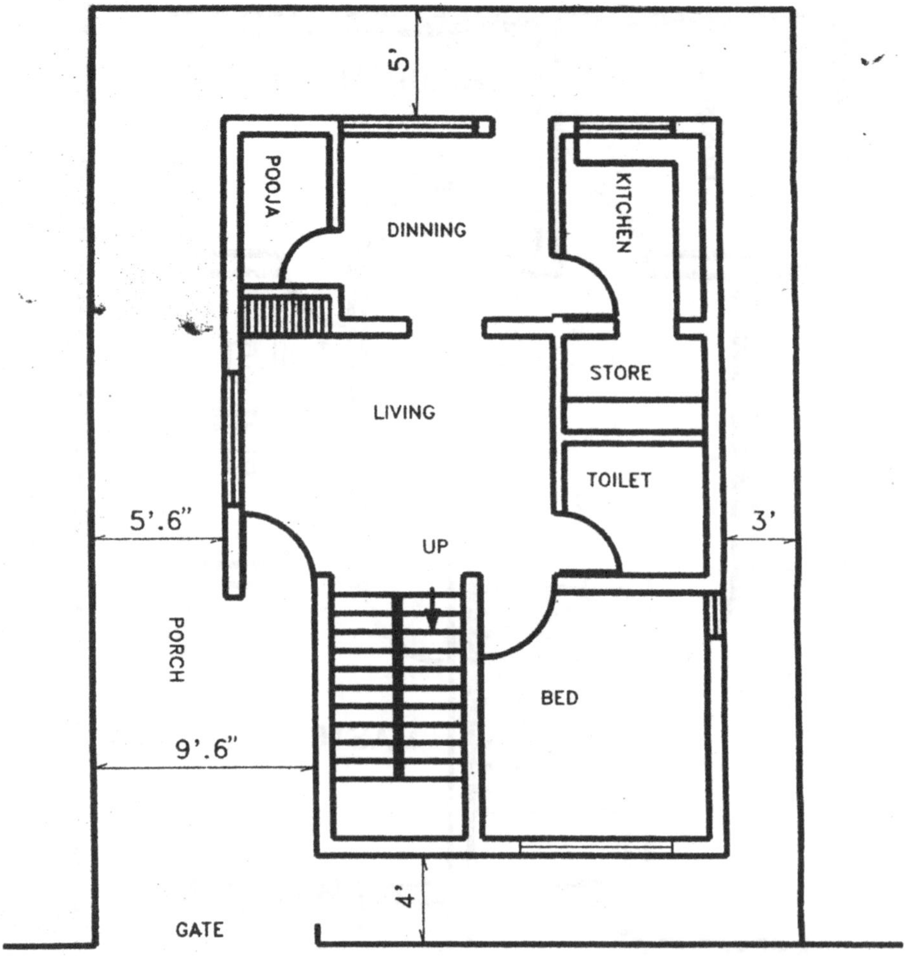

5'

POOJA

DINNING

KITCHEN

STORE

LIVING

TOILET

5'.6"

3'

UP

PORCH

BED

9'.6"

4'

GATE

GROUND FLOOR

ROAD

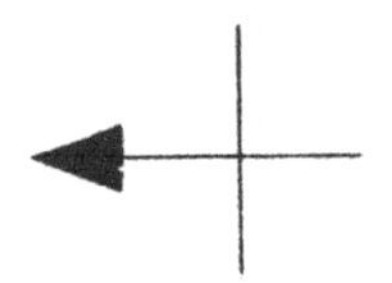

भू स्तर मंजिल
3 शयनकक्षों का मकान
सड़क पश्चिम की ओर
निर्माण स्थल : (लगभग) 30'×40'

3 BED ROOD HOUSE
WEST SIDE ROAD
SITE – 30' X 40' (APPROX.)

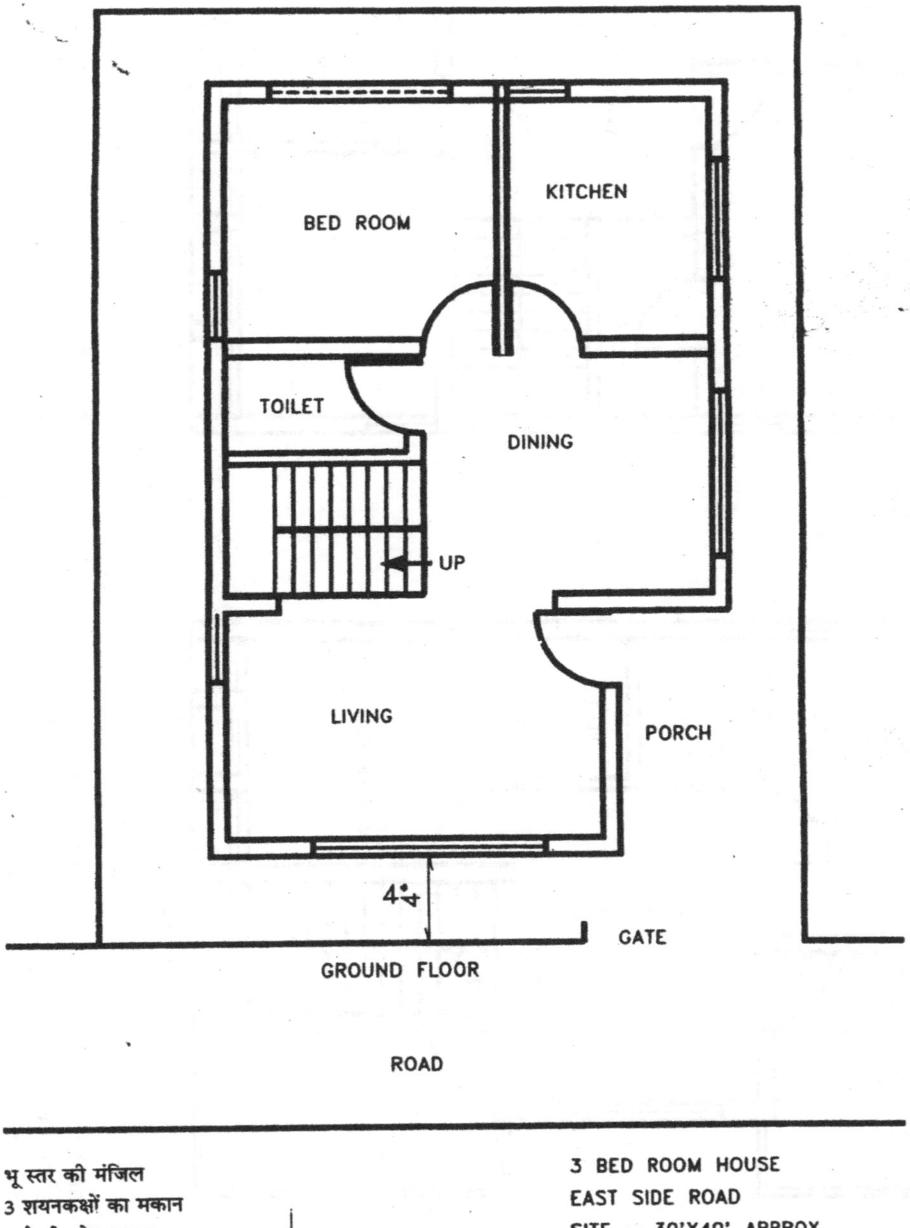

BED ROOM

KITCHEN

TOILET

DINING

UP

LIVING

PORCH

4'-6"

GATE

GROUND FLOOR

ROAD

भू स्तर की मंजिल
3 शयनकक्षों का मकान
पूर्व की ओर सड़क
निर्माण स्थल : (लगभग)
30'×40'

3 BED ROOM HOUSE
EAST SIDE ROAD
SITE – 30'X40' APPROX.

FIRST FLOOR

पहली मंजिल
3 शयनकक्षों वाला भवन
सड़क पश्चिम की ओर
निर्माण स्थल: (लगभग) 30'×40'

3 BED ROOM HOUSE
WEST SIDE ROAD
SITE – 30', X 40' (APPROX.)

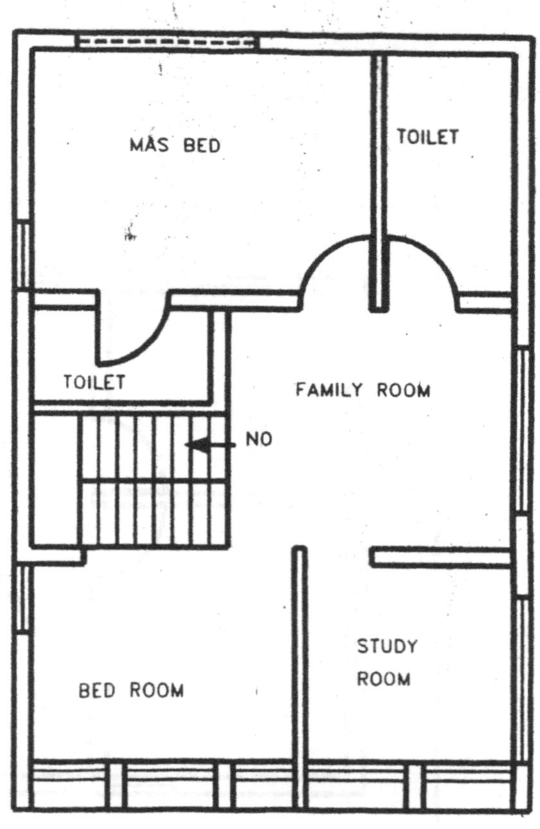

FIRST FLOOR

पहली मंजिल
3 शयनकक्षों का मकान
पूर्व की ओर सड़क
निर्माण स्थल : 30'×40' (लगभग)

3 BED ROOM HOUSE
EAST SIDE ROAD
SITE–30'X40' APPROX.